中小学生课外阅读文学经典

全译本

猎人笔记

【俄】屠格涅夫／著　汪　隽／译

南方出版传媒
花城出版社
中国·广州

图书在版编目（C I P）数据

猎人笔记 /（俄罗斯）屠格涅夫著 ; 汪隽译. -- 广州 : 花城出版社, 2015.6（2021.1重印）
（中小学生课外阅读文学经典）
ISBN 978-7-5360-7583-2

Ⅰ. ①猎… Ⅱ. ①屠… ②汪… Ⅲ. ①中篇小说－俄罗斯－近代 Ⅳ. ①I512.44

中国版本图书馆CIP数据核字(2015)第135874号

出 版 人：肖延兵
责任编辑：陈宾杰 王铮锴
技术编辑：薛伟民 凌春梅
封面设计：刺棘設計

书 名 猎人笔记
LIEREN BIJI
出版发行 花城出版社
（广州市环市东路水荫路11号）
经 销 全国新华书店
印 刷 广东新华印刷有限公司
（广东省佛山市南海区盐步河东中心路23号）
开 本 880毫米×1230毫米 32开
印 张 10.25
字 数 295,000字
版 次 2015年6月第1版 2021年1月第5次印刷
定 价 29.80元

如发现印装质量问题，请直接与印刷厂联系调换。
购书热线：020－37604658 37602954
花城出版社网站：http://www.fcph.com.cn

编者的话

屠格涅夫的《猎人笔记》是一本小说集，收录有 25 篇短篇小说，它们最初于 1847—1851 年陆续发表在《现代人》杂志上，1852 年正式出版单行本。本书在俄国乃至世界文学史上都占有十分重要的地位。

1846 年的夏秋两季，28 岁的屠格涅夫住在奥廖尔省他母亲的领地，与切伦县的猎师四处打猎。在乡居期间，屠格涅夫增长了见识，这些所见所闻为他提供了丰富的创作素材。1847 年 1 月，屠格涅夫在《现代人》杂志上发表了短篇小说《霍尔和卡利内奇》。编辑建议他添上一个副标题——“选自《猎人笔记》”，以便为日后的连载做准备。由此，《猎人笔记》形成了一个系列，并于连载结束后推出了单行本。

屠格涅夫在书中描绘了俄罗斯无与伦比的自然风光，清晨的森林、广袤的草原、宁静的教堂等景观，组合成一幅充满油画质感的风情画，体现了大自然的灵动与伟大。

同时，书中描写了 19 世纪 40 年代俄国的乡村生活。当时的俄国实行农奴制，农奴受尽地主的压榨，经济破产，人身自由没有保障。屠格涅夫生长在地主家庭，自幼目睹农奴的悲惨境况，对农奴满怀同情。因此，屠格涅夫用简练精确的笔法，描写了农奴的纯洁、善良、勤劳、质朴等美好品质，表达了对人民无尽的怜悯与同情。

本书结集出版后，被视为“一部点燃火种的书”，屠格涅夫也因此成为“反对农奴制度的热情支持者”。我们在阅读小说时，能感受到作者作为一个现实主义作家对生活本真的刻画，同时也能听到他作为一个人道主义者对社会不公的控诉，领会到一名富有美学鉴赏力的艺术家在大自然中发现的诗意。

目录

霍尔和卡利内奇

从沃尔霍夫县来到日兹德拉县的人，大概都会对奥廖尔省和卡卢加省人的巨大差异感到不可思议。奥廖尔的庄稼汉们个子不高，佝偻着腰，愁容满面，眉头紧锁地看着你，住在破烂的山杨木房子里，交劳役地租，不做买卖，吃得差，脚穿树皮鞋；卡卢加的庄稼汉们缴代役地租，他们住在松木建的宽敞的房子里，高个儿，勇敢快乐地望着你，脸儿白净，卖黄油和焦油，逢年过节穿靴子。奥廖尔的村子（我们说的是奥廖尔省的东部）通常位于耕地中间，靠近已经变成污泥池的山谷。除了一些随时准备效劳的爆竹柳和两三棵羸弱的白桦树外，方圆一俄里①连棵小树苗都见不到；屋子一间挨着一间，房顶盖着烂秸草……卡卢加的村庄则不然，大部分被树林环绕；房屋间距更宽敞，屋子更整齐，屋顶盖着木板；大门紧闭，后院的篱笆既不散乱，也不向外倒，不会招呼过路的猪儿进去做客……说到打猎，也是卡卢加省更好。大概五年后，奥廖尔省最后的森林和场地②会消失，沼泽也将荡然无存；卡卢加省正相反，禁伐林连绵数百里，沼泽绵延数十里，珍禽松鸡尚未绝迹，还能见到温良的鹬鸟，忙碌的沙鸡猛地飞起，让猎人和猎狗惊喜交加。

一次我去日兹德拉县打猎，在田野里遇到了一位卡卢加省的小地

---

① 俄里，俄制长度单位，1 俄里合 1.067 公里。

② “场地”在奥廖尔省指的是大片的灌木密林；奥廖尔省的方言有很多自己的特色，有时候描述很准确，有时候选词用句毫无道理。——原注。

主，并与他结识。他叫泼鲁特金，酷爱打猎，因此也算是个出色的人物。的确，他也有些毛病。比如他向省里的富家小姐求了婚，但遭到拒绝，不准他再登门。他伤心地向所有朋友和熟人诉苦，继续把酸桃儿和其他自家园子的产物当礼物给小姐的父母送去；他喜欢反复讲一个笑话，尽管泼鲁特金先生觉得这个笑话很有意思，但它从没让人笑过；他总夸阿基姆·纳西莫夫①的作品和小说《平娜》②；他说话结巴；他给自家狗取名叫“天文学家”；把“可是”念成“可系”；他家做的是法国菜，据他家厨师的想法，法餐的秘密就在于彻底改变每种食材的本来味道：经过这位能人的手，肉是鱼的味道，鱼是蘑菇味，通心粉则是火药味；汤里的胡萝卜不是菱形就是梯形的。撇开这些无伤大雅的小毛病不谈，如上面所说，泼鲁特金算是个出色的人物。

我们相识的第一天，泼鲁特金就邀请我去他家过夜。

“到我家大概五俄里路。”他说，“走路去很远；我们先去霍尔家吧。”（读者们请原谅我没有原原本本传达他结巴的样子。）

“霍尔是谁?”

“我家的佃农……他家离这儿近着呢。”

我们前往霍尔家。林间一块清理整治过的空地上，耸立着霍尔的独栋宅院。松木做的房子被篱笆圈在一起，正屋前支着一个细柱子搭的棚子。我们走进去，一个年轻小伙儿迎上来，他二十岁左右，高高的个子，相貌英俊。

“啊，费佳！霍尔在家吗?”泼鲁特金先生问道。

“不在，霍尔去城里了。”小伙子答道，他笑了一下，露出一排雪白的牙齿，“要备马车吗?”

“是的，伙计，备车吧。再给我们拿点克瓦斯来。”

我们进了屋子。干净的原木墙上连一幅苏兹达里的画儿③也没有

---

① 阿基姆·纳西莫夫（1782—1814），俄国诗人。

② 《平娜》是俄国作家马尔科夫（1810—1876）的中篇小说，曾受到别林斯基的严厉批评。

③ 苏兹达里是俄罗斯的一个小城，其出产的印制木版画在当地很有名，农民家庭一般挂这种画。

挂；墙角供着穿着银制衣饰的沉甸甸的圣像，前面点着一盏灯；椴树桌子不久前被刮洗干净；圆木之间、窗框边上没有敏捷的茶婆虫跑过，也没有顾虑重重的蟑螂藏匿。年轻小伙儿端着一个白色的大杯子过来，里面盛满克瓦斯，一起拿来的还有一大块小麦粉面包和盛了十几根腌黄瓜的木头盘子。他把这些都放到桌上，倚着门，面带微笑看着我们。我们还没吃完这些东西，台阶前就传来马车的声音。我们出去，驾车的是一个十五岁左右的男孩儿，一头卷发，脸蛋儿红扑扑的，吃力地拽住壮实的花斑公马。马车周围站着六个年轻大个儿，彼此相像，而且都和费佳长得很像。“都是霍尔的孩子！”波鲁特金说。“都是霍尔家的人，”跟着我们走到台阶上的费佳说道，“这还没到齐呢！波塔普在林中，西多尔和老霍尔去城里了……小心点儿，瓦夏！”他转向车夫，继续说：“尽量跑快点，车上坐着老爷呢。遇到坎儿要小心，悠着点儿，不然车子会颠坏，老爷的肚子也要受惊了！”其他几个霍尔听到费佳的不敬之语，都笑了起来。“让天文学家也上车！”波鲁特金先生一本正经地喊道。费佳不无欢欣地把强颜欢笑的小狗儿举起，放到车底。瓦夏松开缰绳，我的车轱辘滚动起来。“这是我的办事处，”波鲁特金先生突然指着一所低矮的小房子对我说，“想去看看吗?”“行啊。”“它现在已经撤了，”他边说着边下车，“但还值得一看。”办事处只有两间空房子。看门人是个独眼老头儿，他从后院跑来。“你好，米尼亚伊奇，”波鲁特金先生说，“哪儿有水?”独眼老头儿跑开了，过了一会儿端了一瓶水和两个杯子过来。“尝一下吧，”波鲁特金先生对我说，“这是我们这儿上好的泉水。”我们各饮了一杯，这时老头儿向我们深鞠一躬。“嗯，看来，现在我们可以走了，”我的新朋友说，“在这个办事处，我把四俄亩林子卖给了商人阿里路耶夫，卖了个好价钱。”我们坐进马车，半小时后抵达了主人家的院子。

“请问，”晚饭时我问波鲁特金先生，“为什么霍尔不和您的其他佃农住在一起，而是单独居住?”

“因为他是一个聪明的庄稼汉。大概二十五年前他的房子被烧毁了，他就去找先父说：‘尼古拉·库兹米奇，让我搬到您家林子的沼泽旁住吧，我会付给您高额租金的。’‘可你为什么要住在沼泽旁呢?’‘我觉得这样好；只是请您——尼古拉·库兹米奇，别派我干任何活儿了，要交多少代役租，您说了算。’‘一年五十卢布！’‘听您的。’‘注意，我不允许拖欠！’‘知道了，不拖欠……’于是他就住在沼泽旁了，从此以后大家都叫他霍尔①。”

“那他发财了吗？”我问。

“发了。现在他付我一百卢布代役租，也许我还要提价呢。我不止一次对他说：‘赎身吧，霍尔，赎了自己吧……’可他这个滑头总对我说赎不起；他说自己没钱……这怎么可能呢……”

第二天我们喝完茶就立刻动身去打猎。经过村子的时候，泼鲁特金先生让车夫把车停在一所矮房子旁，大声喊道：“卡利内奇！”“来了，老爷，马上来，”院中传来声音，“我在穿鞋呢。”我们的车慢慢向前走；在村外一个四十岁左右的人追上了我们，他高个子，清瘦，小脑袋向后仰着。这就是卡利内奇。他和善而黝黑的面孔上有些雀斑，我一见就喜欢上了。卡利内奇（我后来听说的）每天和老爷去打猎，帮他背袋子，有时背着枪，寻找鸟儿在哪里栖息，他还打水、采草莓、搭棚子、跟在马车后面跑；没有他，泼鲁特金先生寸步难行。卡利内奇是个非常快乐、脾气非常好的人，总是低声哼着小曲儿，无忧无虑地四处张望，说话带点儿鼻音，笑起来会快乐地眯起蓝眼睛，经常用手捋一捋自己稀疏的山羊胡子。他走路不快，但步子迈得很大，轻轻拄着一根又长又细的棍子。那天他和我聊了好几次，服侍我时一点儿也不奴颜婢膝，照料自己的老爷就像照料孩子。当正午难以忍受的暑气袭来，我们不得不找地方避一避，他把我们领到林子深处的养蜂场去。卡利内奇为我们打开小木屋的门，屋内挂着一串串香气扑鼻的干草，他让我们躺在新鲜的干草上，自己头上罩了一个网袋，拿着刀子、瓦罐和没烧尽的木块，去养蜂场为我们割点儿蜂蜜。我们喝着透明的蜂蜜加泉水，伴着蜜蜂单调的嗡嗡声和树叶不停的簌簌声入睡。

一阵清风吹醒了我，我睁开眼，瞧见卡利内奇坐在门槛上，门半开着，他用刀在削一柄勺子。我盯着他的脸欣赏了好一阵子，他的神情恬静而明媚，犹如傍晚的天空。泼鲁特金先生也醒了。我们没有立即起床。在走了好长一段路和睡了一个好觉后，一动不动地躺在干草

---

① 俄语中“霍尔”是“黄鼠狼”的意思。

上真是享受，全身都松弛、懒怠下来，脸微微发热，甘美的困倦让人不想睁眼。最终我们还是起来，又去闲逛，直到傍晚。吃晚饭时，我们又谈到霍尔和卡利内奇。“卡利内奇是个好心的庄稼汉，”泼鲁特金先生对我说，“他热心又殷勤；可是他不能好好地做农活儿，因为我总拖住他，他每天都要陪我去打猎……哪里还能做农活儿——您说说看。”我同意他的说法，接着我们躺下就寝了。

第二天，因为和邻居皮楚科夫的官司，泼鲁特金先生要进城。皮楚科夫占了他的地，而且在这块地上打了他家的一个农妇。我一个人去打猎，傍晚前回到了霍尔家。一个老头儿在家门前迎接我——他谢顶、小个子、宽肩膀、身体壮实——他就是霍尔。我好奇地打量着这个霍尔。他的脸部轮廓让我想起苏格拉底：也是这样高高的、有疙瘩的前额，这样的小眼睛，这样的翘鼻子。我们一起走进屋。之前那个费佳端来牛奶和黑面包。霍尔坐在长凳上，平静地抚摸着自己卷曲的大胡子，和我交谈起来。看来，他很有自尊，言谈举止慢条斯理，长长的胡子下不时露出笑容。

我们谈到了播种、收成、农民的生活……他似乎处处赞同我；后来我觉得不好意思，我觉得我说得也不尽然……于是气氛变得有点儿怪。霍尔有时表述得模棱两可，大概是出于谨慎……给您举一个我们谈话的例子：

“说说看，霍尔，”我对他说，“为什么你不向老爷赎身呢?”

“我为什么要赎身呢？如今我了解自己的老爷，也付得起代役租……我们的老爷是个好人。”

“可自由身总是好些。”我说。

霍尔斜睨了我一眼。

“那当然。”他附和。

“嗯，那为什么你不赎身?”

霍尔摇了摇头，说：

“老爷，你让我拿什么去赎身啊?”

“嘿，得了吧，老头儿……”

“霍尔成了自由人，”他小声说着，好像自言自语，“那些不留胡子的人，就会对霍尔发号施令了。①”

“你自己也可以把胡子剃掉嘛。”

“胡子算什么？胡子就像草，随时可以割掉。”

“嘿，那还说什么？”

“哎，看来，霍尔直接去做生意得了；商人的日子舒服，还能留胡子。”

“怎么，你不是在做生意了吗？”我问他。

“只是卖一点儿黄油和焦油……怎么样，老爷，要吩咐备马车吗？”

“你真是个口风紧的人，心里也很有主意。”我想。

“不，”我大声说，“我不用车；明天我在你家园子附近走走，如果可以的话，想在你家干草棚过夜。”

“荣幸之至。你在草棚能睡得安稳吗？我让婆娘们给你铺上床单、放上枕头。喂，婆娘们！”他站起身喊道，“过来，娘儿们……你，费佳，跟她们去。女人们都蠢得很。”

一刻钟后，费佳提着灯领我去干草棚。我扑倒在芳香的干草上，猎狗蜷缩在我脚边；费佳向我道了晚安，门吱呀一声，又砰的一声关上了。我很久不能入睡。一头母牛走到门边，大声地喷了两口气；猎狗自尊地朝它咆哮；一头猪经过，若有所思地哼哼唧唧；马儿在附近嚼着干草，打着响鼻……我终于打起了盹儿。

天刚亮，费佳叫醒了我。我很喜欢这个快乐机灵的小伙子；而且，就我所见，他也是老霍尔的宠儿。他们俩之间经常互开玩笑，很是亲热。老头儿出来招呼我。不知是不是因为我在他家过夜的缘故，还是其他什么原因，霍尔对我的态度比昨天亲切得多。

“为你烧好了茶饮。”他笑着对我说，“我们去喝茶吧。”

我们坐在桌旁。一个健壮的农妇，她的一个儿媳妇，端来了一罐牛奶。他所有的儿子挨个儿进了屋子。

“你家真是人丁兴旺！”我对老头儿说。

“是啊，”他咬了一小块糖，说，“他们应该没什么可埋怨我和我家老婆的。”

---

① “不留胡子的人”指的是官吏。尼古拉一世曾下令，官吏不得留胡子。

“都跟你住?”

“都住一起。他们自己愿意，就这么住了。”

“都结婚了吗?”

“就这一个淘气鬼还没有结婚。”他指着照旧靠在门上的费佳说，“瓦西卡还小，还可以再等等。”

“我干吗要娶媳妇?”费佳反驳道，“我这样挺好。我要媳妇干什么？跟她吵架?”

“哼，你呀……我可知道你！戴着银戒指……整天围着老爷家的那边丫头们转……‘得了，死缠烂打的家伙！’”老头儿滑稽地模仿女仆的口气说，“我可知道你，你这个懒虫!”

“娶个娘儿们有什么好?”

“娘儿们是劳力，”霍尔严肃地说，“婆娘是庄稼汉的仆人。”

“我要劳力干吗?”

“得了，你就喜欢借别人的手来自谋好处。你们这种人我可清楚得很。”

“嘿，要是这样，给我讨房媳妇吧。啊？怎样？你怎么不说话了?”

“嘿，够了，够了，就会卖嘴。瞧，我们打扰到老爷了。会给你娶媳妇的，别担心……老爷，你别生气：你瞧，这孩子还小，还不懂规矩。”

费佳摇了摇头……

“霍尔在家吗?”门后传来一个熟悉的声音——卡利内奇手里拿着一束草莓走进屋子，这是他为自己的朋友霍尔摘的。老头儿非常高兴地迎接他。我吃惊地望着卡利内奇，说实话，我没料到庄稼汉还有这样的“柔情”。

这天我比平常晚了四个小时出门打猎，之后三天都住在霍尔家。这两个新朋友让我很感兴趣。也不知道，是什么让他们对我信任有加，反正他们同我交谈时无拘无束。我很乐意听他们谈话，并观察他们。这两位好友性格迥异。霍尔为人正派、务实，有管理头脑，重理性；卡利内奇则相反，他是理想主义者、浪漫主义者，是那种容易兴奋、耽于幻想的人。霍尔知道怎么过日子，即：给自己盖房子、攒钱，与老爷和其他有权有势的人和平相处；卡利内奇穿着树皮鞋，凑合着过日子。霍尔养了一大家子人，妻贤子孝；卡利内奇结过婚，他怕老婆，无儿无女。霍尔对泼鲁特金先生看得很透彻；卡利内奇很崇拜自己的主人。霍尔喜欢卡利内奇，处处维护他；卡利内奇也喜欢和尊敬霍尔。霍尔说话，笑容满面，很有主见；卡利内奇说话充满激情，尽管不像机灵的工人那样花言巧语……但是卡利内奇有一些霍尔很赏识的天赋，比如：他会用咒语止血、镇惊、止疯和驱虫；他会养蜂，手气很好。霍尔当着我的面请他把新买的马牵进马厩，卡利内奇就正儿八经地完成这个疑心重的老头儿的要求。卡利内奇更接近自然；霍尔呢，更接近人类，接近社会；卡利内奇不喜欢判断是非，他盲目相信一切；霍尔站得高，甚至用嘲讽的眼光看待人生。他见多识广，从他身上我学到很多。比如，从他的口中我得知，每年夏天，割草之前，会有一辆样式别致的小车出现在各村子里。这车上坐着穿长袍的人，他出售镰刀。如果是现金，他就卖一卢布二十五戈比到一个半卢布；如果是赊账，就卖三卢布至一个银卢布。毫无疑问，所有的庄稼汉都要求赊账。过了两三周他又来了，来收钱。庄稼汉们刚收割了燕麦，因此有钱还了；他和商人一起去小酒馆，在那里结清账务。有一些地主寻思着用现金买这些镰刀，然后按照那价格赊账卖给庄稼汉们；可庄稼汉们不干，甚至不高兴；他们失掉了不少兴趣，比如弹一弹镰刀，听听响声，拿在手里反复查看，一再问滑头的商贩子：“怎么，小伙子，镰刀不怎么样吧？”买小镰刀的时候，也会出现同样的把戏，不同之处在于：这时总会有女人们掺和进来，有时弄得商贩子想动手打人，对她们反而有利了。女人们更容易吃亏的时候是如下情况。造纸厂的原料供应商委托一些人去收购特殊的破布，这些人在某些县里被称作“鹰”。这些“鹰”从商人手里拿到约二百卢布的纸币，就去寻找猎物。这些人和他们因此得名的高贵的鸟儿完全不同，他们不是明目张胆地攻击猎物，相反，“鹰”要耍滑头和使诡计。他把自己的马车停在村子附近的灌木丛中，装作过路人或者没事闲逛的人，跑到人家后院里或后门去。女人们凭感觉就知道他们来了，偷偷跑去见面，匆匆达成交易。为了一点儿小钱，女人们不仅把所有不要的破布都给了“鹰”，而且经常把丈夫的衬衫和自己的裙子都给了“鹰”。最近女人们发现偷自家的大麻以这样的方式拿去卖有利可图，尤其是卖“粗麻布”——

“鹰”的生意一下子红火起来！可村里的庄稼汉们也学聪明了，只要稍微有点儿怀疑，远远听到“鹰”来了，就迅速采取补救措施和预防手段。事实上，这不让人难受吗？卖大麻本来是他们的事，他们实实在在地去卖，不是在城里——那要自己运进城里去——而是卖给前来采购的商人，他们没有秤，就把四十把算作一普特——你们知道，什么叫作“一把”，俄罗斯人的手掌有多大，尤其是当他“存心”的时候！

我这个没经验、在农村没“阅历”（这是我们奥廖尔人的说法）的人听了很多这样的故事。但霍尔也不是总自己讲，他也问了我很多事情。当他知道我去过国外，就来了兴趣……卡利内奇也不逊色，但卡利内奇更感兴趣的是听我描述大自然、山川、瀑布、非凡的建筑、大城市等；霍尔关心行政和治国的问题，他对一切事情逐个儿进行分析：“怎么，这个在他们那里和我们这里是一样的，还是不一样？啊，老爷，讲讲吧——是怎样的呢……啊！啊，天啊，天意啊！”卡利内奇在听我讲的时候如此惊呼；霍尔则沉默，浓眉紧蹙，时不时说上一两句：“这在我们这儿大概行不通，但是这很好——这很合理。”我没法向你们列出他的所有提问，也没有必要；但是从我们的谈话中我得出一个结论，也许读者完全没有料到会有如此结论，即：彼得大帝首先是俄罗斯人，正是在他在改革中表现出他是个俄罗斯人。俄罗斯人坚信自己的力量和强制，即使受挫也在所不惜，他们很少留恋过去，勇敢地向前看。好的东西他们都喜欢，合理的东西他们就吸取，至于这些东西从何而来，他们无所谓。他们健全的思维喜欢取笑德国人枯燥乏味的理性；用霍尔的话说，德国人是好奇心很重的民族，他打算向他们学习。因为自己地位特殊，以及实际上的独立性，霍尔同我谈了很多，这些话从别人口中，用庄稼汉们的说法，是用杠杆撬不出，用磨盘也磨不出的。他的确了解自己的地位。和霍尔聊天，我第一次听到俄罗斯的庄稼汉口中朴实而富有智慧的话语。他的见识相当丰富，但他不识字；卡利内奇识字。“这家伙认识几个字，”霍尔说，“他养的蜜蜂都能成活，不会死。”“那你让自己的孩子学习认字吗？”霍尔不说话了。“费佳知道。”“那其他人呢？”“其他人不知道。”“为什么？”老头儿没有回答我，岔开了话题。然而，无论他多么聪明，他也有很多偏见和成见。比如，他打心眼儿里瞧不起女人，他开心的时候就拿她们取乐，嘲笑她们。他的妻子又老又喜欢吵架，整天都不下炕，总是不停地唠叨、抱怨；儿子们都不理她，可儿媳妇们都很怕她。难怪俄罗斯民歌中婆婆这么唱："你算我什么儿子，算什么家人！你不揍自己的媳妇，不揍新娘……"有一次，我想为儿媳妇鸣不平，试图唤起霍尔的同情心；但他平静地反驳我，说："你管这些干什么……都是芝麻绿豆大的小事——让女人们自己去吵吧……越劝越糟，没必要惹得一身臊。"有时候凶狠的老太婆从炕上下来，把穿堂的看家狗叫过来，喊道："过来，过来，狗子！"然后用火钩子打那狗瘦削的脊背，或者站在敞棚下，就像霍尔形容的，对着所有的过路人"骂街"。可是她怕自己的丈夫，他一声令下，她就乖乖地爬回炕上。最有趣的是听卡利内奇和霍尔之间有关泼鲁特金先生的争论。"你，霍尔，别在我这里招惹他，"卡利内奇说。"他为什么不给你配双靴子？"这个反驳道。"唉，靴子……我要靴子干什么？我是庄稼汉……""我也是庄稼汉，可你瞧……"说完这句话，霍尔抬起自己的脚，把那双可能是猛犸皮制的靴子晃了晃，"嗯，哪怕给双树皮鞋也行：你要跟他去打猎；我想，一天得要一双树皮鞋吧。""他给我买树皮鞋的钱了。""是啊，去年给了你一个十戈比银币。"卡利内奇沮丧地转过脸去，霍尔开怀大笑起来，这时他的小眼睛就完全看不到了。

卡利内奇歌唱得很好，还弹了一会儿巴拉莱卡琴。霍尔听着听着，突然把头歪向一边，也用悲怆的声音伴着唱了起来。他尤其喜欢唱《我的命运啊，命运！》，费佳不放过任何取笑父亲的机会："怎么，老头儿，怎么多愁善感起来了？"可是霍尔用手托着腮帮子，闭上眼睛，继续哀叹自己的命运……可在别的时候，没有比他更勤快的人了：总是鼓捣个什么活儿干——修修大车啊，补补篱笆啊，查查挽具啊。可是他不大爱干净，有一次我提醒他，他回答说："房子里得有些住家的味道。"

"瞧，"我反驳他说，"卡利内奇的养蜂场就很干净。"

"当然，要不蜜蜂就不肯待下去了。"他叹着气说。

"怎么，"有一次他问我，"你有世袭领地吗？""有的。""离这儿远吗？""百来俄里吧。""老爷，那你是住在自己的世袭领地上？""是啊。”“想必常常把玩猎枪吧?”“的确是。”“老爷，那挺好；为了健康，常常去打松鸡吧，也要常常换换村长。”

第四天傍晚，泼鲁特金先生派人来接我。我很遗憾要同老头儿告别。我同卡利内奇一起坐上车。“啊，再见了，霍尔。祝你健康!”我说。“再见，费佳。”“再见，老爷，再见，别忘了我们。”我们出发了；晚霞刚刚泛出红光。“明天会是个好天气。”我望着明亮的天空说。“不，要下雨的。”卡利内奇反驳我说，“鸭子在拍水，草的味道也很重。”我们的车走近灌木丛。卡利内奇小声唱起歌来，他在车夫的位置上颠簸着，不停地望着晚霞……

第二天，我离开了好客的泼鲁特金先生的家。

叶尔莫莱和磨坊老板娘

傍晚时分，我和猎人叶尔莫莱前去“打伏击”……也许，并非所有读者都明白何为“伏击”。诸位，且听我道来。

春日里，日落前一刻钟，您踏进小树林，身负猎枪，不带猎犬。在林边找个位置，四周环顾一下，再查一查枪的火帽，和同伴交换个眼神。一刻钟过去了。日落西山，但林中依然明亮；空气纯净透亮；鸟儿叽叽喳喳，嫩草闪着绿宝石般的动人光泽……您静心等待。林子里渐渐暗下来，晚霞的红光缓缓地爬过树根和树干，越爬越高，从几近光秃的低枝移向纹丝不动、酣然入睡的树梢……没多久，树梢也黯然失色，绯红的天空逐渐被染蓝。树林的气息渐浓，微微散发出暖暖的潮意，吹进的风儿在您身边止息。鸟儿们也开始进入梦乡——并非一下子全部入睡——而是因种类不同分批睡去：燕雀不作声了，过了不多一会儿轮到知更鸟，接下来是黄鹀。树林里愈发昏暗。树木连在一起，变成黑压压的一大块；藏青色的天空怯怯地露出几颗星辰。鸟儿都睡了，只有红尾鸲和小啄木鸟还在困倦地鸣叫……现在它们也安静了。在您头上，柳莺再次发出清脆的叫声，黄鹂在某处哀鸣，夜莺也初展歌喉。您已等得心烦意乱，突然——只有猎人才明白我的意思——突然在四下静谧中传来一阵特殊的嘎嘎声和嘶嘶声，听见急切而有节奏的振翅声——是山鹬，它优雅地垂下长喙，缓缓地从暗黑的白桦树后飞出，迎向您的枪弹。

这就是所谓的“打伏击”。

就这样，我同叶尔莫莱前去打伏击；但是诸位见谅，我应先向你们介绍一下叶尔莫莱。

此人四十五岁左右，瘦高个儿，细长鼻子，窄脑门儿，灰眼睛，乱蓬蓬的头发，厚厚的嘴唇露出嘲讽的神情。这人无论冬夏都身着浅黄色的德国式土布长衣，束一条宽腰带，下身穿深蓝色灯笼裤，头戴羔皮帽，这帽子是一个没落地主一时高兴送给他的。宽腰带上系着两个口袋：一个在前，巧妙地扎成两半，分别装火药和铅弹；另一个在后，用来装野味。至于棉屑，叶尔莫莱是从他自己那仿佛取之不竭的帽子里掏出来的。他用卖野味挣的钱本可轻而易举为自己购得弹药袋和背囊，但他一次也没想过要花这笔钱，照旧这样给自己装弹药，他能巧妙地避开铅弹和火药散落或混合的危险，其高超手法令人叹为观止。他使单筒猎枪，此枪装有燧石，兼有“后坐力”强劲的坏毛病，因此叶尔莫莱的右颊比左颊肿大。他怎么用这支枪瞄准射击——头脑再灵光的人也想不出，可他偏就射中了。他有条猎狗叫瓦列特卡，着实是个怪物。叶尔莫莱从不给它喂食。“我才不会给狗喂食，”他一本正经地说，“狗是聪明的动物，它能自己找到吃的。”的确如此：尽管瓦列特卡那皮包骨头的模样让不相干的过路人看到也大吃一惊，但它一直活着，而且还挺长寿；甚至，尽管它活得如此悲惨，但它一次都没有走丢，也没有想过要离开自己的主人。只有一次，在它年轻的时候，它因坠入情网离开过两天；很快，它就再没干过这类蠢事。瓦列特卡的出色之处在于它对整个世界都持有一种令人捉摸不透的冷漠态度……如果我们说的不是一条狗，我大概会用“悲观失望”一词。它通常蹲坐着，把自己的短尾巴压在身下，双眉紧锁，时不时哆嗦几下，从来不笑（大家都知道，狗是会笑的，而且能笑得很可爱）。它长得实在是丑，每个闲来无事的仆人都不会放过恶毒嘲笑它长相的机会；但对于所有的嘲笑，甚至殴打，瓦列特卡都出奇冷静地忍受了。有时它因为弱点（这不仅仅是狗才有的弱点），把自己饥肠辘辘的嘴脸探进充满诱人暖意和香气的厨房那扇虚掩的门，厨子们就会放下手中的活儿，又喊又骂地追赶它，这给厨子们带来了极大的乐趣。狩猎时，它不知疲倦，嗅觉灵敏，要是偶尔碰上一只受伤的兔子，它就在绿色灌木凉爽的树荫下，远离用听得懂和听不懂的方言骂人的叶尔莫莱，津津有味地把兔子啃个精光。

叶尔莫莱是我家附近一位旧式地主家的下人。旧式地主不喜欢鹬鸟，爱吃家禽。只有在特殊日子里，比如生日、命名日、选举日，旧式地主家的厨子才会用长嘴鸟做菜。俄国人有一个特性，即当他不大知道该怎么做时，他反而更来劲。这些厨子就是这样，他们烹饪时发挥各种奇思妙想，结果大多数客人只是好奇出神地盯着端上来的美味佳肴，却不敢尝鲜。叶尔莫莱按照吩咐，每月给主人家厨房送两对松鸡和山鹑，这之外，他想住哪儿就住哪儿，想怎么过就怎么过。没人雇用他，人们觉得他什么事儿也做不好，用我们奥廖尔人的话说，他就是“废物”。当然，也不会有人给他火药和铅弹，这跟他不喂自己的狗是一个道理。叶尔莫莱是个怪得出奇的人：像鸟儿一样无牵无挂，喜欢说话，看上去懒散笨拙；他很好酒，在一个地方住不长久，走起路来双脚蹭地，东摇西晃——就这样蹭地和摇晃，他一天能走六十俄里地呢。他有过各种奇遇：在沼泽里、树上、房顶上、桥洞下过夜，不止一次被关在阁楼里、地窖里、牲口棚里，丢过枪，失过狗，连最必需的衣服也没了，被人长时间狠狠地揍过——无论怎样，一段时间之后，他总能回到家，穿戴齐备，配着枪，牵着狗。他算不上是一个快乐的人，虽然他总是心情不错；总而言之，他就是个怪人。叶尔莫莱喜欢和体面人闲聊，尤其喜欢把酒言欢，但聊不了多久，往往起身就走。“你去哪儿啊？真见鬼！这三更半夜的。”“去恰普利诺村。”“你折腾去恰普利诺村干吗，十俄里路呢！”“去那儿的庄稼汉索夫龙家过夜。”“就在这儿睡吧。”“不，不。”叶尔莫莱就带着瓦列特卡在漆黑的夜里穿过树林、越过水沟，可那个庄稼汉索夫龙或许根本不让他进门，更有甚者，还会掐他的脖子：不准打搅咱清白人家！然而，叶尔莫莱的一些本事无人能及，比如春汛时在溢出的水中抓鱼、用手捞虾、凭嗅觉找野味、诱捕鹌鹑、驯养猎鹰、捕捉那些会唱“魔笛”和“杜鹃于飞”曲段的夜莺①……唯有一件事儿他不会，就是驯狗，因为耐心不够。他结婚了，一周去老婆那儿一次。她住在一处破败得几乎要坍塌的小屋里，艰难地维持生计，有上顿没下顿，总而言之，

---

① 猎人们都熟悉这些称谓，它们是指夜莺歌声中最美妙的“唱段”。——作者原注。

苦不堪言。叶尔莫莱，这个无忧无虑又心地善良的人，对她却非常残酷和粗暴，在家摆出一副严厉冷酷的样子——他可怜的妻子并不知道怎么讨好他，一看他那副凶样就吓得发抖，把最后一个子儿也拿去给他买酒。当叶尔莫莱大模大样地躺在炕上睡觉、做着美梦时，她就奴颜婢膝地把自己的皮袄给他披上。我自己也多次撞上他无意流露出来的阴郁凶残的神情：当他咬死被打伤的鸟儿时，他的面部表情真让我厌恶。叶尔莫莱从未在家里待过一天以上的时间；在外面他又变成了被人瞧不起的“叶儿莫尔卡”，方圆一百里的人都这么叫他，有时他也这么称呼自己。最低贱的仆人都觉得自己要比这个流浪汉高贵——也许正因如此，他们对他挺友好的；庄稼汉们一开始很喜欢追他、逮他，就像抓一只田里的兔子，然后再发善心把他放了。但当他们得知他是怪人，就不再捉弄他了，甚至还给他面包，和他聊天……我就是带着这样一个人去打猎，同他去伊斯塔河岸边的一片很大的白桦林打伏击。

很多俄国河流都和伏尔加河一样：一边群山连绵，另一边草地葱郁；伊斯塔河就是这样。这条小河曲曲折折，蜿蜒如蛇，没有半俄里是直的，有的地方从陡峭的小丘顶上望去，十俄里长的河上散落着堤坝、池塘、磨坊、菜园等，周围爆竹柳环绕，鸭鹅成群。伊斯塔河里的鱼数不胜数，尤以圆鳍雅罗鱼为首（大热天里，庄稼汉们在灌木丛里徒手就能捞到）。岸边冷冽清澈的泉水潺潺流淌，小滨鹬沿着这些岩石河岸啁啾着飞来飞去；野鸭游向池塘中心，谨慎地四下张望；苍鹭立在峭壁掩映的河湾阴影中……我们打了一个小时左右的伏击，猎到两对山鹬，想着在日出之前再碰碰运气（早晨也可以打伏击），于是决定去就近的一家磨坊借宿一夜。我们走出丛林，下了山冈。河里泛着暗蓝色的波涛；深夜的潮气在空中弥漫，让空气变得黏稠。我们敲了敲门，院子里的狗立刻吠了起来。“谁啊？”响起睡得迷迷糊糊的嘶哑声音。“打猎的人，想借宿一晚。”没有答复。“我们付钱。”“我去禀告主人……嘘，天杀的！真该死！”我们听见雇工进了屋；他很快回到门边。“不行！”他说，“主人不同意。”“为什么不同意？”“害怕呗。你们是打猎的：弄不好把磨坊给烧了；瞅瞅，你们都带着火药呢。”“净瞎说！”“去年我这儿有家磨坊就这样被烧了：几个牲口贩子来借宿，不知怎的就把房子点着了。”“老弟，我们总不能在外面过夜吧!”“随你们的便吧……”说完他走了，皮靴噔噔作响。

叶尔莫莱臭骂了他一顿，最后叹了口气道：“去村子里吧。”但是这儿离村子还有两俄里路……“我们就在这儿过夜，”我说，“外面晚上很暖和；我们出钱，让磨坊主给我们一些麦秸。”叶尔莫莱顺从地同意了。我们又敲了敲门。“你们要干吗?”还是雇工的声音，“说过了，不行!”我们跟他说明我们的想法，他便去向主人报告，然后同主人一道回来。小门嘎吱一声开了。磨坊主露面了，他个子高高，脸蛋儿肥肥，公牛般的后脑勺儿，大肚子圆滚滚的。他同意了我的要求。在离磨坊百步远的地方有一个四下敞开的小棚。他们给我们拿来了麦秸和干草；雇工在河边的草地上摆上茶炊，蹲下来卖力地吹生火的管子……煤火烧旺了，明晃晃地照着他年轻的脸庞。磨坊主跑去叫醒妻子，最后他自己提出让我们宿到屋子里；可我宁愿待在户外。磨坊老板娘给我们送来牛奶、鸡蛋、土豆、面包。不一会儿，茶饮烧开了，我们饮起茶来。河上雾气腾腾，没有风；秧鸡在四周啼叫；磨轮旁有微弱的声音传来：那是水滴从轮叶上往下滴，还有水从堤坝的闸门往外渗。我们生起一小堆篝火，趁着叶尔莫莱在炭灰里烤土豆的工夫，我打了一个盹儿……一阵低声的轻微耳语惊醒了我。我抬起头：磨坊老板娘坐在火堆前一个倒置的木桶上，正同我的猎人伙伴聊天。之前从她的穿着打扮和言谈举止我已经看出她不是农妇，也不是小市民，而是地主家的女仆；但现在我才看清她的容貌：她看上去三十来岁，瘦削苍白的脸上风韵犹存，我尤其喜欢她那双忧郁的大眼睛。她把胳膊肘支在膝上，双手托腮。叶尔莫莱背对着我坐着，不时往火里添些木柴。

“热尔图希纳村又闹瘟疫了，”磨坊老板娘说，“伊万神父家两头母牛都死了……愿上帝保佑!”

“你们家的猪怎么样?”沉默了一阵子，叶尔莫莱开口问道。

“活着呢。”

“要是送我一只小猪崽就好了。”

磨坊老板娘不说话了，过了一会儿叹了口气。

“和你在一起的是什么人?”她问。

“一位老爷，科斯特马罗夫村来的。”

叶尔莫莱扔了几根枞树枝到火堆里，树枝立刻发出噼噼啪啪的清脆声，白色的浓烟直扑他的脸。

“为什么你的丈夫不让我们进屋?”

“他怕。”

“瞧那肥肚子……宝贝儿，阿丽娜·季莫菲耶夫娜，给我杯酒喝吧。”

磨坊老板娘站起身，消失在黑暗中。叶尔莫莱小声地哼起歌来：

我去找情妹
靴子都穿废……

阿丽娜拿着小酒瓶和酒杯回来了。叶尔莫莱欠了欠身，画个十字，把酒一饮而尽。“真爽啊!”他说了一句。

老板娘又在木桶上坐了下来。

“怎么样，阿丽娜·季莫菲耶夫娜，你还总害病吗?”

“是啊。”

“怎么回事?”

“整晚咳嗽，可折磨人了。”

“老爷似乎睡着了，”叶尔莫莱沉默了一会儿说，“阿丽娜，你别去看大夫——只会更糟。”

“我没去啊。”

“来我家串门吧。”

阿丽娜垂下了头。

“你要来，我就把我那个……那个老婆赶走，”叶尔莫莱接着说，“我说真的。”

“你快把老爷叫醒吧，叶尔莫莱·彼得罗维奇，土豆烤好了。”

“让他好好睡吧，”我忠实的仆人淡淡地说，“他跑累了，睡得真香。”

我在干草上翻了个身，叶尔莫莱起身走到我的面前。

“土豆烤好了，请吃吧。”

我钻出敞棚；磨坊老板娘从木桶上站起来，准备离开。我主动和她聊起来：

“你们租这个磨坊很久了吗?”

“三一节那天租的，一年多了。”

“你丈夫是哪里人?”

阿丽娜没有听清我的问题。

“你丈夫打哪儿来的?”叶尔莫莱提高嗓门，重复了一次问题。

“从别廖夫来，他是别廖夫城的人。”

“你也是从别廖夫来的?”

“不，我是地主家的仆人……以前在地主家做仆人。”

“谁家的?”

“兹维尔科夫老爷家的，现在我自由了。”

“哪个兹维尔科夫?”

“亚历山大·西雷奇。”

“你是不是给他太太当过女仆?”

“您怎么知道的？是当过。”

我怀着异常的好奇和同情望着阿丽娜。

“我认识你们家老爷。”我接着说。

“您认识他?”她小声答道，然后垂下眼帘。

在这里有必要对读者说一下，为什么我如此同情地望着阿丽娜。我还在彼得堡时，一个偶然的机会，我结识了兹维尔科夫先生。他当时身居要职，见多识广，精明能干。他有个胖乎乎的妻子，为人敏感，爱哭鼻子，还很凶悍——是一个庸俗不堪又难以相处的人；他们还有一个儿子，是一个淘气任性又愚昧无知的小少爷。兹维尔科夫先生的长相令人不敢恭维：在他那张几乎呈长方形的大脸上，一双鼠眼贼溜溜地转着，又大又尖的翘鼻子，鼻孔朝天；灰白的头发剪得很短，像鬃毛一样立在布满皱纹的前额上，薄嘴唇不停地颤动，谄媚地笑着。兹维尔科夫先生常常叉开双腿站着，一双肥手插在口袋里。有一次，我要和他一起坐马车出城，我们聊了起来。兹维尔科夫先生是一个老到而精明的人，他开始教导我要走“正道”。

“恕我直言，”他尖声尖气地说，“你们这些年轻人，在判断和解释事物时都很草率；你们并不了解自己的祖国；先生们，你们根本不懂俄罗斯，就是这样……你们净读些德国的书。比方说，你们现在和我谈这谈那，谈那个，喏，就是谈到仆人……很好，我没什么可说的，这一切都很好；但你并不了解他们，不知道他们是怎样的人（兹维尔科夫先生重重地擤了一下鼻涕，嗅了嗅鼻烟）。容我讲一件小趣闻：您也许会觉得有意思（兹维尔科夫先生清了清嗓子）。您知道我太太是个什么样的人；我觉得再找不出比她更善良的人了，这点您也是同意的。服侍她的女仆，那过的可不是一般人的日子，简直就是过着神仙般的日子……我太太给自己定了一条规矩：不用结了婚的女仆。这样的人的确不合适：她们会有孩子，之后就有这事那事，哪里还能尽心照料自己的太太，周全考虑太太的饮食起居习惯呢？她们已经顾不过来了，心思都不在这上面了。这是人之常情嘛。有一次，我们坐车途经自己的村子，这事已经过去好些年了——让我想想看，准确点说——有大概十五年了。我们看到，村长的女儿是个模样标致的姑娘，而且，您知道吗，她的一举一动都非常招人喜欢。我妻子对我说：'科科（您知道她是这么叫我的），我们把这个小姑娘带到彼得堡去吧；我喜欢这女孩儿，科科……'我回答：'带上吧，我赞成。'村长，不用说，激动得立刻跪在我们面前——要知道，这样的好事儿，他求都求不来……当然喽，那小姑娘还不懂事，哭了一阵鼻子。她起初挺害怕，要离开父母嘛……总之，这也是可以理解的。之后她很快就适应了我们家的生活。刚开始，让她和女仆们一起住；当然，还要调教她。你猜怎么着……小女孩儿学得很快；我太太对她简直喜欢得要命，特赏识她，最后不要别人，只要她去做自己的贴身女仆……您瞧瞧……也要为她说几句公道话：我太太还从没用过这么贴心的女仆，从没有过；她手脚麻利、谨言慎行、乖巧听话——总之，样样让人满意。而且，老实说，我太太对她也非常宠爱；她穿着上好的衣料，和主人吃一样的饭，喝一样的茶……真是好得不能再好了！就这样，她服侍了我太太十来年。突然，一个阳光明媚的早上，您想象一下吧，阿丽娜走进来（她叫阿丽娜），没有通报就走进我的书房，扑通一声跪到我的面前……坦白说，我最受不了这样。一个人任何时候都不该忘记自己的身份，是不是？'你怎么了？''老爷，亚历山大·西雷奇，求您发发慈悲吧！’‘发什么慈悲？’‘请允许我嫁人吧。’我承认，我当时很震惊。‘你这个蠢货，你难道不知道，太太身边没有别的女仆了？’‘我还会像往常一样服侍太太的。’‘胡说！胡说！太太是不会用结了婚的女仆的。’‘马拉妮娅可以接替我。’‘别再说了！’‘遵命……’说真的，我当时都气蒙了。对您说吧，我是这样的人：我敢说，没有比忘恩负义更让我觉得可恶的……没什么可说的。您知道我的妻子是个怎样的人：真是下凡的天使，她的善良无法言传……哪怕是魔鬼，都会怜惜她。我把阿丽娜轰出房间，寻思着她会幡然醒悟；您知道，我不愿相信一个人真的会没有良心，会忘恩负义。您猜怎么着？半年后，她又来求我同样的事情。说真的，这次我非常震怒，把她轰了出去，吓唬她，说要把这事儿告诉太太。我真是怒不可遏……可您能想到吗，更让我震惊的事情发生了：过了几天，我太太眼泪汪汪地来找我，她非常激动，我都吓着了。‘出了什么事？’‘阿丽娜……您明白……我都羞于启齿。’‘不可能！那个人是谁？’‘下人彼得鲁什卡。’我简直气炸了。我就是这样的人……绝不含糊……彼得鲁什卡……他没错。可以惩罚他，但是我认为他没错。阿丽娜……唉，怎么说呢，唉，唉，还能说什么呢？我立刻吩咐人把她的头发剃了，给她穿上粗布衣服，送回农村去了。我的太太少了一个好女仆，但也没有办法：家有家规。长痛不如短痛……唉，唉，现在您评评理，唉，您知道我的妻子，她就是，就是……终归就是一个天使啊……她根本离不开阿丽娜，阿丽娜也很清楚这一点，怎么能就这么不顾廉耻呢？啊？不能啊，您说说……啊？还有什么可说的！毫无办法。至于我，好长一段时间为这个忘恩负义的丫头伤心难过，觉得不值。不管您说什么……这些人根本就无情无义！不管怎么喂养狼，狼总是望着森林……吃一堑，长一智！我只是想向您证明……”

兹维尔科夫先生话没说完，转过头去，把外套裹得更紧，坚强地抑制不由自主的激动。

读者们现在大概明白了，为什么我同情地望着阿丽娜了。

“你嫁给磨坊主很久了吗？”最后我这样问她。

“两年了。”

“怎么，难道老爷竟然允许了？”

“有人帮我赎身了。”

“谁?”

“萨维利·阿列克谢耶维奇。”

“他是什么人?”

“我的丈夫。(叶尔莫莱不动声色地笑了一下)难道老爷跟您提过我?”阿丽娜沉默一会儿后,又开口问道。

我不知道该怎么回答她的问题。“阿丽娜!”磨坊主在远处喊她,她起身走了。

“她的丈夫人好吗?”我问叶尔莫莱。

“还不错。”

“他们有孩子吗?”

“有过一个儿子,但是夭折了。”

“那么,磨坊主喜欢她,是吧?他为她赎身花了很多钱吧?”

“这我不知道。她识字;干他们这行的,这点……还是很有用的。所以,他看中了她。”

“你们认识很久了吗?”

“很久了。我以前常去她老爷家,他们的庄园离这儿不远。”

“那你认识下人彼得鲁什卡吗?”

“彼得·瓦西里耶维奇?当然认识。”

“他现在在哪儿?”

“去当兵了。”

我们都沉默了。

“她看起来好像身体不太好。”最后我又问叶尔莫莱。

“怎么能身体好呢……看样子,明天会打一个好伏击。您现在好好睡一觉吧。”

一群野鸭嘎嘎叫着,从我们头顶掠过。我们听到,它们降落在离我们不远处的湖面上。天已经完全黑下来,凉意渐生;树林里夜莺放声啼啭。我们钻进干草里,进入了梦乡。

莓 泉

八月初的炎热天气常常让人无法忍受。从十二点到三点的这段时间里，哪怕最果敢、最热衷打猎的人也无法去打猎，即使最忠诚的狗也开始“舔猎人的马刺”，即跟在猎人靴子后面转悠，难受地眯缝起眼睛，夸张地伸出舌头。要是主人责怪，它就摇晃尾巴，脸上现出窘态以示回答，但怎么也不肯往前走一步了。就是在这样的一天，我碰巧去打猎。我不断驱散想去某个阴凉处躺一会儿的念头，我那不知疲倦的猎狗在灌木丛里搜寻了好久，看得出来，它自己也不相信其狂热的行为会有结果。终于，闷热迫使我意识到我们应保存最后的体力和能力。我勉强来到伊斯塔河边，这条河，我宽容的读者们早已熟悉。我从陡坡下来，沿着湿漉漉的黄沙向方圆一带尽人皆知的“莓泉”走去。泉水从河岸裂隙中涌出，带着欢快的喧嚣声流入二十步开外的小河里。那裂隙开始细细窄窄，后来成了一条不大却深的溪谷，两边长满了橡树丛，低矮的如茵绿草环绕着清泉，阳光几乎全然照不到冰冷、晶莹的水面。我来到泉边，草地上有一个桦树皮做的舀勺，是某个过路的庄稼汉留下供大家使用的。我喝了个饱，躺在草地上，四下打量。泉水注入小河的地方形成了一个河湾，水面始终泛着涟漪。河湾边背对着我坐着两个老人，一个虎背熊腰，大高个儿，身穿整洁的墨绿色长外衣，戴着绒线帽，正在钓鱼；另一个身材瘦削，个子也小，穿着打补丁的棉毛混纺上衣，没戴帽子，膝上放着一罐鱼饵，时而抚摸一下自己花白的头发，似乎想保护头发不受阳光直射。我仔细瞅了瞅他，认出他是舒米西诺村的斯捷普什卡。请容许我向读者介绍一下他吧。

舒米西诺是个大村子，距我的村子几俄里远。村子里有座石头教堂，它是为纪念圣科兹玛和圣达米安而建。教堂对面曾有一座气派的地主大宅，宅子周围有各种附属建筑物：杂物房、作坊、马厩、土制蔬菜棚、马车棚、澡堂、临时厨房、供客人和管理人员住的厢房、花房、公用秋千以及其他大大小小的建筑物。在这栋豪宅里住着一家阔地主，他们过着安稳的日子，突然，一个早晨，这一切财富都被一场大火化为灰烬。地主搬到别处去了，庄园荒废了。大片的废墟变成了菜园，一些地方遗留着砖瓦堆，还有先前房屋的残垣。一些没烧毁的原木被人草草搭成一间小木屋，用船板做屋顶，那船板是十年前买来准备建哥特式凉亭的。主人让园丁米特罗凡和妻子阿克西妮娅以及他们的七个孩子住进去，他吩咐米特罗凡种瓜果蔬菜，供一百五十俄里外的地主家食用。要求阿克西妮娅照看从莫斯科以高价买来的蒂罗尔小牛，可惜的是，这头牛不能产崽，所以从它购进之日起就没有产过牛奶；她还要看管一只烟色的凤头公鸭，这是“老爷家”唯一的家禽。孩子们因为太小，没有给他们分配活儿，这让他们变成了小懒虫。我碰巧在这位园丁家歇过两晚，路过他家时我向他买过黄瓜。天晓得为什么这些黄瓜在夏天时就已经长得个儿大无味，皮黄且厚。在他家我第一次见到斯捷普什卡。村子里还住着一个年老耳背的教会长老，名叫格拉西姆，他寄住在独眼的士兵妻子家中。除了米特罗凡一家人和格拉西姆之外，舒米西诺村再没有其他的仆人，因为我着力向读者介绍的斯捷普什卡根本不能算作是一个人，更别说算作是仆人了。

任何人都会有一定的社会地位、社会联系；任何仆人，哪怕不拿工钱，也会至少分到一份“口粮”：斯捷普什卡从未有过补贴，无亲无故，没人知道他的存在。这个人甚至没有过去，没人谈论他，人口普查也未必把他算在内。有些不明不白的传闻，说他曾经当过某人的家仆；但他是什么人、打哪儿来的、何人之子、怎么成为舒米西诺村村民、如何弄到那件不知从什么时候就穿起的棉纺布上衣的、住在哪儿、靠什么为生——这些绝对无人知晓，老实说，也没人关心这些问题。特罗菲梅奇爷爷知道所有仆人四代以内的家谱，他也只说过一次，当年已故老爷阿列克谢·罗曼内奇旅长出征归来用辎重车带回来一个土耳其女人，她是斯捷普什卡的亲戚。按照俄罗斯的古老风俗，在节日里要用面包加盐、荞麦饼和美酒款待大家——即使在这样的日子里，斯捷普什卡也不去摆好的餐桌和酒桶那里，既不鞠躬行礼，也不吻老爷的手，不会当着老爷的面为老爷的健康一口气饮干酒杯的酒——这酒可是管家用他的胖手亲自斟的。除非有好心人经过，才会分给这个可怜虫一小块没吃完的馅饼。在复活节，人们和他互吻三次以示祝贺，但他呢，不卷起油渍斑斑的袖子，也不从身后的口袋掏出红色的鸡蛋，不会喘气眨眼地把红鸡蛋献给少东家乃至太太本人。夏天，他住在鸡窝旁边的贮藏室，冬天住在澡堂的更衣间；特别严寒的时候，他就宿在干草棚里。人们对他见怪不怪，有时还会踹他一脚，没人会同他说话，而他似乎天生就张不开嘴。大火之后，这个没人记得的人就落脚在此，或者，按照奥廖尔人的说法，就“赖到”园丁米特罗凡那里。园丁不理睬他，也没对他说“住我家吧”，可也没赶走他。斯捷普什卡并没有住在园丁的家里，他栖身在菜园里。他走路、行动都悄无声息；打喷嚏和咳嗽时都诚惶诚恐地捂住口鼻；他就像只蚂蚁，总是闷不作声地忙来忙去、四下折腾——这些都是为了填饱肚子，为了有口饭吃。说真的，要不是他从早到晚都在为吃饭忙乎的话，我们的斯捷普什卡早就饿死了。糟糕的是，吃了上顿不知道还有没有下顿！他有时坐在篱笆下啃萝卜或者吮胡萝卜，或者低头掰碎肮脏的白菜帮子；有时他呼哧呼哧地提着一桶水去某处；有时他生火煮瓦罐，把几块黑乎乎的东西扔到瓦罐里；有时到自己住的贮藏室里敲敲打打，在木头上钉钉子，做出一个搁面包的架子。他做这一切都悄无声息，像是见不得人一样，有人瞧一眼，他就藏起来了。有时他突然消失两三天；自然，谁也没发现他失踪了……没多久，一瞧，他又在老地方了，在篱笆旁往铁架子下面添柴生火了。他长着一张小脸，丁点儿大的黄色小眼，头发快遮住眉毛了，鼻子尖尖的，耳朵奇大无比，呈透明状，好似蝙蝠的耳朵，胡子像是两周前剃过，永远不长不短。这就是我在伊斯塔河岸遇到的斯捷普什卡，彼时他正与另一个老头儿在一起。

我走过去，打了个招呼，在他们旁边坐下。我认出斯捷普什卡的同伴也是我的熟人，他曾是彼得·伊里奇伯爵的农奴，现在已获自由，他叫米哈伊洛·萨维利耶夫，绰号叫“雾”。他住在博尔霍夫城患肺病的小市民——一家旅店老板的家中，我曾多次在他家旅店歇脚。在奥廖尔的宽阔大街上乘车驶过的年轻官员和其他闲人（那些裹在条纹羽毛被子里的商人是没有这份闲心的）现在还能看到，在离三一村不远的地方有一座两层楼的木制房子，已经完全废弃了，房顶坍塌，朝向大路的窗户被钉死。中午时分，在艳阳高照的晴朗日子里，再难想到比这座废墟更让人难过的东西了。这里曾经住着彼得·伊里奇伯爵，他的慷慨好客远近驰名，在当时是富甲一方的显赫人物。全省的人都常常云集他家，在家庭乐队的喧闹声中，在烟花爆竹的劈啪声中纵情跳舞，好不热闹。当经过这座荒废的贵族宫殿时，兴许不止一位老太太会悲从中来，慨叹和回忆逝去的年代和流走的青春。伯爵长年大摆宴席，笑容可掬地周旋于谄媚奉承的宾客之中。不幸的是，他的家业怎够他挥霍一辈子？倾家荡产之后，他去彼得堡想谋个职位，还没等到任何结果就在宾馆里一命呜呼了。“雾”曾在他家做过管家，早在伯爵生前就赎了身。他现在年届七十，五官端正，讨人喜欢。他几乎总是面露微笑，如今只有叶卡捷琳娜女皇时代的人才像他那样温和而庄重地微笑。他说话的时候嘴唇慢慢地一开一合，亲切地眯缝眼睛，略带鼻音。就连他擤鼻子、嗅鼻烟都不慌不忙，好像是在办件大事。

“喂，怎么样，米哈伊洛·萨维利奇，”我问道，“钓到鱼了吗？”

“您瞅瞅鱼篓吧，钓到两条鲈鱼，还有五条圆鳍雅罗鱼呢……给他看看，斯捷帕①。”

斯捷普什卡把鱼篓递给我。

“斯杰潘，你过得怎么样？”我问他。

“还……还……还……凑……凑合，老爷，马马虎虎吧。”斯杰潘结结巴巴地说着，仿佛舌头上压了秤砣。

“米特罗凡身体还好吧？”

“还好，当……当然了，老爷。”

这可怜的老头儿转过脸去。

“鱼怎么都不爱上钩呢？”“雾”开口说，“热得够呛；鱼都躲到树荫下睡觉了……装个鱼饵吧，斯捷帕。”斯捷帕取出鱼饵放到掌心，拍打了两下装到鱼钩上，吐了口唾沫就递给“雾”。“雾”说：“谢谢，斯捷帕。”他继续问我：“您这是去打猎吗？”

“正是。”

---

① 斯捷帕、斯杰潘都是斯捷普什卡的昵称。

“哦……您的狗是英国种还是芬兰种？”

老头儿喜欢一有机会就表现自己，好让别人觉得他是见过世面的！

“不知道是什么种，狗挺好的。”

“明白了……您还有别的狗吧？”

“家里还有两群狗呢。”

“雾”笑了笑，摇摇头。

“的确是这样：有的人爱狗爱得不得了，有的人白送他都不要。就我肤浅的想法来说，养狗就是为了体现身份……一切都要讲体面：马要体面，养狗的人也要体面，一切一切都要体面。已故的伯爵——愿他魂归天国！说实话，他根本就不是个打猎的人，可他也养了狗，一年外出打一两次猎。养狗的仆人穿着镶金边的红外衣，集合在院子里，吹起号角；伯爵大人出来了，仆人把马牵过来，扶大人上马，领头的猎人把大人的脚放进马镫，然后脱下自己的帽子，用帽子托起缰绳递上去。大人的皮鞭一响，养狗的仆人齐声吆喝，一起走出院子。马夫骑着马走在伯爵后面，用绸带牵着老爷的两只爱犬，还要仔细地看着它们……这马夫骑在哥萨克的马鞍上，居高临下，满面红光，大眼睛骨碌碌地转来转去……当然啰，这样的场合总少不了宾客。既能寻欢作乐，又能大显派头……” “哎呀，鱼脱钩了，见鬼！”他拽了下鱼竿，突然嚷道。

“听说，伯爵一生都过得非常体面风光，是吗？”我问他。

老头儿往鱼饵上吐口唾沫，又甩下鱼钩。

“可不，他可是个大富大贵的人啊。彼得堡常有人来他家做客，可以说，都是些头等要人，一个个都佩戴着蓝色的绶带就餐。伯爵在款待宾客方面也是个行家，时常叫我过去说：‘雾，明天我要几条活鲟鱼，差人给我送来，听到了吗？’‘遵命，大人。’那些绣花外衣、假发、手杖、香水、上等花露水、鼻烟壶、大幅油画等，都是从彼得堡定购来的。伯爵一办宴会——天啊，那可真了不得！烟花满天，车水马龙！有时还鸣炮呢。光乐队就有四十个人。他请了个德国指挥，可这德国人居然摆起架子，他要和大人们在一张桌子上吃饭；于是伯爵大人让他卷铺盖走人。他说：‘我的乐队没指挥也能表演。’当然啦，老爷说了算。一跳起舞来，就通宵达旦，跳得最多的是拉科谢兹舞和马特拉杜尔舞……哟……哟……哟……上钩了，伙计！”老头儿从水里钓起一条小鲈鱼。“接着，斯捷帕。……老爷毕竟是老爷，”老头儿甩出钓钩，继续说道，“他心地也很好。有时会揍你几下，可没多久就忘了这回事了。只有一个不足之处：养情妇。唉，这些情妇啊，上帝宽恕她们吧！就是她们弄得老爷破了产。这些女人都是从下等人家挑出来的。按理说，她们还有什么不知足的？可就算你把整个欧洲最值钱的东西给她们，她们也不满足！说的也是：为什么不能随心所欲地活着呢？这是老爷的家事……可是弄到破产真是不应该。尤其是那个叫阿库丽娜的女人，如今她已不在人世了——愿她升入天国！她是个普通女孩儿，西托夫村甲长的女儿，却是个十足的泼妇！经常扇伯爵的耳光，伯爵完全被她迷住了。我的侄子不小心溅了点可可茶在她的新裙子上，就被押去当了兵……押去当兵的不止他一个呢。可不管怎么说……那时候真是好日子啊！”老头儿补上这最后一句，长叹一口气，低下头去不说话了。

“我看，你家老爷很严厉吧？”一阵沉默后我开了口。

“那个时候就兴这一套，老爷。”老头儿摇摇头，反驳道。

“现在可不时兴了。”我盯着他说。

他斜睨了我一眼。

“现在当然好多了。”他含糊地说，把钓钩甩得远远的。

我们坐在树荫下，可就是树荫下也闷热得很。沉闷、炙热的空气仿佛凝滞一般，发烫的脸颊渴望微风吹拂，但一丝风儿都没有。太阳在湛蓝的天空上炙烤着大地，就在我们正前方，河对岸，是一片黄澄澄的燕麦田，有些地方冒出一丛丛苦艾，竟连一棵麦穗都没有动。稍矮一点儿的地方有一匹农家马，它立在齐膝的河里，懒洋洋地晃动着湿漉漉的尾巴。低垂的灌木丛下，偶尔有大鱼冒出来，吐出一串水泡，又静静地沉到水底，水面留下一串涟漪。蝈蝈在褐色的草丛里鸣叫；鹌鹑也啼几声，显得极不情愿；鹞鹰平稳地在田野上空翱翔，常常在一处地方停下来，然后迅速拍打着双翅，尾巴如扇子般展开。我们在酷暑的煎熬下一动不动地坐着。突然在我们身后的河谷中传来声响：有人朝着泉水走下来了。我回头一看，只见一个五十岁左右的庄稼汉，满身尘土，身着衬衫，脚穿木皮鞋，背着一个背篓，肩上搭一件外衣。他走到泉边，咕咚咕咚喝了个饱，然后站起身来。

“喂，你是弗拉斯？”“雾”扫了他一眼，突然喊起来，“你好啊，伙计，打哪儿来啊？”

“你好，米哈伊尔·萨维利奇，”庄稼汉走过来说，“从大老远的地方来。”

“上哪儿去了？”“雾”问他。

“去莫斯科走了一趟，找老爷。”

“为了啥事啊？”

“去求他。”

“求他什么事？”

“求他减轻代役租，或者改成劳役租，或者换个地方住也行……我儿子死了，所以我现在一个人负担不起。”

“你儿子死了？”

“死了。”庄稼汉沉默了一下，开口说道，“他生前在莫斯科当马车夫，其实是在替我缴代役租。”

“难道你们如今还要缴代役租？”

“是啊。”

“你的老爷怎么说？”

“老爷怎么说？他把我赶了出来。他说：‘你竟敢直接找上门来，不然要管家干吗？’他又说：‘你应该先向管家报告……我能让你搬到哪儿住啊？’他还说：‘你得先把欠的租金缴清了。’老爷真是发大火儿了。”

“怎么，你就这样回来了？”

“回来了。我本来想问一下，我儿子有没有留下什么长物，但是没有问到。我对儿子的东家说：‘我是菲利普的爹。’可他对我说：‘我怎么知道你是不是他爹？再说你儿子什么也没留下，他还欠我钱呢。’我只好回来了。”

庄稼汉笑着对我们讲这些事，好像讲的是别人的事一样。但是他那双眯起来的小眼睛满含着泪水，嘴唇抽搐。

“那你现在就回家吗？”

“还能去哪儿？当然要回家。恐怕我的老婆现在正在挨饿呢。”

“那你可以……那个……”斯捷普什卡突然开口说话了，但又觉得不好意思，住了嘴，把手伸到罐子里摆弄鱼饵。

“你去找管家了吗？”“雾”有些吃惊地瞥了斯捷帕一眼，继续问道。

“我干吗去找他啊？我还欠了一屁股租金呢。我儿子死前就病了一年，他自己那份租金都没缴……我也不担心了：反正从我身上也要不到什么……哼，老兄，不管你有什么花招，都没用了。我不管了！”庄稼汉大笑起来，“无论他多有办法，金吉良·谢苗内齐，都……”

弗拉斯又笑了起来。

“怎么样？这可不好啊，弗拉斯老兄。”“雾”一字一顿地说。

“有什么不好的？不……（弗拉斯的话音中断了）天真热啊。”他用衣袖抹了把脸，又说了一句。

“谁是你的老爷？”我问。

“瓦列里安·彼得罗维奇·×××伯爵。”

“彼得·伊里奇的儿子？”

“是彼得·伊里奇的儿子。”“雾”回答，“已故的彼得·伊里奇还在世的时候就把弗拉斯所在地村子分给了他。”

“他怎么样，身体好吗？”

“身体还好，感谢上帝，”弗拉斯答道，“满面红光，脸好像胖了些。”

“啊，老爷，”“雾”继续对我说，“要分在莫斯科附近多好，分在这里还要缴代役租。”

“租金多少钱？”

“一份地要交九十五卢布。”弗拉斯嘟哝着说。

“喏，你瞧，耕地没多少，都是老爷家的树林。”

“据说树林也被卖掉了。”庄稼汉说。

“唉，您瞧瞧……斯捷帕，给我个鱼饵……喂，斯捷帕？你怎么……睡着了吗？”

斯捷普什卡抖擞了一下精神。庄稼汉坐到我们旁边，我们又都不吭声了。河对岸有人唱起歌来，多么凄凉的歌儿啊……我可怜的弗拉斯又陷入忧伤……

半小时后，我们挥手告别了。

县城医生

某个秋天，我从很远的田地打猎回来，路上我着了凉，卧病在床。幸好我发烧的时候已经抵达县城，住进宾馆。我派人去找医生。半小时后，一位县城医生来了，他个子不高，清瘦、黑发。他给我开了些普通的发汗药，嘱咐我贴上芥末膏，极为麻利地把我给的五卢布的票子塞进他的翻袖口里，然后干咳了一声，往左右看了看，完全是准备打道回府的样子，不知怎的聊了两句，又留下来了。我烧得浑身难受，料想到今晚是个不眠之夜，因而很高兴有个好心人和我聊一聊。茶端了上来。我的医生打开了话匣子。此人倒也不笨，口齿伶俐，健谈风趣。世上总有些事令人称奇，有些人和你在一起生活很久，关系也不错，但就是不能和他无所不谈，无法敞开心扉；有些人甫一认识便一见如故，把内心全部的隐秘如同做忏悔一般如数倾吐。我不知何德何能博得了这位新朋友的信任，他不知何故，竟给我讲了一个极为精彩的故事。现在我就把他的故事分享给我的知心读者，我尽量用医生的语言来表述。

“您是否认识，”他用微弱而颤抖的嗓音讲起来（这是抽纯的别列佐夫烟草的后果），“您是否认识本地的法官帕维尔·卢基奇·梅洛夫……不认识……啊，没关系。（他清一清嗓子，擦一擦眼睛）您看，是这么个事儿，怎么说呢——照实说吧，这事儿发生在大斋期，正是冰雪消融的日子。我在他家，在我们法官家，玩朴烈费兰斯三人纸牌游戏。我们法官是个好人，很喜欢玩朴烈费兰斯牌。突然（我的医生经常用‘突然’这个词）有人告诉我：‘有人找您。’我说：‘他有什么事？’那人答道：‘有人送来一张字条，应该是病人家写的吧。’我说：‘把字条拿过来吧。’果然是病人家写来的……这是好事——您要知道，我是靠他们吃饭的啊……是这么回事，字条是一位孀居的女地主写的，说：‘女儿病危，看在上帝的面上，请速来，马车已备好。’嗯，这倒没什么……她住在城外大约二十俄里远的地方，当时天色已晚，而且那条路真叫一个烂！再说她家又穷，别指望能拿到两个银卢布以上的诊费，这都还不一定能拿到呢，没准就给些粗麻布或者粮食什么的。但是您知道，责任高于一切：人都危在旦夕了。我立刻把牌交给常来打牌的卡利奥平，就赶回家去。只见一辆小马车停在大门台阶前，马是农家的马，肚子特别大，毛像毡子一样，马车夫脱了帽子坐着，以示尊敬。我想，显然，伙计，你的主人可不是大富大贵的人家……不怕见笑，我要说，我们这些穷人，凡事都要好好掂量掂量……要是车夫像个公爵似的坐着，不摘帽子，还从胡子下冒出冷笑，摇晃着鞭子——准能拿到二十卢布的纸票子！可这回，看得出来，可没这么好的事儿。我想，没法子：责任高于一切。我拿上必备药品，就动身出发了。不管您信不信，到那里费老大劲儿了，路糟透了：又是小河，又是积雪，又是泥泞，又是水坑，突然有一处堤坝还决了口——真够倒霉的！好歹到了。小小的房子，麦秸铺成屋顶，窗内有灯光，看来在等我。我走进去，一位神态端庄、戴着便帽的老太太迎上来，她说：‘救救她吧，她快不行了。’我说：‘别担心……病人在哪里？’‘请跟我来。’我看到房间很整洁，墙角有一盏灯，床上躺着一个二十岁左右的姑娘，处于昏迷状态。她发着高烧，呼吸困难——得的是热病。房间里还有两位姑娘，是她的姐妹，她们都吓坏了，眼泪汪汪。她们说：‘昨天还好好的，胃口很好。今天早上就说头疼，到了下午就突然就这样了……’我依旧安慰她们：‘别担心。’您知道，这是医生必须要说的话，然后就开始诊治了。给她放了血，吩咐把芥末膏敷上，开了一剂药水。看病的时候我瞧着她，瞧着，啊，天啊，我还从未见过如此的花容月貌……一句话，大美人！一股怜爱之情油然而生。五官如此动人，还有眼睛……终于，谢天谢地，她安稳了些，发了汗，似乎清醒过来，她向四周看了看，微微一笑，用手摸了摸脸……她的姐妹俯身问道：‘觉得怎么样？’‘没什么了。’她答道，说完就把头扭到一边……我一看，她已经睡着了。我说，现在病人需要安静。于是我们蹑手蹑脚地走出房间，留下女佣随时伺候。客厅的桌上摆好茶饮，还有牙买加酒：干我们这行的少不了它。她们给我上了茶，请我留宿一晚……我同意了，这时候了，还能去哪儿！老太太不停地叹气，我说：'您这是何苦？她会好起来的，请别担心，您自己最好也去休息一下，已经一点多了。要是有事，请您让佣人来叫醒我。''会的，会的。'老太太走了。姑娘们也各自回房，给我在客厅铺好了床。我躺下，却睡不着，真是怪事！我心绪不宁，我总是想着我的病人，终于忍不住，我突然坐起身来，想着要去看看病人怎么样了。她的卧室就挨着客厅。于是我起床，轻轻打开门，一颗心却怦怦直跳。我看到女仆睡着了，张着嘴，甚至还打着鼾，这个懒虫！病人脸朝我躺着，两手伸开，可怜的人儿！我走近她……突然她睁开眼，直勾勾地望着我：'你是谁？你是谁？'我不好意思地说：'别害怕，小姐，我是医生，来看看您怎么样了。''您是医生？''是医生，是医生……令堂把我从城里找来，我给您放过血，小姐。现在请睡上一觉，过上两三天，上帝保佑，我们会让您康复的。''啊，是的，是的，医生，我不想死……求您了！''您怎么这么说，上帝会保佑您的！'我暗想，她莫不是又发烧了。我把了把脉，果真是发烧。她望着我，突然抓起我的手：'我告诉您，为什么我不想死，我告诉您，告诉您……现在就我们两人，只求您一点，您千万别透露给别人……请听我说……'我俯下身，她把嘴唇凑近我的耳朵，发梢触到我的脸颊，说实话，我都觉得晕头转向了。她喃喃地说着……但我什么也听不懂……唉，她在说胡话呢……她低声地说着，说着，语速飞快，好像不是在说俄语。她说完后身子哆嗦一下，把头倒在枕头上，竖起一根手指威胁我说：'注意，医生，别告诉别人……'我好不容易让她安下心来，喂她喝水，叫醒女仆，就走出房门。"

说到这儿，医生又狠狠地嗅了嗅鼻烟，发了一阵呆。

"可是，"他接着说，"到了第二天，与我的预计相反，病人的病情没有减轻。我左思右想，突然决定留下，虽然还有其他病人在等我……您是知道的，这些病人都不能怠慢：以后我的业务会大受影响。可是，首先，这位女病人的确病情严重；其次，坦白说，我对她很有好感，而且她们全家我都喜欢。虽然她们家境贫寒，但是都很有教养，可以说，实属难得……她们的父亲是一个有学问的人，写过不少东西；当然，他死于贫寒，但生前让孩子们受到良好教育，留下许多藏书。不知是因为我悉心照料病人，还是因为其他原因，我敢说，她们也喜欢我，待我如亲人一般……再说路又泥泞不堪，所有的交通可以说完全中断了，到城里买药也非常困难……病人又不见好转……时间一天天过去了……但是这样……如此一来……（医生沉默了一会儿）说真的，我不知道该怎么对您讲……（他又嗅了嗅鼻烟，咳了几下，喝了一口茶）对您直说吧，我的病人……该怎么说呢……唉……她好像爱上了我……或者不是，不是爱……可是……真的，这个怎么说呢……”医生低下头，脸红了。

“不，”他有些激动地继续往下讲，“怎么能说是爱上我呢！人都应该有自知之明。她是个有教养又聪明博学的女孩，而我连学过的拉丁文都几乎忘得干干净净。外貌也就这样（医生苦笑地瞧了瞧自己），似乎没什么引以为豪的。上帝也没有让我生成一个傻瓜，我不会颠倒黑白，我也明白些事理。比如说，我非常清楚，亚历山德拉·安德烈耶夫娜（她名叫亚历山德拉·安德烈耶夫娜）对我产生的不是爱情，可以说，只是一种友情，是尊敬什么的。虽然她自己在这方面也许弄错了，可因为当时她所处的地位，您可以自己想想看……而且……”医生神色慌张，一口气断断续续说完了这些话，又补充道，“我好像有点说乱了……这样说您也许听不明白……还是让我按顺序给您一一道来吧。”

他喝完一杯茶，用较为平静的嗓音开始讲述。

“嗯，是这样的。我的病人一天比一天糟糕，越来越糟。亲爱的先生，您不是医生，你不会理解我们当医生的心情，尤其是当他意识到无法战胜病魔的最初时刻的心情。自信心都跑哪儿去了！突然害怕得不得了，完全没法形容。你觉得你已经忘记了一切所学，病人不再信任你，其他人已经开始发现你惊慌失措，不愿告诉你病情，皱着眉头看着你，交头接耳……唉，糟透了！你觉得肯定对症的药，只要找到就好。是不是这味药？试一下——不，不是它！你还没等到要发挥效力呢……一会儿试试这药，一会儿试试那种。有时翻翻医书……心想

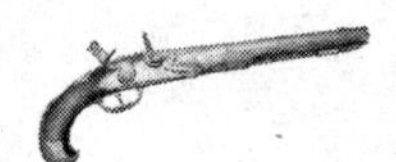

书里有这个药，书里有的！事实上有时就是随便翻翻，心想或许走运能找到什么呢……可病人这时已经快不行了，也许别的医生能妙手回春。于是你说，需要会诊。我是不会把责任揽到自己身上的。这个时候你看起来就像一个十足的大傻瓜！不过时间一长，你就习惯了，这也没什么。人死了——怪不得你：你是照章办事的。还有更令人难受的事情，看到别人对你盲目信任，而你感到无能为力。亚历山德拉·安德烈耶夫娜全家就是对我抱以这样的信任：她们都忘记了自家的亲人已经危在旦夕。我这方面也让她们放心，说并无大碍，可自己六神无主。最要命的是，道路如此难走，派车夫去买药来回要好几天。我一直待在病人的房间，寸步不离。您知道，就是给她讲趣闻轶事，陪她玩牌。夜里就坐着守着。老太太噙着泪感谢我，但我心里暗自思忖：'我根本不值得你感激。'我坦白跟您说——现在也没什么可隐瞒的了——我爱上了我的女病人。亚历山德拉·安德烈耶夫娜也很依恋我，除了我，她不让别人进她房间。她一和我说话就爱发问，问我在哪儿上的学，生活过得怎么样，我的亲人是做什么的，和什么人交往。我觉得她不应该多说话，但是您知道，要制止她，完全不让她说话，我是做不到的。有时我抱着头想：'你这个强盗，你在干什么？……'可她抓过我的手，就这么拽着，长时间地望着我，凝视着我，然后转过头去，叹口气说：'您真是个大善人！'她的手烧得发烫，大大的眼睛没有神采。她说：'是的，您很善良，您是好人，您不像我们的邻居……不，您不是那种人，您不是那种人……我怎么以前不认识您呢！''亚历山德拉·安德烈耶夫娜，别想那么多了，'我说，'……说真的，我觉得，我不知道我何德何能……您需要静养，看在上帝的面上，安心休息吧……一切都会好的，您会好起来的。'我应该告诉您，"医生把身子往前倾了倾，扬了一下眉头，继续说，"她们很少和邻居来往，穷人和她们身份不匹，自尊心又让她们不肯巴结富人。我跟您说，这是一个非常有教养的家庭——所以您知道，我和她们交往引以为豪。她只吃我亲手端给她的药……可怜的人儿，我扶着她坐起来，她吃了药就盯着我看……我的心怦怦直跳。这时候她的情况越来越糟，病情加重；她不行了，我想，肯定要死了。您信吗，我宁可躺进棺材的人是我。此时她的母亲、姐妹把一切都看在眼里，望着我的眼睛……信任渐渐消失了。‘怎么样？好些了吗？’‘不要紧，不要紧！’怎么会不要紧？神志都不清了。一天晚上，我又守在病人旁边。女仆也在一边坐着，鼾声如雷……唉，也不能怪这可怜的丫头：她也累得够呛。亚历山德拉·安德烈耶夫娜整晚都很难受，烧得很厉害。她辗转反侧到半夜，最后好像睡着了，至少躺着不动了。圣像前亮着一盏油灯。我坐在那里，耷拉下头，也打起盹儿来。突然，似乎有人在旁边推了我一下，我转过身……我的上帝！亚历山德拉·安德烈耶夫娜睁着一双大眼睛瞅着我……她的嘴张得老大，双颊烧得绯红。‘您怎么了？’‘医生，我要死了吗？’‘怎么会！’‘不，医生，不，请您不要再说我会好起来……不要再说了……要是您知道……听我的话，看在上帝面上，请不要再隐瞒我的病情了！’她呼吸急促，‘要是我知道我肯定要死了……我就把一切都告诉您，一切！’‘亚历山德拉·安德烈耶夫娜，别这样！’‘您听我说，我根本就没有睡，我一直在看您……上帝啊……我相信您，您是个好人，您是个诚实的人，为了这世上一切神圣的东西——请您对我说实话吧！要是您知道这对我多么重要……医生，看在上帝的面上，告诉我，我是不是没救了？’‘我要对您说什么呢，亚历山德拉·安德烈耶夫娜——请不要这样想！’‘看在上帝的面上，求您了！’‘我不能瞒您，亚历山德拉·安德烈耶夫娜，您的情况的确不妙，但是上帝会保佑您的……’‘我要死了，我要死了……’她似乎很高兴，脸上露出快乐的神情，我不禁害怕起来。‘您别怕，别怕，我一点儿也不害怕死亡。’她突然欠身，用胳膊肘支撑着身体，说：‘现在……嗯，现在我可以告诉您，我衷心感谢您，您是人好心善，我爱您……’我望着她，整个人呆住了；您知道，我感到身上一阵发冷……‘听见了吗，我爱您……’‘亚历山德拉·安德烈耶夫娜，我怎么配得上！’‘不，不，您不懂我……您不懂我……’她伸出双手，抱住我的头吻了起来……您信吗，我差点儿大叫起来……我猛地跪下，把头埋在枕头里。她不作声了，她的手指在我的头发上颤动着。我听到她的哭声，我开始安慰她，让她安静下来……说真的，我也不知道我和她说了些什么。我说：‘会把女仆吵醒的。亚历山德拉·安德烈耶夫娜……谢谢您……相信我……安静些吧。’‘好了，好了，’她不断地说，‘别管他们了。醒来也好，进来也好，都无所谓，反正我就要死了……你干吗这么胆小，你怕什么？把头抬起来……还是，也许您不爱我，也许我误会了……要是这样的话，请原谅我。’‘亚历山德拉·安德烈耶夫娜，您说什么呢？我爱您，亚历山德拉·安德烈耶夫娜。’她直勾勾地望着我的眼睛，张开双手，说：‘那就抱抱我……’坦率说，我自己都不明白，那晚我怎么没有发疯。我感到我的病人正在毁灭自己；我看得出她不完全清醒；我还知道，要不是她觉得自己要死了，她是不会想到我的。您想想看，还没有爱过什么人就要在二十五岁的年纪死去，岂不含恨终生？正因为如此，她感到痛苦，正因为如此，她在绝望中抓住了我——您现在明白了吧？她双手抱着我，怎么也不肯放开。我说：‘请顾念一下我吧，亚历山德拉·安德烈耶夫娜，也请您顾惜一下自己。’她说：‘为什么，有什么好顾惜的？反正我就要死了……’她不断重复这句话，继续说：‘要是我知道，我会活下去，还会继续做一个体面的小姐，我肯定会觉得丢人的，非常丢人……可现在有什么关系？’‘谁说您要死了？’‘唉，别说了，够了，你不要再骗我了，你不会撒谎，瞧瞧你自己吧。’‘您会好起来的，亚历山德拉·安德烈耶夫娜，我会治好您的；我们要得到令堂的祝福……我们要结为夫妻，我们会幸福的。’‘不，不，你记得您说过的话，我要死了……你告诉过我……你对我说过……’我很痛苦，很多原因都让我痛苦。您说说看，有时有些小事，看起来没什么，却让人难受。她忽然想起问我的名字，不是我的姓，是我的名字。可惜我的名字不怎样，叫特里丰。是啊，是啊，特里丰，特里丰·伊万内奇。在她家，大家都喊我医生。我没办法，只能说：‘我叫特里丰，小姐。’她眯起眼睛，摇摇头，用法语嘟囔了句什么——唉，大概是句不好听的话吧——然后笑起来，也笑得不太自然。我就这样几乎整晚陪着她。早晨，我走出她的房间简直像着了魔似的；我再次进她的房间已经是上午用过茶后。天啊，天啊！简直认不出她来了：真是比死人都难看。我对您诚心起誓，我现在都不明白，完全不明白，我怎么能熬过这种折磨。我的病人又苦苦挣扎了三天三夜……真是难熬的夜啊……她都对我说了什么……最后一晚，您想象一下吧——我坐在她旁边，只为一件事向上帝祷告：快点把她带走吧，连我也一起带走吧……突然，她的老母亲闯进房间……头一天晚上我就对她——这位母亲——说过，没什么希望了，情况很糟，去请神父来吧。病人一看见母亲就说：‘真好，你来了……看看我们吧，我们彼此相爱，我们彼此盟誓。’‘她这是怎么了，医生，她怎么了?’我吓得面无人色，说：‘她在说胡话，发高烧……’可她说：‘得了，得了，你就在刚才还对我说的是另一番话，还收了我的戒指……你干吗假装呢?我的母亲心地善良，她会原谅的，她会理解的，我就要死了——我犯不着撒谎；把手给我……’我跳起身，跑了出去。老太太肯定猜到了。

“不过，我就不多打扰了，说实话，想起这一切，我自己也非常难过。我的女病人第二天过世了。愿她升入天国（医生快速地加上这句，叹了口气)！临终前，她支走所有人，让我单独和她留下。她说：‘请原谅我，也许，我对不起您……因为生病……但是，请相信，我爱您胜过爱任何人……不要忘了我……收好我的戒指……’”

医生转过脸去，我握住他的手。

“唉!”他说，“我们谈点儿别的吧，要不，玩一把小输赢的朴烈费兰斯牌?知道吗，干我们这行的人不应该沉溺在这种高尚的情感中。我们这行想的只有一件事：如何让孩子不哭闹，如何让老婆不骂架。打那以后，我缔结了大家说的合法婚姻……可不是吗……娶了一个商人家的女儿，有七千卢布的陪嫁。她叫阿库丽娜，和我特里丰倒是挺配。我得说，这婆娘很凶，幸好整天都在睡觉……怎么，还玩朴烈费兰斯吗?”

我们坐下来，玩起一戈比一局的朴烈费兰斯。特里丰·伊万内奇赢了我两个半卢布——他很晚才走，因为赢钱而心满意足。

我的邻居拉吉洛夫

秋天的时候，丘鹬经常栖息在年代久远的椴树园里。这样的园子在我们奥廖尔省可多了。我们的先祖在择地而居时，必然辟出两三俄亩好地来建造果园，园中椴树成荫。过了大概五十年，多则过了七十年，这些庄园，即所谓的“贵族之家”，就会渐渐从地面消失：房屋坍塌，或者被变卖后拆运走，石头建的杂物房也变成一堆堆瓦砾场。苹果树枯死了，被拿去当柴火，栅栏和篱笆也都消失殆尽。只有椴树依然欣欣向荣，四周环绕着一片片耕地，它们向我们这些不肖子孙讲述着“早已长眠的父兄”的往事。这些老椴树是极好的树木……甚至俄国庄稼汉们无情的斧子对它也下不了手。它的树叶很小，茁壮的枝丫宽广地覆盖四方，树下永远都有绿荫。

一天，我和叶尔莫莱为了打山鹑在田里晃荡着，我忽然看到旁边有一座废弃的园子，于是径直而入。我刚走进树林，一只丘鹬扑棱着翅膀从灌木丛中一跃而起——我对着它就是一枪，就在这一瞬间，离我几步远的地方传来一声尖叫：树后露出一张惊慌失措的姑娘的脸，转眼又不见了。叶尔莫莱向我跑来：“您怎么在这儿开枪？这儿有位地主住着呢!”

我还未及答腔，我的猎狗也还未来得及兴高采烈地把打下的丘鹬给我衔来，就听到一阵急促的脚步声，一位高个儿、蓄着小胡子的人，从密林中走出，不满地站到我面前。我连忙道歉，报上自己的名字，并提出把我在他的领地上打到的鸟儿奉送给他。

“好吧，”他面带笑容地说，“我收下您的野味，但是有一个条件，您要留下来吃饭。”

说实话，我不太乐意接受他的建议，但是却之不恭。

“我是这儿的地主，您的邻居，我叫拉吉洛夫，也许您有所耳闻。”我的新相识继续说，“今天是周日，舍下的饭菜应该拿得出手，否则我也不敢相邀。”

我说了几句这种场合应有的答话，就随他而去。小路不久前刚刚清扫过，我们沿着它走出椴树林，进入一片菜园。在老苹果树和枝繁叶茂的醋栗树之间点缀着淡绿色的卷心菜；啤酒花呈螺旋状缠绕着细高木杆；菜畦里密密麻麻地插着枝条，干枯的豌豆藤盘绕其上；扁平的大南瓜仿佛躺在地上一般；沾满灰尘、有棱有角的叶子下，黄瓜已经发黄；高高的荨麻沿着篱笆生长，迎风摇摆；有两三处地方成堆长着鞑靼忍冬、接骨木、野蔷薇——它们是昔日“花坛”的遗迹。有一个小鱼池，里面满是淡红色的含黏液的水，它旁边有一口井，周围尽是小水洼。鸭子不停地拍打着翅膀，在这些水洼中蹒跚而行；一只狗全身颤抖着，眯着眼睛啃空地上的骨头；一头花斑母牛在那儿懒洋洋地嚼草，时而甩起尾巴拍打瘦骨嶙峋的脊背。小路转了一个弯儿，粗壮的爆竹柳和白桦林后可见一幢灰色的旧式小屋，屋顶是木板盖的，房前有歪歪扭扭的台阶。拉吉洛夫停下脚步。

“不过，”他和善地直视我的脸说，“我刚才仔细想了一下，也许您根本不愿意到我家来，要是那样的话……”

没等他说完我就肯定地告诉他，正相反，我很乐意在他家用餐。

“好的，请吧。”

我们走进房子。一个穿着蓝色厚呢长外套的年轻仆人在台阶上迎接我们。拉吉洛夫立刻吩咐他端酒来招待叶尔莫莱，我的猎人朋友在这位慷慨的主人背后毕恭毕敬地鞠了一躬。前厅贴着各式各样、色彩鲜艳的图画，挂着许多鸟笼。我们穿过前厅走进一个不是很大的房间——拉吉洛夫的书房。我取下身上的打猎用具，把猎枪放到屋角；一个穿长襟外衣的仆人连忙帮我掸去灰尘。

“好了，现在我们去客厅吧。”拉吉洛夫亲切地说，“请您会会家母。”

我紧随其后。客厅中央的沙发上坐着一个老妇人，个子不高，穿着棕色长裙，戴着白色便帽，慈眉善目，脸颊清瘦，眼神畏怯而忧郁。

“母亲，我来介绍一下：我们的邻居×××。”

老太太微微欠身，向我施礼，枯瘦的手中依然攥着像口袋一样的粗毛线手提包。

“您光临此处很久了吗？”她眨了眨眼睛，用微弱的声音问我。

“不，刚来不久。”

“有意在此长住？”

“我想住到冬天吧。”

老太太不说话了。

“这儿还有一位。”拉吉洛夫接过话，他指着一位又高又瘦的人（我进客厅的时候没有注意到这个人）对我说，“这是费奥多尔·米赫依奇……好了，费佳①，把你的才艺给客人露一手吧。你干吗躲到墙角去了？”

费奥多尔·米赫依奇立即从椅子起身站起来，从窗台拿出一把破提琴，握着弓——不是通常那样握住弓尾，而是握着弓的中段，把小提琴抵在胸口，闭上眼睛，跳起舞来，一边还唱着歌儿，把琴弦拉得吱嘎作响。看样子他有七十岁，长长的粗布外套在他干瘦的身体上悲哀地晃荡着。他跳舞的时候，时而猛力地摇头晃脑，时而显得有气无力地摆动着他的小秃头，同时伸直青筋暴露的脖子，两只脚在原地踏步；有时他弯下膝盖，看得出非常费劲。他掉光牙齿的嘴中发出苍老的声音。拉吉洛夫应该从我的脸上能够看出，费佳的“才艺”没有给我带来多少愉悦。

“好了，老爷子，够了。”他说，“你可以去犒赏自己了。”

费奥多尔·米赫依奇把提琴放回窗台，先给我这个客人鞠了一躬，然后依次给老太太、拉吉洛夫鞠躬，就退了出去。

“他以前也是地主。”我的新相识接着说，“本来也很有钱，后来破产了，所以现在住我这里……他当年可是省里头号风流人物，抢走过两个男人的老婆，家里还有歌手，自己也能歌善舞……要不要上点伏特加？饭菜已经摆好了。”

---

① 费奥多尔的昵称。

一位年轻姑娘走进房间，她就是我在园子里见过一眼的那个女孩。

“啊，这是奥丽雅！”拉吉洛夫微微转过头说，“请多关照……好，我们去吃饭吧。”

我们走到餐厅，入席落座。我们从客厅走出就座时，因“犒赏”而两眼放光、鼻子发红的费奥多尔·米赫依奇唱起《胜利雷鸣》这首歌。在房间一角摆放着一张没铺桌布的小桌，上面单独为他摆了一副餐具。这个可怜的老头儿在卫生方面实在不敢恭维，所以让他和大家保持一定距离。他画过十字，叹口气，然后就开始狼吞虎咽。饭菜确实可口，因为是星期天，自然少不了颤动的肉冻和“西班牙风”（一种甜点）。拉吉洛夫曾在陆军步兵团服役过十年，吃饭时，他的话匣子一打开就不可收拾；我一边仔细聆听，一边偷偷观察奥丽雅。她算不上十分漂亮，但她脸上展现出沉着的神态，额头宽阔而白皙，头发浓密，尤其是一双褐色的眼睛，虽然不大，却聪慧、明亮、生动——无论谁坐在我的位置，都会为之惊叹。她似乎留心拉吉洛夫的每一句话——她脸上传达的不仅仅是感兴趣，而是热切的关注。按年龄，拉吉洛夫可以做她的父亲；他对她称呼“你”，但我立刻猜到，她并非他的女儿。在谈话中提及自己已故的妻子时，他指着奥丽雅说：“她的姐姐。”她立刻面红耳赤，垂下眼帘。拉吉洛夫略为沉默一下，便转换了话题。老太太席间一句话也没有说，基本上没吃什么东西，也没有招呼我多吃点儿。她的脸上流露出畏惧和无望的等待的神情，还有一种人到暮年的忧伤，让人看了为之心酸。餐毕，费奥多尔·米赫依奇本想为主人和客人“唱颂歌”，但拉吉洛夫望了我一眼，便叫他不要唱了。老头儿用手抹抹嘴巴，眨眨眼睛，鞠了一躬，重新落座，可只坐在椅子边上。饭后，我和拉吉洛夫去他的书房。

凡是强烈怀有一种想法或经常被某种热情左右的人，他们都会表现出某种共性，在待人接物上的某种外在相似性，尽管他们品性、能力、社会地位和教育程度各有不同。我越是留意拉吉洛夫，越发现他就是这种人。他谈论农事、收成、刈草、战争、县里的流言蜚语、近期的选举等，谈得头头是道，兴致盎然，但聊着聊着，他会突然叹气，像被工作折磨得筋疲力尽的人一样一下子倒在圈椅里，用手抹脸。他那善良温厚的整个心灵似乎浸透、饱含着某种情感。令我吃惊的是，我在他身上看不到他对说的东西有热情，比如美食、饮酒、打猎、库尔斯克的夜莺、患有癫痫病的鸽子、俄罗斯文学、溜蹄马、匈牙利舞、玩牌、打台球、舞会、去外省和首都的旅游、造纸厂和甜菜制糖厂、品茶、雕梁画栋的亭台、茶叶、骄纵的拉梢马、胖得要把腰带系在腋下的马车夫，还有那些衣冠楚楚但不知道为什么脖子一动眼睛就斜视、眼珠子都要瞪出来的马车夫们……“他到底是个什么样的地主呢?”我暗自琢磨。同时，他完全没有装得像一个郁郁寡欢、怨天尤人的人；相反，他对什么人都满怀热忱、大献殷勤，几乎是想要谦恭地结识每一个遇到的人。可是，您同时也会感到，他不会同任何一个人成为挚友，真正地亲近对方。他做不到不是因为他不需要朋友，而是因为他把一切都藏在心里。望着拉吉洛夫，我无法想象他是一个幸福的人，无论现在还是以往。他长得并不帅，但是他的目光和笑容中，他浑身上下都潜藏着某种极富魅力的东西，确实如此。而我似乎想更好地了解他、喜欢他。当然，他有时也会暴露出地主和乡下人的本性，但他终归是一个讨人喜欢的人。

我刚打算和他好好聊聊新上任的县长，突然门口传来奥丽雅的声音：“茶备好了。”我们去了客厅。费奥多尔·米赫依奇照旧坐在自己的角落里，在窗和门之间，谦卑地缩起双脚。拉吉洛夫的母亲在织袜子。窗户开着，秋日的凉爽和苹果的芬芳从园子飘进来。奥丽雅忙着倒茶，我比吃饭时更加用心地看着她。她像所有县城的姑娘一样话很少，但是，她身上至少我没发现她在痛苦地感到空虚无聊时想说一些漂亮话；她没有那种好似满腹难言之隐而发出的叹息，她不翻白眼，也不露出浮想联翩、用意不明的微笑。她的眼神平静淡然，好似一个经历过大喜或大悲后归于平静的人。她的步态、动作坚定、潇洒。我很喜欢她。

我和拉吉洛夫又聊开了。我已经记不得，我们怎么得出一个人所共知的观点：最无关紧要的东西比最重要的东西更能让人印象深刻。

“是的，”拉吉洛夫说，“这点我深有体会。您知道，我有过妻子，但是没多久……也就三年，我的妻子死于难产。我当时觉得我无法独活了；我悲痛欲绝，又欲哭无泪——就像傻了一样。我们照规矩给她穿好衣服，放在桌上——当时就是在这个房间里。神父来了，几个诵经士也来了，他们开始唱安魂曲、祷告、焚香。我磕头跪拜，没掉一滴泪。我的心仿佛石化了，头也是如此——我整个人都觉得昏昏沉沉的。第一天就这么过去了。您相信吗？夜里我甚至睡着了。第二天早上，我来到妻子身边，当时是夏天，她从头到脚都被阳光照得亮堂堂的。突然我看见……（拉吉洛夫说到这儿，身体不禁颤抖了一下）您猜怎么着？她的一只眼睛没有完全闭上，有一只苍蝇就在这只眼睛上爬着……我一下子瘫倒在地，苏醒后就开始哭啊，哭啊，再也没法抑制自己……”

拉吉洛夫陷入沉默。我看着他，然后又看看奥丽雅……我永远也忘不了她脸上的表情。老太太把织袜放到膝上，从手提包里掏出手绢，偷偷地摸着眼泪。费奥多尔·米赫依奇突然站起来，抓起他的小提琴，用嘶哑生硬的嗓音唱起歌来。也许他是想让我们高兴起来，可我们一听到他的声音都不寒而栗，于是拉吉洛夫请他不要唱了。

“可是，”他继续说，“过去的事就让它过去吧。往事不可追，何况终归……人世间的一切都会变得更好，这好像是伏尔泰说的吧。”他连忙补充道。

“是的，”我答道，“当然是的。而且一切不幸都能挺过去，没有过不去的坎儿。”

“您是这么想的吗？”拉吉洛夫说，“嗯，您也许是对的。记得我在土耳其的时候躺在医院里，已经半死不活了：因为伤口感染而发高烧。那个住院条件糟得没法说——没办法，战争期间——但还是要感谢上帝！突然又送来一批伤员，能把他们安置在哪儿呢？大夫们跑东跑西，就是找不到地方。他走到我面前，问助理医士：‘活着吗？’医士回答：‘早上还活着。’大夫弯下腰，听到我在呼吸。这位仁兄不耐烦了。‘这家伙真差劲，’他说，‘马上就要死的人了，肯定活不了了，可还在这里喘着粗气，拖延时间，占着床位，妨碍别人……’‘啊，’我心想，‘这下完蛋了，米哈伊洛·米哈伊雷奇……’可您瞧，我还是康复了，活到现在。可见您说得是对的。”

“无论什么情况，我这么说都是对的。”我答道，“即便您当时真死了，那也算是摆脱了困境。”

“当然，当然，”他猛地用手在桌上使劲一拍，说道，“只要有决

心……在困境里待着又有什么意思？干吗要迟疑、拖延……”

奥丽雅迅速起身，往园子走去。

“喂，费佳，跳个舞吧！”拉吉洛夫喊道。

费佳应声而起，踏着神气而独特的步子在房间里跳开了，就像众所周知的“山羊”在驯服的狗熊身边表演那样，同时他也唱起“我家大门旁……”

大门外传来赛跑用的轻便马车的声音，过了没多久，一个高个儿、宽肩膀、壮实的老头儿走进房间，他是独院地主奥夫夏尼科夫……奥夫夏尼科夫是一位出色而又传奇的人物，读者们请允许我另辟一章讲他。现在我只想补充几句，第二天天还没亮，我和叶尔莫莱去打猎，打猎后就直接回家。一周后，我再次去拉吉洛夫家，既没有见到他，也没有见到奥丽雅，两周后才知道，他突然不知所终，抛下母亲，带着这位小姨子远走高飞。全省都轰动了，对这事议论纷纷，直到那时，我才终于明白拉吉洛夫讲述时奥丽雅脸上表情的含义。当时那表情不仅仅是怜悯，还有一股醋味呢。

我离开村子之前去拜访了拉吉洛夫的母亲。我在客厅见到她，她正和费奥多尔·米赫依奇在玩“捉傻瓜”的纸牌游戏。

“您有儿子的消息吗？”最后我还是问她。

老太太哭了起来，我便再没向她问起拉吉洛夫。

独院地主奥夫夏尼科夫

亲爱的读者，请您想象一下，有这么一个人，他膀阔腰圆，年约七十，容貌与克雷洛夫①有几分相似，低垂的双眉下闪动着一双明亮而聪慧的眼睛，他气宇轩昂，谈吐稳重，步履从容。这就是我要给你们介绍的奥夫夏尼科夫。他身穿宽大的深蓝色长袖常礼服，扣子扣得整整齐齐，颈上系一条浅紫色丝绸围巾，脚蹬一双擦得锃亮的带穗皮靴，整个人看上去一副富商的派头。他的双手很漂亮，又软又白，交谈时总是用手去摸外衣的扣子。奥夫夏尼科夫威严和古板、机智和懒散、直率和固执，让我想起彼得大帝之前时代的俄国大贵族……他真该穿上古代的无领长袍。他是旧时代的遗老。所有邻居都异常尊敬他，都以与他交往为荣。他的独院地主兄弟都对他毕恭毕敬，老远就对他脱帽行礼，引以为傲。一般说来，时至今日，独院地主和庄稼人很难区分：他的家产恐怕还比不上庄稼人的，小牛犊还没有荞麦高，几匹马半死不活的，挽具还是绳索做的。奥夫夏尼科夫是这通常情形中的例外，尽管他也算不上有钱人。他和妻子两人住在舒适、整洁的小屋里，仆人不多。他让仆人们都穿俄罗斯服装，称之为工人。仆人还要帮他种地。他不冒充贵族，也不摆地主派头，从不会有所谓的“忘乎所以”，不会别人一邀请他就入席，有新的客人来，他会立即起身相迎，举止庄重又彬彬有礼，使得客人们不由得对他深深鞠躬。奥夫夏尼科夫谨守古风不是因为迷信（他的思想是非常开明的），而是出自

---

① 克雷洛夫（1869—1844），俄国著名寓言作家。

习惯。比如，他不喜欢带弹簧座的马车，因为觉得不舒服，他要么乘赛跑用的轻便马车，要么乘带皮垫的漂亮小马车，并且亲自驾驭自家的良种枣红色大走马（他养的全是枣红色的马）。马车夫是一个面如重枣的年轻小伙子，剪了一个童花头，身穿蓝色厚呢长衣，头戴矮矮的羊皮帽，腰系皮带，恭敬地坐在主人身旁。奥夫夏尼科夫午饭后总要睡一觉，每逢星期六去洗澡，只读宗教书籍（而且要庄重地把圆形的银制眼镜加上鼻梁），早睡早起。只是他没有蓄胡子，头发理成德国式的。他待客极为亲切诚恳，但从不对客人点头哈腰，也不会忙来忙去，也不会拿干果和腌制食品款待客人。“夫人！”他没有起身，只是把头微微转向她，慢条斯理地说，“给客人们端些美食来尝尝。”他认为出售粮食是一种罪孽，因为粮食是上帝的馈赠。1840 年发生了大饥荒，物价飞涨，他把自家的储备都拿出来救济周围的地主和农民；第二年他们满怀感激地奉上自己田地的出产做偿还。经常有邻居跑来找奥夫夏尼科夫，请他评理、调解，他们几乎都服从他的评判，听从他的建议。多亏他帮忙，许多人得以最终划清田界……跟某些个女地主有过两三次口角后，他宣布不再为妇道人家调解纠纷。如今他受不了手忙脚乱、惊慌失措，受不了女人们的饶舌和“瞎操心”。有一次他家房子着火了，雇工气喘吁吁地跑进他的房间，喊道：“失火了！失火了！”“你大呼小叫的干什么啊？”奥夫夏尼科夫淡定地说，“把帽子和手杖拿过来……”他喜欢亲自驯马。一天，一匹烈性比丘格马①载着他飞奔下山，直冲峡谷。“嘿，够了，够了，小马驹——你会摔死的。”奥夫夏尼科夫温和地对它说，可说时迟那时快，他和赛跑轻便马车、坐在后面的小厮，还有马儿一起跌进峡谷。幸好谷底都是沙子，没有人受伤，只是那匹比丘格马的一只腿脱臼了。“瞧，”奥夫夏尼科夫从地上爬起来，依然用处变不惊的嗓音说，“我对你说过啊！”他按照自己的性格找了一位配偶。塔季扬娜·伊里尼奇娜·奥夫夏尼科娃是个高个子女人，端庄沉静，总是系一条褐色丝绸围巾。她给人的感觉冷若冰霜，可是不仅没有人抱怨她严厉，相反，很多穷人称她“老

① 比丘格马是一特种马，产于沃罗涅日省著名的“赫列诺夫”养马场（昔日的奥尔洛娃伯爵夫人养马场）附近。——原注。

妈妈”或者大恩人。端正的五官、乌黑的大眼睛、薄薄的嘴唇，至今仍显示出她当年曾风华绝代。奥夫夏尼科夫没有子女。

读者们已经知道，我和他相识于拉吉洛夫家。两三天后，我去拜访他，他正好在家。他正坐在皮制的大圈椅中读经文月刊。一只灰猫在他肩膀上打着呼噜。他按照自己的习惯亲切礼貌地接待了我。我们聊了起来。

“卢卡·彼得罗维奇，请您照实说，”我顺便问道，“从前，就是您那个时代，是不是要好一些？”

“我跟您说，某些方面确实要好一些，”奥夫夏尼科夫答道，“我们那时的日子更安稳，生活也更宽裕些，的确如此……不过还是现在好；而您的孩子们以后会过得更好，上帝保佑。”

“卢卡·彼得罗维奇，我原以为您会对旧时代赞不绝口呢。”

“不，旧时代没什么值得我特别称赞的。例如说吧，您现在是地主，是和您过世的祖父一样的地主，但您已经没有他那样的权势了！再说您自己也不是那样的人。如今也有一些地主挤压我们，但是看起来，这是在所难免的。熬着熬着，总有出头之日的。可不是吗，年轻时司空见惯的事情，现在已经看不到了。”

“是什么事呢？举个例子说说看。”

“那就再举您祖父的例子吧。他可是个喜欢发号施令的人！经常欺负我们这些难兄难弟。您可能知道——您怎么会不知道自家的地呢——从恰普雷金到马利宁的那块耕地吧？现在是您家的燕麦田……嗯，它本来是我们家的，整片地都是我们的。您的祖父从我们手中夺了去——他骑在马上，用手一指，说：‘我的领地。’——就霸占了过去。先父（愿他进入天国!）为人耿直，脾气火暴，他咽不下这口气——也是，谁愿意白白失掉产业呢？于是他告上法庭。可是只有他一个人去告，别的人都不去，因为他们害怕。有人去向您祖父告密，说：‘彼得·奥夫夏尼科夫在告您呢，说您强占了他家的地……’您的祖父立刻派他手下的狩猎助祭巴乌什带上一伙人闯进我家……不由分说抓走了我父亲，带到您家的世袭领地上。那时我还很小，光着脚丫跟在他们后面跑。你猜怎么着？他们把他押到您家窗子下一顿毒打。您的祖父站在阳台上瞅着；您的祖母坐在窗户下，也在瞅着。我父亲大喊：‘老妈妈，玛丽亚·瓦西里耶夫娜，您说句公道话吧，发发慈悲吧！’可她不为所动，欠欠身子又继续观看。就这样逼得父亲答应让出土地，还要感谢他们留下一条性命。于是这块地就是你们家的了。您去问问您家的佃农：这块地叫什么？它叫棍棒地，因为是用棍棒夺过来的。所以我们这些小人物对旧制度没什么留恋的。”

我不知该如何对奥夫夏尼科夫作答，也不敢直视他。

“当时我们还有一位邻居，叫斯杰潘·尼科托波利昂内奇·科莫夫。他可把我父亲折磨坏了：真是想方设法地为难他。他是个酒鬼，喜欢请人喝酒，每次几杯酒下肚后，他就要说法语‘赛邦’①，然后舔舔嘴唇，接着就开始耍酒疯了！他差人去把左邻右舍都请来。他的三套马车就停在您家门口等着；要是谁不去，他就立刻亲自登门……真是一个怪人！他在清醒的时候不胡说八道，可是一旦喝了酒，就开始胡诌，说他在彼得堡的丰坦河边有三处房产：一座是有一个烟囱的红色房子，另一座是有两个烟囱的黄色房子，第三座是没有烟囱的蓝色房子，还有三个儿子（他连婚都没结过）：一个在步兵营，另一个在骑兵营，第三个待在家里……他还说每个儿子住一栋房子，老大家常有海军将官造访，老二家常有陆军军官拜访，小儿子家来的都是英国人！说着说着就站起来，说：‘为我大儿子的健康干杯！他最有孝心！’然后就哭了起来。要是有人不举杯，那就糟了。‘我要毙了你！’他说，‘还不准埋葬……’有时他又跳起来喊道：‘跳舞吧，上帝的子民们，让自己开心开心，也让我高兴高兴！’嘿，你就得跳舞，哪怕累死也要跳下去。他把自家的女仆可折磨坏了，有时让她们唱歌从晚上唱到天明，谁嗓门最大，就奖励谁。要是她们唱累了，他就抱着头哀号道：‘唉，我这个无依无靠、孤苦伶仃的人啊！亲爱的，大家都抛下我了！’马车夫便立刻来给姑娘们加油打气。我的父亲也被他相中了：有什么办法呢？就差没把我父亲逼进棺材，真是差点儿就被他整死了，谢天谢地，好在他自己先死了：喝醉后从鸽子棚失足跌了下来……这就是我们以前的极品邻居！”

“时代已经不同了！”我说。

---

① 法语 C'est bon，意为“这很好”。

“是啊，是啊，”奥夫夏尼科夫赞同地说，“可以这样说，在旧时代，贵族们过得要奢侈得多——我在莫斯科见得多了。听说，现在那里这些人已经绝迹了。”

“您去过莫斯科？”

“去过，很久以前，很早以前的事了。如今我七十有三，去莫斯科那一年我才十五岁。”

奥夫夏尼科夫叹了口气。

“您在那里见过什么人？”

“见过许多达官显贵，什么样的人都见过；他们府上经常宾朋满座，生活过得荣华富贵，令人惊叹。可是没有人比得上已故的阿列克谢·格里高利耶维奇·奥尔洛夫·切斯明斯基伯爵。我经常见到阿列克谢·格里高利耶维奇；我叔叔曾在他府上当管家。伯爵家住在卡卢加门附近沙波洛夫卡街上。他真是一个显赫的人物啊！那样气派非凡，那样宽宏大量，真是难以想象，也无法形容。身材别提有多魁梧了，而且健壮有力，双目如炬！若你不认识他，没走近他，的确会感到害怕，感到胆怯；一旦走近了，你就会觉得他像太阳一般让你温暖，让你整个人兴高采烈。对每个求见者他都接待，他无所不好。他亲自参加赛马，任何人都可以和他比赛；他从不会一开始就一马当先，他不愿让人难堪，也不阻挡别人，直到最后一刻才赶超对手；而且那样和蔼可亲——他会安慰对手，夸奖对方的赛马。他养了一批优种的筋斗鸽。他常常来到院子里，坐到圈椅上，吩咐放飞鸽子；持枪的仆人站在四周的屋顶上，以防老鹰的袭击。伯爵的脚边放着一个盛着水的大银盆，他就从水里观看鸽子。许多穷人和乞丐都靠他的救济活命……他施舍了多少钱财啊！他发起火儿来真是雷霆震怒，非常恐怖，可是也犯不上哭鼻子：转眼一瞧，他已经笑容满面了。他要是大摆宴席，能让整个莫斯科都醉倒……他还是个才智超群的人，他打败过土耳其人。他喜欢角力，他从图拉、哈尔科夫、坦波夫以及全国其他各地请来大力士。他摔倒谁，就奖赏谁；谁要是把他摔倒，他不仅重奖，还要亲吻对方的嘴唇……我在莫斯科的时候，他举办了一场俄国前所未有的猎犬大赛：他邀请全国的猎人来做客，定下日子，给他们三个月期限。猎人们都来了，带来猎狗和猎师——嘿，浩浩荡荡，真是千军万马！先是设宴款待，然后大队人马开拔到城外。观众人山人海！您猜怎么着？跑在最前面的居然是您祖父的狗。”

“是那条叫米洛维特卡的？”我问。

“就是米洛维特卡，米洛维特卡……于是伯爵恳求他说：‘把你的狗卖给我吧：你想要什么都行。’‘不，伯爵，’他说，‘我不是商人——没用的破布我都不会卖。为了以示敬意，即使我的妻子都可以拱手相让，唯有米洛维特卡不行……我宁可把自己出让。’阿列克谢·格里高利耶维奇赞叹道：‘佩服！’您祖父用马车把狗送了回去；米洛维特卡死的时候，奏着音乐把它葬在花园里，在这条母狗的坟前还刻字立碑。”

“阿列克谢·格里高利耶维奇从不欺负任何人。”我说。

“可事情总是这样，谁越是没本事，越是翘尾巴。”

“巴乌什是个什么样的人？”沉默一阵后我又问道。

“您听说过米洛维特卡的事，怎么不知道巴乌什呢？他是您祖父的猎师头子和驯狗师。您祖父喜欢他不亚于喜欢米洛维特卡。他是个什么都敢干的人，只要您祖父一声令下，他立刻照办，哪怕上刀山下火海……他朝猎狗吆喝一声，森林也会抖三抖。他有时候牛脾气上来了，就从马上跳下，往地上一躺……猎狗一旦听不到他的声音，那就完了！它们不再嗅新鲜的足迹，什么猎物也不去追了。您祖父见此大发雷霆！‘不绞死这个无赖，我就不活了！这个浑蛋，我要剥了他的皮！我要让这个恶棍不得好死！’可到头来还是派人去问他要什么？为什么不吆喝猎犬？这个时候，巴乌什总是要酒喝，等到喝够了，就起身卖力地去吆喝猎犬了。”

“看起来，您也喜欢打猎吧，卢卡·彼得罗维奇？”

“算是喜欢吧……确实如此，但不是现在：现在我的好时光已经过去了，在年轻的时候……您知道，由于身份的关系，不太方便。我们这种人不能跟在贵族后面。的确，我们之中也有一些人，他们嗜酒成性、一无是处，常常去巴结老爷们……可这有什么乐趣！不过是丢人现眼。给他一匹走起来磕磕绊绊的驽马；动不动就摘下他的帽子扔在地上；像驾马一样用鞭子打他几下；可他还始终赔着笑脸，让人家开心。不，我跟您说，越是身份低，越要自重，否则自取其辱。”

“是的，”奥夫夏尼科夫叹口气继续说，“光阴荏苒，世道已经变了。尤其在贵族中间，我看到巨变。田产少的，要么去当差，要么不住在原地了；家产大的，现在也认不出来了。划分地界的时候，那些人、那些大贵族们，我可是见多了。我跟您你这么说吧，瞅着他们，我打心眼儿里高兴——他们现在都谦恭有礼。只是有一点让我吃惊，他们个个学识渊博，出口成章，让人心悦诚服，可是对于实际的事物却一窍不通，甚至连自己的利益都糊里糊涂，他们的农奴管家随意摆弄他们，就像弯马轭一样。您也许认识亚历山大·符拉基米雷奇·科罗廖夫吧？他算得上是一个地道的贵族吧？他是个美男子，家境富裕，受过高等教育，好像还出过国，谈吐稳重、谦虚，见到我们都会握手。您认识吗……那好，请听我说吧。上周我们应中介人尼基福尔·伊里奇的邀请，去了别廖佐夫卡。中介人尼基福尔·伊里奇对我们说：‘诸位，应该划清地界了。我们这里落后于其他地方了，这真丢人啊！现在开始划吧！’于是我们就开始干起来。照例是商议、争论；我们的代理人使起性子来。但是第一个带头吵闹的是奥夫钦尼科夫·波尔菲里……这人为什么要闹呢？他一寸地都没有，是受兄弟之托来办理这事的。他喊道：‘不！你们别想糊弄我！不，不能那么做！把测量图拿过来！把测量员叫过来，把那浑小子叫过来！’‘您到底想怎么样呢？’‘你们当我傻啊！哼！你们以为我现在就会把我的要求都说出来吗？不，你们把测量图拿过来，就这样！’他的手在地图上直敲，又把马尔法·德米特列夫娜狠骂了一顿。她喊道：‘您怎敢如此败坏我的名誉？’他说：‘把您的名誉送给我的栗色母马，我都不稀罕。’好不容易给他灌了点儿马德拉葡萄酒，他才安静下来，可其他人又闹了起来。我亲爱的亚历山大·符拉基米雷奇·科罗廖夫坐在角落，咬着手杖上的镶头，不停地摇头。我感到羞愧，忍无可忍，真想一走了之。人家对我们会怎么想呢？一看，我的亚历山大·弗拉基米雷奇站起来了，做出一副要发言的样子。中介人连忙说：‘诸位，诸位，亚历山大·弗拉基米雷奇要讲话了。’不得不夸一夸贵族们：所有人立刻闭嘴了。于是亚历山大·弗拉基米雷奇开始讲话，他说：‘我们似乎都忘了，所为何事齐聚一堂；虽然划分地界无疑有利于领主，但实质上它为的是什么？为的是让农民减轻负担，为的是让他们耕作更为方便，让他们承担得起赋役；而不是像现在这样，自己不清楚自己的土地，常常跑到五俄里以外去耕种，而且也没法处罚他。’然后亚历山大·弗拉基米雷奇说：‘地主不关心农民的福利是罪过，因为农民是上帝指派来的，如果我们好好想一想，他们的利益和我们的利益是一致的：他们过得好，我们就过得好；他们过得不好，我们也过得不好……所以，为了一些鸡毛蒜皮的小事吵来吵去是罪过的，也是不理智的……’他说啊，说啊……说得多好啊！句句打动人心……贵族们都垂下头；我真是差点儿落下泪来。说真的，古书里都没有这样的话……结果呢？他那满是青苔的四俄亩沼泽地却不肯让出来，也不愿出售。他说：‘我让家丁把这块沼泽地的水排干，要在上面建一个设备完善的制呢厂。’他还说：‘我早就选中这块地，这件事我有自己的想法……’如果真是这样，也算情有可原，只是亚历山大·弗拉基米雷奇的邻居卡拉西科夫·安东舍不得给科罗廖夫的管家一百卢布票子。事情都没办成，我们只好各自散去。亚历山大·弗拉基米雷奇直到现在还觉得自己是对的，一直谈制呢厂的事情，却也没叫人去把沼泽地的水排干。”

“那他又是怎么管理自己的田产的呢？”

“一律采用新方法。农民们都不喜欢，不过也没必要听他们的。亚历山大·弗拉基米雷奇干得不错。”

“竟然这样，卢卡·彼得罗维奇？我原以为您是个守旧派呢。”

“我另当别论。我既不是贵族，又不是地主。我那点儿家产算得了什么？但我又不会干别的。我力求公正、合法——这样我就谢天谢地了。年轻的老爷们不喜欢老的一套东西：我很欣赏他们……是该动动脑筋了。只是有一点不好：年轻的老爷们聪明反被聪明误，把庄稼人当成玩偶对待，摆弄来，摆弄去，弄坏了，就扔到一边。于是，农奴出身的管家或者德国籍的管事又把农民控制在掌心。哪怕有一个年轻老爷做做榜样也行，给大家看看：应该怎样管理！最后结果呢？难道我就这样死去，看不到新秩序吗？什么样的怪事啊？老的已经死去，新的还未出生！”

我不知该怎么回答奥夫夏尼科夫的话。他环顾一下四周，向我凑近一些，小声继续说：

“您听说过瓦西里·尼古拉伊奇·柳博兹沃诺夫吗？”

“没有，没听过。”

“请您分析分析，这是什么怪事啊？我百思不得其解。是他家的农民说的，可我不明白他们说的什么意思。您知道，他是个年轻人，不久前继承了母亲的一笔遗产，于是他来到自己的世袭领地。农民们都围了过来，想看看自家主人。瓦西里·尼古拉伊奇出来和他们见面。庄稼人瞅着他——真是咄咄怪事！老爷竟穿着一条棉绒裤子，活脱脱马车夫的穿着，脚上是一双滚边的靴子；他身着红色衬衫，上衣也像马车夫穿的；蓄着络腮胡子，头戴一顶怪异的帽子，脸也很奇怪——似醉非醉，好像神志不正常。他说：‘大家好！愿上帝保佑你们。’庄稼汉们向他鞠躬，都不说话，您知道他们都胆小。他好像自己也很胆怯。他开始发言：‘我是俄罗斯人，你们也是俄罗斯人；我热爱俄罗斯……我的灵魂和血液也是俄罗斯的……’突然好像下令一般：‘来吧，伙计们，唱首俄罗斯民歌吧！’农民们两腿直哆嗦，完全吓呆了。有一个胆儿大的唱了起来，可他马上就蹲到地上，躲到别人后面去了……怪就怪在这儿：我们有很多这样的地主，他们天不怕地不怕，放荡不羁，的确如此；他们穿得就像马车夫，他们还跳舞、弹吉他，和仆人们一起唱歌、喝酒，和农民们一起大吃大喝；可这个瓦西里·尼古拉伊奇就像个大姑娘，他总是读书写字，有时唱赞美诗。他不和人聊天，很腼腆，独自一人在花园散步，好像很寂寞，又或是很忧伤。原来的管家在开始几天总是惴惴不安：瓦西里·尼古拉伊奇来之前，他就跑遍了农户的家，对所有人去鞠躬行礼——很明显，这只猫知道它吃了谁家的肉！农户们有指望了，心想：‘别做梦了，老兄！你的现世报要来了；等着吧，你会知道厉害的……’可是到头来——怎么对您说呢？连上帝都不知道是怎么回事！瓦西里·尼古拉伊奇把他叫来，自己脸先红了，您知道吗，他呼吸也急促了：‘在我这儿你办事要公正，不要欺负人，听到了吗？’这之后就没再找管家来听命了。他在自己的领地上就像是个局外人。哟，管家松了口气；庄稼汉们都不敢去找瓦西里·尼古拉伊奇，因为他们害怕。还有更离谱的事呢：这位老爷还对他们鞠躬行礼，亲切地望着他们——而他们反而吓得全身发抖。先生，您说说，这事儿多奇怪啊！也许是我糊涂了，老了，还是怎么的——我搞不明白。”

我回答奥夫夏尼科夫："也许柳博兹沃诺夫先生身体抱恙。"

"能有什么病？别看他年纪轻轻，却长得肥头大耳，满脸赘肉……真是天知道！"奥夫夏尼科夫深深叹了口气。

"唉，不谈这些贵族了。"我说，"您给我讲讲独院地主的事吧，卢卡·彼得罗维奇。"

"不，谈这个就免了吧。"他连忙说，"说真的……是该给您讲一讲……可是讲什么呢！（奥夫夏尼科夫挥了挥手）我们还是喝茶吧……农民就是农民；可说实话，我们又能怎么样呢？"

他不说话了。茶端上来了。塔季扬娜·伊里尼奇娜站起身，坐得离我们更近些。整个晚上好几次悄无声息地出去，又静悄悄地回来。房间里鸦雀无声，奥夫夏尼科夫庄重缓慢地喝着茶，一杯又一杯。

"今天米佳来过我们家。"塔季扬娜·伊里尼奇娜小声说。

奥夫夏尼科夫皱起眉头：

"他来干什么？"

"来赔不是。"

奥夫夏尼科夫摇摇头。

"唉，您说说看，"他转向我，接着说，"该拿这些亲戚怎么办呢？没法把他们拒之门外……这不，上帝赏给我一个宝贝侄子。这小子头脑灵活，真是没得说；他学东西很快，就是对他指望不上。他本来干过公职，却把差事给辞了，说什么没有发展前途……难道他是贵族？就算是贵族，也不能立刻当上将军。现在就赋闲在家……这倒也罢了，可他当上了讼棍！替农民写状子、写呈文、给乡警出点子、告发土地测量员、出入各种酒馆，和无业游民、小市民、旅店的勤杂工混在一起。这不迟早要出事吗？区里和县里的警察局长不止一次警告过他。幸亏他能说会道，插科打诨，逗得他们哈哈大笑，可后来还是给他们找麻烦……好了，不说了，他还坐在你的小屋子里吗？"他对妻子说："我太了解你，你就是心软，总护着他。"

塔季扬娜·伊利尼奇娜低下头，笑了笑，脸红了。

"哼，就是这样，"奥夫夏尼科夫继续说，"你呀，把他宠坏了！唉，让他进来吧，看在贵客的分儿上，饶了这个傻小子……好了，叫他进来，叫他来吧……"

塔季扬娜·伊利尼奇娜走到门边，喊道：“米佳!”

米佳走进房间，他大概二十七八岁，高个子，身材匀称，一头鬈发。他看到我，就在门口停住了。他穿着德国样式的衣服，但是肩部一个大得出奇的褶子清楚地表明，这件衣服是俄国裁缝剪裁和缝制的。

“好了，过来，过来，”老头儿说，“有什么不好意思的？你要谢谢你婶婶：原谅你了……来，老爷，我来介绍一下，”他指着米佳说，“我的亲侄子，可我没法管他。已经混到头了！（我和他彼此鞠躬行礼）好吧，说说，你在那边又惹了什么乱子？为什么要告你？说吧。”

显然，米佳不愿意当着我的面做解释和辩白。

“以后再说吧，叔叔。”他嘟哝着。

“不行，不要以后，就现在说。”老头儿说，“我知道，你当着地主老爷的面觉得难为情。这样更好——你就悔改吧。说呀，你倒是说啊……我们洗耳恭听。”

“我没什么不好意思的。”米佳理直气壮、摇头晃脑地说，“叔叔，请您评判一下。列舍季洛夫的几个独院地主来找我说：‘替我们辩护吧，老弟。’‘怎么回事？’‘是这样：我们的粮仓管理得挺好，没法再好了；突然有个当官的来找我们，说是奉命来视察仓库。看过之后他说：‘你们的粮仓管理混乱，有严重纰漏，我必须向上级汇报。’‘纰漏出在什么地方？’他说：‘这个我心中有数。’我们聚在一起商量，决定好好孝敬一下这个当官的，可老头儿普罗霍雷奇不同意，他说，这只会助长他们的歪风邪气。这到底算什么？难道我们就没有任何办法？我们听从了老家伙的话，可那个当官的非常恼火，一纸诉状告了我们。现在要传我们上法庭呢。我问：‘你们的粮仓真的管理得好好的？’‘苍天明鉴，管得好好的，而且存有法定数量的粮食……’我说：‘哦，那你们用不着害怕。’就给他们写了状子……现在谁胜谁负还不知道……有人为这事上您这儿来告我的状，事情明摆着：自己的内衣更贴身，人都是为自己打算的。”

“所有人都这样，的确，但显然，你不是这样。”老头儿小声说，“你和舒托洛莫沃德庄稼汉们在搞什么鬼？”

“你怎么知道的？”

“我当然知道。”

“这事儿我也没错——再次请您评评理。舒托洛莫沃的庄稼汉们有个邻居叫别斯潘金，他种了四俄亩地。他说：‘地是我的。’舒托洛莫沃的农民是缴代役租的，他们的地主出过了——谁能替他们主持公道呢？您自己说说看。那块地毫无疑问一直是他们承租的，所以他们来找我，说：‘请给写个状子吧。’于是我就写了。别斯潘金听说后，威胁道：‘我要抽了这个米佳的骨头，再不然就把他脑袋拧下来……’那就瞧着吧，他怎么把我的头拧下来？现在脑袋还好好地在呢。”

“哼，别吹牛了，你的脑袋迟早保不住，”老头儿说，“你就是个疯子！”

“怎么，叔叔，难道不是您亲自对我说……”

“我知道，知道你要说什么。”奥夫夏尼科夫打断他的话，“的确，人应该保持公正，助人为乐，有时还要豁出去……可你难道一直是这样做的吗？难道没人请你上酒馆？难道没人请你喝酒，给你鞠躬，说：‘德米特里·阿列克谢伊奇，老爷，帮帮忙，我们肯定会酬谢您的。’然后把一个银卢布或者一张五卢布票子偷偷塞到你手里？啊？难道没有这些事？快说，到底有没有？”

“这点我的确有错。”米佳低下头说，“可我没有拿穷人的钱，没有昧良心。”

“现在没拿，可等你穷疯了，你就会拿的。没有昧良心……哎呀，你呀！难道你一直都在为圣人辩护？你忘记波尔卡·别列霍多夫了？是谁为他奔走？谁为他说哈？啊？”

“别列霍多夫是自作自受，的确……”

“挪用公款……这是闹着玩啊？”

“叔叔，您想想，他穷得叮当响，又上有老下有小……”

“穷，穷……他是个酒鬼，是个赌徒——这才是问题所在！”

“他开始是借酒消愁。”米佳放低声音说。

“借酒消愁？哼，你要这么好心肠，就应该帮帮他，而不是和这酒鬼一起上酒馆。他能说会道，这有什么稀罕！”

“他是个非常善良的人……”

“在你眼里，什么人都善良……怎么样，”奥夫夏尼科夫转身对妻子继续说，“给他送去了马……嗯，在那边，你知道的……”

塔季扬娜·伊利尼奇娜点点头。

“这些天你到哪儿去了？”老头儿又开始问。

“进城了。”

“大概整天打台球、喝茶、弹吉他、跑衙门、在后屋里写状子、跟商人的儿子鬼混，是吧？说啊。”

“基本上算是吧。”米佳笑着说，“啊，对！差点儿忘了，安东·帕尔费内奇·丰季科夫请您周日去他家吃饭。”

“我不去这个大肚皮家。上百卢布买的鱼，可涂的油却发臭了。别理他！”

“我还遇到了费多西娅·米哈伊洛夫娜。”

“哪个费多西娅？”

“她是加尔片琴科地主家的，就是买下米库利诺那块地的那个地主。费多西娅是米库利诺人。她在莫斯科当裁缝，缴纳代役租，她按时交租，租金是每年一百八十二卢布……她手艺精湛，在莫斯科接到很多订单。现在加尔片琴科写信让她回来，但是就这么晾着她，也不给她派活儿。她本打算赎身，也跟主人说了，可主人不做任何决定。叔叔，您跟加尔片琴科认识，能不能去替她求求情？费多西娅愿出高价赎身。”

“不会是你掏腰包吧？是吗？嗯，嗯，好的，我去和他说，我去说。只是不知道，”老头儿神色不满地说，“这个加尔片琴科，上帝宽恕我，他是个守财奴：收购期票、放高利贷、竞买田产……是谁把他带我们这地方来的？唉，我受够了这些外地人！他是不会这么快答复你的——不过，还是试试吧。”

“您就帮帮忙吧，叔叔。”

“好，我帮。不过你要多加小心，要当心！好了，好了，别为自己找理由了……得了！得了！以后要留神，否则，真的，米佳，你要吃苦头的——真的，会倒霉的。我不能一直替你扛着……我自己也不是有权有势的人。唉，现在你去吧。”

米佳出去了。塔季扬娜·伊利尼奇娜紧随其后。

“给他倒点儿茶喝吧，惯着他的婶婶。”奥夫夏尼科夫在她身后喊道，“这小子不笨，心肠挺好，只是我为他担心……抱歉，这些家长里

短耽搁了您这么久。”

前厅的门打开了，进来一个矮个子，他头发花白，身穿天鹅绒常礼服。

“啊，弗朗兹·伊万内奇!”奥夫夏尼科夫喊道，“您好！近况如何?”

亲爱的读者，请允许我给你们介绍一下这位先生。

弗朗兹·伊万内奇·勒琼（Lejeune）是我的邻居，奥廖尔的地主，他用非同寻常的方式获得了俄罗斯贵族的称号。他出生在奥廖尔，父母是法国人，他跟着拿破仑一起来攻打俄国，在军队当一名鼓手。开始一切顺利，我们这位法国佬昂首挺胸地走进莫斯科，可返程路上可怜的 M-r Lejeune① 冻了个半死，鼓也丢了，还落到了斯摩棱斯克农民的手中。斯摩棱斯克农民把他关在一个缩绒厂里，关了一晚上，第二天早上把他带到水坝旁的冰窟窿前，请这位 de la grrrran-de armée② 鼓手赏个面子，也就是让他钻到冰下去。M-r Lejeune 没法接受他们的盛情，于是用法语恳求这些斯摩棱斯克农民，让他回到奥尔良去。“messieurs③,”他说，“那里有我的母亲，une tendre mère。”④ 可这些庄稼人大概不知道奥尔良市的地理位置，仍然要他做水下旅行，沿着蜿蜒的格尼洛杰尔河顺流而下，他们怂恿他，轻轻推着他的脖颈和脊椎，突然传来一阵铃声，勒琼喜出望外，只见一辆大雪橇向水坝驶来。雪橇的后座又高又大，铺着五彩斑斓的毯子，在前边拉套的是三匹黄褐色的维亚特卡马。雪橇上坐着一位地主，他大腹便便，脸色红润，身穿狼皮大衣。

“你们在那里干什么呢?”他问农夫们。

“要把这个法国佬沉到河里去，老爷。”

“哦。”这位地主冷漠地应了一声，扭过头去。

---

① 法语：勒琼先生。

② 法语：大军的——原注。

③ 法语：先生们。

④ 法语：慈爱的母亲——原注。

"Monsieur! Monsieur!①"那可怜人大叫起来。

"啊!啊!"穿狼皮大衣的老爷斥责道,"带着十二个民族组成的军队来到俄罗斯,烧毁莫斯科,你们这帮该死的家伙,把伊凡大帝钟楼上的十字架给偷走了,现在——穆西耶,穆西耶②地叫。这会儿夹起尾巴来了。恶有恶报……走吧,菲儿卡!"

马儿走起来。

"啊,等等,停!"地主又说,"喂,穆西耶,你会音乐吗?"

"Sauvez moi, sauvez moi, mon bon monsieur!"③ 勒琼苦苦哀求。

"瞧这个落后的小民族!连懂俄语的人都没有!缪齐克,缪齐克,萨维缪齐克无?萨维?④ 唉,快说!科姆普棱兹?萨维缪齐克无?⑤ 钢琴茹埃萨维?⑥"

勒琼终于明白了地主的意思,肯定地点点头。

"Oui, monsieur, oui, oui, je suis musicien; je joue de tous les instruments possibles! Oui, monsieur... Sauvez moi, monsieur!"⑦

"好吧,算你走运,"地主说,"伙计们,放了他。给你们二十戈比,去买酒喝吧。"

"谢谢,老爷,谢谢。您就带走他吧。"

勒琼坐上车。他高兴得喘不过气,满脸泪水,全身哆嗦,不断地给地主、车夫和农民鞠躬道谢。他身上只穿了一件带粉红色带子的绿色绒衣,可当时天寒地冻。地主一言不发地望着他冻得发青的四肢,把这个倒霉蛋裹进自己的大衣里,带他回到家。仆人们跑过来,赶紧给他生火取暖,拿东西给他吃,拿衣服给他穿。地主把他领到自己的

---

① 法语:先生!先生!

② 法语"先生"一词的音译。

③ 法语:救救我吧,救救我吧,好先生!——原注。

④ 法语"音乐、音乐你懂音乐吗?懂吗"的音译。

⑤ 法语"听得懂吗?你懂音乐吗"的音译。

⑥ 法语"你会弹钢琴吗"的音译。

⑦ 法语:是的,先生,是的,是的,我是音乐家;各种乐器我都会。是的先生……救救我吧,先生!——原注。

女儿们面前。

“孩子们，”他对她们说，“给你们找了一位老师。你们总缠着我，要我教你们音乐和法语，现在就给你们找了个法国人，他会弹钢琴……嗯，穆西耶，”他指着一架破钢琴，那是五年前他从卖香水的犹太人那里买来的，继续说，“给我们露一手吧，茹埃!①”

勒琼坐到椅子上，心都不跳了——他这辈子还没摸过钢琴啊!

“茹埃，茹埃!”地主又说了一次。

这个可怜人绝望地敲打着琴键，就像打鼓似的，乱弹一气……“我当时想，”他后来说，“我的救命恩人会抓起我的衣领，把我从屋子里扔出去。”但是让这位即兴演奏家大吃一惊的是，地主听了一会儿，赞许地拍了拍他的肩膀。“不错，不错，”他说，“我看得出，你懂音乐。现在去休息吧。”

大概两周后，勒琼从这个地主家转到了另一个地主家，此人更富有也更有教养，他喜欢勒琼快乐而温顺的性格，还把自己的养女许配给他。勒琼后来谋到差事，变成贵族，把自己的女儿嫁给奥廖尔的地主洛贝扎尼耶夫，此人是退伍的龙骑兵，会写诗。勒琼自己也搬来奥廖尔居住。

就是这个勒琼，或者像现在这样称呼他为弗朗兹·伊万内奇，走进奥夫夏尼科夫的房间，当时我也在场。他们两人是好朋友。

也许，读者们已经厌烦同我待在独院地主奥夫夏尼科夫家里，所以我就不再赘述了。

---

① 法语“弹吧”的音译。

利戈夫

“我们去利戈夫吧。”读者已经认识的叶尔莫莱有一次对我说，“在那里我们能打到很多鸭子。”

虽然对于真正的猎人而言，野鸭算不上什么特别诱人的东西，但是暂时没有别的野味可打（那时是九月初，丘鹬尚未飞来，我已经厌倦在野外追猎山鹑），所以我听从了我的猎人朋友的建议，前往利戈夫。

利戈夫是草原上的一个大村庄，村里有一座古老的单圆顶石砌教堂，两座建在沼泽似的罗索塔河上的磨坊。这条小河流出利戈夫大概五俄里远的地方，形成一个大水塘，水塘的周围和中间一些地方长着茂密的芦苇，奥廖尔人称之为“芦苇荡”。在这个水塘里，在水湾和芦苇之间的僻静处，生息着无数的各种野鸭：绿头鸭、半绿头鸭、针尾鸭、小水鸭、潜鸭，等等。它们有时成群地在水面上飞来飞去或游来游去，枪声一响，鸭群如乌云一般飞起，猎人会情不自禁地一手抓住帽子，拖长声音说：“哟——哟！”我和叶尔莫莱本来要顺着水塘走下去，可是一来鸭子警觉性很高，它们不在水塘的边上待着；二来即使有一只掉队的或是缺乏经验的小鸭被我们打中而丧命，我们的狗也不能从茂密的芦苇荡中把它叼出来：尽管狗具有崇高的自我牺牲精神，但是它们既不会游泳，也不会潜入水底，只会让芦苇锋利的叶子割伤自己尊贵无比的鼻子。

“不，”叶尔莫莱最后说，“事情不好办，要弄艘船来……我们折回利戈夫村吧。”

我们返程。我们还没走出几步，一只癞皮猎狗从茂密的爆竹柳后面迎面蹿了出来，紧随其后的是一个中等身材的人，穿着破破烂烂的深蓝色外衣，浅黄色背心，一条泛红或泛蓝的灰裤子，裤腿随随便便塞进破旧的长筒靴里，脖子上系一条红围巾，肩扛一支单筒猎枪。我们的狗以它们特有的通常习惯，即中国式的繁文缛节，同它的新朋友互相嗅了几下。它的新朋友显然有些胆怯，它夹着尾巴，竖起耳朵，直着腿，龇着牙，快速地全身打转。这时陌生人走向我们，极其有礼貌地鞠躬行礼。他看上去二十有五，淡褐色的长发搽了很多克瓦斯①，一绺一绺地直立起来，褐色小眼睛亲切地眨巴着，好像是因为牙疼，他脸上包着一块黑手帕，露出甜丝丝的微笑。

"请允许我介绍一下自己，"他的声音柔声柔气，非常媚人，"我是此地的猎人弗拉基米尔……听说您大驾光临，得知您前往我们的水塘边，如蒙不弃，定效犬马之劳。"

猎人弗拉基米尔说起这话来，活脱脱一个外省的年轻演员在扮演初恋情人的角色。我领了他的情，还没走到利沃夫，就已摸清他的身世阅历。他是个已经赎了身的家仆；少年时代学过音乐，之后当过室内男仆，识字，我能推断出，他读过一些杂七杂八的书，现在呢，就像许多俄国百姓一样，身无分文，没有固定职业，吃不吃得饱肚子都是听天由命。他咬文嚼字，有意卖弄；他应该是个情场老手，大概总能俘获芳心：俄罗斯姑娘喜欢花言巧语的人。此外，从他的话中我听出来，他有时去拜访邻近的地主，去城里做客，去玩朴烈费兰斯牌，和首都的人也有一些交往。他是微笑大师，能展现各式笑脸；当他凝神倾听别人的讲话时，他嘴角露出谦虚而克制的笑容，这样子最适合他。他聆听您的谈话，他完全赞同您的高见，但又不失尊严，似乎想让您明白，如有机会，他也能一抒己见。叶尔莫莱没多少文化，完全不懂什么"谦恭有礼"，竟开始对他"你"啊"你"的称呼起来。真该看看，当弗拉基米尔对他称"您"的时候带着怎样一种嘲讽的神情。

"您为什么缠着手帕？"我问他，"是牙疼吗？"

---

① 克瓦斯是一种面包发酵的饮料，当时俄国的农民和仆人常用它当发油。

“不是，”他答道，“这是因为粗心大意而造成的恶果。我有个朋友，为人不错，却不会打猎，此乃常情。一日他对我说：‘我亲爱的朋友，带我去打猎吧。我很好奇，这项好玩的活动究竟是怎样的？’自然，我却之不恭；于是我给他一支猎枪，带他去打猎。我们打了好一阵子；便想稍事歇息。我坐在树下；他没有休息，开始练习操枪动作，并把枪对准我。我请他停下，但他缺乏经验，不听我言。突然一声枪响，我的下巴和右手食指就不见了踪影。”

我们走到利戈夫。弗拉基米尔和叶尔莫莱都认为，没有船无法打猎。

“苏乔克有艘小平底船。①”弗拉基米尔说，“可我不知道，他把它藏于何处。要去找他。”

“找谁？”我问。

“此地绰号苏乔克的人。②”

弗拉基米尔与叶尔莫莱前去找苏乔克。我对他们说，我在教堂旁等他们。我看着墓地上一座座坟茔，碰巧看到一块变黑了的四方墓碑上刻着铭文，一面是法文：“Ci gît Théophile Henri，vicomte de Blangy”③；另一面刻着：“此墓石下安葬着法国臣民布朗日伯爵，他生于1737年，卒于1799年，享年62岁”；第三面是：“愿逝者安息”；第四面是：

此乃法国侨民墓；
望族后裔有天赋，
痛悼亡妻及家属，
不堪暴政离故土；
老来踏上俄国路，
觅得好客容身处。
教育子女侍父母……

---

① 用一些旧船板钉成的平底船。——原注。

② 苏乔克意为小树枝。

③ 泰奥菲尔·亨利·布朗日伯爵之墓。

命定此地享冥福……

叶尔莫莱、弗拉基米尔和有着奇怪绰号的苏乔克来了，打断了我的思绪。

苏乔克赤着脚，衣衫褴褛，蓬头垢面，看上去像个丢了差事的家仆，六十岁左右。

“你有船吗?”我问。

“船倒是有，”他用低沉而颤抖的声音回答说，“就是破得不像话了。”

“怎么?”

“都脱胶了，木楔子也从凹槽里掉出来了。”

“多大事啊!”叶尔莫莱接下话茬，“可以塞点儿麻屑嘛。”

“当然，这是可以的。”苏乔克表示同意。

“你是干什么的?”

“替老爷家打鱼的。”

“你是打鱼的，船怎么这么破?”

“我们的河里就没有鱼。”

“鱼不喜欢沼泽上的褐色水皮。”我的猎伴严肃地说。

“哦，”我对叶尔莫莱说，“去弄些麻屑来，把船整一整，快去快回。”

叶尔莫莱去了。

“这样子的话，我们会沉到水底去吧?”我对弗拉基米尔说。

“上帝保佑，”他答道，“不管怎样，可以断定，水塘不深。”

“是啊，水塘不深，”苏乔克附和着，他说话时很奇怪，好像没睡醒一样，“水塘底是水藻和水草，整个水塘都长满了草。不过，也有深坑①。”

“但是，要是水草太过茂盛，”弗拉基米尔应道，“船就划不动了。”

“谁会去划平底船?要用篙子撑。我和你一道儿去；我那儿有篙子，不然用锹也成。”

---

① 水塘底或河底的深陷处、坑洼。——原注。

“锹不好使，有些地方兴许够不着底。”弗拉基米尔说。

“那倒是，不好使。”

我坐在一块墓石上，等着叶尔莫莱。弗拉基米尔出于礼貌往一旁走开几步，也坐了下来。苏乔克继续站在原地，垂着头，照老习惯把双手反剪在背后。

“请问，”我开了口，“你在此地打鱼很久了吗？”

“第七个年头了。”他答道，身子颤了一下。

“之前你是做什么的？”

“以前是当马车夫的。”

“谁把你从马车夫的位置赶走的？”

“新的女东家。”

“哪个女东家？”

“就是买我们的那个。您不认识她，她叫阿列娜·季莫菲夫娜，长得很富态……年纪也不小了。”

“她为什么要让你去打鱼？”

“天晓得。她从自己的领地坦波夫来到我们这儿，吩咐召集所有家仆，然后出来见我们。我们先是吻她的手，她没什么表示，也不生气……然后就挨个儿问我们话：干什么的，负责什么差事？轮到我了，她就问我：‘你干什么的？’我说：‘马车夫。’‘马车夫？你哪像个马车夫？看看自己，哪像个马车夫？你不该当马车夫，就给我打鱼吧。把胡子剃了。我来的时候，要给厨房供鱼，听到了吗？’打那以后，我就打起鱼了。‘我的鱼塘，你当心点儿，要把它照管好了……’可怎么把它照管好呢？”

“你们以前是谁家的？”

“是谢尔盖·谢尔盖伊奇·彼赫捷列夫家的。我们是他继承下来的。他接管我们没有多久，总共六年。我就是在他手下当马车夫……但不是在城里——他在城里另有车夫——而是在乡下。”

“你从年轻时候起就一直当马车夫？”

“哪是一直当马车夫！是在谢尔盖·谢尔盖伊奇下手才当上马车夫，之前是厨子——但也不是在城里当厨子，而是在乡下。”

“你那时在谁家当厨子？”

“在以前的东家阿法纳西·聂费德奇家，他是谢尔盖·谢尔盖伊奇的伯父。利戈夫就是他买下来的，就是阿法纳西·聂费德奇买来的，谢尔盖·谢尔盖伊奇继承了这份产业。”

“从谁那里买来的？”

“从塔季扬娜·瓦西里耶夫娜手里。”

“哪个塔季扬娜·瓦西里耶夫娜？”

“就是前年去世的那个，在博尔霍夫附近……哦，是在卡拉切夫附近，是个老姑娘，没嫁过人。您不认识吗？我们是从她父亲瓦西里·谢苗内奇手里转到她手上的。她掌管我们的时间可长了，有二十来年。”

“哦。你在她那里当厨子啊？”

“一开始就是当厨子，后来当了司茗。”

“当什么？”

“当司茗。”

“这是个什么差事？”

“我也不清楚，老爷。我在餐厅里干活儿，管我叫安东，而不是库兹马。这是女东家吩咐的。”

“你的真名叫库兹马？”

“是库兹马。”

“你一直都是司茗？”

“不，不是一直都是，还当过戏子。”

“真的啊？”

“真的，当过……还上台表演过。我们女东家在自己家里搭了个戏台子。”

“你演过些什么角色？”

“您指的什么？”

“你在戏台子上干什么呢？”

“您不知道吗？把我拉去，打扮一番；我就这样上台了，要么站着，要么坐着，照着吩咐来。他们要我说什么，我就说什么。有一次演个瞎子……在两个眼皮下各放了一粒豌豆……可不是嘛！”

“后来又当过什么？”

"后来又去当厨子。"

"为什么又没让你当厨子?"

"因为我的兄弟逃跑了。"

"哦,那在你第一位女东家的父亲手下,你干什么呢?"

"干过各种差事:先是当小厮,后来当马车夫、园丁,还管过猎狗。"

"管猎狗?你骑着马带着狗?"

"骑着马带着狗,可把我给摔惨了,从马上跌下来,马也受伤了。我们的老东家那叫一个厉害,吩咐人把我揍了一顿,把我打发到莫斯科给鞋匠做学徒。"

"怎么做学徒?莫非你管猎狗的时候还是个孩子?"

"论年纪,那时我已经二十出头了。"

"二十岁了,怎么当学徒?"

"这也没什么吧,只要是老爷下的令,都是可以的。好在他很快就去世了,我又被送回乡下。"

"你什么时候学的厨艺?"

苏乔克抬起他那面黄肌瘦的脸,笑了笑。

"这还用学啊?婆娘们都会做饭!"

"唔,"我又说,"库兹马,你这一辈子可有过不少见识啊!既然你们这儿没有鱼,那你现在当渔夫都干些什么呢?"

"老爷,这没什么可抱怨的。让我来当渔夫,真是谢天谢地。这里还有个像我一样的老头儿,叫安德烈·普贝尔,他去了造纸厂当汲水工,是女东家下令让他去的。说什么不劳而获是罪过……普贝尔还指着她开恩呢:他的侄子在女东家的事务所当办事员,他答应为他向女东家求情。还求情呢!我亲眼看到普贝尔向他的侄子下跪磕头。"

"你有家眷吗?结过婚吗?"

"没有,老爷,没结过婚。已故的塔季扬娜·瓦西里耶夫娜——祝她早升天国——不准下人结婚。万万不行!她总说:'我也是这样过的,没嫁人。瞎胡闹!干吗要结婚?'"

"你现在靠什么生活?领工钱吗?"

"老爷,哪有什么工钱!能有口饭吃,就谢天谢地了!我很知足。

愿上帝保佑我们女主人长命百岁！”

叶尔莫莱回来了。

“船修好了。”他郑重其事地说，“去把篙子拿来——你！”

苏乔克跑去拿篙子。在我和这个可怜的老头儿谈话的时候，猎人弗拉基米尔一直带着鄙夷的笑容望着他。

“一个笨蛋，”苏乔克走后，他说，“完全没受过教育，十足一个乡巴佬。连家仆都算不上……一直夸夸其谈……他哪能当得了戏子？您自己想想看！跟他聊天，真是白费精神！”

一刻钟后，我们已经坐上苏乔克的平底船。（我们把狗留在小木屋里，交给马车夫叶古季尔看管）我们觉得不太得劲儿，但打猎的人都是很能将就的。苏乔克在较宽的船尾“撑”船，我和弗拉基米尔坐在船的横档上，叶尔莫莱坐在前面的船头上。尽管用麻屑塞好，水还是很快从我们脚下漫上来。幸好没有风，水塘仿佛沉睡一般。

我们的船行得很慢。老头儿费力地把长篙从黏糊糊的水藻中拔出来，篙子上缠满了丝丝条条的绿色水草；睡莲那密密匝匝的圆叶也阻碍着我们船的前行。我们终于抵达芦苇丛，这下子可热闹了。野鸭因我们突然闯入它们的领地而惊慌失措，嘎吱叫着，翅膀扑棱着从水塘边一哄而起，枪声随之乒乒响起，看到这些短尾巴的飞禽在空中翻着筋斗，扑通扑通地栽入水中，真叫人开心。我们当然没法把所有射下来的鸭子都弄到手：受轻伤的钻到水里去了；有些被打死的掉进茂密的芦苇荡里，即使叶尔莫莱那双山猫般的锐利眼睛也没法发现它们；尽管如此，快到中午的时候，我们的小船还是装满了野鸭。

让叶尔莫莱大感快慰的是，弗拉基米尔的枪法实在不怎么样，每次他射空之后就显得很很吃惊，仔细看看枪，然后吹一吹，一副迷惑不解的样子，最后向我们解释一番他失手的原因。叶尔莫莱一贯弹无虚发，我嘛，还是老样子，枪法一直不好。苏乔克从小伺候老爷，他习惯地用看主子的眼神望着我们，不时喊道：“那边，那边还有一只鸭子！”他时不时在背上挠挠痒——不是用手，而是扭动肩胛骨去止痒。天气特别好，高空中朵朵白云徐徐掠过我们头顶，清晰地倒映在水中；芦苇在四周沙沙作响；阳光照耀下，水塘处处闪着纯钢一般的光芒。我们打算打道回府，这时发生了一件非常扫兴的事情。

我们早就发现，水一点点地渗进我们的小船。我们让弗拉基米尔用瓢往外舀水，这水瓢是我那有先见之明的猎伴为了以防万一从一个打瞌睡的村妇那里偷来的。当弗拉基米尔没有忘记自己职责的时候，情况还算顺利。可打猎快结束时，那些野鸭仿佛来向我们辞别，一群群地飞起来，我们几乎来不及装弹上膛。在热火朝天的射击中，我们忽略了平底船的情况，突然，因为叶尔莫莱的一个猛力的动作（他试图捞到一只被打死的鸭子，整个身子都扑到船沿上），我们的这艘小破船随之倾斜，灌进很多水，船也堂而皇之地沉入塘底，幸好船所在的位置不是水深的地方。我们大声惊呼，可为时已晚，转眼的工夫，我们已经站在齐脖子的水中，周围漂浮着死鸭子。现在我一想起当时我的同伴们吓得面无人色（估计我的脸色也好不到哪儿去）就忍俊不禁；可在当时那个时刻，说实话，我压根儿笑不出来。每个人都把枪举到头顶，苏乔克应该是模仿主人惯了，他也把篙子高高举起。叶尔莫莱率先打破沉默。

“呸！真够背的！”他朝水里啐了一口，嘟哝着，“竟会碰到这样的事！都怪你，老鬼！”他对苏乔克气鼓鼓地说：“你这是什么破船啊？”

“都怪我。”老头儿喃喃地说。

“你也是好样的啊，”我的猎伴转过头对弗拉基米尔说，“看什么看啊？怎么不舀水？你……你……你……”

弗拉基米尔已经顾不上反驳了，他就像风中树叶一样全身哆嗦，上下牙直打架，咧着嘴傻笑。他的伶牙俐齿、他的彬彬有礼、他的自尊心都不知道去哪儿了！

该死的平底船在我们脚下微微摇晃……在船沉下去的那一瞬间，我们觉得水冷刺骨，但很快就习惯了。最初的恐惧过去后，我环顾四周，在离我们十步远的四周长满了芦苇；远处，透过芦苇的顶端，可以看到水塘的岸。“不好！”我心想。

“我们怎么办？”我问叶尔莫莱。

“看看情况，总不能在这里过夜吧。”他答道，“喏，你把这支枪拿着。”他对弗拉基米尔说。

弗拉基米尔乖乖听命。

“我去找找水浅的地方。”叶尔莫莱信心十足地说，好像每个水塘里必然都有水浅的地方，他拿过苏乔克的杆子，一边小心翼翼地试着深浅，一边向着岸边进发。

“你会游泳吗?”我问他。

“不会。”他的声音从芦苇后面传来。

“啊，那会淹死的。”苏乔克漠然地说。他一开始不是怕危险，而是怕我们生气，这会儿他完全定下心来，时而喘两口粗气，好像觉得根本没必要改变现状。

“这是白白送死啊!”弗拉基米尔惋惜地接道。

叶尔莫莱有一个多钟头没有回来。这一个多钟头我们觉得似乎很久。开始我们还和他频频呼应；之后他就越来越少回应我们的呼喊，最后就完全没声音了。村里响起晚祷的钟声。我们彼此互不交谈，甚至尽量互不相视。野鸭在头顶飞来飞去，有些想停在我们旁边，但突然又振翅而起，正如所谓的“直冲霄汉”，嘎嘎乱叫着飞走了。我们的身体开始发僵，苏乔克眨巴着眼睛，似乎困得要睡着了。

最终，叶尔莫莱回来了，我们的喜悦之情无以言表。

“喂，怎么样了?”

“我上过岸了，找到路了……我们走吧。”

我们本想立刻出发；但叶尔莫莱先从浸在水中的口袋里掏出一条绳子，把打下的野鸭的脚绑在一起，用牙咬住绳子的两端，然后慢慢向前走去；弗拉基米尔跟在他后面，我跟在弗拉基米尔后面，苏乔克走在最后。走到岸边大概要两百步，叶尔莫莱大胆地走着，一步不停(他已经熟悉路了)，只是时而喊上两声：“靠左走，右边有个坑!”或者：“靠右走，左边会陷下去……”有时水深没脖，可怜的苏乔克比我们都矮，有两次呛了水，直吐泡沫。叶尔莫莱朝他凶巴巴地喊道：“喂，喂，喂!”苏乔克竭力往上蹿，双腿乱蹬，蹦着跳着终于踩到水浅的地方，即使在最紧要关头，他也不敢抓住我的衣襟。我们终于抵达岸边，已经是筋疲力尽，全身又是泥又是水。

过了大概两个钟头后，我们尽可能把衣服弄干，全都坐在一间宽敞的干草棚里，准备吃晚饭。马车夫叶古季尔是个慢腾腾的人，反应迟钝，既谨慎又迷糊，他站在大门边，热心地请苏乔克抽烟。(我发现，俄国的马车夫们都自来熟）苏乔克使劲地嗅了嗅，以至于感到恶心了；他又吐痰又咳嗽，看样子觉得非常满足。弗拉基米尔一副疲惫不堪的样子，歪着脑袋，很少言语。叶尔莫莱擦拭着我们的枪。狗的尾巴摇得飞快，等着吃燕麦粥；马儿在棚子下又是踩蹄又是嘶鸣……红日西斜，落日余晖形成一条条深红色的宽带；金色的云彩飘在空中，变得越来越细，好像清洗过的羊毛……村子里响起阵阵歌声。

贝金草场

这是七月的一个艳阳天，只有在天气长期稳定的时候才会出现这样的好天气。一大早便是晴空，朝霞并不像烈焰，而是泛着淡淡的红晕。太阳不像干旱的酷暑时那样火烧火燎，也不像暴风雨来临前夕那样变成暗红色，它光亮而明媚，从狭长的云彩下冉冉升起，放射出艳丽的光芒，随后又被淡紫色的雾霭所笼罩。舒展的云彩上方的明亮窄边仿佛细蛇，发出锻银一般的光芒……瞧，又有一些闪动的光芒喷薄而出，一个强大的发光体正在快乐地、庄严地、飞速地升腾。到了晌午时分，通常会有很多圆圆的云朵高悬在天空，它们呈金灰色，镶着柔和的白边。这些云朵就像散落在无边泛蓝的河流中的岛屿，四周环绕着一条条湛蓝而清澈的支流，它们几乎在原地一动不动。远处，靠近天际的地方，它们聚集着、簇拥着，云朵之间的蓝天已经看不到了；但它们本身就像天空一样蔚蓝，因为它们都充盈着光和热。天际是柔和的淡紫色，一整天都毫无变化，四周也是如此。没有暗淡无光的地方，没有雷雨来临的迹象；只是有些地方从上往下延伸着浅蓝色的带状物，那是因为飘洒着不易察觉的细雨。傍晚时分，这些云彩渐渐消散；最后一批云彩略呈黑色，像烟一样飘浮不定，在夕阳的照耀下，化作玫瑰色的云团。太阳落下时缓缓的，一如它升起时冉冉，嫣红的余晖在暗下去的大地上空停留了一会儿，金星升上天空，静静闪烁，仿佛有人小心翼翼举着的蜡烛。在这样的日子里，一切色彩都很柔和、明亮，但并不耀眼，一切都显得温婉动人。在这样的日子里，天气有时极为炎热，有时在野外的坡地上甚至像在蒸笼里。但是风会驱散聚集起来的热气，阵阵旋风（毫无疑问，这是稳定天气的必有征候）像高耸的白色柱子，沿着条条道路穿过块块田地。空气干爽洁净，散发出苦艾、收割完毕的黑麦、荞麦的味道，甚至在夜幕降临前的一个小时您都不会感到湿气。庄稼人盼的就是这样的天气来收割粮食……

正是在这样的日子里，我到图拉省的切伦县区打松鸡。我找到并打到相当多的野味，装得满满的猎袋勒得我的肩膀生疼。当我终于决定打道回府时，晚霞已经消失，而天空依然发亮，尽管没有更多的夕阳晚照，寒冷的夜色逐渐浓稠并蔓延开来。我快步走过一条长长的灌木“广场”，费力地爬上一个小山包。眼前本应是熟悉的平原，右边有橡树林，远处有低矮的白色教堂，可取而代之的却是全然陌生的另一个地方。我脚下延伸着一条窄窄的山谷，笔直向前，正对面山杨树林像堵厚墙一般耸立着。我困惑地收住脚步，四下环顾……“哎呀!”我想，“我走错路了：往右偏了太多。”我对自己走错路感到很费解，急忙走下小丘。我立刻被一团令人不舒服的、凝滞的潮气所笼罩，好像钻进了地窖里；谷底又高又密的野草全是湿漉漉的、白茫茫的，像铺着平坦的桌布；走在上面真有些瘆人。我急忙转向另一边，往左边沿着山杨林走去。蝙蝠在已入睡的树梢上飞来飞去，神秘地在暮霭沉沉的天空中盘旋、颤动。一只迟归的小鹰敏捷地在高空掠过，匆忙赶回自己的窝巢。“只要我走到另一头，”我暗想，“就会有路了，可走了一俄里的冤枉路!”

我终于来到树林另一头，可那里也没有路，眼前是大片大片没有砍伐过的低矮灌木，往后去，远远地能看到一片空旷的田地。我再次收住脚步。“真是怪事！我到什么地方了?”我开始回想这一天是怎么走的，走到哪些地方了……“啊！这是帕拉辛灌木丛啊!”我喊了起来，“对！那边应该是辛杰耶夫小树林……我怎么走到这儿来了？这么远？真奇怪！现在又要往右转了。”

我向右拐去，穿过灌木丛。此时夜幕降临，夜色越来越浓，如同雷雨前的乌云；黑暗似乎与夜里的水汽一起从四周升起，甚至从高处倾泻下来。我发现了一条崎岖不平、杂草丛生的小路，我沿着它边走边仔细打探前方。四周迅速暗下来，一片寂静，偶然传来几声鹌鹑的叫声。一只小夜鸟伸展着自己柔软的翅膀，悄然无声地低飞着，几乎撞到我身上，吓得躲到一边去了。我走出灌木丛，顺着田埂走去。我很难看清远处的东西，周围的田野朦朦胧胧，一片白茫茫；再往远处，阴沉沉的夜幕如巨大的气团升起，时刻在逼近。在凝滞的空气里，我的脚步发出沉闷的声音。暗淡下来的天空又变成蓝色——这是夜空的湛蓝，繁星开始在天空闪烁。

起先被我当作小树林的，原来是一个黑乎乎的圆形山丘。“我到底是在什么地方啊?”我又出声地重复了一遍，第三次停下来，带着询问的目光望着自己的英国种黄斑猎犬季安卡，它是四条腿的动物中最聪明的。可这条最聪明的四条腿动物只是摇摇尾巴，有气无力地眨着它疲倦的双眼，没有给我任何切实的忠告。面对它，我觉得很不好意思，于是拼命向前，好像忽然明白该往哪儿走。我绕过小丘，到了一块凹地，这里不是很深，周围都耕作过。一种奇怪的感觉立刻涌上来。这块凹地的形状几乎就是一个正圆形的大锅，周边倾斜；凹地底部矗立着几块白色大石，好像它们是爬到此处来参加秘密会议。这里是那么寂静而荒芜，上方悬着如此平坦、如此凄凉的天空，我的心不由得揪住了。石缝里传出某种小野兽微弱而哀怨的尖叫声，我连忙爬回小丘。在这之前，我一直没有丧失找到归路的信心，可此时我最终确信我完全迷路了，也不再费劲儿去辨认几乎完全隐于黑暗的四周，只得借助星星的指引，冒冒失失地往前走……我迈着双腿吃力地走了大概半小时。我觉得，这辈子我从未到过如此荒芜的地方：到处都黑灯瞎火，静籁无声。斜坡小丘此起彼伏，田野连绵不断，小灌木丛仿佛突然在我眼皮底下拔地而起。我仍然走着，正打算找个地方睡一宿到天明，突然发现自己脚下竟然是可怕的深渊。

我赶紧收回已经迈出的一只脚，透过迷蒙的夜色，看见下面远处是一大片平原。一条大河环绕着它，呈半圆形从我脚下流过；河水泛着钢铁般的寒光，时隐时现，显示着河道。我所在的小丘突然笔直而下，成了一道峭壁悬崖，它巨大的轮廓显得黑黝黝的，在藏青色的苍茫夜色中凸显出来，就在我的正下方，在峭壁和平原相交的直角处，在这一带静止如墨镜般的河水旁，在山冈的陡坡下，两堆相邻的篝火闪着红色的火焰，烟雾袅袅。篝火旁有人影在晃动，有时清楚地照出一头鬈发的小脑袋的前半部分……

我终于认出我走到什么地方了。这是我们这一带鼎鼎大名的贝金草场……赶回家是绝不可能了，尤其这三更半夜的；双腿累得直不起来了。我决定走到篝火边去，去跟那些我以为是牲口贩子的人待在一起，等待天明。我顺利地走下山坡，手里抓着的最后一根树枝还没来得及松开时，两只毛茸茸的大白狗狂吠着冲向我。火堆旁传来孩子响亮的声音，两三个男孩子蹭地一下从地上站了起来。我回答了他们的大声询问。于是他们跑向我，叫回了那两只因为见到我的季安卡而感到异常吃惊的狗，我随之去了他们那里。

我以为坐在火堆旁的是牲口贩子，其实是我误会了，他们只是一些附近村子里的农家孩子，在这里看守马群。酷暑期间，我们这里就把马赶出来吃夜草，因为白天苍蝇和牛虻总是让马儿不得安生。傍晚前把马儿赶出来，清晨再把马儿赶回去，这是农家孩子的一大乐事。他们不戴帽子，穿着破旧的短皮袄，骑上最敏捷的马儿疾驰，大声欢叫，手舞足蹈，高高地弹起，纵声大笑。柱子般的黄色尘土高高扬起，沿路飞洒；嗒嗒的马蹄声一路远去，马儿竖着耳朵飞奔；跑在最前面的是一匹枣色长毛马，它翘着尾巴，不停变换步法，凌乱的鬃毛上沾着牛蒡种子。

我告诉孩子们我迷路了，挨着他们坐下来。他们问我从哪里来，然后默不作声，给我让出地方。我们聊了一会儿。我躺到一棵被牲口啃光的灌木下，开始四处张望。这景象太奇妙了：一个淡红色的光圈在篝火旁边颤动，好像一碰到黑暗就停下来；火焰熊熊燃烧，有时向光圈外投去急速的反光；细细的火舌不时舔舔光秃秃的柳树枝，一下子又不见了；尖尖长长的影子瞬间追逐到火边：暗与明此消彼长。有时，火苗稍弱，光明的范围也变小，靠近的黑暗中突然探出马头，可能是有着歪歪扭扭鼻子的枣红色马，或是一匹全白色马，它飞快地嚼着草，凝神呆望着我们，然后再次缩回身子，一下子躲藏起来。只能听到它继续嚼草和打响鼻的声音。在亮处很难看清黑暗中的动静，因此近处的一切都像是蒙上一层帷幕；但远处与天际接壤的地方，隐约可辨一团团绵长的小丘与树林。我们头顶上方是黑暗而纯净的天空，它庄严而无比深邃，充满神秘之美。吸进特有的沁人心脾的新鲜气味——这是俄罗斯夏夜的气味，心口感到甜滋滋的陶醉。四下俱静，

只有附近河中的大鱼偶尔溅出水声，水边的芦苇微微作响，还有轻涛拍岸……此外，只听得到篝火细微的劈啪声。

孩子们坐在火堆旁，开始想咬我的那两条狗也蹲在旁边。它们有好一会儿不能接受我的出现，一边困倦地眯缝着眼睛，一边瞟着火堆，有时自我感觉良好，汪汪叫上两声；开始是低吼，然后是尖叫，好像是惋惜无法达成所愿。一共五个男孩子：费佳、帕符鲁沙、伊留沙、科斯佳和万尼亚。从他们的谈话中，我得知他们的名字，现在也想把他们介绍给读者。

第一个男孩费佳年纪最大，看上去约十四岁。他身材匀称，脸蛋儿红扑扑的，五官清秀，线条较柔和，一头浅色鬈发，眼睛明亮，总是似笑非笑。种种迹象表明，他家条件不错，他来野外不是因为生活所迫，而是为了寻开心。他穿着一件镶有黄边的花里胡哨的衬衣，披着一件新的粗呢制的短外衣，刚刚能套上他细小的肩膀，淡蓝色的腰带上挂着梳子。细长的长筒皮靴就他能穿——肯定不是他父亲的。第二个男孩帕符鲁沙长着一头蓬乱的黑发，灰色的眼睛，宽颧骨，苍白的面孔，生有雀斑，一张大嘴还算端正，整个一个大头，就像大家说的头大如斗，身材敦实、粗壮。小伙子其貌不扬但我还是对他很有好感，他看上去非常聪明、直率，声音也很有力度。他的衣服乏善可陈，全部都是简单的麻布衬衣，上面打满补丁。第三个孩子伊留沙长相平常，鹰钩鼻，长脸，近视眼，脸上现出呆板、病态的殷勤；紧闭的双唇一动不动，不对称的眉毛长在一起，他好像是因为火光一直眯缝着眼。他黄得发白的头发像尖利的羽毛一样从窄窄的毡帽下扎出来，他不是用双手把它们别到耳后。他穿着崭新的树皮鞋和包脚布，缠了三圈的粗绳精心地系住他整洁的黑色敞怀长袍。他和帕符鲁沙看样子不超过十二岁。第四个孩子科斯佳大概十岁，他沉思而忧郁的目光让我好奇。他脸盘儿不大，瘦削，有雀斑，尖下巴，就像一张松鼠的脸儿，嘴唇几乎看不出来；但他那双泪光闪闪的黑色大眼睛让我觉得很奇怪：它们似乎想诉说什么，用语言——至少用他的语言——无法说出。他个子不高，体格羸弱，穿着非常寒酸。最后一个孩子叫万尼亚，我一开始没有看到他，他躺在地上，温顺地蜷着身子躺在四方的粗席下打盹儿，只是偶尔从席下探出长着淡褐色卷发的脑袋。这个男孩顶多八岁。

于是我躺到旁边的一棵灌木树下，望着这些男孩子。一堆篝火上挂着一口小锅儿，锅里面炖着土豆。帕符鲁沙蹲着看锅儿，把一根小木棍插到煮开的水中。费佳趴着，撑着两肘，把外衣的前襟解开。伊留沙坐在科斯佳旁边，一直认真地眯缝着眼睛。科斯佳微微垂下头，望着远方。万尼亚在粗席下一动不动。我假装已经睡着。过了一会儿，男孩们又聊了起来。

开始他们东扯西拉了一阵，说明天的工作，说到马儿；突然费佳问伊留沙，好像重拾之前中断的谈话：

“嗯，怎么，你见过家神?”

“没，我没见过，他是见不到的。”伊留沙用微弱嘶哑的声音回答，声音非常贴近他脸上的表情，“但是听到过他的声音……而且不止我一个人。”

“在什么地方?”帕符鲁沙问。

“在旧打浆厂①。”

“难道你在工厂干活儿?”

“这有什么，就是在工厂干活儿。我和阿弗鸠什卡哥哥一起做抛光工人②。”

“原来如此——你是个工人!”

“哟，那你怎么听见它的声音的?”费佳问。

“是这样的。当时有我和阿弗鸠什卡哥哥、费奥多尔·米赫耶夫斯基、伊万什卡·柯西、另一个从红丘来的伊万什卡，还有伊万什卡·苏霍鲁科维，以及其他一些伙计，我们一共是大概十个伙计——整个一班人都在这儿；我们要在打浆间过夜，我们是迫不得已，监工纳扎罗夫不准我们回家，他说：‘你们这些伙计回家太折腾，明天还有很多活儿，所以，伙计们，你们就别回家了。’于是我们留下来，大家躺在一起，阿弗鸠什卡开始说，伙计们，要是家神来了怎么办?还没等阿

---

① 造纸厂里的“打浆厂”或叫“舀浆房”，指的是放纸浆槽的厂房，纸浆是从大桶里舀出的。这种厂房设在堤坝边上，在水轮下面。——作者原注。

② “抛光工人”负责磨平、刮光纸张。——作者原注。

弗鸠什卡说完，突然我们头上有人走过；我们躺在下面，他走在上面，在轮子旁。我们听到他走着，脚下的板子都压弯了，吱呀作响；他就这样从我们头上走过；水顺着轮子哗哗响，哗哗响；轮子嘎嘎响，嘎嘎响，转动起来；可水宫①的闸板都放下来了啊！我们很奇怪，是谁把闸板抬高，让水通过的呢？可轮子转着，转着，就停下来了。那人又走到门上方，开始顺着梯子往下，就这么往下走，不慌不忙；他脚下的踏板甚至都吱吱作响……唉，那人走到我们门边，等啊，等啊——门突然整个儿打开，我们都快吓死了，往那儿一看，什么也没有……突然，一只桶里的网格②颤动着升起来，在空中飘啊，飘啊，好像有人把它吹起来的，然后又落回原处。接着另外一只桶里的钩子从钉子上脱落，然后又挂到钉子上；最后好像有人走到门边，突然又像咳嗽，又像清嗓子，就像一只绵羊那么大声……我们全都缩成一团，彼此往对方身后钻……当时我们真是吓得够呛！"

"真是的！"帕维尔说，"他为什么咳嗽呢？"

"不知道，可能因为潮湿。"

大家都沉默了。

"怎么，"费佳问，"土豆炖好了吗？"

帕符鲁沙戳了戳土豆。

"还没，还是生的……瞧，有鱼跳出水面，"他的脸转向河水的方向，说，"应该是条狗鱼……瞧，有颗流星。"

"不，我要给哥们儿几个讲讲，"科斯佳操着细细的嗓音开腔了，"听着，前两天叔叔给我讲的一件事。"

"嗯，我们听着呢。"费佳一副鼓励的表情说道。

"你们都知道加夫里尔吧，那个镇上的木工。"

"当然知道。"

"那你们知不知道为什么他总是这么不开心，总是不说话，知道吗？我告诉你们他为什么不开心。有一次他去，叔叔说的——我的哥们儿，有一次他去树林里找松果。他去树林里找松果，然后就迷路了；

---

① 我们那边把水流向水轮所经过的地方称之为"水宫"。——作者原注。

② 指捞纸浆用的网子。——作者原注。

接着走到——天晓得他走到哪里去了。他就走啊，走啊，我的哥们儿就是找不到路！当时外面已经是夜晚，他就坐在一棵树下，他说：‘我就等天亮吧。’然后就坐下来，睡着了。他睡着了，突然听到有人在叫他。睁眼一瞧，没有人。他又睡着了，又有人叫他。他又睁眼看，看到面前有个美人鱼坐在树枝上，晃来晃去，叫他过去，而美人鱼笑得死去活来，一直在笑……月亮很亮，非常亮，月亮清晰地照着，什么都看得到。美人鱼唤着他，她整个儿都是亮堂堂的，雪白的，坐在树枝上，就像一条小白鱼或者小银鮈——有的鲫鱼也是这样白白的，银色的……木工加夫里尔打量着她，哥们儿，那女子满不在乎地笑着，继续用手招呼他过来。加夫里尔本来要起身，要听从美人鱼的召唤，哥们儿，哥们儿，知道不，上帝给他提了个醒：他在身上画了个十字……他费力地画完十字。哥们儿，说是手就像石头，根本弯不了……唉，你这家伙！他一画完十字，哥们儿，美人鱼不笑了，突然就哭起来了……她哭着，哥们儿，用头发擦眼泪，她的头发是绿色的，就像你的麻布衣服的颜色。加夫里尔瞅着她，瞅着，就开始问她：‘你这个树林里的妖精，哭什么啊？’美人鱼对他说：‘你要是不画十字，人类啊，你就会和我幸福快乐生活到永远。我哭，我难过是因为你画了十字。不仅是我一个人难过，你也会难过一辈子。’然后，哥们儿，她就消失了，加夫里尔忽然开窍，他要怎么从树林里走出来……只是从那以后他就变得不开心了。”

“哎呀！”费佳在一阵短暂的沉默后开了口，“这个树林里的妖精怎么能毁了基督徒的精神呢——他不是没听她的吗？”

“你滚一边儿去！”科斯佳说，“加夫里尔说，她的嗓子细细柔柔，悲悲切切，就像癞蛤蟆。”

“你老叔自己讲的？”费佳继续说。

“自己讲的。我躺在高板床上，都听到了。”

“真是怪事啊！为什么他不开心呢？啊，明白了，美人鱼喜欢他，所以招呼他。”

“是啊，喜欢！”伊留沙接过话茬，“可不是嘛！她想呵他痒痒，这就是她想的。这是她们干的事儿，这些美人鱼干的事儿。”

“这里也应该有美人鱼。”费佳说。

“不会的，”科斯佳回答说，“这地方干净、自由。只是一样——河就在附近。”

大家都安静了。突然，远处传来拖长的、尖细的、几乎呜咽般的声音，就是那种深夜里让人不明就里的声音，它有时划破寂静，越来越响，在空气中停留，然后缓缓传开，趋于寂静。你侧耳倾听，好像什么也没有，只是耳鸣；好像是有人在天际长时间地嘶喊，另一个人在树林中用尖细的哈哈大笑声回应他，微弱的嘶嘶声在河面上一闪而过。孩子们互相对视，吓得直抖……

“上帝保佑!”伊利亚低声念了一句。

“哎呀，你们啊，是乌鸦!”帕维尔喊道，“有什么好怕的？瞧瞧，土豆炖好了。(大家都围向小锅子，吃起冒热气的土豆；只有万尼亚一动不动）你怎么了?”帕维尔说。

可他没有从自己的粗席下爬出来。小锅内的土豆很快被一扫而空。

“你们听说没有，伙计们，”伊留沙开始讲，“前两天在我们的瓦尔纳维茨发生的事情?”

“水坝上的事吗?”费佳问。

“是啊，是啊，水坝上，决口的水坝上。那可是块不干净的地方，不干净而且又偏僻，周围都是些小沟、山谷，山谷中有蛇。”

“哦，出了什么事？快讲讲……”

“出了这么个事儿。费佳，你可能不知道，那里埋了一个淹死的人；他很早以前就淹死了，那时水塘还很深；他的坟现在还在，只是不是很明显了，就是一个小山包……前几天管家叫驯狗师叶尔米尔去，对他说：‘叶尔米尔，去趟邮局。’叶尔米尔总去邮局；他把自己的狗都折磨死了：不知为什么狗在他手下活不长，一直活不长。他是个好驯狗师，大家都请他。叶尔米尔去取邮件，在城里耽搁了一会儿，回去的时候已经喝醉了。那是个明亮的夜晚：月亮很亮……叶尔米尔穿过水坝——他就是走的这条路。驯狗师叶尔米尔走着，看到在溺水者的墓前有一只小羊，白毛卷卷的，很漂亮，慢悠悠地走着。叶尔米尔想着：‘把它抓住，然后拿去卖钱。’于是走下去，抓起来……小羊没什么。叶尔米尔向马走去，而马躲着他向后退，打着响鼻，摇晃着马头；可他把马吆喝住了，带着小羊坐上马，再次出发——小羊就放在面前。他看着小羊，小羊也直勾勾地望着他。猎狗师感到害怕，因为他没见过羊像这么看着人的；但不要紧，他就开始抚摸羊的毛，说着：‘咩，咩！’羊突然龇牙也对他叫：‘咩，咩……’”

讲故事的人还没有说完最后一个字，突然两只狗唰地一下站起来，狂吠着跑离火堆，消失在黑暗中。孩子们都吓坏了。万尼亚从自己的粗席里嗖地一下钻出来，帕符鲁沙大喊着，追在两只狗的后面跑。它们的吠声很快远去……惊恐不安的孩子们乱作一堆，声音不绝于耳。帕符鲁沙大喊着：“灰色！看家狗！”不一会儿吠声没有了；帕维尔的声音已经在远处……又过了一会儿，孩子们迷惑地你看看我，我看看你，好像在等某个东西的出现……突然传来马蹄声，马儿在篝火旁骤然止步，帕符鲁沙紧紧抓住马鬃，忙翻身下马。两只狗也都蹦回光亮处，当即坐下，伸出红色的舌头。

“那儿怎么了？是什么东西？”孩子们问。

“没什么，”帕维尔对马儿挥了一下手，回答，“狗嗅到气味。我觉得是狼。”他喘着粗气，泰然地补上一句。

我不由得欣赏帕符鲁沙。这一刻他非常帅气，他并不漂亮的脸蛋儿因跑了一程显得很生动，泛着勇猛和果敢的光彩。他手中没有树条之类的武器，三更半夜，没有半分犹豫，孤身一人飞奔追狼……“真是个棒小子！”我望着他，心中暗想。

“怎么，你们都见过狼吧？”胆小鬼科斯佳问。

“这里总是有很多狼。”帕维尔说，“只有冬天它们才出来。”

他又弓腰坐在火边。他坐在地上，垂下一只手放在毛茸茸的狗脑袋上，心满意足的动物久久没有回头，带着感激的骄傲望向一边的帕符鲁沙。

万尼亚又钻进了粗席。

“伊留什卡，你们给我讲的故事好吓人。”费佳开口了，他是富农的儿子，也是孩子们的头儿（他自己话不多，似乎怕有失身份），“那两条狗又在叫唤了……真的，我听说你们那地方不干净。”

“瓦尔纳维茨？那还用说！数那儿最不干净了！据说，那里不止一次见到过老爷——死了的老爷。听说，老爷穿着长襟外衣，一直就这么哎哟地叫着，在地上找东西。有一次特罗菲梅奇老爷爷遇到过，他说：‘伊万·伊万内奇老爷，你在地上找什么？’”

“他问话了？”吃惊的费佳打断他的话。

“是啊，问了。”

“啊，特罗菲梅奇真是了不起……啊，怎么答的？”

“在找开锁仙草①。”他声音低沉，低沉着嗓子说，“开锁仙草。”

“伊万·伊万内奇老兄，你要开锁仙草干什么？”

“压得难受，坟头压得难受，特罗菲梅奇：想出来，出来。”

“真有你的！”费佳说，“看来，他在世时间不长。”

“真是怪事！”科斯佳说，“我认为只能在追福先人的星期六看到死去的人。”

“死去的人可以在任何时候看到，”伊留沙自信满满地抢过话头，就我观察所得，他最了解各种村子里的迷信传说，“在追福先人的星期六，你能看到活着的人，在那一年要死的人。晚上坐在教堂门前的台阶上，往路上张望。谁那年要死，他就在你面前的路上走过。去年我们这儿的乌里杨娜就去了教堂门前的台阶。”

“啊，她看见什么人了吗？”科斯佳好奇地问。

“当然了。一开始她坐了很久，很久，什么人也没看到，也没听到声音……只是好像有狗在吠着，在某处叫着……突然，她看到一个穿着单衣的小男孩沿着路走来。她定睛一看，来的是伊瓦什卡·费多谢耶夫……”

“就是那个春天死了的？”费佳打断他。

“就是他。他走着，头也不抬……可乌里杨娜还是认出了他……然后再看：一个婆子走来了。她仔细瞅，仔细瞅——哎呀，天啊！是她自己在走，乌里杨娜自己。”

“真是她自己？”费佳问。

“真的，她自己。”

“怎么会，她还没死呢？”

“这一年还没过完呢。你去看看她：灵魂往哪儿搁啊？”

大家都不作声了。帕维尔扔了一把枯树枝到火里，它们就被猛然

---

① 俄罗斯童话里能开启魔洞和聚宝箱、能治病的仙草。

而起的火焰烧焦了，燃起烟，缩成一团，烧完的一头翘起来。火光一颤一颤的，向四周、尤其向上方映射。突然不知从何处飞来一只白鸽，一直飞到这火光里，被这热烈的火光映得全身透亮，惊恐地在一个地方打转，然后拍拍翅膀飞得无影无踪了。

“准是找不到家了。”帕维尔说，“现在要飞，飞到哪儿算哪儿，就在那儿待到天亮。”

“帕符鲁沙，”科斯佳说，“这是不是一个好人的灵魂往天上飞，是不？”

帕维尔又往火里扔了一把树枝。

“也许是吧。”他终于答了一句。

“帕符鲁沙，你说，”费佳开口问，“你们那儿的沙拉莫夫一带也有人见过天象预兆①？”

“太阳怎么就看不到了？怎么会呢？”

“我想，你们都吓坏了吧？”

“不光是我们。我们的老爷，尽管先对我们说明，你们会看到天象预兆，但是当天暗下来，他自己也害怕了，不知咋回事。住在公用木房里的厨娘，刚一天黑，嘿，用炉叉子架起砂锅摔到炉壁上，她说：‘现在谁还吃饭啊，世界末日来了。’菜汤滚得到处都是。我们村子里，哥们儿，都在传小道消息，说白狼会满世界跑，要吃人，猛禽要飞来，特里什卡②也会出现。”

“特里什卡是什么？”科斯佳问。

“你不知道吗？”伊留沙兴头来了，“喂，哥们儿，你是打哪儿来的啊？特里什卡都不知道？你们村子的人就知道坐着，还真就是坐着，啥也不说！特里什卡——这是一个怪人，当世界末日到来，他就来了。他就是这样的怪人，你抓不住他，对他毫无办法：就是这么一个怪人。比如说，农夫们想抓住他，拿着棍子走向他，把他团团围住，可他蒙混他们，蒙混他们的视线，他们自己互相对殴起来。又比如，把他关进大牢，他要给他舀点水喝，水给他舀来了，他就潜入水中，一去无

---

① 我们的农夫这么称呼日食。——原注。

② 关于特里什卡的传说，大概来自反基督的故事。——原注。

踪影。嗯，这个特里什卡要走遍村庄和城市；这个特里什卡，狡猾的人，引诱基督教的子民……唉，可对他毫无办法……他就是这么一个怪人、狡猾的人。”

“是啊，”帕维尔用不紧不慢的语气接着说，“就是这样。我们就等着他。老人们说，只要天象预兆一出现，特里什卡就会来。天象预兆开始了，大家都在街上、田里睡觉，等着要发生的事情。你们知道，我们那地方空旷，视野开阔。大家看着，突然山脚的村落走来一个人，怪模怪样，头也奇怪……大家都喊起来：‘啊，特里什卡来了！啊，特里什卡来了！’大家慌不择路。我们的村长钻到水沟里；村长老婆藏到门洞里，骂骂咧咧，把自己院子里的狗吓到了，它挣开锁链，跳过篱笆，钻到林子里去了；库兹卡的老爹多罗费伊奇跳进燕麦地里，蹲在那里，学鹌鹑叫，他说：‘但愿杀人强盗会可怜鸟儿。’大家乱作一团！可来人原来是我们的木桶匠瓦维拉，他新买了一个桶，就把空桶戴在头上。”

所有的男孩都笑了起来，又沉默了一会儿，人们在户外聊天时经常会这样。我看看四周，夜晚庄重而威严，夜半时分的干燥暖和取代了上半夜的干燥清新，暖和的夜气像软软的帐子一样还要久久地罩在沉睡的田野上；还有很长时间才会出现清晨的第一声啼鸣、第一声窸窸窣窣的声音、第一滴露珠。月亮已不在天空——这个时候的月亮升起来很晚。无数金色的星星似乎在竞相闪烁，朝着银河的方向静静流去，的确，望着它们，你好像隐约觉得自己也在急速不停地在地面上飞奔……

奇怪、尖细、病态的声音突然又在河面上响了两次，过了不一会儿远处又有一声……

科斯佳打了一个哆嗦：“这是什么？”

“这是苍鹭在叫。”帕维泰然地说。

“苍鹭。”科斯佳重复了一遍……“这是什么，帕符鲁沙？我昨天晚上听见的是什么，”他沉默了一小会儿又开口说，“你也许知道……”

“你听见什么了？”

“我听到的是这样子的。我从石梁去沙什基诺，开始我走在我们的榛树林里，然后走在草地上——你知道，就在山谷转弯的地方，有一个很深的水潭；你知道，里面长满了芦丛；我经过这个水潭，我的哥儿几个啊，突然水潭里好像有人在哼唧，很可怜，很可怜的样子：呜呜……呜呜……呜呜！我觉得好害怕，哥们儿啊，已经很晚了，这样一种病怏怏的声音。我觉得我都要哭出来了……这会是什么东西？什么？"

"去年夏天护林员阿基姆被强盗淹死在这个水潭里，"帕符鲁沙说，"可能是他的灵魂在哀诉。"

"可是，我的哥儿几个，"科斯佳睁大自己本来就很大的眼睛，说，"我不知道阿基姆淹死在那个水潭里，那我会更害怕的。"

"也有人说，那是一种小个儿的青蛙，"帕维尔接着说，"叫声很凄惨。"

"青蛙？啊，不，这不是青蛙……是一种……（苍鹭又在河面叫唤）哎呀！"科斯佳不满地说，"就像是树妖在叫。"

"树妖不会叫，他是哑巴，"伊留沙抢过话说，"他只是拍掌拍得啪啪响……"

"你见过树妖，还是怎么着？"费佳嘲讽地打断他。

"没，没见过，可千万别见着；但其他人见过。前两天他绕着我们一个庄稼汉走了一圈，领着他，领着他在树林里走，周围总是同一片空地……好不容易才走到家。"

"啊，那他见到树妖没？"

"见到了。他说，那妖精站着，可大可大了，黑黑的，身子裹得严严的，就像在树后面，让人看不大清楚，就像藏在月亮后面，用他的大眼睛望啊望，眨啊眨……"

"唉，你呀！"费佳叫起来，轻轻抖了一下，耸了耸肩，"呸！"

"为什么这个坏蛋待在世上？"帕维尔说，"不明白，真是的！"

"别骂。当心，他会听到的。"伊利亚说。

又是沉默。

"看啊，看啊，伙计们，"突然，万尼亚稚嫩的声音响起，"看天上的星，真像一群蜜蜂聚在一起！"

他鲜嫩的脸庞从粗席下探出，用小拳头撑着脸儿，慢慢地抬起安静的大眼睛。所有孩子的眼睛都望向天空，很快又垂下来。

“那个，万尼亚，”费佳温柔地说，“你姐姐阿纽特卡还好吗？”

“好着呢。”万尼亚回答，发音还有些不太清晰。

“你对她说——为什么她不来我们这儿了？”

“不清楚。”

“你对她说，让她来。”

“好，我说。”

“你对她说，我要送她礼物。”

“送不送我？”

“也送你。”

万尼亚叹了口气：

“唉，不用，我不要。最好送她——她真是好心肠。”

万尼亚的头又躺到地上。帕维尔站起来，手里端着空锅子。

“你去哪儿？”费佳问他。

“去河边，去舀点儿水——口渴了。”

狗也站起来跟在他身后。

“当心，别掉河里了！”伊留沙在他身后喊道。

“他怎么会掉？”费佳说，“他会小心的。”

“是啊，会小心的。可都有万一：他弯下腰舀水，水鬼就会抓住他的手，把他往下拉。然后就会说，掉下去了，小伙子落水了……怎么掉下去的？就是这样，钻到芦丛里了。”他边说边竖起耳朵听着。

芦丛晃动着，就像我们常说的“沙沙作响”。

“这是不是真的，”科斯佳问，“傻子阿库丽娜那次落过水后就发疯了？”

“那次之后……她现在什么样子啊？据说，以前可是个大美人。水鬼把她毁了。谁也没想到，那么快就把她拖下水。水鬼在水底把她毁了。”

我本人不止一次见过这位阿库丽娜。穿着破衣烂衫，瘦骨嶙峋，一张脸黑得像炭，双眼无神，总是龇着牙，整天在路上原地踏步，骨瘦如柴的手紧紧压在胸口，缓慢地一摇一晃地走着，就像笼中的野兽。她什么也不知道，不管跟她说什么，她只是间或痉挛般哈哈笑。

“听说，”科斯佳继续说，“阿库丽娜是因为情郎骗了她，就跳河了。”

“就是因为这个。”

“你还记得瓦夏吗?”科斯佳难过地说。

“哪个瓦夏?”费佳问。

“就是那个淹死的,”科斯佳答道,“也是在这条河里。他是一个多么好的小男孩呀!哎哟,多好的男孩呀!他母亲菲克丽丝塔多么喜欢他啊,瓦夏啊!她,菲克丽丝塔似乎感到,他会有水难,有时,瓦夏和我们这些伙计夏天去河里洗冷水澡,她就吓得全身哆嗦。其他的婆娘就无所谓,端着洗衣盆摇来扭去地打旁边过,菲克丽丝塔把洗衣盆放到地上,对他大喊:‘回来,回来,我亲爱的!哦,回来,我的小鹰!’他怎么淹死的,只有天知道。他在岸边玩,母亲也在一旁搂干草;突然听到好像有人在水里吐气泡——一看,啊,只有瓦夏的帽子在水上漂着。从那以后,菲克丽丝塔就神志不清了,常常来到儿子落水的地方躺着;躺着,我的哥们儿,还唱着歌儿——记得吗,瓦夏总唱的那支歌儿——她就唱的那支,自己哭啊,向上帝哭诉……”

“帕符鲁沙来了。”费佳说。

帕维尔手提着满锅的水走到火边。

“喂,伙计们,”他沉默了一阵,然后开口说, “事情有些不妙呢。”

“怎么了?”科斯佳急忙问。

“我听到瓦夏的声音了。”

大家都打了一个寒战。

“你说什么?你说什么?”科斯佳含糊不清地说。

“千真万确。我刚弯下腰打水,突然听到瓦夏的声音在喊我,好像从水底传来:‘帕符鲁沙,啊,帕符鲁沙!’我听着,他又喊:‘帕符鲁沙,来这里。’我走开了。水还是打来了。”

“啊,上帝!啊,上帝!”男孩们一边说着一边画十字。

“这是水鬼在叫你,帕维尔,”费佳说,“我们刚才正在谈论他,说着瓦夏。”

“这是不祥之兆。”伊留沙一字一顿地说。

“嗨,没什么,由他去吧!”帕维尔果敢地说,又坐下来,“是福不是祸，是祸躲不过。”

孩子们安静了。看得出，帕维尔的话让他们心情很差。他们开始躺到火前面，似乎打算睡觉。

“这是什么?”突然，科斯佳抬起头问。

帕维尔仔细听。

“这是雏鹬在飞，在啼叫。”

“它们飞去哪儿?”

“听说是飞到没有冬天的地方。”

“难道有这样的地方?”

“有。”

“远吗?”

“远，远，在温暖的海岸那头。”

科斯佳叹了口气，闭上眼睛。

我来到男孩们身边已经有三个多钟头。月亮终于升起来，我没有立刻察觉：它又窄又细。仿佛这是一个没有月亮的夜晚，但一切都像之前一样美好……很多星星已经沉向黑暗的边际，通常一切只有到清晨才沉寂，一切都睡得很沉，一动不动，破晓前的睡眠。空气中已经没有强烈的气味——好像湿气又弥散开来……夏夜真短啊！孩子们的谈话与火堆一起熄灭……狗甚至也睡了；马儿也躺下，低下头，直到天刚破晓，星星微弱泛光，我才看清有几匹马……我打起小盹儿，渐渐睡沉了。

清凉的水流划过我的脸庞。我睁开眼，天已放亮，四处都笼罩着霞光，东方已经泛白。一切都可见，尽管四周还是朦朦胧胧的。灰白色的天空明亮、寒冷、发青；星星有的闪着微弱的光芒，有的已经不可见；大地受潮，树叶也蒙上水汽，有的地方开始有动物的声音，潮湿的晨风已经在大地上吹拂。我的身体报以轻微、欢快的颤抖。我迅速站起来，走到男孩身边。他们还在睡着，就像旁边打破的砂锅；只有帕维尔半抬起身子，直直地望着我。

我朝他点点头，沿着冒烟的河流走回家去。我还没走出两俄里，我周围湿漉漉的宽阔草地上，在前面的草木葱郁的小丘上，在一片又一片的树林里，在后满满是灰尘的长街上，在闪亮的染红了的灌木丛上，在薄雾里不好意思地泛蓝的河面上，都洒满了热情的光芒，一开始是鲜红的，然后是大红的，金黄的……一切都动起来了，醒过来了，唱起歌来，喧闹起来，说起话来。处处都有大滴露珠闪着钻石般的光芒；极目之处，都是纯净明媚，仿佛被清晨的凉爽洗过一般，钟声传来，突然那些相识的男孩子们赶着一匹休息好的马儿从我身边疾驰而过……

遗憾的是，我要说，就在那一年帕维尔没了。他不是淹死的，他是堕马而死。可惜，多好的小伙子！

来自美丽的梅恰河畔的卡西杨

我坐着颠簸的马车打猎回来，多云夏日里的炎热（大家知道，在这样的日子里，炎热有时比晴日里更难以忍受，尤其是在没有风的时候）闷得我直打瞌睡，头一顿一顿的，忧心地忍耐着嘴里吃到的白色灰尘，它们不断地从干裂的、当啷作响的车轮压过的路上扬起。突然，我的注意力被我的马车夫吸引住了，他做了一个不同寻常的不安和恐慌的动作，在这之前他比我打瞌睡还厉害。他勒紧缰绳，坐到位置上，开始对着马儿吆喝，不时往路上张望。我环顾一下，我们走在一处开阔的耕种过的平原上；异常平缓的各式坡道从它那不算高的也开垦过的小丘上延伸下去；目光所到之处，是五俄里的空旷空间；只有远处不大的白桦林那有棱有角的树冠打破了天际的直线。田野中阡陌纵横，有的垂到低洼处就不见了，有的绕上小丘，其中一条在我们前方五百步远和我们的大路相交，我看到有一队人马正走在小路上。我的车夫张望的就是这队人马。

这是一个送葬队伍。前面，一匹马拉着一辆车缓缓前行，上面坐着一个神父；一个教堂助祭坐在他旁边驾车；车后面是四个没戴帽子的庄稼汉，他们抬着蒙着白布的棺材；两个婆娘跟在棺材后面，其中一个女人尖细而悲切的声音传到我耳中；我仔细聆听：她在边哭边数落。空旷的田野上响着这支抑扬顿挫、单调、无望的悲痛的哀歌。车夫赶着马：他想赶在这队人前面。在路上遇到死人——这是不祥之兆。他果然在死人还没到达之前跑上了大路；可我们还没有走出一百步，突然我们的马车被重重撞了一下，它歪了一下，差点儿倾倒。车夫停下奔跑的马，从座位上俯身看，挥挥手，啐了一口。

“怎么了?”我问。

我的车夫一言不发缓缓地下车。

“到底怎么了?”

“车轴坏了……晒坏了。”他阴郁地答了一句，带着一肚子的气去整了整马身上的皮套子，只是那马没站稳歪到一边，可还是又站直了，打了个响鼻，抖了抖身子，若无其事地用牙齿挠了挠前脚的小腿。

我下车，在路上站了一会儿，隐隐约约觉得心烦意乱。右轮几乎完全歪倒在车子底下，似乎带着无声的绝望举起自己的车毂。

“现在怎么办?”我终于问道。

“都怪那些人!”我的车夫用马鞭指着那队人马说，他们已经走上大路，正走向我们。“我一向都知道，”他继续说，“这是晦气——遇到死人……就是。”

他又去找马的麻烦，那马看他情绪不好、态度严厉，就决定站着不动，只是偶尔谦虚地甩甩尾巴。我前前后后走了几步，又停在车轮前。

这时送葬队伍赶上了我们。这个悲伤的行进队伍静静地从大路转到草地上，从我们的马车前走过。我和马车夫脱帽致意，对神父鞠躬，与抬棺的人交换了一个眼神。他们走得很费劲，高高挺起胸膛。两个走在棺材后的婆娘，一个年岁很大，脸色苍白，僵硬的脸部线条因痛苦而扭曲，表情严肃、庄严。她默默地走着，有时把枯瘦的手放到深陷下去的唇边。另一个妇人是个大概二十五岁的年轻女人，双眼哭得红红的，整张脸都哭肿了，赶上我们后，她停止哭诉，用袖子蒙住脸……死人也从我们身边抬过，再次走到大路上，她让人为之动容的哀怨歌声也再次响起。我的马车夫默默地目送走一颠一颠的棺材，转过来对我说：

“这是给里亚博亚的木工马丁送葬。”

“你怎么知道?”

“我认识那两个女人。年老的是他的母亲，年轻的是他的妻子。”

“他是害病死的，还是怎么的?”

“是啊……热病……第三天管事的去找大夫，可大夫不在家……他

有一手好木工活儿；爱喝点儿小酒，但是做得一手好活儿。瞧，他家女人多难过啊……啊，大家都知道：娘儿们的眼泪不值钱。娘儿们的眼泪就是水……是啊。”

他弯下腰，从拉梢马的缰绳下面钻过去，双手抓住马轭。

“可是，”我说，“我们怎么办？”

我的车夫先是用膝盖顶住辕马的肩部，摇了两下车轭，摆正马鞍，然后从拉梢马的缰绳下钻出来，顺手推了一下马脸，走到车轮旁——他走过来，紧盯着轮子，缓缓地从怀里掏出扁烟盒，缓缓地从皮带后解开盖子，缓缓地把两根粗大的手指伸进扁烟盒（两个手指勉勉强强能放进去），揉揉烟丝，先歪起鼻子，嗅了嗅，每嗅一下都发出哼哧声，难受地眯缝着眼，眨巴着噙着泪水的眼睛，陷入深深的沉思。

“喂，怎么样了？”我终于说。

我的车夫小心地把扁烟盒放进口袋，不用手，只是动了动脑袋就把帽子压到眉毛上，然后若有所思地坐上位置。

“你去哪儿？”我不无惊讶地问他。

“请上车。”他平静地回答，拿起缰绳。

“我们怎么去？”

“就这么去。”

“那车轴……”

“请上车。”

“可车抽坏了……”

“坏是坏了；嗯，可还能走到移民新村……只能慢慢走了。树林后往右就是移民新村，也叫尤金村。”

“你觉得我们能到得了吗？”

我的车夫没有回我话。

“我还是走路过去吧。”我说。

“随您吧……”

他挥了一下鞭子，马儿出发了。

我们果然到了移民新村，尽管右前轮勉强支撑，非常奇怪地转动着，在一处山坡上，它几乎掉下来，车夫用恶狠狠的声音对着它吆喝，我们终于平安下山。

尤金村里有六座低矮的小木屋，已经东倒西歪，尽管它们可能是不久前才建的：不是所有的院子都围上了篱笆。走到这村子里，我们一个活人也没见到；街上甚至连鸡、连狗都见不到，只有一只短尾黑狗见到我们就从一只干透了的洗衣槽里匆匆跳出来，它应该是因为口渴才跑到槽里去的，没叫一声就慌忙钻到门洞下面。我走近第一家木屋，打开前室的门，唤了一声主人——没人回应。我又喊了一声，另一扇门后传来饥饿的喵喵叫声。我踢开门，一只瘦猫从我身边一闪而过，在黑暗中眨着绿色的眼睛。我把头探进房间，只见里面黑洞洞的，布满灰尘，空无一物。我来到院子里，也是不见人影……牛栏里的小牛犊哞哞叫着，瘸腿灰鹅一拐一拐地走开了一点儿。我又走进第二间木屋——第二间木屋也是空无一人。我走到院子里……

院子被照得明晃晃的，在正中间，在被太阳晒得最热的地方，一个人脸朝着地，用外衣蒙着头躺着，我觉得他应该是个小男孩。离他几步远的地方，在一辆破车旁，在禾秸棚下，立着一匹骨瘦如柴的小马，身上的挽具也是破破烂烂的。阳光从破旧棚子的细缝中成股泻下来，变成不大的光斑装扮着枣红色的马毛。高高的椋鸟窝里椋鸟啁啾，带着平静的好奇心从它们空中的家园往下望。我走近沉睡的人，准备叫醒他……

他抬起头，看到我，立刻跳将起来……“啊，有什么事？这是怎么了？”他迷迷糊糊地嘟哝着。

我没有立刻回答他，他的外表让我震惊。这是一个五十岁左右的侏儒，长着一张黝黑又皱巴巴的小脸，尖尖的鼻子，几乎看不见的褐色眯缝小眼，卷曲的黑色厚发宽宽地覆在他小小的头上，就像一顶帽子盖在蘑菇上。他的整个身体异常瘦弱，完全无法用语言形容他的目光是多么不同寻常，多么古怪。

“有什么事？”他又问了我一次。

我对他解释来龙去脉，他听着，缓慢眨着的双眼不曾从我身上离开。

“所以，我们能不能要一副新车轴？”我最后说，“我愿意买。”

“您是什么人？是不是猎人？”他问道，把我从脚到头打量一番。

“猎人。”

“难道是打天上飞的小鸟儿的？打森林里的野兽的？你们打天上的鸟儿，让无辜的血液流淌，难道不是罪过吗？”

怪老头儿说话拖长嗓音。他说话的声音也让我吃惊，声音里听不出任何衰老——声音异常甜美、年轻，几乎如妇女般柔和。

“我没有车轴，”他沉默一会儿后说，“这个不合适（他指着我的马车），我想，你们的马车很大。”

“村子里能找到吗？”

“哪有什么村子！这里没有人有……也没有人在家，大家都去做工了。走吧。”他忽然说了一句，又躺到地上。

我没想到最后会来这么一句。

“听着，老人家，”我碰了一下他的肩膀，说，“劳驾，帮个忙。”

“走吧！我累了，因为去了一趟城里。”他对我说完又把大衣盖到头上。

“行行好吧，”我继续说，“我……我付钱。”

“我不要你的钱。”

“求您了，老人家……”

他抬起半个身子，两腿交叉坐着。

“我把你们带到迹地去①，那里有商人买下了一片林子——上帝会审判他们的，他们把林木拖走，建事务所，上帝会审判他们的。那里你可以找他们量身定制车轴，或者买个现成的。”

“太好了！”我高兴地喊起来，“太好了！我们去。”

“橡树做的车轴，很好。”他继续说，没有从原地起身。

“去那个迹地远吗？”

“三俄里。”

“还行。我们可以坐你的马车去。”

“我没有……”

“嗯，走吧，”我说，“走吧，老人家！车夫在街上等我们呢。”

老头儿不情愿地起身，跟着我走到街上。我的车夫正一肚子气：他本打算给马儿喂点儿水，可是井水非常少，味道也不好，车夫说这

---

① 林中砍了树木的地方。——原注。

是头等要事……但是看到老头儿，他咧嘴笑了，点头叫道：

“啊，卡西杨努什卡！你好啊！”

“你好，叶罗菲，大好人！”卡西杨声音沮丧地说。

我立刻告诉车夫他的提议；叶罗菲表示同意就走进院子。在他有条不紊卸下马具的时候，老头儿站着，肩膀靠着门，表情不快地一会儿望望他，一会儿望望我。他似乎不明白——在我看来，他不是很乐意我们的突然造访。

“难道连你也被迁出来了？”叶罗菲取下车轭的时候突然问他。

“是啊。”

“唉！”我的车夫从牙缝中挤出一句，“你知道，马丁，那个木工……你认识利亚博沃德马丁吗？”

“认识。”

“唉，他死了。我们刚才遇到了他的出殡。”

卡西杨抖了一下。

“死了？”他说完，低下了头。

“是啊，死了。你怎么没把他治好，啊？都说你能治好，你是大夫。”

我的车夫显然是在开玩笑，寻老头儿开心。

“这是你的马车，是不？”他指着马车的前部问。

“我的。”

“哦，马车……马车！”他重复了一句，抓住车辕，差点儿把它弄个底朝天，“马车……你们为什么要去移民村？我们的马套不上这样的车辕：我们的马大，而这是什么东西？”

“不知道，”卡西杨回答，“你们为什么要去？难道就乘这种动物去？”他叹口气说。

“乘这个？”叶罗菲说着走近卡西杨的劣马，用右手中指鄙视地戳了它的脖子一下，“瞧瞧，”他责备地说，“睡着了，马大哈！”

我让叶罗菲快点把马套好。我自己挺想和卡西杨去移民新村：那里经常有松鸡。当马车完全备好后，我和狗已经坐在高低不平的树皮车底上，卡西杨缩成一团，脸上是一贯的阴郁表情，也坐到车前面的栏杆上。叶罗菲走到我的身边，偷偷耳语：

“您做得对，老爷，就是要跟他一起去。他就是这样，他是傻子，他有个外号：跳蚤。我不知道，您怎么能理解他……”

我本想对叶罗菲说，到目前为止，我觉得卡西杨是一个非常明事理的人，可我的车夫立刻用那种语调继续说：

“要当心，他是不是把我们带到那儿去。您自己挑车轭，拿一副好点儿的车轭……喂，跳蚤，你们那儿能弄到面包吗？”

“自个儿找找，兴许能找到。”卡西杨回答着，挥起马鞭，我们开动了。

他的马跑得还真不赖，这真是让我大吃一惊。一路上，卡西杨倔强地沉默着，不情愿地用只言片语回答我的问题。我们很快到达移民新村，并找到那里的事务所，小峡谷中唯一挺立的一座高高的木屋，这小峡谷是被河坝快速截断形成的小水塘。在这座事务所里，我找到两个年轻的商人管家，他们牙齿雪白，眼神带笑，说话机智动听，笑容甜美狡黠，我向他们买完车轴就前往移民新村。我想，卡西杨会留在马那里，等着我。可他突然走向我。

“怎么，要去打鸟了？”他说，“啊？”

“是啊，如果能找到的话。”

“我和你一起去……可以吗？”

“可以，可以。”

于是我们出发。伐林的地方大概有一俄里。说实话，我没怎么看自己的狗，更多地看着卡西杨。跳蚤这名不是白叫的。他那什么也不戴的黑色脑袋（不过他的头发可以替代任何帽子）在灌木丛里闪现。他走得飞快，好像是在跳跃前进，不断弯腰，揪下一些草，塞到怀里，鼻子下嘟囔着，总是用好奇和古怪的目光打量我和我的狗。在低矮的灌木丛中，在小东西中，在采伐迹地经常有灰色小鸟，它们不时从一棵树飞到另一棵树，鸣叫着，突然又钻入树丛。卡西杨模仿它们，与它们对鸣；一只雏鸟飞过，叽叽喳喳，在它脚下——卡西杨跟着它叽叽喳喳；云雀开始飞到他头上，扑棱着翅膀，清脆鸣唱——卡西杨学着它唱歌。跟我他却一直不说话……

天气很好，比之前都好，炎热一直持续。晴朗的天空勉强划过高高的稀疏的白云，白得略带黄色，就像晚来的春雪，扁平又狭长，好像降下的船帆。它们的花边松软而轻盈，就像棉纸，每一瞬间都缓慢而清楚地变幻；它们渐渐消散，这些云，它们下面没有任何阴影。我和卡西杨在采伐迹地漫步许久。嫩树苗还没有一俄尺高，它们细细平滑的茎环绕着发黑的低矮树桩；带灰边的球形多孔木瘤、那些能煮出火绒的木瘤长在这些树墩上；草莓那粉色的芒刺爬满树墩；蘑菇一簇一簇紧密生长。炎热的太阳让草疯长，脚不断被长草绊住；四处都是淡红色嫩树叶的金属般的光泽，十分耀眼；到处都是一串串的浅蓝色豌豆荚花，金色的花，一半紫一半黄的花；在废弃的小路旁，在车辙上，有一条条红色的小草，旁边堆着几俄丈见方的成垛木柴，因为风吹雨打都变黑了；它们投下淡淡的菱形影子——其他地方就没有任何影子。轻风时而吹拂，时而停止：突然拂面而来，仿佛有更加迅猛之势，周围一切都欢快地喧闹、摇摆、颤动，蕨类植物柔软的顶端优雅地随风摆动，风儿让你高兴……忽然风又停了，一动不动了，只有螽斯齐声鸣叫，好像发怒了——这个没完没了的、郁闷而枯燥的声音真让人受不了。它同正午持续的火热倒很般配；这叫声仿佛就是炎热所生，仿佛是炎热把他们从炙烤的大地中唤出来的。

我们没见到一只鸟儿，最后去了新的采伐迹地。不久前伐下的白杨树可怜地堆在地上，压住了青草和小灌木；另一些叶子依然绿绿的，但已枯死，萎靡地从一动不动的树枝上垂下来；其他树上的叶子已经干枯、蜷缩。新鲜的黄白色木片成堆躺在明显湿润的木桩旁，发出清新怡人的苦味。远处，丛林附近，有沉闷的斧头声音，每隔一会儿，就有一棵青葱的树木好像鞠躬、伸开两臂似的庄严而缓慢地倒下……

我半天没见到任何野味，最后从一大片长满苦艾的橡树林里飞出一只松鸡。我打中了，它在空中翻转一下，掉了下来。听到射击声，卡西杨迅速用手蒙上眼睛，在我给枪装上弹药、捡起松鸡之前，他都一动不动。我又走远一点儿，他走到打死的松鸡掉下来的地方，弯腰看了看溅上几滴血的草地，摇摇头，惶恐地望着我……我听到他后面的轻声嘟哝："罪过！唉，这真是罪过！"

树林里热浪袭来。我跑到高大的榛树脚下，树丛边上一棵笔挺的小槭树优美地舒展着轻盈的树枝。卡西杨坐在砍下的白桦树粗的一端上，我望着他。树叶在高处微微摇晃，它们流动的绿色阴影在他黑色上衣裹着的孱弱身体前向后滑动。他没有抬头。他不说话，我觉得没意思，我躺下，开始欣赏层层叠叠的树叶在明亮的高空中平静地嬉戏。在树林里躺着往上望真是赏心乐事，你会觉得，你仿佛是在眺望深不可测的大海，这片广阔无垠的大海仿佛是在你的身体下方，觉得树木不是从地面往天空上方生长，而是像一些巨大的植物根系，从上面倒垂下来，垂直地落到玻璃一样明亮澄澈的波浪之中。树上的叶子有时像绿宝石一样玲珑剔透；有时浓重起来，变成金黄的墨绿色。在某处很远的地方，细细的树枝梢头有一片单独的叶子，静止不动地映在一片湛蓝而透明的天空中，旁边另有一片叶子摇动着，就好像鱼儿在水中摆动着尾巴，仿佛是自己在动，而不是风吹的。一朵朵白云，犹如一座水下仙岛，静静地漂游过来，又静静地漂游过去。忽然这片大海，这闪光耀目的空中，这些沐浴着阳光的浓枝和密叶，全都波动起来，犹如闪烁的光芒颤动起来，接着便发出一阵清新而颤抖的簌簌声，恰似突然涌来的微波细浪那潺湲而细碎的絮语声。你静静地，一动不动地瞩望，心中充满了无限的喜悦，多么甘甜，多么宁静，那是无法用语言描述和形容的。你望着，望着，澄澈的蓝天会在你双唇上绽开一朵微笑，这朵笑容也像蓝天一样纯净无瑕。于是一桩桩一件件的幸福往事，像天空中的行云一样涌现到你的眼前，又像那一朵朵飘浮的白云，轻柔而徐缓地从你的心头上飘过。而且你会觉得你的目光越看越远，目光拉着你进入那宁静、光明、神秘莫测、深不见底的境界中去，你已经无法离开这高处、这深处……

“老爷，老爷!”卡西杨突然用洪亮的嗓音说话了。

我吃惊地坐起来——此前他基本不回答我的问题，这下突然自己开口说话了。

“你有什么事?”我问。

“你为什么要打小鸟儿呢?”他直视着我的脸说。

“什么为什么？松鸡是野味，它可以吃。”

“你不是为了吃才打它，老爷，你不会吃它的！你是为了取乐才打的。”

“你自己可能也吃鹅或者鸡，对吧?”

“那些禽类是上帝给人吃的，可松鸡是自由的林间鸟儿。不止它一个，还有许多，所有树林里飞的，地上走的，河里游的，沼泽和草地上栖息的，高处和低处活着的——打死它们都是罪过，让它们在大地上自生自灭……人们有其他的食物；他们吃的和喝的是另一些东西：面包是上帝的恩赐，水也是上天给的，还有祖辈传下来的家禽家畜。”

我吃惊地望着卡西杨。他说起话来很流畅，他没有字斟句酌，他说起来有着隐隐的兴奋，也有些许庄重，有时还闭上眼睛。

“那你觉得打鱼也是罪过了？”我问。

“鱼的血是冷的。”他自信地说，“鱼是哑的。它没有恐惧，也没有快乐，鱼是没有语言的东西。鱼没有感觉，它的血不是活的……”他沉默一下继续说，“血是神圣的东西！血不能见天上的太阳，血不见光……让血见光是大罪，是大罪过和可怕的事情……哦，罪大着呢！”

他叹了口气，低下头来。说实话，我望着这个怪老头儿，简直震惊。他的话根本不像庄稼汉的话：普通老百姓说不了这样的话，舌灿莲花的人也不这么说。这些话庄重而奇怪，是经过思索的……我从未听过类似的话。

“请问，卡西杨，”我盯着他有些发红的脸颊，“你是干什么的？”

他没有立刻回答我的问题，他的目光不安地转开了片刻。

“按照上帝的旨意活着，”他最后说，“为了吃饱肚子干活儿——没有，我什么活儿也没干。我打小就非常无知，只干能干的事情，我干活儿不行……我能干吗呢！身体不行，手也笨。哦，春天的时候去捉夜莺。”

“捉夜莺？可你还说，所有树林里飞的、地上跑的，还有其他的动物都不应该碰。”

“打死它们的确不成，死会自己来的。就像那个木工马丁：木工马丁活过，活了不久就死了；他的妻子现在为丈夫悲伤，为尚未成年的孩子难过……没有一个人，也没有一种生物能在死亡那里蒙混过关。死不会随便来，但也逃不过；不用帮助死亡……我不打死夜莺，绝不会的！我捉它们不是为了折磨它们，也不是为了弄死它们，而是为了给人开心，让他们感到安慰和快乐。”

“你是去库尔斯克捉夜莺吗？”

“我去库尔斯克，也去更远的地方。在沼泽地和树林旁过夜，独自一人在田里，在荒郊野外过夜。那里山鹬叫个不停，兔子也在叫喊，野鸭嘎嘎叫……晚上我看，早上我听，霞光升起时我就在灌木丛上撒网……有时夜莺啼叫得很悲伤，有时很甜美……更多的是悲伤。”

“你卖夜莺吗？”

“卖给好心人。”

“那你还做什么？”

“什么做什么？”

“你干什么活儿？”

老头儿沉默了。

“我没干活儿……我活儿干得不好。可我识字。”

“你识字？”

“识字。这多亏上帝和一些好心人。”

“怎么，你有家人吗？”

“没有，没有家人。”

“怎么？都死了吗？”

“不是的，而是我不走运。一切都听从上帝的旨意，我们都在上帝的脚下行走；人应该正直——就是这么回事！就是说，要让上帝满意。”

“你有亲戚吗？”

“有的……是的……这样……”

老头儿说不下去了。

“请问，”我说，“我听到，我的车夫问你为什么没治好马丁？难道你会医术？”

“你的车夫是个正派人，”卡西杨沉思着说，“但也不是没有罪过的。大家叫我大夫，我哪是什么大夫啊！谁又会治病呢？一切都是上帝的安排。也就是……就是草啊，花啊：它们的确有效。比如说鬼针草是一种对人有好处的草药，车前草也是；说它们没什么不体面的，干净的草是上帝的草。啊，其他一些草就不是，它们有用，但也是罪过；谈它们也是罪过。还要做祷告……嗯，当然了，有这样一些祷词……信者得永生。”他声音低下去，补了一句。

“你没有给马丁草药吗？”我问。

“知道得太晚了，”老头儿答道，“唉！生死有命。木工马丁是个短命的人，在世上活不长。就是这样。是啊，每个短命的人，太阳就不给他像旁人那么多温暖，粮食对他也没什么用——好像有什么在召唤他……是啊，愿他的灵魂安息！”

“你们迁到我们这儿很久了吗？”我沉默了好一阵后，问他。

卡西杨抖了一下，说：

“不，不是很久，四年左右吧。跟着以前的老爷，我们一直住在自己原来的地方，后来监护局让我们迁走。老东家心肠软，脾气温和——愿他进入天国！可是监护局做得也对；看来，只能这样。”

“你们以前住哪里？”

“我们从美丽的梅恰河畔来的。”

“离这儿远吗？”

“一百俄里左右。”

“怎么，那里要好些吗？”

“好些……要好些。那里地方宽阔，江河纵横，是我们的家园；而这里土地狭窄，缺雨少水……这里我们很孤单。那里，在美丽的梅恰河畔，你爬上山丘，爬上去——天啊，那是怎样的风景啊？啊？有河流，有草原，有森林；那里有教堂，那里又有草原。能看得远远的，远远的。看得多么远啊……你瞧啊，瞧啊，哎，真棒！哎，这里，的确，地要好些：沙质黏土，庄稼人说是上好的沙质黏土；我那里到处都长着粮食呢。”

“老人家，你说实话，你大概很少回老家吧？”

“是啊，能去看看就好了。不过，到处都不错。我是个没家没口的人，在一个地方坐不住。可不是！老坐在家里有什么意思？要走走，要走走，”他提高嗓音说，“那样会轻松些，真的。太阳照在你身上，上帝更清楚看到你，唱歌也更好听。这里，看，草长得多好；嗯，瞧上什么就采点儿。这里有流水，比如泉水，它是圣水；嗯，你看到了就喝个够。鸟儿在天上歌唱……在库尔斯克郊外有草原，绿草如茵的地方，真让人惊奇，真让人欢喜，那么宽广，上帝的恩赐！人们说那些草直通大海，海边有叫‘加马云’的鸟儿，它的声音可甜美了。树上的叶子无论冬天还是秋天都不掉，银树上长着金苹果，人人都活得心满意足，活得很正派……我要是能去那儿就好了……我去过的地方也不少了！去过罗姆内，去过名城辛比尔斯克，也去过满是金色圆顶的莫斯科；去过乳娘河奥卡河，到过亲爱的茨那河，到过母亲河伏尔加河，见过许多人，有好心的庄稼汉，也到过一些体面的城市……嗯，要是我能去那里……这样……已经……不止我一个罪人……很多穿树皮鞋的农民也去，走遍世界，寻找真理……是啊！干吗待在家里呢？啊？人身上没有正直——就是这么回事……”

这最后的话卡西杨说得很快，几乎听不清；然后他还说了点儿什么，我甚至听不见，他脸上露出奇怪的表情，我不由得想到叶罗菲叫他的“傻瓜”这个称号。他低下头，咳嗽了一下，似乎清醒过来。

“啊，太阳！”他低声说，“这上天的恩赐！这林间的温暖！”

他耸耸肩，沉默不语，漫不经心地瞧瞧，轻声唱起歌来。我没法听清他悠长曲调中的每一个字；下面是我听到的：

我叫卡西杨，
绰号叫跳蚤……

“啊！”我想，“他自己编的呢……”

突然他打了一个激灵，默不作声了，直勾勾地望着树林深处。我转过身，看到一个农村小姑娘，大概八岁，穿着蓝色的无袖长衫，头上戴着格子头巾，黝黑的光胳膊上挂着一个篮子。她大概没想到会遇到我们，她撞上我们，一动不动站在绿色的榛树深处的荫凉草地上，一双黑色眼睛惊慌地瞅着我们。我刚看清楚她，她就立刻躲到树后面去了。

“安努什卡！安努什卡！过来，别怕。”老头儿亲热地喊道。

“我怕。”尖细的声音传来。

“别怕，别怕，到我这儿来。”

安努什卡静静地离开藏身之处，悄悄地转了一圈，她稚嫩的小脚走在浓密的草地上几乎没有一点儿声响——从老头儿近旁的树林里走了出来。我开始从这姑娘的小个子判断她有八岁，其实不止——她大概十三四岁。她的整个身体瘦瘦小小，但是很匀称，很灵活，她漂亮的脸盘儿像极了卡西杨的脸，虽然卡西杨并非美男子，包括脸上的棱角，透着狡黠与信任、深思与洞彻的奇怪眼神，还有体态……卡西杨给了她一个眼神。她站在了他身边。

“怎么，采蘑菇吗?”他问。

“是啊，采蘑菇。”她露出怯怯的笑容。

“采得多吗?”

“很多。”她飞快地瞟了他一眼，又笑了一下。

“有白蘑菇吗?”

“有白蘑菇。”

“给我瞧瞧，瞧瞧……”她放下篮子。“唉!”卡西杨弯下腰看了看篮子，说:“真是好蘑菇！安努什卡，真有你的!”

“卡西杨，这是你的女儿吗?”我问。安努什卡的脸微微发红。

“不是，是亲戚。”卡西杨假装不介意地说，“嗯，安努什卡，去吧。”他立刻又加上一句，“上帝保佑！当心……”

“干吗让她走着去?”我打断他，“我们捎上她……”

安努什卡两颊绯红，犹如罂粟花，抓住篮子上的绳子，谨慎地望着老头儿。

“不用，她能走到。”他用一贯的漫不经心、懒洋洋的声音说，“她是什么人？就这样能走到……去吧。”

安努什卡连忙走进林子。卡西杨望着她的背影，然后笑了起来。在他长时间的笑容里，在和安努什卡为数不多的几句话里，在他同她说话的声音里，有着某种说不清道不明的热爱与温柔。他又望了望她走开的方向，又笑了笑，摸摸脸，摇了几下头。

“你干吗这么快把她赶走了?”我问他，“我可以找她买点儿蘑菇……”

“您回去后，在自家那里也能买。”他答道，第一次用了“您”这个词。

“她可真是个漂亮的小姑娘。”

“不……有点儿……这样……”他犹疑地答着，再次陷入之前的沉默。

看得出来，我想让他再次开口说话的所有努力都白费，我只能前

往伐林地。这时热气稍稍退散；但是我的霉运，也就是我们说的“背运”还在继续。我带着新车轴回来，已经快走到院子时，卡西杨突然转向我。

“老爷，老爷，”他说，“我对不起你，我把你的野味都赶跑了。”

“怎么回事？”

“我懂这种法术。你有一条训练有素的狗，它挺好，但是它忙也帮不上。你觉得，人很了不起啊，是不？那野兽呢，人能拿它们怎样呢？”

我想说服卡西杨，用咒语“驱兽”是不可能的事情，但这肯定是白费唇舌，因此就不理会他。再说我们当时已经拐进大门。

安努什卡不在屋子里，她先来过了，留下一篮子蘑菇。叶罗菲先对这副新轴做了一番鸡蛋里挑骨头的评价后，把它安上了；一小时后我动身出发，给卡西杨留了一些钱，起先他不肯收，后来他想了想，把钱攥在手心里，揣进怀里。走前一小时里他几乎没说一句话，他照旧倚着门站着，不理会我的车夫的责备，跟我告别时也极为冷淡。

我一回来就发现，叶罗菲再次心情抑郁……也是，他在村子里没找到任何食物，饮马的水也很差。我们出发了。他的不满甚至从后脑勺儿都能看出来，他坐在驾驶座上，极想同我聊一聊，可是他在等我先开口发问，就仅仅小声发发牢骚，呵斥呵斥马儿，有时训马的话非常恶毒。“这村子！”他咕哝着说，“还是个村子呢！哪怕是想要克瓦斯——连克瓦斯也没有……真够受的！那水——我呸！（他大声啐了一口）没有黄瓜，没有克瓦斯——什么也没有。喂，你——”他对着右边的拉梢马大声说，“我可知道你，懒骨头！你喜欢偷懒是不……（他抽了它一鞭）马都变狡猾了，以前多老实听话啊……喂——喂，让你回头瞧……”

“说说，叶罗菲，”我开口说，“卡西杨是个什么样的人？”

叶罗菲没有立刻回答我。他素来有心机，做事不慌不忙；可我立刻能看出，我的问题让他高兴，并且心情为之平静。

“跳蚤吗？”他拽了拽缰绳，终于说，“一个怪人，就像圣愚，这样的怪人，可不会那么容易遇到第二个。他就好比我们这匹黄褐马，不服管……也就是说，不爱干活儿。嗯，当然，他能干什么活儿？身体那么差——嗯，可总归……他从小就这样。一开始他跟着自家叔伯们拉脚：他们有一辆三套车；嗯，后来，大概他觉得腻歪了，就不干了。就待在家里，可家里也坐不住，就是个不安分的人，就像跳蚤。好在遇到的老爷是个好心人——不勉强他。于是从那以后他就四处闲逛，就像没人管的绵羊。他这么奇怪，只有天知道为什么，有时候一声不吭，像个树墩；有时候突然说起话来——天知道他会说些什么。难道这是他的风格？这可不是什么风格。就是一个不合时宜的人。不过他的歌儿唱得挺好的，唱得真像那么回事——真不错，真不错。”

“那么，他真的会治病吗？”

“治什么病啊！哼，他哪会啊！他就是这号人。倒是把我的瘰疬治好了……他哪会啊！就是一个蠢人。”他又加上一句，沉默了。

“你认识他很久了？”

“很久了。我们在斯乔夫卡村时是邻居，在美丽的梅恰河边。”

“我们在林子里遇到的小姑娘安努什卡，是他的亲戚吗？”

叶罗菲回头望了一下我，咧开嘴哈哈大笑起来。

“嘿！是的，他的亲戚。她是个孤儿，没有妈，也不知道她妈妈是谁。嗯，应该是他的亲戚，长得太像了……嗯，住他家。是个机灵的丫头，没的说；丫头人挺好，他一把年纪，对她疼得不得了：真是个好丫头。而且说来您不会相信，他还想教安努什卡识字。天啊，他肯定会这么做的，他就是这么一个怪人嘛。他这个人可没准儿，甚至没点儿分寸……吁——吁——吁！”我的车夫突然打住话，勒住马，侧过身，闻起了味道，“好像有股焦煳味？就是的！这副新车轴……看来要抹点儿油……去弄点儿水，正好有个池塘。”

叶罗菲慢慢地下了车，卸下水桶，走向池塘，回来的时候高兴地听着轮毂吸足了水，发出吱吱声……在十来俄里的路上，他不得不给发烫的车轴浇了六七次水，我们回到家的时候，天已经完全黑了下来。

庄园总管

离我的田庄大概十五俄里的地方住着我的一位相识，他是一个年轻的地主，退伍的近卫军官，名叫阿尔卡季·帕弗雷奇·佩诺奇京。他的领地上有很多野味，家宅是按照法国建筑师的设计建造的，家仆着装都是英国范儿，他家的伙食一流，待客热情，但你还是不愿意去他家做客。他为人通情达理，照例有良好教养，任过公职，在上流社会厮混过一阵，如今料理农务亦非常成功。阿尔卡季·帕弗雷奇，用他自己的话说，非常严厉，但是正派，保障家仆的权益，惩罚他们也是为了他们好。“对待他们要像对待孩子，”他在这种情况下会说，“他们可无知了，mon cher；il faut prendre cela en considération①。”他自己，在所谓的令人难过的必要情况下，避免激烈任性的行为，不喜欢提高嗓门，更多的是用手直指对方，平静地说：“我可是已经说过了，我的伙计。”或者：“你怎么了，我的朋友，清醒点儿吧。”此时只是轻微咬牙切齿，撇撇嘴唇。他个头儿不大，体态优雅，相貌堂堂，手和指甲都干干净净，红润的嘴唇和脸颊显出健康的气色。他笑声洪亮爽朗，明亮的褐色眼睛亲切地眯缝着。他穿衣讲究，有品位；订阅法国书籍、素描和报纸，但不太愿意读书，《流浪的犹太人》② 他好不容易才读完。他打牌是一流高手。总而言之，阿尔卡季·帕弗雷奇是一

---

① 我亲爱的，要注意这个事情。（法语）——原注。

② 《流浪的犹太人》（*Le Juif errant*），法国作家欧仁·苏于1844—1845年创作出版的长篇小说，在当时获得巨大成功。

位有教养的贵族，是我们省的钻石王老五；女人们迷恋他，尤其称赞他的仪态。他举止非常得体，像猫一样谨慎，从不招惹是非，虽然有机会也让人知道自己不好惹，喜欢为难和捉弄胆小的人。他坚决厌弃和坏人交往——怕败坏自己的名声；高兴的时候宣称自己是伊壁鸠鲁的追随者，尽管他讨厌哲学，说哲学是德国思想的迷雾食品，有时简直就是胡说八道。他也喜欢音乐；打牌的时候满怀感情地哼着小曲儿；他记得《露琪亚》和《梦游女》① 中的一些选段，但不知为何唱起来总是高八度。每逢冬季，他都去彼得堡。他家房子收拾得非常整洁，甚至车夫都受他影响，每天不仅清洗马颈上的套具、弄干净自己的外衣，还主动洗脸。阿尔卡季·帕弗雷奇家的下人们看人时，真的，都是蹙着眉头的——但在我们俄国，你是分不清愁眉苦脸和睡眼惺忪二者的表情的。阿尔卡季·帕弗雷奇说话时声音轻柔悦耳，抑扬顿挫，好像非常乐意让每个字从自己洒满香水的漂亮小胡子间蹦出来；他也经常夹杂很多法语词汇，如“Mais c'est impayable!”② “Mais comment donc!”③ 等。出于以上种种原因，至少我不太愿意拜访他，要不是为了打松鸡和山鹑，也许，会彻底与他断交。在他家你会觉得奇怪的不安，甚至舒适也不能让您开心。每天晚上，鬈发男仆穿着带纹章的纽扣、镶金银线边的浅蓝色仆役制服出现在您面前，他开始低三下四地给您脱靴子，这时您就感觉，如果不是这个苍白干瘦的人，在您面前突然出现的是一个颧骨极宽、鼻子特扁的年轻壮实的小伙子，他刚刚被老爷从田间叫回来，不久前赏给他的土布衣服已经被撕破十来处，您就会有说不出的高兴，哪怕您的整条腿会同靴子一起被拽下来，您也乐意冒这个险……

尽管我对阿尔卡季·帕弗雷奇心存芥蒂，有一次我还是不得不在他家过夜。第二天我一大早让人备好我的马，但他不愿意让我没吃英

---

① 《拉莫美尔的露琪亚》（1831）和《梦游女》（1835）分别是意大利作曲家多尼采蒂和贝利尼创作的歌剧，这两部歌剧在19世纪40年代的俄国非常流行，它们是彼得堡意大利歌剧剧团的演出剧目。

② “有意思!”（法语）——原注。

③ “可不是嘛!”（法语）——原注。

式早餐就走，于是领我去他的书房。除了茶以外，还上了肉饼、溏心蛋、黄油、蜂蜜、奶酪等。两个戴着干净白手套的仆人麻利而无声地揣摩我们的心意并达成所愿。我们坐在波斯沙发上。阿尔卡季·帕弗雷奇穿着肥大的丝绸裤子、天鹅绒外衣，戴着有蓝穗子的红色非斯帽，穿着黄色的平底中国鞋。他喝着茶，笑容满面，盯着手指甲瞧，抽着烟，把枕头枕在腰部，觉得自己全身心放松。心满意足地吃饱早饭后，阿尔卡季·帕弗雷奇给自己倒了一小杯红酒，端到唇边，突然皱起眉头。

"为什么红酒没有热一下？"他用非常刺耳的声音问一个家仆。

家仆非常窘迫，像钉在地上似的一动不动，脸色发白。

"我问你呢，我的伙计?"阿尔卡季·帕弗雷奇盯着他平静地说。

可怜的仆人站在原地犹豫了一阵，捻一捻餐巾，一句话没说。阿尔卡季·帕弗雷奇低下头，然后蹙着眉头若有所思地看着他。

"Pardon，mon cher。"① 他带着愉快的笑容说，友好地用手碰碰我的膝盖，又再次盯着仆人，"嗯，去吧。"他沉默了一会儿后又补上这句，然后扬扬眉毛，摇摇铃。

进来一个人，又胖又黑，一头乌发，脑门很窄，眼睛浮肿。

"费奥多尔的事……要处理一下。"阿尔卡季·帕弗雷奇低声说，非常镇静。

"遵命。"胖子答道，然后退下去。

"Voilà，mon cher，les désagréments de la campagne②，"阿尔卡季·帕弗雷奇愉快地说，"呀，您是要去哪儿啊？别走，再坐一会儿。"

"不了，"我答道，"我该走了。"

"还是去打猎！唉，真拿你们这些猎人没办法！那您现在去哪儿?"

"离这儿四十俄里的里亚博沃。"

"去里亚博沃？啊，我的天啊，要是这样，我跟您一块儿去。里亚博沃离我的领地什皮洛夫卡五俄里，我也好久没有去什皮洛夫卡了：一直没时间去料理料理。这正好，您今天去里亚博沃打猎，晚上就来

---

① 对不起，亲爱的。（法语）——原注。

② 瞧，亲爱的，这就是乡村生活不尽如人意的地方。（法语）——原注。

我家。Ce sera charmant。[①] 我们一起吃完饭，我把厨子带上，您就在我家过夜。挺好！挺好！”他没等我答复，又说道，“C'est arrangé……[②] 喂，来人啊！吩咐下去，备马车，要快点儿。您还没去过什皮洛夫卡吧？我斗胆建议您在我庄园总管的木屋里住一晚上，我知道，您不是吹毛求疵的人，在里亚博沃的干草棚也能睡……走吧，走吧！”

阿尔卡季还哼起了法国小曲儿。

“您也许不知道，”他抖着两腿继续说，“我那片领地上的村民是缴代役租的。法定的——你有什么办法？他们缴代役租倒很勤快。说实话，我老早就想让他们改成劳役租，可土地太少！我都很吃惊，他们怎么勉强度日的。而且，c'est leur affaire[③]。我的庄园总管很棒，une forte tête[④]，治国之才！您会见到的……真的，机会难得！”

别无他法。本打算上午九点出门，可我们下午两点才出发。猎人会明白我的急不可耐。阿尔卡季·帕弗雷奇喜欢（就像他自己说的）找机会让自己放纵一下，因此带了无数的家用布品、食品、衣服、香水、枕头和各种化妆品，东西之多，够一个节俭自律的德国人用一年了。每一次车子驶下山坡，阿尔卡季·帕弗雷奇都会对车夫简短而严厉地叮嘱一下，由此我可以判断，我这位相识是个胆小鬼。这一路相当顺利；只是厨子搭乘的四轮大车在一座刚修补过不久的小桥上陷了车，后轮压伤了他的胃部。

阿尔卡季·帕弗雷奇看到自家的卡莱姆[⑤]摔倒了，他真被吓到了，立刻派人去问：他的手是否完好无损？得到肯定回答后，慢慢放下心来。因为此事，我们走得相当慢；我和阿尔卡季·帕弗雷奇同坐一辆四轮马车，旅程快结束时，我觉得非常无聊，而且几个小时的行程中，我这位相识精疲力竭，无精打采。我们终于抵达，只是不是到里亚博

---

① 这真是棒了！（法语）——原注。

② 就这么安排了。（法语）——原注。

③ 这是他们的事。（法语）——原注。

④ 聪明的头脑。（法语）——原注。

⑤ 卡莱姆是法国著名厨师（Marie Antoine Carême），曾在法国外交官塔列兰手下任职，后来在俄国和奥地利的宫廷中服务。

沃，而是直接去了什皮洛夫卡；不知怎么成了这样。这一天我没法打猎，只能顺应自己的命运。

厨子早我们几分钟到达，看得出来，他已经把一切安排妥当，并通知了该通知的人，因此我们刚走进村子的栅门，村长（庄园总管的儿子）就来迎接我们，他是个身材魁伟、一头红发的庄稼汉，头上没戴帽子，穿着新的厚呢大衣，敞开前襟。“索夫龙在哪儿?”阿尔卡季·帕弗雷奇问他。村长先是急忙从马上跳下来，对着老爷鞠躬，说：“您好，阿尔卡季·帕弗雷奇老爷。”然后抬起头，抖擞一下精神，报告说索夫龙去了别洛夫，但已经派人去找他。“嗯，跟我们来吧。”阿尔卡季·帕弗雷奇说。村长出于礼貌把马牵到一边，笨手笨脚地骑上马，跟在马车后快步小跑，手里拿着帽子。我们在村子里走了一圈，遇到几个坐在空马车上的庄稼汉；他们从谷仓来，唱着歌儿，整个身体一颠一颠的，两腿在空中晃悠；见到我们的马车和村长，他们突然不作声，摘下冬帽（当时是冬天），站起身子，仿佛在等待指示。阿尔卡季·帕弗雷奇宽厚地对他们点头示意，忐忑不安的气氛明显遍布整个村子。穿着方格纹毛料裙子的村妇就像扔柴火一样把不明事理或者过分忠诚的小狗扔开；一个胡子连着眉毛的瘸腿老人把还没喝够水的马从井旁拉开，不知道为什么打着马肚子，然后鞠起了躬；穿着长衬衣的男孩们大叫着跑进木屋，肚子贴在高高的门槛上，垂下头，双脚跷起，这样就能飞快地翻进门，钻到暗处，再不出来。甚至连母鸡也快速钻到门洞里；一只勇敢的公鸡胸口长着缎子背心一般的黑色羽毛，红色尾巴的顶端弯下来，它留在路上，准备打鸣，突然觉得害臊，也跑开了。庄园管理人的木屋在其他人家的一边，在茂密的绿色大麻田中央。我们停在大门前，佩诺奇京先生站起身，优雅地摘下身上的斗篷，走出马车，彬彬有礼地环顾四周。庄园管理人的妻子在那里迎候我们，她深鞠一躬，走上前去吻主人的手。阿尔卡季·帕弗雷奇让她尽情吻了个够，然后才登上台阶。村长的妻子站在穿堂幽暗的角落里，她也鞠躬行礼，但是不敢上前亲吻老爷的手。在穿堂右边所谓的凉屋里，已有两个婆娘在忙着收拾，她们把各种破烂、空桶、发硬的皮袄、油罐、放着一堆破布头和一个穿花衣服的婴儿的摇篮等通通搬了出去，用浴室的笤帚打扫灰尘。阿尔卡季·帕夫雷奇赶她们出去，在圣像下的凳子上坐下来。车夫们开始往里搬运大小箱子以及其他东西，并尽量让自己笨重的靴子响得轻一些。

这时候，阿尔卡季·帕夫雷奇仔细问了村长收成、播种以及其他农事的情况。村长的回答令人满意，可不知为何，他有点儿萎靡，有点儿不利落，仿佛是用冻僵的手指去扣衣服上的纽扣。他站在门边，时不时缩回身子，东张西望，给一个手脚麻利的家仆让道。从他健壮的肩膀后，我看见总管的妻子在穿堂里悄悄地殴打另一个婆娘。突然响起马车声，车停在台阶前，庄园总管进来了。

这位阿尔卡季·帕夫雷奇口中的治国之才，个头儿不大，宽肩膀，花白头发，体格结实，他长着一个红鼻子，一双蓝色的小眼睛，一把扇形的大胡子。捎带说明一下，我们发现，自俄罗斯建国以来，还没有哪个发福又发财的人不长浓密的络腮胡子的；有的人向来只留稀疏的山羊胡子——突然，一瞧，已长出满脸如光晕一般的大胡子——真不知这些毛发从哪儿来的！总管大概在别洛夫喝得有些醉了，他的脸肿得厉害，一身的酒气。

"哎呀，是您哪，我们的亲爹啊，我们的大恩人呀，"他拖长声音说，脸上一副深受感动的神情，眼看眼泪就要掉下来，"好不容易盼到大驾光临呀！您的手，老爷，您的手。"他说着，已经提前把嘴唇伸过来了。

阿尔卡季·帕弗雷奇满足了他的愿望。

"喂，索夫龙老兄，你这里的情况怎么样?"他用亲切的声音问道。

"哎呀，您哪，我们的亲爹啊!"索夫龙喊出声，"这情况嘛，怎么能差得了呢！您哪，我们的亲爹啊，您啊，大恩人啊，您的光临让我们村子蓬荜生辉，是我们一辈子的福分。上帝赐您光荣，阿尔卡季·帕弗雷奇，上帝赐您光荣！托您的福，一切都顺顺利利的。"

此时索夫龙沉默了一会儿，看了看老爷，似乎激情又再次涌了出来（同时酒性也发作了），再次要求吻手，接着说下去，语调比原先拖得更长了：

"哎呀，您哪，我们的亲爹，大恩人……嗯……这样的！真的，我太高兴了，就像个傻瓜……真的，我看见都不敢相信啊……哎呀，您哪，我们的亲爹啊……"

阿尔卡季·帕弗雷奇瞧瞧我，微微一笑，问道：“N’est-ce pas que c’est touchant?”①

“啊，老爷，阿尔卡季·帕弗雷奇，”喋喋不休的总管继续说，“您这是怎么啦？您可让我急死了，老爷，您怎么不事先通知我您要驾临本村呢？您要在哪儿过夜呢？这儿不干净啊，到处都是灰……”

“不要紧，索夫龙，不要紧，”阿尔卡季·帕弗雷奇微笑着回答，“这儿挺好。”

“哎呀，我们的亲爹啊，这哪儿算得上好啊？对于我们这些伙计、这些庄稼人来说算是好的；可是您啊……哎呀，您啊，我的亲爹啊、大恩人，您哪，我的亲爹啊！请原谅我这个傻瓜吧，我真是发疯了，真的，完全昏头了。”

这时晚餐端了上来，阿尔卡季·帕夫雷奇开始用餐。老头儿把自己的儿子赶了出去——说是人多气闷。

“怎么样，划清地界了吗，老头子？”佩诺奇京先生问，显然他想模仿庄稼人的口吻，给我使了个眼色。

“划清了，老爷，全托您的福。前天在清单上签了字。赫雷诺夫的那帮人开始摆谱……老爷，他们就是摆谱。要这样……要那样……天知道他们到底要怎么样；反正都是些傻子，老爷，都是些蠢人。可我们，老爷，记着您的仁慈，向中间人米科莱·米科拉伊奇表示谢意，并满足他的要求；一切都是照您的吩咐去办的，老爷；你怎么吩咐的，我们就怎么做，所做的一切，叶戈尔·德米特里奇全知道。”

“叶戈尔向我报告过了。”阿尔卡季·帕弗雷奇郑重地说。

“肯定的，老爷，叶戈尔·德米特里奇肯定这么做的。”

“嗯，那么，你们现在都满意了吧？”

索夫龙就等着这句话呢。

“哎呀，您哪，我们的亲爹啊，我们的大恩人！”他又唱歌似的说起来，“请您原谅我……我们的亲爹啊，我们日日夜夜都在为您向上帝祷告呀……土地嘛，当然，少了点儿……”

佩诺奇京打断他的话，说：

---

① “这真令人感动，是不是？”（法语）——原注。

“嗯，好了，好了，索夫龙，我知道，你对我忠心耿耿……那么，收成怎么样呀?”

索夫龙叹了口气，说：

“唉，我们的亲爹啊，收成可不大好啊。是这样的，阿尔卡季·帕弗雷奇老爷，容我禀报是怎么回事。(这时候，他摊开双手走近佩诺奇京先生，弯下腰，眯起一只眼睛）在我们的地里发现了一具尸体。”

“怎么回事?”

“我也弄不明白，老爷，我们的亲爹啊！看来，是仇家捣的鬼。幸亏那里靠近别人的地界；不过，老实说，是在我们地里。我趁还没人发现，立刻要人把尸体拖到别人的地里，还派人去看着，我告诫自己人：不得走漏风声！为以防万一，我对警察局长解释是怎么一回事，还请他喝了茶，孝敬了他一点儿好处……老爷，您猜怎么着?这事儿就推到别人身上了；不然搞定这具尸体，得花两百卢布——那也是他一张口就来的事情。”

佩诺奇京先生听了总管的妙计，笑了好一会儿，几次用指头指他，对我说：“Quel gaillard，a?”①

这时外面已经完全黑了下来，阿尔卡季·帕弗雷奇吩咐人收拾好餐桌，拿来干草。侍仆替我们铺好床，摆好枕头，我们便躺下。索夫龙得到了第二天工作的指示，就回房了。阿尔卡季·帕弗雷奇临睡前还谈了一会儿俄国庄稼汉的优秀品质，并对我说，自索夫龙管事以来，什皮洛夫卡村的农民就没有欠过一个子儿的代役租……更夫敲起了梆子；一个婴儿在某间屋子中尖声啼哭，显然，他还没有养成应有的自我克制精神……我们睡着了。

第二天清晨，我们起了个大早。我本打算去里亚博沃，可阿尔卡季·帕弗雷奇想给我介绍一下自己的领地，恳求我留下来。我本人也想见识一下治国之才索夫龙在处理事务方面的优秀品质。总管来了，他穿一件深蓝色外衣，腰系一根红色的宽腰带。他说话比昨天少多了，机警而专注地瞧着老爷的眼色，回答问题头头是道。我们和他一起前往打谷场。索夫龙的儿子，身高三俄尺的村长，从各方面看起来都是

① “真是能干，是不?”（法语）——原注。

个十足的笨蛋，他也跟着我们，一道同行的还有一个名叫费多谢伊奇的地方长官，他是个退伍士兵，长着浓密的小胡子，脸上的表情非常奇怪，仿佛老早被什么东西吓坏了，之后一直没有恢复正常。我们参观了打谷场、禾捆干燥棚、谷物干燥房、板棚、风磨、饲养场、幼苗、大麻田等，的确一切都井然有序，只是庄稼汉脸上的忧郁神情让我有些迷惑不解。索夫龙不仅讲究实用，而且也注意美观：所有水渠周围都栽上爆竹柳，打谷场上各禾堆间都留出小路，并铺上沙子，磨房的风车上装有风向标，做成像张大嘴、吐着红舌头的狗熊的样子；在砖砌的饲养场建了一道希腊式三角门梁的东西，门梁下用白粉题写了一行字："此司（饲）养厂（场）。一千（千）八白（百）四十年健（建）于什波洛夫卡村。"阿尔卡季·帕弗雷奇大为动情，开始用法语向我讲起代役租的种种好处，可是又指出，劳役租制对于地主更实惠——可实惠的东西多了去了！他开始给总管出点子，怎么种土豆，怎么给牲口储备饲料，等等。索夫龙用心聆听主人的意见，有时也提出一些不同的见解，已经不再尊称阿尔卡季·帕弗雷奇为亲爹和大恩人了，总是强调他们地少，不妨再买一些。"这有什么，那就买吧，"阿尔卡季·帕弗雷奇说，"以我的名义买，我同意。"① 听了这话，索夫龙没有作答，只是捋捋大胡子。"不过这一会儿不妨去林子里吧。"佩诺奇京先生说。立即有人把骑的马给我们牵来了。我们前往树林，或者，用我们的说法，前往"禁伐区"。我们发现这片"禁伐区"里极度荒无人烟，为此阿尔卡季·帕弗雷奇把索夫龙好好夸奖了一番，并拍拍他的肩头。在植树造林方面，佩诺奇京先生秉持俄罗斯人的观点，他当即给我讲了一件他称之为有趣之至的故事，说的是一个爱开玩笑的地主如何开导他的护林人，地主把护林人的胡子拔了近一半，以此说明砍伐树林并不能令其长得更茂盛……不过，在其他一些方面，索夫龙或阿尔卡季·帕弗雷奇——两人都不拒绝采用新方法。回到村子后，总管带我们去看他不久前从莫斯科订购来的簸谷机。这台簸谷机确实好用，如果索夫龙知道这最后一段行程中会有怎样扫兴的事在等待他和老爷，大概他就宁愿和我们一起留在家里了。是这样的：我

---

① 俄国农奴没有土地所有权，只能以地主的名义购买土地。

们走出板棚，看到如下景象。门口几步开外，三只鸭子无忧无虑地在肮脏的水洼里拍水嬉戏，水洼边跪着两个庄稼人：一个是年届六旬的老头儿，另一个是年方二十的小伙子，他俩都穿着缀满补丁的麻布衫，光着脚，腰间系着绳子。地方长官费多谢伊奇在他们身旁不停地劝阻，倘若我们在库棚里多耽搁一会儿，也许他就成功地把他们劝走了，可是一看见我们，他就笔挺地站在原地不动弹了。村长也张着嘴，困惑地捏着拳头站在那里。阿尔卡季·帕弗雷奇双眉一紧，咬紧嘴唇，走到那两个请愿者面前。两个人默默地向他叩头。

“你们有什么事？有什么请求？”他严厉地质问，声音里带有鼻音。两个庄稼人对视了一下，一声不吭，只是眯起眼睛，好像是因为太阳照得睁不开眼，他们的呼吸变得急促起来。

“到底怎么回事？”阿尔卡季·帕弗雷奇又问了一句，立即转身问索夫龙，“是哪一家的？”

“是托博列叶夫家的。”总管慢悠悠地回答。

“喂，你们到底怎么啦？”佩诺奇京先生又说，“怎么，你们没有舌头吗？你说说，你要什么？”他对着那老头儿点下头，继续说，“别害怕，傻瓜。”

老头儿伸直他那满是皱纹的深褐色脖子，张大发青的瘪嘴唇，声音嘶哑地说：“替我们做主啊，老爷！”又在地上磕了下头。年轻的庄稼汉也磕头鞠躬。阿尔卡季·帕弗雷奇威严地瞧着他们的后脑勺儿，扬着头，稍稍分开双脚，问：

“怎么回事？你要告谁的状呀？”

“发发慈悲吧，老爷！让我们喘口气吧……我们快被折磨死了。”老人艰难地说。

“是谁折磨你呀？”

“是索夫龙·亚科夫利奇，老爷。”

阿尔卡季·帕夫雷奇不说话了。

“你叫什么？”

“安季普，老爷。”

“他是谁？”

“是我的儿子，老爷。”

阿尔卡季·帕夫雷奇又不说话了，小胡子动了动。

“那，他怎么折磨你的？”他透过小胡子望着老头儿说道。

“老爷，他把我家彻底毁了。我的两个儿子，老爷，还没轮到就被拉去当兵，眼下又要拉走我的三儿子。昨天，老爷，他又牵走我的最后一头母牛，还打了我的婆娘一顿——都是他干的好事。”他指了指村长。

“哼!”阿尔卡季·帕夫雷奇哼了一声。

“别让他把我给毁完了呀，大恩人。”

佩诺奇金先生皱起了眉头。

“这到底是怎么回事?”他不满地低声问总管。

“启禀老爷，他是个酒鬼，”总管首次用了敬语说，“启禀老爷，他不干活儿。拖欠租金五年啦。”

“索夫龙·亚科夫利奇替我缴了欠租，老爷，”老头儿继续说，“五年的租都缴过了，缴过之后，他就把我当奴隶使了，老爷，还有……”

“那你为什么欠租呢?”佩诺奇金先生厉声地问。老头儿低下了头。“大概是你爱喝酒，老在酒馆里胡混吧？（老头儿张嘴想说话）你们我可知道，”阿尔卡季·帕弗雷奇怒气冲冲地接着说，“你们光知道喝酒，成天睡在炕上，让安分守己的农民替你们背黑锅。”

“他就是个无赖。”这时总管插进来一句。

“这还用说。情况往往就是这样的，这种事我见多了。一年到头四处游荡，耍无赖，如今却来跪下求情。”

“老爷，阿尔卡季·帕弗雷奇，”老头儿绝望地说，“发发慈悲吧，替我做主吧——我哪儿是无赖啊？苍天在上，我们是忍无可忍了。索夫龙·亚科夫利奇看我不顺眼，为什么看不顺眼——让上帝来评判吧！我家全让他给毁了，老爷……就连最后这个小儿子……连他也要……（老头儿那布满皱纹的黄眼睛里闪着泪花）发发慈悲吧，老爷，替我做主吧……”

“不止我们一家……”那年轻的庄稼人要开口说话。

阿尔卡季·帕弗雷奇一下子火儿了，喊道：

“谁问你啦，啊？没问你，你就别说话……这算什么呀？不许你说！闭嘴！啊，天哪！简直是反啦！不行，伙计，我可不许造反……我可……（阿尔卡季·帕夫雷奇向前跨了一步，可能是想起我在场，于是扭过头，双手插进口袋里）Je vous demande bien pardon，mon cher。”① 他强颜欢笑，尽量压低嗓门说：“C’est le mauvais côté de la médaille②……唉，好啦，好啦，（他继续说，没有去瞧那两个庄稼人）我会吩咐处理的……好啦，去吧。（两个庄稼人没有立起身来）唉，我不是说过了吗……好啦，去吧，我说了，我会吩咐处理的，不是跟你们说了吗？”

阿尔卡季·帕弗雷奇转身背向着他们。“永远不知足。”他透过牙缝低声说，大步地走回去。索夫龙跟着他。地方长官瞪大了眼睛，似乎要跳到老远的地方去。村长把水洼里的鸭子轰走。两个请愿者还在原地站了一会儿，然后互相对视一眼，便头也不回地拖着脚步走回家去。

过了两个来小时，我已在里亚博沃了，并打算和我认识的庄稼人安帕季斯特一起去打猎。直到我离开的时候，佩诺奇金还在生索夫龙的气呢。我跟安帕季斯特谈起希皮洛夫卡村的农民，谈起佩诺奇金先生，问他认不认识那里的总管。

“是索夫龙·亚科夫利奇吗？那个家伙呀！”

“他这个人怎么样？”

“他是条狗，而不是人；这样的狗，找到库尔斯克都找不到。”

“怎么讲？”

“希皮洛夫卡只是归在——那个人叫什么来着？佩诺奇京的名下，实际上不是他在掌管，而是索夫龙在掌管。”

“真的？”

“他把那个村子当作自己的家产。周围的农民都欠他的债，都像雇农似的替他干活儿，派这个赶车，派那个人干别的……可把他们折磨死了。”

“他家的地好像不多吧？”

---

① 请原谅，我亲爱的。（法语）——原注。

② 这是事情不好的一面。（法语）——原注。

“不多？光在赫雷诺夫就租了八十俄亩地，在我们这儿也租了一百二十俄亩地；另外还有整片的一百五十俄亩。他不光是经营土地，还买卖马匹、牲口、柏油、奶酪、大麻，贩卖这个那个的……这家伙脑瓜灵，鬼主意多，所以他发了，这个鬼！最可恨的是，他太霸道了。他是野兽，哪儿是人呢？可以说，是一条狗，一条恶狗，地地道道的恶狗！”

“那为什么没人去告他呢？”

“嘿！老爷才不管呢！只要不欠他的租，他还去管什么？哼，你去试试，”他顿了一下，接着说，“去告他一下。不行呀，他会把你……是啊，去试试告他……不行的，他就会把你这样……”

我想起了安季普的事，就把我看到的情形告诉他。

“哼，”安帕季斯特说，“这一下他就要吃了他，把他整个都吃了。这会儿村长准把他揍个半死。多倒霉呀，你想想看，可怜的人！他干吗受这份罪呀……他在村大会上跟他，跟总管顶过嘴，显然是忍不下去了……这事有什么了不得的！可是他就狠狠地折磨他，折磨安季普。现在可就要把他生吞活剥了。他就是这样一条狗，一条恶狗，上帝原谅我的多嘴多舌吧。他知道什么人好欺侮。有些老头儿有点儿钱，家里人多，他这秃鬼就不敢去碰。可是这下他可要胡来了。安季普的儿子没有轮到就被他送去当兵，这个蛮不讲理的浑蛋，一条恶狗，上帝原谅我这张破嘴吧。”

我们前去打猎了。

一八四七年七月

于西里西亚，萨尔茨勃

办事处

事情发生在秋天。我扛着猎枪在野外转悠了好几个小时，要不是从一大早就下起冰冷的毛毛细雨，我也许在傍晚之前也不会回到库尔斯克大路旁的那家客栈，那里有我的三套车等着我。细雨不依不饶地、无情地缠着我，简直堪比老处女，终于逼得我就近找一个暂时避雨的地方。我正在想着往哪边走，突然豌豆田旁边有一座低矮的窝棚映入我的眼帘。我走向窝棚，往干草堆的棚子下一瞧，看到了一个老头儿，他那衰弱不堪的样子使我立刻想起了鲁滨逊在荒岛的一个洞穴里所看到的那只奄奄一息的山羊。那老头儿蹲在地上，眯着黑色的小眼睛，像兔子一样迅速而又小心地（这可怜的老头儿牙齿全没了）嚼着一粒又干又硬的豌豆，不断地让它在嘴里翻来倒去。他全神贯注地咀嚼着，都没有发觉我的到来。

“大爷，喂，大爷!”我招呼说。

他停止了咀嚼，高高地扬起眉毛，费劲儿地睁开眼睛。

“什么事?”他哑着嗓子含糊不清地说。

“这附近哪儿有村子?”我问。

老头儿又咀嚼起来。他听不清我的话，我又更大声地重复了一遍问题。

“村子?你有什么事?”

“想去躲雨。”

“什么?”

“躲雨。”

“啊！（他挠了挠自己晒得黝黑的后脑勺儿）那你，喏，这么走……”他突然开了口，胡乱比画着双手，“这样，这样……你就沿着林子边走，走过去以后，那里会有一条路；你别走，别走那条路，要一直往右走，一直走，一直走，一直走……那边有个阿纳涅沃村。不然就走到西托夫卡村去了。”

我费了很大劲儿才听懂老头儿的话。他的胡子碍事，舌头也不大听使唤。

“你打哪儿来？”我问他。

“什么？”

“你打哪儿来？”

“从阿纳涅沃村来的。”

“你在这儿干什么啊？”

“什么？”

“你在这儿干什么呀？”

“做看守。”

“你能看守什么呀？”

“豌豆。”

我忍不住哈哈大笑起来，问：

“得了吧，你多大年纪啦？”

“天晓得。”

“你的眼睛大概不好使了吧？”

“不好。经常什么也听不见。”

“那你还看守什么？得了吧。”

“这只有上级才知道。”

“上级！”我想着，不无怜悯地瞧了瞧可怜的老头儿。他摸了摸，从怀里掏出一块又干又硬的面包，像小孩似的吮了起来，费力地动着那本来已塌陷的腮帮子。

我朝着林子方向走去，向右拐，按照那老头儿的说法一直走，一直走，终于来到了一个建有石头教堂的大村子，教堂是新式的，就是说带有圆柱的；村里还有一座宽敞的地主住宅，也带有圆柱。透过细雨织就的密网，大老远就能看到一所盖着木板屋顶、耸着两个烟囱的房子，它比旁边的房子高出一截，应该是村长的家，我迈步朝那房子走去，希望那里有茶炊、茶、糖和不太酸的鲜奶油。我带着冻得直哆嗦的猎狗登上了台阶，进入穿堂，推开门一看，屋里没有普通农家的东西，瞧见的却是几张堆着文书的桌子、两顶红色柜子、溅满墨水的墨水瓶、一盒特重的锡制吸水沙盒、长长的羽毛笔，等等。一张桌旁坐着一个二十岁左右的仆人，他脸部浮肿，看上去病怏怏的，丁点儿大的小眼睛，肥厚的脑门儿，鬓毛浓密。他穿戴整齐，灰色土布外套的衣领和衣襟上油光发亮。

“您有什么事?”他抬起头问我，就像一匹马被人突然抓起头来似的。

“这里是管家的住处……还是……”

“这儿是地主家的总办事处，”他打断我说，“我在这儿值班……难道您没有看见牌子吗?外面挂有牌子。”

“这儿哪儿能烘衣服?村子里有人家有茶炊吗?”

“怎么可能没茶炊呢?”穿灰外套的仆人一本正经地回答，“您到季莫费神父那儿去，或者去下人房找找，再不然去找纳扎尔·塔拉瑟奇，或者找看家禽的阿杉拉费娜也行。”

“你这是在跟谁说话呢，你这个笨蛋?让不让人睡觉了，笨蛋!”声音从隔壁房间传来。

“来了一位先生，问哪儿可以烘衣服?”

“什么样的先生?”

“我不认识。他带着狗和猎枪。”

隔壁房间的床咯吱响了。门开了，进来一个五十来岁的人，他身材矮胖，脖子像牛一样粗壮，眼睛外凸，腮帮子异常滚圆，满脸油光。

“您有什么事?”他问我。

“想找地方烘衣服。”

“这儿不是烘衣服的地方。”

“我不知道这儿是办事处；不过，我会付钱的……”

“这儿也行，”胖子回答说，“可以来这边一下吗。”他领我进另一房间，但不是他走出来的那一间，说：“您就在这儿，好不好?”

“挺好……给点儿茶加奶行吗?”

“马上送来。您脱下外衣，休息一下，茶过一会儿就好。”

“这是谁的庄园呀?”

“女主人叶列娜·尼古拉耶夫娜·洛斯尼亚科娃的。”

他出去了。我环顾了一下四周，我所在的这间房与办事处之间用板壁隔开，挨着板壁摆着一张很大的皮沙发，还有两张皮面高背椅子摆在唯一临街的窗子两旁。墙上糊有带粉红花纹的绿壁纸，上面挂着三幅巨型油画。其中一幅画的是一条戴蓝颈圈的猎狗，还有题字：“这是我的欢乐”；狗的脚边有一条河，河的对岸有一棵松树，树下蹲着一只大得出奇的兔子，竖着一只耳朵。另一幅画上是两个老头儿在吃西瓜，西瓜后面的远处是一个希腊风格的柱廊，上面题着“如意宫”。第三幅画上画有一个卧姿的半裸女人，呈 en raccourci①，膝盖很红，脚后跟肥胖。我的狗赶紧拼命往沙发底下钻，看来在那儿吸了不少灰，接连打了好几个喷嚏。我走到窗前，看见从地主住宅到办事处的路上斜铺着木板，这种预防措施非常有用，因为我们这里都是黑土，一到雨水连绵的日子，地上就会泥泞不堪。地主宅院背朝着马路，它附近的情况也和一般地主宅院周围的情况差不多，穿着褪色花布衫的丫头们跑前跑后；仆人们在泥泞地里费劲地走着，有时停下脚步，心事重重地挠挠脊背；甲长的马拴在一边，无精打采地摇着尾巴，头高高抬起，正在啃栅栏；母鸡咕咕叫唤；火鸡像患痨病似的不停地你喊我应。有一座房子又黑又破，大概是澡堂，房子台阶上坐着一个体格坚实的小伙子，手里拿着吉他，动情地唱着一首有名的情歌：

唉，我就要离开这美丽的地方，
远赴那寂寞荒凉的他乡……

胖子走进我的这间屋子。

“茶给您端来了。”他说着，露出愉快的笑容。

穿灰外套的小伙子，即那个办事处值班员，把茶饮、茶壶、垫着破茶碟的茶杯、一小罐鲜奶油和一串硬如石头的波尔霍夫面包圈摆在

---

① 法语：透视缩小型。

一张旧的牌桌上。胖子便走出去了。

“他是什么人？”我问值班的小伙子，“是管家吗？”

“不是，他以前当过出纳主管，现在升为办事处主任。”

“难道你们没有管家吗？”

“没有。有庄园总管，他叫米哈拉·维库洛夫，但没有管家。”

“那有主管人吗？”

“当然有，是个德国人，姓林达曼多尔，叫卡洛·卡雷奇，不过他不做主。”

“那你们这里谁做主呢？”

“女主人自己。”

“这样啊！那么你们办事处里的人多吗？”

小伙子思忖了一下，说：

“有六个人。”

“都是做什么的啊？”

“这样的：首先是瓦西里·尼古拉耶维奇，出纳主管；然后是办事员，有彼得、彼得的兄弟伊万以及另外一个伊万；科斯肯金·纳尔基佐夫也是办事员，还有我——还没有算全。”

“你们女主人家里仆人应该很多吧？”

“不，算不上多……”

“大概有多少人？”

“总共大约一百五十人吧。”我们两人都不说话了。

“你的字写得很好吧？”我又开口问。

小伙子咧开嘴笑了笑，点点头，到办事室里拿来一张写满了字的纸。

“这是我写的。”他低声说，始终微笑着。

我接过来一看，一张淡灰色的四开纸上用漂亮而粗大的笔迹写着如下文字：

命　令

阿纳尼耶夫地主庄园总办事处

致总管米海拉维库洛夫（第209号）

特命你接此令后务必从速查明：昨夜何人醉酒并唱下流小曲，闯入英国式花园，惊扰法籍家庭教师恩热尼夫人？守夜人职责何在，守夜者系何人，竟出如此无法无天之事？命你对上述情况详加调查，并尽快呈报本办事处。

办事处主任：尼古拉·赫沃斯托夫

命令上盖着一个大印章："阿纳尼耶夫村地主庄园总办事处印"，底下还有一个批示："务必切实执行。叶列娜·洛斯尼亚科娃。"

"这是女主人亲笔批的吗？"我问。

"当然是的，她都亲笔批示。否则命令无效。"

"怎么……这命令是由你们交给总管吗？"

"不，他自己会来念的，就是说，让人念给他听，因为他不识字。（值班的小伙子又沉默了一会儿）怎么样，"他微笑着又说，"写得还成吗？"

"写得挺好。"

"不过不是我起的稿。科斯肯金对这个很在行。"

"怎么？你们写命令都要先起稿？"

"怎么能不起稿呢？直接写会变成花脸稿。"

"你拿多少钱工钱？"我问。

"三十五卢布，外加五卢布鞋补。"

"你满意吗？"

"当然满意。我们这个办事处不是随便什么人都进得来的。说实话，我是有关系的：我的叔叔是在这里当差。"

"你过得好吗？"

"挺好的。不过说句实话，"他叹了口气继续说，"我们这种人，比如说，要是在商人那里做事，那会过得更好。我们这种人在商人那里会过得更自在。昨天晚上有个从韦尼奥夫来的商人到了我们这儿，他手下的一名伙计跟我这么说的……好着呢，没的说，好得很。"

"怎么，难道商人给的工钱更多？"

"才不！要是你向他要工钱，他就会拧你的脖子赶你走。不，在商人那里你得诚实可靠，敢担责任。他供你吃，供你喝，供你穿，供你一切。要是你让他觉得可心，他还会多给你一些……还要什么工钱啊！完全用不着……再说啦，商人过着俄罗斯式的简单生活，跟我们一样：你跟他外出，他喝茶，你也喝茶；他吃什么，你也吃什么。商人……怎么能比呢？商人可不像地主老爷。商人不会由着性子乱来，比如他生气了，顶多揍你两下就完事了；他不刁难人，不侮辱人……跟着地主老爷日子可就难过了！什么他都不满意：这样不好，那样也不好。给他端杯水或送些吃的，他会说：'哟，水有臭味！哟，食物都臭了！'你拿出去，在门外站一会儿，再送进去，他会说：'哦，现在好了。''嗯，现在没臭味了。'要是女主人呀，对您说，女主人就更难伺候了……小姐就更别提了……"

"费久什卡！"办事室里传来那胖子的喊声。

值班的小伙子连忙跑过去。我喝完茶，躺在沙发上睡着了。我大约睡了两小时。

醒来后，我本想坐起来，然而浑身懒洋洋的；我闭上眼睛，可是没有再睡。隔壁的办事室里有人在低声谈话，我不由得竖起耳朵倾听。

"是呀，是呀，尼古拉·叶列梅伊奇，"一个声音说，"是这样，这不能不考虑，的确不能不……咳！"说话的人咳了一声。

"相信我吧，加夫里拉·安托内奇，"是胖子的声音，"难道我还不懂这里的规矩吗？您说说看。"

"您不懂的话，还有谁懂啊？尼古拉·叶列梅伊奇，您在这儿可是头号人物。可这怎么办才好呢？"那个陌生的声音继续说，"咱们怎么决定呢？尼古拉·叶列梅伊奇我想听听您的看法。"

"怎么决定呀，加夫里拉·安托内奇？可以说，这件事完全取决于您啊，看来您不太高兴。"

"唉，尼古拉·叶尔梅伊奇，您说的这是什么话呀？我们干的就是做生意、做买卖的活儿；我们就是来卖货的嘛。可以说，尼古拉·叶尔梅伊奇，我们就是靠这个吃饭的。"

"八卢布。"胖子一字一顿地说。

对方叹了口气，说：

"尼古拉·叶尔梅伊奇，您开价太高了。"

“加夫里拉·安托内奇，没法再少了，上帝明鉴，不能再少了。”

一阵沉默。

我悄悄地抬起身子，通过板壁的缝隙瞅过去，只见胖子背对着我坐着，他的对面坐着一个商人，那人大概四十来岁，瘦巴巴的，脸色苍白，仿佛抹了一层素油。他不断地摸着自己的络腮胡子，眼睛灵活地眨巴着，嘴唇不时地发颤。

“可以说，今年的幼苗长势非常喜人，”他又说起来，“我一路都在观赏。打沃罗涅日起，都长得特别好，可算得上上等了。”

“的确，幼苗长得不赖，”办事处主任回答说，“可是您也知道，加夫里拉·安托内奇，秋天长势好，春天收成未必高啊。”

“这倒是，尼古拉·叶列梅伊奇，一切都由上帝安排；您说得完全正确……你们那位客人或许醒了吧。”

胖子转过身来，侧耳倾听了一下……

“没醒，还在睡。不过，也可能……”他走到门口来。

“没醒，还在睡。”他重复了一遍，回到原来的位置上。

“好了，怎么样，尼古拉·叶列梅伊奇？”商人又说，“这个事该了结了吧……那就这样吧，尼古拉·叶列梅伊奇，那就这样吧，”他不停地眨着眼睛，继续说，“这两张灰票和一张白票①是孝敬您的，那边（他用指头指一下主人的宅院）算六个半卢布。击手为定，怎么样？”

“四张灰票。”胖子回答说。

“哎。三张吧！”

“四张灰票，不要白的。”

“三张，尼古拉·叶列梅伊奇。”

“三张半，一个子儿都不能再少了。”

“三张，尼古拉·叶列梅伊奇。”

“别再说了，加夫里拉·安托内奇。”

“您可真不好说话，”商人嘟哝着，“我还不如直接跟女主人去谈呢。”

“那就请便吧，”胖子回答，“早该如此。确实，您干吗找麻烦呢？

---

① 俄罗斯的纸钞，灰票为五十卢布，白票为二十五卢布。

那样好得多！”

“唉，得啦，得啦，尼古拉·叶列梅伊奇。怎么来气了？我只是随口说说嘛。”

“不，实际上……”

“得啦吧，就是说说……说着玩的嘛。好吧，给你三张半，真拿你没辙。”

“本该可以拿到四张的，我真傻，这么性急。”胖子埋怨地说。

“那边，女主人那边，是六个半卢布，尼古拉·叶列梅伊奇，粮食卖六个半卢布，对吧？”

“一言为定，六个半。”

“好吧，拍手为定，尼古拉·叶列梅伊奇（商人张开手掌拍一下这位主任的手掌）。上帝保佑您！（商人站起身来）尼古拉·叶列梅伊奇老爷，我这就去拜访女主人，我就说，尼古拉·叶列梅伊奇已同我谈妥，价格为六个半卢布。”

“您就这么说，加夫里拉·安托内奇。”

“现在请您收下这些。”

商人把几张钞票塞到了办事处主任手里，鞠了个躬，摇了摇头，用两个手指夹起帽子，耸了耸肩膀，扭一下腰，身体如波浪般摇摆，靴子发出一阵得体的咯吱声，走出了门。尼古拉·叶列梅伊奇走到墙边，就我所见，他开始点商人给他的钞票。门口探进一个红头发、大胡子的脑袋。

“怎么样啊？”那人问，“谈妥了吗？”

“谈妥了。”

“多少？”

胖子生气地摆了摆手，指指我这房间。

“啊，那好！”那个人应了一声，随即就不见了。

胖子走到桌旁坐下来，摊开账本，取过算盘，拨动起算珠，他用的不是右手的食指，而是中指，这样看起来更体面。

值班的小伙子进来了。

“有什么事吗？”

“西多尔从戈洛普尔卡来了。”

“啊！叫他进来。等一下，等一下……先去看一下那位先生，在睡还是醒了？”

值班的小伙子蹑手蹑脚地走进我的房间。我把头枕在猎袋上，闭着眼睛。

“睡着呢！”值班的小伙子回到办事室，低声地说。

胖子从牙缝里嘀咕了几句。

“好，让西多尔进来吧。”他终于说。

我又坐起身子。只见进来了一个魁梧的庄稼汉，他三十岁左右，身体壮实，面如重枣，头发呈淡褐色，蓄着短短的鬈胡子。他在圣像前祷告了一下，对着办事处主任鞠了个躬，手里拿着帽子，挺直身子。

“你好，西多尔。”胖子招呼他，手里还拨着算盘。

“您好，尼古拉·叶尔梅伊奇。”

“路上怎么样啊？”

“还好，尼古拉·叶列梅伊奇，有点儿泥泞。”庄稼汉说话很慢、很轻。

“你老婆身体好吗？”

“她能怎么样啊！”

庄稼汉叹了口气，一只腿向前挪了一下。尼古拉·叶列梅伊奇把笔架在耳朵上，擤了擤鼻涕。

“这次你来干什么？”他接着问，把方格手帕塞进口袋里。

“听说，尼古拉·叶列梅伊奇，要我们派出木工来。”

“怎么，你们没有木工吗？”

“我们怎能没有呢，尼古拉·叶列梅伊奇？大家都知道我们那儿是林场。可眼下正是活儿多、抽不出人手的时候，尼古拉·叶列梅伊奇。”

“抽不出人手的时候！你们都喜欢替别人干活儿，不爱给自己的女主人干……不都是活儿吗？”

“的确，活儿确都是一样干，尼古拉·叶列梅伊奇……可是……”

“怎么了？”

“工钱太……那个……”

“嫌少吗？瞧，你们都惯坏了。算了吧！”

“话得这么说，尼古拉·叶列梅伊奇，总共一个礼拜的活儿，要拖上一个月。一会儿木料不够，一会儿又派我们去清扫花园。”

“那有什么呢？女主人亲自下令，你跟我都没什么可说的。”

西多尔不再吱声，只是把两腿倒来倒去。

尼古拉·叶列梅伊奇歪着脑袋全神贯注地打着算盘。

“我们那边的……庄稼汉……尼古拉·叶列梅伊奇，”西多尔终于又开口了，每个字都说得结结巴巴的，“要我给大人您……这儿……一点儿小意思……”他那只大手从上衣怀里掏出一个红花纹手巾包。

“你这是干什么？干什么？你是不是疯了？”胖子急忙打断他的话。“走，去我家里，”他继续说，几乎是在把这个吃惊的庄稼人往外推，“去问问我老婆……她会请你喝茶的，我马上就来，快去吧。别怕，去就是了。”

西多尔离开了。

“真是个……笨熊！”办事处主任在他背后嘟哝了一句，摇摇头，又打起算盘来。

突然有人喊：“库普利亚！库普利亚！别去惹库普利亚！”街上、台阶上都是这声音，没多久，一个身材矮小的人走进了办事处。他看上去像得了肺病，鼻子很长，眼睛大而无神，神情倨傲。他身上的波里斯绒领子、小纽扣的常礼服已经破烂不堪，肩上扛着一捆柴火。五六个仆人围着他，他们都起劲儿地喊着：“库普利亚！别去惹库普利亚！库普利亚当火头军啦，当火头军啦！”可是这个穿棉绒领常礼服的人完全不理会同伴们的起哄，面不改色。他匀步走到炉子旁，卸下肩上的柴火，挺直腰杆，从身后口袋里掏出鼻烟盒，瞪起眼睛，把掺着灰的草木樨末塞进鼻子。

这一伙吵吵嚷嚷的人进来时，胖子皱起了眉头，站起身来；但看到是怎么回事后，便微笑了，只是叫他们别嚷嚷，说隔壁房间里有个猎人在睡觉。

“什么猎人？”有几个人异口同声地问道。

“是位地主。”

“哦！”

“由着他们闹吧，”穿棉绒领外衣的人摊开双手说，“关我什么事！

只要不来惹我，现在我是火头军……”

“当火头军了！当火头军了！”那伙人欢呼起来。

“女主人下的令，”他耸耸肩膀继续说，“你们就等着吧……会让你们去养猪的。我可是个裁缝，一个好裁缝，跟着莫斯科一流师傅学的手艺，曾替将军缝过衣服……这套本事谁也夺不走。你们有什么好神气的？有什么本事？怎么啦，你们已经赎身了吗？你们只不过是吃白饭的懒虫。要是我自由了，我不会饿死的，我不会完蛋的；要是给了我身份证，我会好好付代役租，会让老爷们满意的。可你们呢？肯定会完蛋，像苍蝇一样，会完蛋，一下就得完蛋！”

“你瞎说，”一个头发淡黄的麻脸小伙子打断了他的话，这小伙子系着红领带，衣服的肘部破了个洞，“你曾经带着身份证出去闯过，可没见你交给老爷一分钱的代役租，你自己也没挣到一星半点儿，好不容易拖着双腿回家来，从那时起就只能穿这么件破衣衫过日子。”

“那有什么法子呢，康斯坦丁·纳尔基济奇！”库普利扬①回答道，“人一旦恋爱了，这个人也就完了，毁了，待你先活到我这个岁数，再来评判我吧。”

“你爱上的是什么人呀？爱上一个丑八怪！”

“不，你不能这么说，康斯坦丁·纳尔基济奇。”

“谁还能信你？我见过她了，去年我在莫斯科亲眼见过的。”

“去年她确实不怎么样。”库普利扬说。

“不，先生们，”一个满脸粉刺、卷曲的头发抹得油光光的瘦高个儿用轻蔑而随便的语调说，他大概是个侍仆，“让库普利扬·阿法纳西奇给咱们唱唱他的那支歌吧。喂，唱吧，库普利扬·阿法纳西奇！”

“好啊，好啊！”其他的人都附和，“亚历山德拉真行呀！他把库普利亚给抓住了，没的说……唱吧，库普利亚！好样的，亚历山德拉！（仆人们为了显得更加亲昵，称呼男人时常常用女性名字的结尾）快唱呀！”

“这儿不是唱歌的地方，”库普利扬强硬地说，“这儿是女主人的办事处。”

---

① 库普利亚是本名，库普利扬是卑称。

“这跟您有什么关系？莫非你也想当个办事员？”康斯坦丁发出粗野的笑声，说，“准是这样！”

“一切都得听女主人的。”这可怜的人说。

“看啊，看啊，想得怪美的！看啊，哟！哈！哈！”

众人都哈哈大笑起来，有的人还蹦跳起来。笑得最大声的是一个十四五岁的孩子，他大概是混杂在仆人中的贵族的儿子，穿着一件带青铜扣的背心，系着雪青色领带，肚皮圆鼓鼓的。

“喂，库普利亚，你得承认，”尼古拉·叶列梅伊奇显然也变得高兴了、和气了，扬扬得意地说，“当伙夫不怎么样吧？可能挺没有意思的吧？”

“那有什么，尼古拉·叶列梅伊奇，”库普利扬说，“你现在是我们这里的办事处主任，挺好，这的确没有什么好说的；但是你也曾经走过背运，也住过庄稼汉的屋子。”

“你给我注意，别不识抬举，”胖子气急败坏地打断他的话，“人家是同你这傻子开玩笑；你这傻子，人家肯理睬你，你得感谢才是。”

“我不过随便说说，尼古拉·叶列梅伊奇，请原谅……”

“随便说说……”

门突然开了，跑进来一个小厮，说：

“尼古拉·叶列梅伊奇，女主人叫你去一趟。”

“谁在女主人那里？”他问小厮。

“阿克西尼娅·尼基季什娜，还有一个从韦尼奥夫来的商人。”

“我这就去。你们，伙计们，”他用劝他们的语气说，“你们最好同这位新任伙夫一起离开这里，说不定那德国佬跑来了，又要去告状了。”

胖子整了整自己的头发，用那只几乎被衣袖全遮住的手捂住嘴咳了一声，扣好衣扣，大踏步上女主人那边去了。没多久，这伙人和库普利亚也随之散开，只有那个我认识的值班小伙子留在房里。他本来要削羽毛笔，可是坐在那里睡着了。几只苍蝇立刻不失时机地在他嘴巴周围嗡嗡直飞。一只蚊子停在他的脑门儿上，端端正正地摆开几只细腿，把自己的整个嘴慢慢地扎进他柔软的肉里。先前那个长着红头发和大胡子的脑袋在门口再次出现，他张望了一下，便同自己的十分

丑陋的身躯一起走进办事室里来了。

“费久什卡！费久什卡！又在睡大觉！”那个人说。

值班的小伙子睁开眼睛，从椅子上站起来。

“尼古拉·叶列梅伊奇上女主人那儿去啦？”

“上女主人那儿去了，瓦西利·尼古拉伊奇。”

“啊哈！”我心想，“原来他就是出纳主管。”

出纳主管开始在房里踱来踱去。然而，与其说他在踱步，不如说他像只猫似的蹑手蹑脚地来回打转。他穿一件后襟很窄的黑色旧燕尾服，衣服的肩部直晃荡；他的一只手搁在胸前，而另一只手不断地去抓那根马毛做的又高又窄的领带，脑袋神经质地转来转去。他脚上穿着羊皮靴子，走起路来很轻柔，一点儿声音都没有。

“今天雅古什克的一位地主来找过您。”值班的小伙子补说了一句。

“哦，找过我？他说有什么事吗？”

“他说，他晚上去丘丘列夫家等您。他说：‘我有件事要跟瓦西里·尼古拉伊奇谈一谈。’具体什么事，他没有说，他说：‘瓦西里·尼古拉伊奇懂的。’”

“哦！”出纳主管应了一声，走到窗旁。

“喂，尼古拉·叶列梅伊奇在办事处吗？”穿堂里传来一个洪亮的声音。一个高个子跨进门来，他满面怒容，脸不大端正，但表情丰富，看起来很大胆，衣着十分整洁。

“他不在这里？”他迅速地扫了一眼四周，问道。

“尼古拉·叶列梅伊奇到女主人那里去了，”出纳主管回答说，“您有什么事，跟我说吧，帕韦尔·安德列伊奇，您可以告诉我……有什么事？”

“有什么事？您想知道我要什么吗？（主任出纳很不自然地点点头）我要教训教训这个大肚皮的坏蛋，这个挑拨是非的卑鄙家伙……看他以后还敢不敢乱嚼舌根子！”

帕维尔一下子坐到椅子上。

“您怎么啦，您怎么啦，帕维尔·安德列伊奇？消消气……您怎么不难为情呀？您别忘了您是在说谁呢，帕维尔·安德列伊奇！”出纳主管嘟哝着。

“说谁呢？他当上了办事处主任，关我什么事！真让人无话可说，怎么用这种人！简直可以说是把一头羊放进菜园子！”

“得啦，得啦，帕维尔·安德列伊奇，得啦！别提了……这些小事说它干什么呀？”

“哼，这只狡猾的狐狸又跑去摇尾巴去了！我要等他回来。”帕维尔气冲冲地说，一掌拍在桌上。“瞧，他的大驾光临了！”他向窗外一瞧，接着说，“说曹操，曹操到。我们恭候着呢！”他站起身来。

尼古拉·叶列梅伊奇走进办事处。他喜形于色，但一瞧见帕韦尔，便有点儿发窘。

“您好，尼古拉·叶列梅伊奇，”帕维尔向他慢慢地迎上前去，不怀好意地说，“您好啊。”

办事处主任没有作答。门口出现了一个商人的脸。

“你为什么不回我话啊？”帕维尔继续说。“不过，不，不，”他又说，“这样不是事儿；吵呀骂呀都没有用处。是呀，你最好对我说说，尼古拉·叶列梅伊奇，你为什么老跟我作对？为什么总要毁了我？你说说看，说呀。”

“这儿不是跟您辩解的地方，”办事处主任有些心虚地回答，“而且也不是时候。不过，说实话，有一点我觉得很奇怪：您凭什么说我要毁了您或者老跟您作对呢？再说啦，我怎么能够跟您作对呢？您又不是办事处的人。”

“那还用说，”帕维尔回答说，“要是那样就更糟了。可是您为什么装糊涂呢，尼古拉·叶列梅伊奇？您懂我的意思。”

“不，我不懂。”

“不，您懂。”

“不，对上帝发誓，我不懂。”

“还对上帝发誓呢！既然这样，那您说说看，您怕不怕上帝？您为什么不给那位可怜的姑娘留条活路？您想让她怎么样？”

“您说的是谁啊，帕维尔·安德列伊奇？”胖子故作惊讶地问。

“哎呀！不知道，真的吗？我说的是塔季雅娜。您怕上帝吧——为什么要报复她呢？您得有点儿廉耻心：您是个有家室的人，您的孩子都长得有我这般高了，我也是个人嘛……我要结婚，我的行为堂堂正正。”

“我有什么错呢，帕维尔·安德列伊奇？是女主人不准你们结婚，这是女主人的意思！关我什么事呢？”

“跟您不相关？您不是跟那个老妖精，那个女管家狼狈为奸吗？您没有嚼舌根吗？嗯？您说说，你们没有无中生有地去诬陷那个无依无靠的姑娘吗？不正是由于你们的慈悲，她才从洗衣的变成刷盘子的吗？不正是由于你们的慈悲，她才挨打、才穿粗布衣服的吗？有点儿廉耻吧，有点儿廉耻吧，您这把年纪了！没准您会中风死的……您总得向上帝交代吧。”

“您骂吧，帕维尔·安德列伊奇，您骂好了……看您还能骂多久！”

帕维尔一下被激怒了。

“怎么？想吓唬我？”他愤怒地说，“你以为我怕你不成？不，伙计，你看错人了！我有什么好怕的？我上哪儿都找得到饭吃。而你呢，可就完全不同啦！你只能在这儿混饭吃，挑拨是非，贪点儿小便宜……”

“瞧你倒神气起来了，”办公室主任也按捺不住了，打断了他的话，“一个庸医，不过是一个小小的庸医，屁本事没有！你们听听，好像他多么了不起！”

“哼，庸医，要是没有我这个庸医，您这位大人早在坟墓里烂掉了……我真不该把你这样的人给治好了。”他透过牙缝低声说。

“是你把我治好的？不，你是想毒死我，你让我吃了芦荟。”办事处主任继续说。

“如果除了芦荟，没有别的药能治你的病，你说怎么办呢？”

“芦荟是医药管理部门明令禁止的用药，”尼古拉继续说，“我还要去告你呢。你早想害死我——准是这样！只是上帝没让你得逞。”

“算了，算了，你们两位……”出纳主管开口说。

“你别管！”办事处主任喊道，“他就是想毒死我！你明白吗？”

“我需要……听我说，尼古拉·叶列梅伊奇，”帕韦尔绝望地说，“我最后一次求你了……你把我逼急了，我什么事都做得出来。你就让我们安生吧，明白吗？要不然，我对你说吧，咱们两人不是你死，就是我死。”

胖子勃然大怒。

“我不怕你，”他嚷了起来，“听见没有，你这乳臭未干的臭小子！我跟你老子就斗过，灭了他的气焰——这就是你的前车之鉴，当心点儿！”

“别提我父亲的事，尼古拉·叶列梅伊奇，别提！”

“滚你的吧！你凭什么管我？”

“你听着，不准提！”

“你也听着，别太放肆……你以为女主人离不开你，如果她必须从我们两人里挑一个——那你是保不住的，伙计！谁都不许胡闹，当心点儿吧！（帕维尔气得直打哆嗦）那个塔季雅娜丫头是自讨苦吃……等着吧，还有她受的呢！”

帕维尔举起双手，扑了上来，办事处主任被重重地摔在地上。

“把他铐起来，铐起来。”尼古拉·列梅伊奇呻吟着……

这出闹剧的结果我就不去写了。就这样我还担心，我是否亵渎了读者的感受。

当天我就回家去了。过了一周，我听说女主人洛斯尼亚科娃仍留下帕维尔和尼古拉两人为自己做事，而把那个叫塔季雅娜的丫头打发走了：显然是不需要她了。

孤　狼

傍晚我独自一人打猎回来，驾着一辆赛跑马车。离家还有七八俄里路；我那匹速步母马在飞尘滚滚的大路上欢腾地奔驰着，时不时地打着响鼻，摇摇耳朵；疲倦的猎狗紧跟着车轱辘跑着，仿佛有绳子牵住似的。就要下暴雨了。前面有一大片淡紫色的云从树林后面徐徐地升起；在我的头顶上空，有一条条长长的灰云朝我飞掠过来；爆竹柳惊恐地摇摆着，簌簌作响。闷人的暑气突然变成湿润的阴冷；阴影越来越浓。我用缰绳抽一下马，直下溪谷，越过一条长满柳丛的干枯的小溪，上了坡，钻进一片树林。眼前那片已经昏暗下来的茂密的榛树丛里，小路蜿蜒；我的马车费力前行。百年的老橡树和椴树向四处伸出坚硬的老根，横在深深的旧车辙上；我的马车在这些树根上颠颠蹦蹦，我的马也走得跌跌绊绊的。狂风猛地在空中怒号起来，树木也随之大肆喧哗，大滴大滴的雨点猛地落下，滴答滴答地打着树叶，电光闪过，雷声炸起。大雨如瓢泼。车子缓缓而行，没多久便不得不停下来：我的马儿陷在泥泞里了，四周伸手不见五指。我好不容易躲到一个宽宽的树丛下。我蜷缩身子，遮着脸，耐着性子等待雨停，突然一道闪电划过，我瞥见大路上有一个高大的人影。我朝着那个地方仔细观望——那人影仿佛是从我车旁的地里冒出来的。

“什么人?”一个响亮的声音问。

“你是什么人?”

“我是这里的护林人。”

我报了自己的姓名。

“啊，认识的！您是要回家吧？”

“是啊。可你瞧，多大的雷雨呀……”

“是呀，大雷雨。”那声音回答说。

一道白晃晃的电光把护林人从头到脚照得通亮，短促而爆烈的雷声随之而来。大雨加倍地浇下来。

“不会很快就过去的。”护林人接着说。

“怎么办呢？”

“我带您去我家吧。”他断断续续地说。

“那就有劳了。”

“请上车吧。”

他走到马头旁，抓住马笼头，把马拉离原来的位置。我们动身了。马车摇摇晃晃，宛如大海中一叶扁舟，我抓住坐垫，不停地唤着猎狗。我那可怜的母马在烂泥地里吃力地迈着步子。不时打滑、磕绊；护林人在车辕前边东摇西晃，像个幽灵。我们走了好一会儿，领路人终于停下脚步。“我们到家了，老爷。”他嗓音平静地说。篱笆门嘎的一声开了，几只小狗齐声叫唤起来。我抬起头，借着闪电的亮光，看到一座小房子位于宽敞的院落中间，四周围着篱笆。一扇小窗里透出昏黄的灯光。护林人把马牵到台阶前，敲起门来。“就来，就来！”传来一个尖细的童声，又听到光脚丫的踩步声，门闩嘎拉一声开了，门口站着一个十二三岁的小姑娘，她穿着小衬衫，腰间束着布带子，手里举着灯。

“给老爷照路。”他对她说。“我把您的车子推到棚子里。”

小姑娘瞥了我一眼，便往屋里走去。我跟在她身后。

护林人的屋子只有一间，熏得黑黑的，房子低矮且家徒四壁，没有高板床，也没有隔板。墙上挂着一件破皮袄。长凳上搁着支单筒猎枪，屋角里放着一堆破烂儿，两只大瓦罐立在炉旁。桌上燃着的松明可怜巴巴地爆燃一下，然后又暗下去。房子的正中悬着一个摇篮，挂在一根长竿上。小姑娘熄灭了提灯，坐到小板凳上，用右手摇起摇篮，用左手整了整松明。我环顾四周，心里觉得很难过：夜晚走进农家的屋子是不好受的。摇篮里婴儿的呼吸沉重而急促。

“你是一个人在家吗？”我问小姑娘。

“一个人。”她的话几乎细不可闻。

“你是护林人的女儿？”

“是护林人的。”她小声说。

门咯吱一声响了，护林人低着头，跨进门来。他从地上拿起提灯，走到桌子旁，把提灯点上了。

“或许，您不习惯松明吧？”他说着，抖了抖鬈发。

我望着他。我很少看到有这样帅气的男子汉，他身材高大，肩宽体健，结实的肌肉从那淋湿的麻布衬衫里显露出来，卷曲的黑色大胡子把他那严峻而刚毅的脸盘遮住了一半，一对褐色眼睛不很大，在两道相挨着的阔眉毛下无畏地闪动着。他的两手轻轻地叉着腰，站在我的面前。

我向他道了谢，并问了他的名字。

“我叫福马，”他回答说，“外号叫孤狼①。”

“你就是孤狼呀？”

我备感好奇地望着他。我常从叶尔莫莱和其他人的口中听到护林人孤狼的事，附近的庄稼人都像怕火似的怕他。据他们讲，世上再没有第二个像他这样有本事的护林人了：“连一捆枯枝都不让人拿走，无论在什么时候，哪怕在深更半夜，他也会像雪一样从天而降，突然出现在你的面前，你休想抗拒，因为他力大无比，又像魔鬼那样灵活……没有任何东西能收买他，美酒也好，金钱也罢，他都不为所动。好几次都有人想除掉他，都办不到。”

这就是附近的庄稼汉对孤狼的评价。

“原来你就是孤狼呀，”我重复了一句，“伙计，我久仰大名。人家说你什么人都不放过。”

“职责所在，”他阴郁地回答说，“总不能白吃主人家的饭呀。”

他从腰后取出斧子，蹲在地上，开始削松明。

“怎么，家里没有女主人吗？”我问他。

“没有。”他回答说，使劲地挥一下斧子。

“是不是去世了？”

---

① 在奥廖尔省，孤狼用来称呼孤独而忧郁的人。——原注。

“不……是的……去世了。”他一边说着，别过脸去。

我不作声了，他抬起眼睛看着我。

“跟一个过路的买卖人跑啦。”他带着苦笑说。小姑娘低下头；婴儿醒了，哭闹起来；小姑娘走到摇篮旁。“喏，给他吃吧。”孤狼说着，把一个脏兮兮的奶瓶塞到小姑娘手里。“把他给丢下啦。”他指指婴儿又低声地说。他走到门口停下步，转过身来。

“老爷，您大概，”他说，“不会吃我们这种面包吧，可是我这儿除了面包……”

“我不饿。”

“哦，那算了。我本应给您烧上茶饮，可是我没有茶叶……我去看看您的马。”

他走出去，砰的一声带上门。我再次打量四周。我觉得屋里比之前显得更加寒碜。冷却的烟气散发着一股难闻的苦味，让我喘不过气来。小姑娘一直呆在原地，也不抬一下眼睛；她有时晃几下摇篮，羞涩地把滑下的衬衫往肩上拉一拉；她那光着的两腿垂着，一动不动。

“你叫什么名字？”我问。

“乌莉塔。”她轻声回答，愁苦的小脸垂得更低了。

护林人进来了，坐在板凳上。

“雷雨要过去了，”短暂的沉默后，他说，“要是您吩咐，我可以送您出林子。”

我站起身来。孤狼取过枪，检查了一下火药。

“拿枪干什么？”我问。

“林子里有人在做坏事……在骑马沟①那边有人在砍树。”他补充了一句，回答我询问的眼光。

“好像从这儿就能听见？”

“在院子里听得见。”

我们一起走出来，雨停了。远处还聚集厚厚的一大团乌云，有时还划过长长的闪电，但我们头顶上方已经可见深蓝色的天空，星星透过急速飞过的薄云闪烁着。树木被雨水冲刷，被风刮得东摇西晃，从

① “骑马沟”是奥廖尔省的一个山谷的名字。——原注。

黑暗中开始呈现出轮廓。我们倾听起来。护林人摘下帽，低下头。“这……这，”他突然说，伸出手，“这样的夜晚，真会挑。”除了树叶的喧哗声外，我什么也听不出来。孤狼把马从棚子下牵了出来。“我这样走了，”他大声说，“也许会放走他的。”“我跟你一起去……可以吗？”“好吧，”他回答，把马牵了回去，“咱们把他逮住，然后我送你回去。走吧。”

我们出发了，孤狼在前面走，我跟着他。天知道他是怎么认出路的，有时他停下脚步，只是为了听一听斧头声。“瞧，”他透过牙缝低声地说，“听见了吗？听见了吗？”我问：“哪儿呀？”孤狼耸了耸肩膀。我们下到峡谷，风停了片刻，斧子有节奏的响声清晰地传入我的耳朵。孤狼望了我一眼，摇摇头。我们踩着湿漉漉的野草和荨麻继续向前走，传来一阵持续的沉闷响声……

“树倒了……”孤狼喃喃地说。

这时候天空愈发明净，林子里略微有些亮光。我们终于走出山谷。“您在这儿等着。”护林人轻声地对我说，他弯下腰，举起枪，消失在灌木丛中。我聚精会神地听着，透过呼啸的风声，我隐约听到从不远处传来的轻微声响：斧子小心的砍树枝声，车轱辘的轧轧声，马儿的响鼻声……“往哪儿跑？站住！”骤然响起孤狼铁一般的喊声。另外还传来一种兔子般的哀叫声……接着是打斗声。“胡说，胡说，”孤狼气喘吁吁地嚷着，“你跑不了……”我朝那吵闹的方向奔去，趔趔趄趄地跑向打斗的地方。砍倒的树旁，护林人在地上动来动去，他按住那个偷树的人，用腰带反绑住那个人的双手。我走上前去。孤狼站起来，把那个人也拉了起来。我看到的是一个浑身湿透的庄稼汉，衣服破破烂烂的，长长的大胡子乱蓬蓬的。旁边站着一匹瘦弱的马，一张凹凸不平的草席遮着它的半身，马的旁边还停有一辆小板车。护林人一声不吭，那庄稼人也一言不发，只是一个劲地摇着脑袋。

“放了他吧，”我对着孤狼的耳朵轻声说，“这棵树我来赔。”

孤狼还是不言语，他用左手抓住马鬃，右手抓住偷树贼的腰带。“喂，转过身来，狡猾的家伙！”他厉声说。“拿上斧子。”庄稼人喃喃地说。“干吗把斧子丢掉呢？”护林人一边说，一边捡起斧子。我们往回走。我走在最后边……又开始稀稀拉拉地掉起小雨点，不多一会儿便变成倾盆大雨。我们好不容易才回到那座小屋。孤狼把抓来的那匹马赶进院子中间，把那庄稼人带进屋里，把绑他的腰带结松开一些，让他坐在屋角里。那小姑娘本来已经在炉边睡着了，此时猛地弹了起来，什么话也不说，惊恐地注视着我们。我在板凳上坐下来。

"咳，好大的雨呀，"护林人说，"只好再等等了。您要不要躺一会儿？"

"谢谢。"

"怕您在这儿不方便，我本想把他关到贮藏室里去，"他指了指庄稼人继续说，"可是那门闩……"

"让他待在这儿吧，别折腾他了。"我打断孤狼的话说。

庄稼汉皱着眉头瞅了瞅我。我心里打定主意，无论怎样，也要想法子放走这个可怜人。他一动不动坐在板凳上，灯光下我可以看清他那布满皱纹的干枯的脸庞、倒挂的黄眉毛、惶惶不安的眼睛、骨瘦如柴的肢体……小姑娘躺在他脚边的地板上又睡着了。孤狼在桌子旁坐着，两手托着脑袋。蟊斯在屋角里叫着……雨还在敲打着房顶，顺着窗子直往下流。我们都默不作声。

"福马·库济米奇，"庄稼人突然用低沉而衰弱的声音说，"哎，福马·库济米奇。"

"你要干什么？"

"放了我吧。"

孤狼没理他。

"放了我吧……吃不饱啊……放了我吧。"

"我可知道你们这种人，"护林人沉着脸回答说，"你们整个村子都这样——尽是贼。"

"放了我吧，"庄稼人一再哀求说，"管家……我家破产了，行行好……放了我吧！"

"破产了！不管谁都不该当贼。"

"放了我吧，福马·库济米奇……别毁了我。你知道，你那东家会要我的命的。"

孤狼转过脸去。庄稼人打起战来，仿佛患了热病。他的头摇晃起来，呼吸也快慢不均了。

“放了我吧，”他又沮丧又绝望地一再哀求说，“放了我吧，求求你，放了我吧！我会赔钱的，真的。实在是饿得没法……你知道，孩子们哭着要吃。真的没法子。”

“那你还是不该去做贼。”

“那匹马，”庄稼人继续说，“就让那匹马留下做抵押吧……我只剩下这头牲口了……放了我吧！”

“我说了，不行。我做不了主，老爷会找我算账的。再说也不能放任你们。”

“放了我吧！真是穷，福马·库济米奇，实在是穷……放了我吧！”

“我可知道你们这种人！”

“就放了我吧！”

“哼，跟你有什么可讲的？老实地待着吧，要不我就……知道吗？你没看见有位老爷在这儿吗？”

这个可怜的人垂下了头……孤狼打了个呵欠，把头靠在桌子上。雨仍然下个不停。我等着看接下来怎么办。

庄稼人猛然挺起身子，他双眼冒火，脸涨得通红。“那你就吃了我吧，你就掐死我吧，”他眯上眼睛，说了起来，“你这该死的凶手，你就喝基督徒的血吧，喝吧……”

护林人转过身去。

“我对你说话呢，你这个野蛮人，吸血鬼，我说你呢！”

“你喝醉了吗？怎么骂人呢？”护林人惊讶地说，“你是不是疯了？”

“喝醉了！我是偷了你的钱吗？你这该死的凶手，野兽，野兽，野兽！”

“你这家伙……让你看看我的厉害！”

“我怕什么？反正都一样，都得完蛋；没有了马，我还有什么活路？你打死我，是死；饿死，也是死，反正一样。一切全得完蛋：老婆、孩子，让他们全去死……可你呢，等着吧，会遭报应的！”

孤狼站了起来。

“打吧，打吧，”庄稼人狂怒地说，“打吧，来，来，打呀……（小姑娘急忙从地上蹦了起来，盯着他看）打呀！打呀！”

“闭嘴！”护林人大喊一声，跨前两步。

“得了，得了，福马，”我喊了起来，“放了他……由他去吧。”

“我就不闭嘴，”这个不幸的人继续说，“反正一样得完蛋。你这凶手，野兽，你怎么不死呀……等着吧，你威风不了多久，会有人掐死你，等着吧！”

孤狼抓住他的肩膀……我扑过去帮那庄稼汉……

“您别动，老爷！”护林人朝我喊了一声。

我并不怕他威吓，已经伸过手去；然而令我极为惊诧的是，孤狼一下子把绑着庄稼人胳膊肘的腰带扯掉了，抓住他的衣领，把他的帽子扣到他眼睛上，打开门，把他推了出去。

“带着你的马滚蛋吧！”他朝庄稼人的背后喊道，“你当心点儿，下一次我可……”

他回到屋里，在屋角里翻寻起什么。

“咳，孤狼，”我终于说，“你真让我惊奇呀，我看得出，你是个好人。”

“唉，得了，老爷，”他苦恼地打断我的话说，“只求您别说出去。现在最好还是由我送您走吧，”他接着说，“这一时半会儿等不到雨停的……”

院子里响起庄稼人马车的轱辘声。

“听，他走了！”他咕哝说，“是我放了他……”

半个小时之后，他与我在林边上告别了。

两地主

热心肠的读者们，我已经有幸向你们介绍过我的几位地主乡邻，现在请让我顺便（对我们这些作家而言，什么都能顺便说）再向你们介绍两位地主，我常在他们领地行猎，他们都是正派善良的人，在附近几个县里都受到普遍的尊敬。

首先我来为你们描述一下退伍陆军少将维亚切斯拉夫·伊拉里奥诺维奇·赫瓦伦斯基。你想象一下他的样子：高个子，也曾身材匀称，如今皮肤略有些松弛了，但绝没有老态，甚至不能说是上了岁数，他正是年富力强的年纪呢，就是所谓的正当年。的确，从前俊美、至今依然悦目的脸形起了变化，脸颊有点儿下垂，眼角爬满皱纹，几颗牙齿，正如普希金援引萨迪的话①："已经不在了"；那些幸存的淡褐色的头发，由于用了一种护发剂而变成淡紫色，护发剂是在罗姆内马市上从一个假扮亚美尼亚人的犹太佬那儿买来的；维亚切斯拉夫·伊拉里奥诺维奇步履矫健，笑声爽朗，走起路来马刺踢得叮当直响；他常捻着小胡子，称自己为老骑士。大家都知道，真正的老年人是绝不称自己为老头子的。平日里他老穿一件双排扣常礼服，所有纽扣都扣上，领带系得老高，衣领浆得挺挺的，下穿灰底带花点的军式裤子；帽子直扣到额头，露出整个后脑勺儿。他心地善良，可是有些非常奇怪的观点和习惯。比如说吧，对于一些既没钱也没有权的贵族，他不肯平

① 萨迪，十三世纪波斯诗人。普希金曾引用他的诗句"有些已经不在了，有些到了远方"。

等相待。跟他们说话时，总是把脸紧贴在浆硬的白衣领上，斜睨着他们，或者猛地用明亮而呆板的目光扫他们一眼，不声不响地动一动头发下面的整个头皮；甚至连说话的方式也变了，比如，他不说“谢谢，帕维尔·瓦西里伊奇”，或者“请到这儿来，米哈伊洛·伊万内奇”，而是说“谢，帕维尔·阿西利奇”，或者“请来，米哈伊洛·瓦丙奇”。对于没什么社会地位的人，他的态度就更怪了：对他们瞧都不瞧一眼，在说明自己的意愿或吩咐之前，总是顾虑重重、思前想后，不停地反复询问：“你叫什么？你叫什么？”他把“什么”这个词说得特别重，重得刺耳，而其他几个词一带而过，他的话音听上去就像一只公鹌鹑在叫。他整天忙忙碌碌，极其吝啬，但又不是一个好东家：竟雇用一个退伍的骑兵司务长，一个愚不可及的小俄罗斯人当管家。不过，在管理家业方面，有一位彼得堡的显贵，他这方面的才能在我们这里无人能及，他从管家的报告里得知，他庄园里的烤禾房时常失火，粮食损失严重，于是便颁布了一道极为严苛的禁令：从今以后，在火没有彻底熄灭之前，不准把禾捆搬进烤禾房。那位显贵还想在自己的所有田地上都种上罂粟，显然，这是出于简单的估算，罂粟比黑麦值钱，所以种罂粟更划算。他还给自家领地的农妇们下令，命她们戴的头饰要照着彼得堡寄来的样式做成盾形。直到今天，他庄园里的农妇们还戴着这种头饰……不过改为戴在帽边上了……现在我再回头说说维亚切斯拉夫·伊拉里奥诺维奇吧。维亚切斯拉夫·伊拉里奥诺维奇是个好色之徒，他在县城的林荫道上遇见漂亮女人，就赶紧跟过去，此时他的步态马上变得一瘸一拐，那光景真是有趣极了。他喜欢玩牌，不过只同一些身份比他低的人玩：他们尊称他为“大人阁下”，他想怎么骂他们都成。当他同省长或别的官员玩牌时，他的态度就来了个一百八十度大转弯：他面带笑容，连连点头，察言观色——一副甜得腻人的媚态……即便输了钱，也不埋怨。维亚切斯拉夫·伊拉里奥诺维奇不爱读书，看书时胡子眉毛便会不住地颤动，脸上好像自下而上地滚着波浪。当他偶尔看起（自然是当着客人的面）*Journal des Débats*① 各栏目时，他脸上的这种波浪式动作便特别显眼。选举时，他

① 《评论报》（法语）。

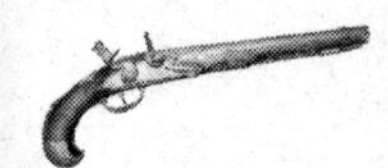

的作用可谓举足轻重，可是吝惜钱财，他不愿接受贵族长这一荣誉称号。“诸位，”他常常对那些来找他的贵族们说，而且是以爱护下属和胸有成竹的口气说，“多谢各位好意；可我心意已决，我愿安享晚年。”说完把头向左右转了几下，随后庄重地把下巴和脸颊紧贴在领带上。他年轻时曾担任过某位要人的副官，他对那位要人只称名字和父名以示尊敬。有人说，他似乎不光做副官的工作，比如说，他似乎曾穿着全套制服，扣好每一颗扣子，在澡堂里拿浴帚帮上司洗澡——不过，道听途说，不足以全信。可是，连赫瓦伦斯基将军本人也不喜欢回忆自己的军旅生涯，这一点真是令人不解；他好像也没上过战场。赫瓦伦斯基将军住在一座不是很大的房子里，孑然一身；他此生从未体验过婚姻生活，至今仍是个未婚男子，甚至可以说是个钻石王老五。不过，他有一位女管家，三十五岁左右，黑目乌眉，体态丰盈，皮肤鲜嫩，嘴唇上有些黑绒毛，平日里穿浆得笔挺的衣服，逢礼拜天便戴上薄纱套袖。在地主们设宴款待省长或其他权贵人物时，维亚切斯拉夫·伊拉里奥诺维奇往往表现非凡，在这样的场合他真可谓如鱼得水。在这种宴会上，他若不是坐在省长的右侧，起码也会坐得靠近省长；在宴会开始的时候，他保持自重的姿态，身体后仰一点，目不转睛地向下打量着客人们圆滚滚的后脑勺儿和坚挺的衣领；可到了宴会快结束的时候，他便乐开了，开始对四方宾客报以微笑（朝省长方面，从宴会一开始他就微笑了），有时甚至提议为女士们祝酒，用他的话说，女人是“我们星球的装饰”。赫瓦伦斯基将军在各种隆重的和公众的庆典仪式、会考场所、宗教仪式、集会和展览会上也都得心应手，受人祝贺时也表现得恰到好处。这位将军手下的仆人们从来不在岔路、渡口以及类似的地方大声喧闹、高声叫嚷；相反，在请行人或请车辆让路的时候，都用悦耳的低沉男中音说：“劳驾，劳驾，请让赫瓦伦斯基将军过去。”或者说：“赫瓦伦斯基将军的马车……”赫瓦伦斯基的马车样式确实太过老式，仆人身穿的仆役制服也相当破旧（不必说，都是些带红镶边的灰色仆役制服），几匹马也都老态龙钟，辛苦一辈子了；而这位将军一向不求奢华，甚至认为追求奢华有失身份。他的口才并不出众，或许是没有合适的机会一展辩才，他不喜欢争论，而且容不得辩论，总是避免各种冗长的谈话，特别是同年轻人的谈话。这样做确实有其道理，要不然当今的这些人他怎么对付得过来呢？他们会不听他的话，会对他失敬。在地位高的人面前，赫瓦伦斯基大都是三缄其口，可是对那些地位低，显然被他瞧不起而仅有点儿交往的人，他就说些简短又刻薄的话，总是用下列词语："但是，您说的都没什么大不了的"，或者："阁下，我只能，警告您"，或者："可是，您总该知道，您是在跟谁打交道"，等等。邮政局长、常任陪审员、驿站长们对他怕得要命。他府上从来不接待客人，正如传闻所说的，他是个吝啬鬼。虽然有这许多缺点，他仍不失为一个出色的地主。邻里们都说他是一个"老军人、无私的人、规矩人、vieux grognad①"。谈起赫瓦伦斯基将军的优秀而务实时，只有一位省检察官在一边冷笑——嫉妒让人无所不为！

现在，我们来谈谈另一位地主吧。

马尔达里·阿波洛内奇·斯捷古诺夫跟赫瓦伦斯基一点儿也不像，他似乎不曾在什么地方供过职，也没被人称作美男子。马尔达里·阿波洛内奇是小个子老头儿，他身材矮胖，谢顶，有双重下巴，一双柔软的手，大腹便便。他很好客，生性幽默；可以说，日子过得无拘无束；一年到头，总穿着一件条纹棉长衣。他跟赫瓦伦斯基将军只有一个共同点：他也是个光棍。他有五百个农奴。马尔达里·阿波洛内奇经营自己的田庄很重门面，为了不落伍于时代，他早在十来年前便从莫斯科的布捷诺普公司购来一架脱粒机，把它锁在库房里，心里也就感到踏实了。只有在晴朗的夏日里，他才吩咐套好那赛跑马车到田野里看看庄稼，采些矢车菊。马尔达里·阿波洛内奇完全过着旧式日子。他的住宅也是旧式建筑，前室里散发着克瓦斯、脂油蜡烛和皮革的气味；右边有一个餐具柜，里面搁着烟斗和毛巾；餐厅里挂着有家族成员的肖像，这里还有苍蝇、一大盆天竺葵和一架寒酸的钢琴；客厅里有三张长沙发、三张桌子、两面镜子和一个声音沙哑的自鸣钟，钟面的珐琅已变黑了，上面有镂花的青铜指针；书房里有一张书桌，上面堆满纸张；一个浅蓝色屏风上贴着从上一世纪各种图书中裁下的图画；有几个书柜，里面堆着发霉发臭的书籍，还有蜘蛛和黑黑的尘埃；有

① 爱唠叨的老人（法语）。

一把臃肿的安乐椅；还有一扇意大利式窗子和一扇朝花园的钉死了的门……总之，应有尽有。马尔达里·阿波洛内奇家仆人很多，都穿着老式服装：高领的蓝色长外套、深暗色的裤子和浅黄色的短坎肩。他们称呼客人为“老爷”。他家的庄园总管曾是一个庄稼人，总管的大胡子有整个皮袄那样长；管家则是一个裹着深棕色头巾的老太婆，她一脸皱纹，为人吝啬。马尔达里·阿波洛内奇家的马厩里养着三十匹大大小小的马，他外出时常乘坐一辆重达一百五十普特的自制的四轮马车。他待客热情，招呼客人的饭菜也很丰盛，也就是说，俄式风味的菜肴让客人昏醉，所以客人直到晚上除了玩牌外什么也干不了。他自己从来都是无所事事，连一本《释梦》书也看不下去。像这样的地主在我们俄国还大有人在。有人问：为什么要谈起他？为了什么？那么，我就来讲一讲自己某次拜访马尔达里·阿波洛内奇的情形，权作回答吧。

一个夏日的晚上，我来到他家，当时大约七点钟。他刚做过晚祷，一位年纪轻轻的神父坐在客厅门口一张椅子上，他看上去非常害羞，可能刚从神学院毕业不久。马尔达里·阿波洛内奇像他一贯的那样非常热情地接待我，他对每个来客都真诚欢迎，他是个很和善的人。神父站起身，拿起帽子。

“等一下，等一下，神父，”马尔达里·阿波洛内奇还握着我的手，就朝他说，“别走……我已让人给你拿酒了。”

“谢谢，我不喝酒。”神父的脸红到了耳根，神态拘谨，喃喃说道。

“净瞎说！你们这样的人哪能不会喝酒呢！”马尔达里·阿波洛内奇说道，“尤什卡！尤什卡！给神父拿酒来！”

尤什卡走了进来，他是个又高又瘦、年约八十的老头，他端着一个沾满肉色斑纹的托盘，盘上放着一杯伏特加酒。

神父再三推辞。

“喝吧，神父，别倔啦，这可不大好。”地主带点儿责备的口气说。

可怜的年轻人只好服从。

“好，神父，现在你可以走了。”神父鞠躬告辞。

“好的，好的，走吧……一个多好的人哪，”马尔达里·阿波洛内奇目送着他说，“我对他挺满意，就是太年轻了。老是墨守成规，滴酒不沾。您怎么样啊，我的老弟？您怎么样，好吗？我们到阳台上去吧——瞧，夜色真美。”

我们到了阳台上，坐下后就聊开了。马尔达里·阿波洛内奇朝下边瞧了瞧，突然发起了火儿。

“这是谁家的鸡？这是谁家的鸡？”他大喊起来，“是谁家的鸡在花园里乱窜？尤什卡！尤什卡！快点去看看，是谁家的鸡跑到花园里乱窜？这是哪一家的鸡呀？我禁止过多少遍啦？说过多少回啦？”

尤什卡跑过去了。

“简直乱了套！”马尔达里·阿波洛内奇不停地说，“太不像话了！”

我至今仍记得，那几只不幸的母鸡：两只花斑鸡和一只白凤头鸡正在苹果树下悠闲地散步，有时咯咯地叫唤几声，以抒发情感，骤然间，不戴帽子、手持棍子的尤什卡和另外三个成年仆人齐刷刷地向它们急奔过来。这一下可热闹了。三只母鸡扑棱着翅膀，到处乱窜，咕咕叫着吵翻了天；仆人们趔趔趄趄地追赶着它们，接二连三摔倒在地；主人发狂了似的在阳台上大喊：“抓住，抓住！抓住，抓住！抓住，抓住，抓住……这是谁家的鸡？这是谁家的鸡？”一个仆人终于逮住了那只凤头鸡，把它按住在地。正在这时候，一个十一二岁的蓬头散发的小丫头拿着一根长棍，越过篱笆从外边跳进花园里。

“啊，原来是她家的鸡呀！”地主高兴地喊了起来。“是马车夫叶尔米尔家的鸡！他让他的娜塔尔卡来赶鸡了……怎么不叫帕拉莎来呢？”地主低声地加了一句，露出意味深长的笑容，“喂，尤什卡！别去抓鸡了，把娜塔尔卡给我抓来。”

气喘吁吁的尤什卡还没有跑近那个吓呆了的小丫头身边，女管家冷不丁冒出来，她一把抓住小丫头的手，在她背上啪啪地揍了好几下……

“就得这样，就得这样，”地主接着说，“啧啧啧！啧啧啧……把鸡扣下来，阿夫多季娅。”他又大声地添了一句，并对着我眉飞色舞地说：“老弟，这回打猎怎么样？您瞧，我都出汗了。”马尔达里·阿波洛内奇哈哈大笑起来。

我们仍然待在凉台上，黄昏的景色确实美不胜收。仆人给我们端来了茶。

“请问，”我开口说，“马尔达里·阿波洛内奇，迁到山后面大路旁的那几家是您的佃户吗?”

“是我的……怎么?”

“您为什么这么做，马尔达里·阿波洛内奇?这可真是罪过。分给那些庄稼人的房子又破又小，周围连棵树也见不到，甚至连个小鱼塘也没有，只有一口井，而且还没什么用。难道您就不能找个别的地方吗……我还听说，他们原来的大麻田您也收走了?”

“地界是这么划的，有什么办法?”马尔达里·阿波洛内奇答道，“为了划地界我也想尽了办法（他指指自己的后脑勺儿）。这样划地界对我也没什么好处。至于我收回他们的大麻田，没有在他们那边挖养鱼塘什么的——这些事情，我自有道理。我为人实在，按老规矩行事。依我看，老爷终究是老爷，庄稼汉终究是庄稼汉……就是这样。”

他的理由清晰无误，确实让人无话可说。

“而且，”他接着说，“那些庄稼汉也不是什么好人，都受过罚的。其中有两家尤其如此，先父——祝他升天堂——在世时就讨厌他们，憎恶他们。对您说吧，我有这样的体会，如果老子是贼，儿子必定也是贼；随您怎么说吧……唉，遗传呀遗传，这是个顶重要的东西！坦白地对您说吧，还没有轮到那两户，我就把人都送去当兵了，把他们东一个西一个地拆散开来；可也根除不了，有什么办法?他们能繁殖着呢，这些可恶的家伙。”

此时周围一片寂静。时不时吹来一阵阵晚风，最后，风儿停息在房子旁边，从马厩那边频频响起了有节奏的鞭打声。马尔达里·阿波洛内奇刚刚把斟满茶的碟子端到嘴边，张开了鼻孔——大家都知道，地道的俄罗斯人都是先张开鼻孔才喝茶的——可是他停住了，侧耳倾听，点了点头，然后才呷了口茶，把碟子放到桌子上，露出最仁慈的微笑，似乎不由自主地应和起那些鞭打声，喊着：“啪啪啪！啪啪！啪啪！”

“这是怎么回事?”我惊讶地问。

“按我的吩咐，那边正在惩罚一个捣蛋鬼……就是那个在餐厅里干活儿的瓦夏，您知道吗?”

“哪个瓦夏?”

“前几天还服侍我们用过餐的那个，长一脸大胡子的。”

马尔达里·阿波洛内奇的目光明亮而柔和，无论怎样的愤慨也无法抵挡。

“您怎么啦，年轻人，您怎么啦?”他摇着头说，“您干吗这样盯着我看？难道我是个恶棍吗？打是疼骂是爱嘛，您是知道的。”

过了一刻钟，我便向马尔达里·阿波洛内奇告辞了。我乘车经过村子时，瞧见了那个餐厅里当差的瓦夏。他在马路上走着，咬着核桃。我让车夫勒住马，唤他过来。

“喂，伙计，你今天挨打了?”我问他。

“您怎么知道?”瓦夏反问道。

“是你家老爷对我说的。”

“是老爷亲口说的?”

“他为什么命人打你呢?”

“我是自作自受，老爷，自作自受。我们这儿不会平白无故惩罚人的，我们这儿不会这样做的——确实不会。我们的老爷不是这样的人，我们的老爷……全省都找不出他这样的好老爷。”

“走吧!”我对车夫说，“这就是她啊，旧俄罗斯呀!”在回家的路上，我暗自想道。

列别姜

亲爱的读者们，打猎的一个主要好处就是：它让你不停穿梭于各地，这对于一个清闲无事的人说来，真是一件美差。当然，有的时候（特别是在雨天）就没那么如意，比如在乡间土路上颠簸，或者在荒野里完全迷了路，这时只能停下马车，随便遇到一个庄稼汉就问他："喂，老乡！去莫尔多夫卡怎么走呀？"而到了莫尔多夫卡后，又得向一个傻头傻脑的农妇（庄稼汉们都下地干活儿去了）打听："离大路上的旅店还远不？怎么个走法？"马车走上十来俄里，不见旅店，却来到了地主住的破败不堪的霍多布勃诺夫小村。一群猪躺在路中央，身子埋在齐耳朵的深黑褐色烂泥里，你的到来让它们万分惊讶，它们绝没料到竟有人前来叨扰。每当驶过那些摇摇欲坠的小桥，奔下山谷，越过满是烂泥的小溪，这也是令人不快的经历；此外，不愉快的事情还有整日整夜奔波在如大海般绿色原野中的大路上，或者——老天保佑，切莫遇上——在一面写着数字二十二、另一面写着数字二十三的彩色的里程标前的烂泥地里陷上几个小时；还有，一连几个星期吃的尽是鸡蛋、牛奶和人人夸奖的黑面包，这也不是赏心乐事……然而，所有这些不便和不顺心都会得到另一类好处和满足的补偿。现在言归正传吧。

鉴于以上所述，我就无须向读者详述，四五年前正值交易会的高潮之际，我是怎样来到列别姜的。我们这号猎人常常在某个早晨乘车离开或多或少属于祖传的领地，原本打算在第二天傍晚便回家的，可是不停地射猎鹬鸟，追赶它们，越跑越远，越跑越远，结果便来到了富饶的伯朝拉河畔；再说，凡是爱好猎枪和猎狗的人，也都狂热地爱慕世上最高贵的动物——马。于是我来到列别姜，住进一家旅店，换好衣服便前往集市。旅店里的跑堂伙计，年纪轻轻，二十来岁，瘦高个儿，用带鼻音的悦耳嗓音告诉我，某位公爵大人，即某团的军马采购员，就住在他们这家旅店；另外还来了不少绅士，茨冈人天天晚上来唱歌，剧院里在演出《特瓦尔多夫斯基老爷》；他还说，马卖得很贵，可那些都是好马。

在集市的广场上停着一辆接一辆的大车，数不胜数，大车后边站着各种各样的马：跑大步的马、养马场的马、比秋格马、拉货车的马、驿马和普通的农家马。还有一些膘肥毛滑的马，按毛色分类，披着各种颜色的马衣，紧紧拴在高高的架木上，它们胆怯地向后斜视着马贩子主人手中的鞭子，对这它们再熟悉不过了；草原贵族们从一二百俄里外送来了家养的马，一个年老体衰的车夫和两个呆头呆脑的马夫照看着它们，这些马摇晃着长长的脖子，跺着蹄子，无聊地啃着木桩；黄褐色的维亚特卡马相互挤在一起；跑大步的马像狮子似的威严地站立不动，它们臀部肥大，长着波浪形尾巴，毛茸茸的蹄子，它们中有灰色带圆斑点的，有全身乌黑的，也有枣红色的。伯乐们毕恭毕敬地站在它们的面前。在一排排大车分隔成的走道上，挤满了不同身份、不同年龄和不同模样的人：马贩子穿蓝色外套，戴高帽子，狡黠的眼神窥视和等待着买主；茨冈人眼睛外凸，头发卷曲，他们不住地奔前跑后，查看马的牙齿，扳看马腿，掀起马尾巴，叫叫嚷嚷、骂骂咧咧，充当掮客，抽签抓阄，或者死乞白赖地缠住一个戴军帽、穿海狸领军大衣的军马采购员。一个体格健壮的哥萨克笔直地骑在一匹骟马上，那马儿的脖子瘦得跟鹿一样，他打算把这匹马连同马鞍和笼头“整套”出售。有些庄稼人，穿着腋下有破洞的皮袄，拼命往人堆里钻，一伙一伙地挤到那辆套着“试用”马的大车旁边；或者，在狡猾的茨冈人的帮助下，在路旁嘶声力竭地讨价还价，互相击上百次掌，结果还是各自坚持自己的价格；这期间，那匹作为他们争吵对象的披着破席子的劣等马，只管在一边眨眼睛，一副事不关己的样子……是啊，日后谁来揍它，在它看来都一样！有几个地主老爷额头宽阔，染了胡子，露出威严的神态，他们头戴波兰式四角帽，身穿厚呢大衣，只套

了一只袖子，谦和地同几个戴羽绒毛帽子和绿手套的大肚皮商人说着话。不同团队的军官们也在这里挤来挤去，一名个子特高的德裔胸甲骑兵神情冷漠地问一个瘸腿的马贩子："这匹褐色的马要卖多少钱?"一个骠骑兵，大概十八九岁，发色淡黄，正在为一匹瘦健的溜蹄马物色一匹拉梢马；有一个驿站车夫，戴着有孔雀毛装饰的平顶帽子，穿着褐色呢外套，一副皮手套塞在窄窄的绿腰带里，他正在物色一匹辕马。马车夫们有的在替自己的马梳编尾巴，有的在弄湿马鬃，有的向老爷们恭敬地提些忠告。做完买卖的人视各自的情况奔向大小酒馆……奔忙、叫嚷、忙碌、争吵、和解、咒骂和开怀——这一切都是在没膝深的泥污中进行的。我想替自己的马车选购三匹脚力好的马：我原来的几匹马都不大中用了。我已看中两匹，而第三匹还没有选好。在吃过我在这里不愿描述的一顿饭之后（埃涅阿斯早已懂得，回想过去的痛苦是何等的不愉快），我就到那个所谓的咖啡厅去，一到晚上，那里就聚集着军马采购员、养马场场主以及其他的过路人。在弥漫着烟草的铅色烟雾的台球室里，已有二十来个人。其中有一些放荡不羁的年轻地主，他们穿着轻骑兵的短上衣和灰裤子，留着长长的鬓发，小胡子上搽了油，带着高傲而放肆的神情环顾周围；另外有几个穿哥萨克服装、脖子特短、眼睛浮肿的贵族在那儿难受地呼哧呼哧着；商人们在一旁聚坐，即所谓处于"另席靠边站"。军官们无拘无束地交谈。有一位公爵在打台球，他是个二十二三岁的年轻人，脸上的表情愉快但又有点儿瞧不起人，穿着常礼服，敞着衣襟，里边是红绸衬衫，下面穿的是肥大的丝绒灯笼裤，他正在同退伍的陆军中尉维克托·赫洛帕科夫打台球。

退伍的陆军中尉维克托·赫洛帕科夫，个子矮小，皮肤黝黑，身材瘦削，三十来岁，一头黑发，褐色的眼睛，蒜头鼻子向上翘着。他很喜欢参加选举和赶集。他走起路来一蹦一跳，神气活现地挥舞起滚圆的胳膊，歪戴着帽子，卷着军服袖子，露出灰蓝色的棉布里子。赫洛帕科夫先生很会讨好彼得堡的一些富家子弟，跟他们一块儿抽烟、喝酒、玩牌，跟他们称兄道弟。他们为何欣赏他，让人费解。他并不聪明，亦不幽默，连做供人逗乐取笑的小丑都不适合。其实，他们只不过是把他当成一个善良而无聊的人，随便应付着和他交往一阵，与他来往两三个星期之后，就不同他来往了，他也不去招呼他们了。赫洛帕科夫中尉有一个特点，他在一年内，有时两年的时间内，经常反复说同一句口头禅，也不管恰当不恰当。这句口头禅一点儿也不风趣，可天知道为什么大家一听到就发笑。大概八年前，他不管到哪儿都会说："向您致敬，深表感谢。"那时候他的庇护人每次都笑得死去活来，并让他一再重复"向您致敬"；后来他开始说一句相当复杂的表述："不，您真是太那个了，盖斯克塞①——结果就是这样嘛。"这句话同样也大获成功；过了两三年，他又想出了一句新的俏皮话："猴急什么，裹着羊皮的上帝的仆人。"等等。有什么不好呢？诸如此类！您瞧，就是这些毫无意思的话使他有吃、有喝、有穿（他自己的家产早已挥霍殆尽，如今就专靠朋友们过日子了），要知道，他没有任何别的能耐。的确，他每天能抽百来烟斗的茹可夫烟，打台球时右脚能跷得比脑袋还高，瞄准的时候疯狂地转着手中的台球杆——但也不是人人都赞赏他的这些优点。他酒量很好……可在俄国仅凭酒量是难以喝出名堂的……总之，他的成功于我而言也是个不解之谜……可有一点是清楚的：他很谨慎，不会宣扬家丑，也没有说过别人的一句不是……

"嘿，"我一见到赫洛帕科夫时，心里就想，"现在他的口头禅是什么呢？"

公爵打中了白球。

"三十比〇。"一个长着黑脸，眼皮下有青疤的患肺病的记分员大喊一声。

公爵打中一个黄球，球啪的一声滚进球袋。

"好！"一个胖乎乎的商人气聚丹田喝了一声彩，他坐在角落里一张单条腿摇摇晃晃的小桌旁，喊了之后，他觉得有些不好意思，好在没有人注意他。他喘了一口气，捋了捋胡子。

"三十六比〇！"记分员带着鼻音喊道。

"怎么，还行吧，伙计？"公爵问赫洛帕科夫。

"怎么样？大家都知道，浑浑浑浑蛋，就是浑蛋蛋蛋蛋！"

公爵扑哧一笑，问：

---

① 法语的音译：这是什么？

“什么？什么？再说一遍！”

“浑浑浑浑蛋！”退伍的陆军中尉得意地重复了一遍。

“就是这个，口头禅！”我心想。

公爵把一个红球击进了球囊。

“咳！不能这样，公爵，不能这样，”一个眼睛发红、鼻子细小、头发淡黄、脸上显出婴儿般睡相的小军官突然喃喃地说起来，“不能这样……应该……不能这样！”

“该怎样呢？”公爵回头问他。

“应该……那样……用双回球的打法。”

“是吗？”公爵透过牙缝低声地说。

“怎么样，公爵，今天晚上到茨冈人那儿去吗？”发窘的年轻人赶紧接着说，“斯捷什卡要唱歌呢……还有伊留什卡……”

公爵没有应声。

“浑浑浑浑蛋，伙计。”赫洛帕科夫狡猾地眯起左眼说。

公爵哈哈大笑。

“三十九比〇。”记分员报告说。

“〇……看我怎样打这个黄球……”

赫洛帕科夫转了几下手里的台球杆，瞄准了一会儿，可滑了球杆。

“唉，浑浑浑浑蛋！”他懊恼地喊了起来。

公爵又大笑起来，说：

“怎么？怎么？怎么？”

然而赫洛帕科夫不愿再重复他那句口头禅了，也要撒点儿娇嘛。

“您的杆子打滑了，”记分员说，“让我来涂点儿白粉……四十比〇！”

“对啦，诸位，”公爵没有专门朝着某个人，而是对所有在场的人说，“你们听着，今天晚上在剧院里，一定要把韦尔任姆比茨卡娅喊出来。”

“当然啰，当然啰，那一定，”好几位绅士争着喊，他们把附和公爵的话视为莫大的荣幸，“韦尔任姆比茨卡娅……”

“韦尔任姆比茨卡娅是位出色的演员，比索普尼亚科娃强多了。”一个留小胡子、戴眼镜、可怜巴巴的人在角落里尖声尖气地说。一个可怜虫！他心里是非常欣赏索普尼科娃的，可公爵瞥都没瞥他一眼。

“来人，拿烟斗来！”一个容貌端正、气宇轩昂的高个子绅士喊了一声，他的下巴紧贴着领带。从各种特征来看，他像个赌棍。

茶房忙去取烟斗，回来时报告公爵大人说，驿站车夫巴克拉加要见他。

“啊！好，叫他等一下，再拿点儿酒给他。”

“是，大人。”

正如后来我所听说的，巴克拉加是个年轻、漂亮、深受宠幸的驿站车夫；公爵很喜欢他，送过他几匹马，有时还同他赛马，同他一起通宵达旦地去玩乐……这位公爵从前是个纨绔子弟，挥金如土，如今您可能认不出他来了……瞧，他现在全身都是浓烈扑鼻的香水味，衣服挺括，威风凛凛！他公务繁忙，而主要的是，他办事审慎！

缭绕的烟草雾熏得我眼睛有些难受了。最后一次听完赫洛帕科夫的喊声和公爵的笑声之后，我就回自己的房间去了。房间里有一张带高高的弯靠背的长沙发，它很窄，有些塌陷，垫子是鬃制的，茶房已为我在沙发上铺好了被褥。

第二天，我到各家院子去相马，从有名的马贩子西特尼科夫家开始。我走进栅栏门，来到铺着沙子的院落里。马厩门开着，门口站着的正是老板本人，他已不年轻了，又高又胖，穿着高翻领的兔皮皮袄。一见到我，他便慢慢地迎上来，两手把帽子举在头顶上，拖着长声说：

“啊，您好。是来看马的吧？”

“是的，来看看马。”

“敢问您想要什么样的？”

“请让我看看，您有些什么马？”

“好的。”

我们走进马厩。几只白色哈巴狗从干草堆上爬起来，摇着尾巴向我们跑来；一只长胡子的老山羊带着不满的神情退到一边去；三个穿着厚实而油渍斑斑的皮袄的马夫默默地向我们鞠躬。左右两边的马栏垫得比地面高一些，里面站着近三十匹马，全都护养良好，皮毛刷洗得很干净。一些鸽子在横梁上飞来飞去，咕咕地啼叫。

“您要做什么用的马？拉车的，还是配种的？”西特尼科夫问我。

“既能拉车，也能配种。”

“了解，了解，了解，”马贩子抑扬顿挫地说，“彼佳，给这位先生看看银鼠。”

我们来到院子里。

“要不要从屋里搬个凳子出来坐坐？不要？那随您便。”

马蹄走在木板上发出嗒嗒的声音，一声鞭子，那个四十岁左右、麻脸而黝黑的伙计彼佳牵着一匹体态匀称的灰色公马从马厩里跳了出来，他让马用后腿直立了一会儿，又带着它在院子里跑了两圈，然后灵活地让马停下来供客人细看。银鼠舒展一下身子，打了一声响鼻，翘起尾巴，转过头，瞟了我们一下。

“这家伙训练得不错！”我心想。

“让它走两步，让它走两步。”西特尼科夫说，一边凝视着我。

“您看怎么样？”他终于问道。

“马不赖，可两只前腿不太可靠。”

“腿都棒着呢！”西特尼科夫很有把握地回答说，“还有那屁股……您瞧瞧……宽得像炕似的，可以在上面睡觉了。”

“蹄腕骨长了些。”

“长什么呀，瞧您说的！让它跑跑，彼佳，让它跑跑，让它大步跑、大步跑、大步跑……不要让它跳。”

彼佳又带着银鼠在院中跑起来。我们都没有说什么。

“好了，牵它进去吧，”西特尼科夫说，“把那匹雄鹰给我们牵来。”

雄鹰是匹荷兰种公马，毛色乌黑发亮，像只甲虫，它臀部下垂，躯体虽瘦却壮实，看起来比银鼠强一点。它属于猎人们所说的“可劈、可砍、可虏”那一类的马，也就是说，它跑动起来，前边两腿向左右扭动，前进的步子不大。中年商人们很喜欢这样的马，因为它们跑起来的步态很像机灵的茶房一样洒脱；饭后让这种马单独拉车出去逛逛倒是很不错的：它们拉起做工粗糙的轻便马车，载着吃得饱饱的马车夫，胃里烧得难受的气喘吁吁的商人，穿着淡蓝绸衣、披着紫头巾的虚胖的商人老婆，一路转动着脖子、晃晃悠悠，挺卖力气。我也不要这匹雄鹰。西特尼科夫又给我看了几匹马……最后我看上一匹伏叶科夫种的带圆斑点的灰马。我喜形于色，高兴地拍拍它的脖子。西特尼科夫立刻装出无所谓的神态。

“怎么样，它拉车好使吗？”我问。（谈到大走马，都不说它跑得好不好。）

“行呀。”马贩子淡然地回答。

“能不能试一下？……”

“当然可以。喂，库济亚，把追风马套上车。”

驯马人库济亚是个行家，他驾着车在马路上绕着我们跑了三四回。这马跑得不错，步子不乱，屁股也不往上撅，腿脚灵活，尾巴翘开，跑起来很稳。

“这马您卖多少钱？”

西特尼科夫狮子大张口，我们就在马路上讨价还价。突然有一辆三套车从拐弯处朝我们轰隆隆地奔驰过来，拉车的三匹马选得非常不错。马车利索地停在西特尼科夫家大门口。坐在这辆狩猎用的豪华马车上的就是那位公爵，立在他旁边的是赫洛帕科夫。驾车的人就是那个巴克拉加……驾车的技术真不错！如果他驾车，恐怕连笼头上的环他也通得过，好样的！两匹拉梢马小巧灵活，长着黑眼睛、黑腿，跑起来疾速又矫健；只要一声吆喝，就会跑得无影无踪！那匹深褐色辕马像天鹅似的昂起脖子，四腿如箭，不时晃晃脑袋，高傲地眯着眼睛……多帅气呀！即使是沙皇伊万·瓦西里耶维奇在复活节出游乘坐的马车也不过如此呀。

“大驾光临，欢迎欢迎！”西特尼科夫喊了起来。

公爵跳下马车。赫洛帕科夫从另一边慢悠悠地走下车来。“你好，伙计……有马吗？”

“大人您要马，怎能没有呢！请进来……彼佳，把孔雀牵出来！把那匹大伙都夸的马也准备好。先生，您的事嘛，”他转身又朝我说，“咱们另找时间再商定……福姆卡，给公爵大人拿一张凳子来。”

那匹孔雀是从一个专门的马厩里牵出来的，那马厩我起先没有注意到。这匹强壮的深枣红色马跑动时能够四腿腾空。西特尼科夫故意转过头去，眯起了眼睛。

“嘿，浑浑蛋！”赫洛帕科夫欢呼起来，“热姆萨。①”

公爵笑了起来。

费了好大劲才把孔雀勒住；它驮着马夫在院子里一直跑；最后把它逼到墙边才制服它。它打着响鼻，身子抖索着，有些畏缩了，可西特尼科夫又来逗弄它，朝它挥鞭子。

“朝哪儿瞧？看我收拾你！嘿！”马贩子亲切地吓唬它说，一面情不自禁地欣赏起自己的马。

“多少钱？”公爵问。

“大人要买，就五千吧。”

“三千。”

“不行呀，大人，请原谅……”

“对你说，三千，浑浑蛋。”赫洛帕科夫插嘴说。

我没有等交易谈成就走了。在街尽头的拐角处，我看到一座浅灰色的小房子，大门上贴着一张大白纸。纸的上方有钢笔画的马，尾巴像烟囱似的竖着，脖子非常长，马蹄下边用古体写了几行字：

> 此处售各毛色之马匹。此处马匹均是从唐波夫地主阿纳斯塔塞·伊万内奇·车尔诺巴依之著名草原养马场运到列别姜集市来的。所有马皆体格优良，训练有素，脾性温顺。买主若有意，请与阿纳斯塔塞·伊万内奇本人商洽；如阿纳斯塔塞·伊万内奇不在，可同马夫纳扎尔·库贝什金商洽。诸位买主，请对老汉多多关照！

我停下脚步。心里想，那就去看一看著名的草原养马场场主车尔诺巴依先生的马吧。

我想从边门进去，可奇怪的是，边门锁上了。我敲了敲门。

“谁啊？……买马的吗？”一个女人尖声问道。

“是的。”

“就来，先生，马上就来。”

边门开了。我看见一个五十来岁的婆娘，没有披头巾，脚穿靴子，

---

① 法语：我喜欢。

皮袄敞开着。

“请进吧，主顾，我马上就去通报阿纳斯塔塞·伊万内奇……纳扎尔，喂，纳扎尔！”

“什么事？”一个七十岁老头的含糊声音从马厩里传来。

“把马匹准备好；有买主来了。”

那老妇人向屋里跑去了。

“买主，买主，”纳扎尔埋怨地说，“马尾巴我还没洗完呢。”

“嘿，好一个世外桃源！”我心想。

“你好，先生，欢迎光临。”我背后缓缓传来一个响亮悦耳的声音。我转身一瞧，跟前站着一个中等身材的老头儿，他穿着蓝色长襟大衣，满头白发，满脸堆笑，有一双漂亮的蓝眼睛。

“你要买马？请吧，先生，请吧……要不要先到我屋里喝杯茶？”

我谢绝了。

“好，悉听尊便。请原谅，先生，我是按老规矩办事。（车尔诺巴伊先生说话从容不迫。）你知道，我这儿一切都很简单随便……纳扎尔，喂，纳扎尔。”他拉长声喊了一句，没有提高嗓门。

纳扎尔是个满脸皱纹的老头，长着鹰钩鼻和楔形大胡子，出现在马厩门口。

“先生，你要什么样的马呢？”车尔诺巴伊接着问。

“不要太贵的，拉车用的。”

“好的，这种也有，好的……纳扎尔，纳扎尔，把那匹灰骟马牵来给老爷看看，知道吗，就是站在最边上的那一匹，还有那匹额头有白斑的枣红马，要不，牵大美人生的那匹枣红马，知道吗？”纳扎尔转身回到马厩里。

“你就拉着笼头把它们牵出来吧。”车尔诺巴伊朝着他喊。“先生，我这儿，”他用明亮而亲切的目光看着我的脸说，“我可不是那些骗人的马贩子！那些人给马喂各种各样的姜，喂酒糟和盐，简直胡来！……在我这儿，你一切都看得明明白白，我们不会骗人。”

牵出了两匹马。我都没看中。

“咳，那就把它们牵回去吧。”阿纳斯塔塞·伊万内奇说，“再牵别的马来给我们看看。”

看了另外几匹马，我终于选定一匹便宜一点儿。我们开始谈价钱。车尔诺巴伊先生不急不躁，说话很有分寸，还一本正经地指天发誓，所以我就不能不对这位老头“多多关照”了：我付了定金。

“好了，现在，”阿纳斯塔塞·伊万内奇说，“让我按老规矩把马缰绳从我的衣裾里交到你的衣裾里……你会为买到这匹马而感谢我的……多神气的马呀！结实得像胡桃……没受过半点伤……货真价实的草原马！配什么马具都行。”

他画了个十字，把自己的大衣襟衬搭在手上，抓住马笼头，把马交给我。

“现在马就是你的了……要喝杯茶吗？”

“不，多谢您了，我该回去了。”

“那请便……现在就让我的马夫跟着你把马送去吗？”

“是的，如果可以的话，现在就去吧。”

“好的，先生，好的……瓦西利，喂，瓦西利，跟老爷一道去；把马送去，把钱收来。再见吧，先生，上帝保佑你。”

“再见，阿纳斯塔塞·伊万内奇。”

瓦西利把马给我送到了住处。第二天一瞧，原来这马有气肿病，而且腿瘸。我本想把它套上车，可是这匹马一个劲儿往后退；用鞭子抽它，它却发起脾气来，又踢又踹，干脆躺倒不干了。我只好去找车尔诺巴伊先生。我问：

“在家吗？”

“在家。”

“您这是搞的什么名堂，”我说，“把一匹患气肿病的马卖给我。”

“患气肿病？……怎么可能呢！”

“还是瘸腿呢，而且倔得很。”

“瘸腿？我不知道，肯定是你的车夫不知怎么把它弄伤了……当着上帝的面，我不瞎说……”

“按道理，阿纳斯塔塞·伊万内奇，您应该把这匹马收回。”

“不，先生，您别发火：马一出这家门，买卖就算了结啦。事先你该看清楚嘛。”

我明白是怎么回事了，只好自认倒霉，笑了笑，就走了。幸亏我为这次教训付的代价不算太大。

两三天后我就离开了列别姜，过了一星期，我在回家路上又顺便来了这里。我在咖啡厅里见到的几乎还是那些人，又看到那位公爵在打台球。可是赫洛帕科夫先生的命运已发生了如往常一样的变化。那位淡黄发的小军官已取代他，得到公爵的欢心。可怜的退职陆军中尉当着我的面又把自己的口头禅试了试，以为可能如以前那样招人喜欢，可是公爵非但没有笑，反而皱起眉头，耸了耸肩膀。赫洛帕科夫耷拉下脑袋，缩起身子，躲到屋角里，不声不响地替自己装起烟斗……

塔季雅娜·鲍里索夫娜和她的侄子

亲爱的读者，让我们携手，一块儿乘车出游吧。天气非常棒，五月的天空一片湛蓝；爆竹柳光滑的嫩叶仿佛冲洗过一样，闪闪发亮；宽阔平坦的大路上长满了带红茎的小草，绵羊最爱吃它们；左右两边是山冈，它们平缓的长坡上，绿葱葱的黑麦轻轻摇曳；小块云彩在黑麦上投下稀稀疏疏的斑点。举目远眺，可看见一片片黑乎乎的树林、一个个闪烁的池塘、一座座黄灿灿的村庄。成群结队的云雀腾空而起，歌唱着，又连忙冲下来，伸长脖子，站立在一个个小土堆上；一只白嘴鸦停在大路上，身子紧贴地面，望着我们，等我们的马车过去之后，它才蹦跳起来，不大乐意地飞到一旁；峡谷对面的山上，有一个庄稼人在耕种；一匹短尾巴、鬃毛蓬松的花斑马驹腿脚蹒跚地跟在它母亲后边跑：能听见它细声细气的嘶喊。我们的车子驶进一片白桦林；浓烈的清新气息沁人心脾。到了村口的栅栏，车夫跳下车，马儿打着响鼻，拉梢马东张西望，辕马甩着尾巴，把头贴在轭上……栅栏门打开了，嘎吱作响。车夫又上了车……走吧！前面便是村庄了。跑过了五六户人家，我们便往右拐，下到一处洼地，又跑上一个堤坝。在一个不很大的池塘的一边，在苹果和丁香树的圆形的树冠后边，可看到一座木屋的屋顶，它以前是红色的，上面有两个烟囱。车夫赶着车子沿着围墙往左跑，在三条很老的长毛狗沙哑的尖叫声中，马车驶进了敞开着的大门，在宽敞的院落里威风地兜了个圈，经过马厩和库房时，车夫向一个老婆子斯文地鞠了一下躬，这婆子正侧身迈过一道高门槛往贮藏室敞着的门里走去。终于把车子停在一个带有明亮的窗子可外表黑乎乎的小屋的台阶前……我们已来到塔季雅娜·鲍里索夫娜家了。瞧，她亲自打开了通风窗，朝我们点头招呼了……您好呀，大娘！

塔季雅娜·鲍里索夫娜是位五十岁上下的女人，一对大眼睛又大又突，鼻子有点扁，脸颊红润，有双下巴。脸上露着慈爱可亲的神情。她从前嫁过人，可不久便守了寡。塔季雅娜·鲍里索夫娜是个非常出色的女人。她住在自家的小田庄上，深居简出，和邻里没什么交往，然而挺喜欢年轻人。她出身于没落贫困的地主之家，没有受过什么教育，换句话说，她不会讲法语；甚至连莫斯科也没有去过——但是，瑕不掩瑜，她为人质朴、善良，思想感情都能自然流露，甚少染有小地主婆们常有的通病，这着实令人惊异不已……一个妇道人家长年住在穷乡僻壤，却不搬弄是非，不怨天尤人，不卑躬屈膝，不卑不亢，不因好奇而急得团团转……真可谓奇迹！她总穿一身塔夫绸的灰色连衣裙，戴一顶配淡紫色飘带的白色便帽；她有些贪嘴，但不食之过饱；蜜饯、干果、腌菜之类都交托给女管家去制作。那么您会问，她成天做些什么呢？……看书吗？不，她不看书；说真的，书籍不是为她而出版的……如果没有客人来访，塔季雅娜·鲍里索夫娜冬天就坐在窗下织袜子；夏天则到花园里种花浇水，一连几小时逗着小猫玩，喂鸽子……她很少管家务事。如果有客人来，有她所喜欢的邻近的年轻人来，那塔季雅娜·鲍里索夫娜就变得兴致勃勃起来；她招呼客人落座，请他喝茶，听他谈天说地，冲他笑，有时还拍拍他的脸颊，可是她自己很少说话；别人如果有了不幸和痛心的事情，她就给予慰藉，提出善意的忠告。有许多年轻人向她诉说隐私、袒露心曲，伏在她手上哭泣！她常跟客人面对面坐着，轻轻地支着胳膊，关切地瞅着客人的眼睛，亲切地微笑着，客人不由得想："您是个多好的女人啊，塔季雅娜·鲍里索夫娜！让我把心里的话掏出来对你说说吧。"她几间不大却舒适的房间让人都感到温馨和舒坦；她家里的天气总是晴朗的，如果这么形容可以的话。塔季雅娜·鲍里索夫娜是个令人吃惊的女人，但没有谁对她感到惊讶。她清醒的头脑，她的坚强和豁达，她对旁人的悲欢的热情关怀，总之，她的种种美德似乎是与生俱来的，她没有花费什么气力和辛苦就获得的……她就是这样一个人，所以，也不用去感谢她。她特别喜欢瞧年轻人在那里嬉戏和玩闹；她把双手交叉在胸前，仰着头，眯着眼睛，笑容可掬地坐在那里，有时忽然叹口气说："唉，你们呀，我的孩子们，孩子们！……"所以，人们往往很想走到她跟前，拉住她的手说："请听我说，塔季雅娜·鲍里索夫娜，您不知道自己的价值，虽然您非常单纯，没念过什么书，可您是个很不寻常的人哪！"光是她的名字便让人觉得似曾相识、觉得亲切，人们都乐于听到她的名字，她的名字会让人发出善意的微笑。比如，我有好几次在途中向遇到的庄稼人问路："老乡，到格拉乔夫卡怎么走呀？"他就会说："先生，您先到维亚佐沃耶，再从那边到塔季雅娜·鲍里索夫娜那儿，塔季雅娜·鲍里索夫娜那边的无论哪个人都会给您指路的。"庄稼人在提到塔季雅娜·鲍里索夫娜这名字的时候，都带点特别意味地点点头。她的家业不大，仆人不多。住屋、洗衣房、贮藏室和厨房都交给女管家阿加菲娅去料理。这位女管家曾当过她的保姆，心地也很善良，只是爱哭鼻子，也没了牙齿。她手下还有两个身体健壮的丫头，她们的脸红扑扑的像安东诺夫苹果，长得很坚实，又红得发紫。已年届古稀的老仆波利卡尔普担任侍仆、管事，并兼管餐厅的事务。这老头脾气古怪，但是很有学问，是一个退职的小提琴手，很崇拜维奥第，可对拿破仑恨之入骨（称他为波拿巴季什卡）。另外他非常喜欢夜莺，他在自己的屋里常养着五六只夜莺；早春时节，他可以一连好几天守在鸟笼旁，期待夜莺的第一声"啼啭"，一等到后，便双手掩面，呻吟地说："唉，可怜呀，可怜呀！"然后放声大哭，泪流如注。波利卡尔普身边有一个帮手，那就是他的孙子瓦夏，他十一二岁，一头鬈发，眼睛水灵灵的；波利卡尔普非常疼爱孙子，从早到晚跟他说个没完。他还要教他读书写字。"瓦夏，"他说，"你说：波拿巴季什卡是强盗。""你奖给我什么呀，爷爷？""奖你什么？……什么都不奖……你是什么人？你是俄国人，是不？""我是阿姆岑人，爷爷是在阿姆岑斯克出生的。""唉，你这个蠢娃子！阿姆岑斯克在哪里？""我怎么知道？""阿姆岑斯克在俄国，傻瓜。""这样吗？""已故的英勇的斯摩棱斯克的米哈伊洛·伊拉里翁诺维奇·格列尼舍夫·库图佐夫大公在上帝的帮助下，把波拿巴季什卡从俄国赶走了……你要明白，他解救了你的祖国。""这跟我有什么关系？""唉呀，你这个蠢孩子，真蠢！要是英勇的米哈伊洛·伊拉里翁诺维奇大公不赶走波拿巴季什卡，现在准会有人拿棍子敲你的脑袋瓜子。这样走过来，说：你过得好吗？——然后就敲得咚咚响。”“那我就用拳头打他的肚子。”“那他就说：你好，你好，过来——然后揪你的头发，扯你的头发。”“那我就踢他的腿，踢他的腿，踢他满是疙瘩的腿。”“这倒是真的，他们的腿都是疙疙瘩瘩的……要是他捆住你的手怎么办呢？”“才不让他捆呢，我会叫马车夫米海依来帮我。”“可是要知道，瓦夏，你和米海依对付不了法国佬，那怎么办？”“哪会对付不了？米海依力气大着呢！”“那你们要拿法国佬怎么样呢？”“我们就打他的背，狠狠地打。”“那他就要喊：‘别打了，别打了，饶了我吧！’”“那我们就对他说：就不饶你，你这个法国佬！……”“好样的，瓦夏！……那你就喊：‘波拿巴季什卡是强盗！’”“那你奖励我糖吧！”“瞧这小子！……”

塔季雅娜·鲍里索夫娜同女地主们很少往来；她们不喜欢去她家做客，她也不善于与她们应酬，听着她们饶舌，她就要打瞌睡，提一下神，使劲睁开眼睛，可又打起瞌睡来。总的来说，塔季雅娜·鲍里索夫娜不喜欢女人。她有一位朋友，是个老实温顺的年轻人，他有一位姐姐，三十八岁半了，是个老姑娘，心眼非常好，可是性格有点怪，有些矫揉造作，容易发脾气。她弟弟常向她谈起这位女乡亲的事。有一天早晨，这位老姑娘二话不说，便叫人给她备马，骑上马就奔塔季雅娜·鲍里索夫娜家来了。她穿一身长长的连衣裙，戴着帽子，蒙着绿色面纱，披散着鬈发，直接闯入前室，经过瓦夏身旁直入前厅。瓦夏惊呆了，以为是美人鱼来了。塔季雅娜·鲍里索夫娜吓得够呛，本想站起身来，可两腿已发软了。“塔季雅娜·鲍里索夫娜，”这位女客恳切地说道，“恕我冒昧；我是您的朋友阿列克塞·尼古拉耶维奇·克×××的姐姐，我从他那里久仰您的美名，所以决定前来拜识您。”“非常欢迎。”惊魂未定的女主人喃喃地说。客人摘下了帽子，甩了甩鬈发，便挨着塔季雅娜·鲍里索夫娜坐下来，握住她的手……“看来，这就是她，”她用深思的、神经质的声音说，“这就是那个善良、开朗、高尚的女圣人！这就是那个单纯而又深刻的女人！我多么高兴，我多么高兴呵！我们以后会友好相处的！我终于放下心了……我想象中的她就是这个样子，”她盯着塔季雅娜·鲍里索夫娜的眼睛，低声地补充说，“您真的不生我的气吗，我的亲人，我的好人？”“哪儿的话呀，我很高兴……您要不要喝点茶?”客人谦逊地微微一笑。“Wie wahl, wie unreflectirt①,”她似乎在喃喃自语，“让我抱您一下吧，我亲爱的朋友!”

这位老姑娘在塔季雅娜·鲍里索夫娜家坐了三个小时，嘴巴一直喋喋不休。她竭力向这位新相识说明她本人的价值。这位不速之客走后，筋疲力尽的女主人立即去洗了澡，喝了不少椴树花茶，便上床躺着了。到了第二天，这位老姑娘又来了，一坐就是四个小时，临走时还说，以后天天都要前来拜访塔季雅娜·鲍里索夫娜。您瞧，她是想让这个如她所说的具有丰富天性的女人得到充分的发展，想弥补其教育上的欠缺：倘若真的这样下去，那非把这位女主人折磨死不可，幸亏情况起了变化：首先，过了两三个星期，这位老姑娘对自己弟弟的女朋友“完全”失望了；第二，她爱上了一个过路的年轻大学生，立即跟他频繁而热烈地通起信来；她在信中无非是祝愿他过神圣而美好的生活，表示要奉献“整个自己”，只求他称她为姐姐；她大写特写大自然风光，大谈歌德、席勒、培堤那和德国哲学——终于使这个可怜的年轻人陷于悲观失望之中。可是青春的力量还是占了上风：一天早晨，他一觉醒来，对这个“姐姐和好朋友”充满了愤恨，腾起一股心火，差一点儿把自己的侍仆痛揍一顿；此后很长的时间里，只要听到人家谈到零星半点儿崇高而无私的爱情，他便气得几乎要把那人吃了……打那以后，塔季雅娜·鲍里索夫娜就比以前更加不愿意跟自己的女邻里们交往。

唉！世事无常。我对诸位所讲的这位善良女地主的日常生活情况都是过去的事了；她家中过去的那一派宁静气氛已永远被打破了。如今她家里住着一个侄儿，是从彼得堡来的一个美术家，他在这里已住了一年多了。事情是这样的：

七八年以前，塔季雅娜·鲍里索夫娜家里寄养着一个父母双亡的十一二岁的孤儿，这是她亡兄的儿子，名叫安德留沙。安德留沙有一双水汪汪的大眼睛、小小的嘴巴、端正的鼻子、漂亮的高高的额门。他嗓音柔美，外表整洁，举止得体，待客亲切而殷勤，常怀着孤儿的

① 德语：多么坦率，多么直爽。

敏感去吻姑母的手。常常是客人刚刚进门，他已把椅子给客人端过来了。他从不调皮捣蛋，总是安安静静；他坐在屋角读书写字，既谦恭又安分，甚至不把身子靠在椅背上。有客人进来，安德留沙就站起身来，礼貌地笑笑，还羞红了脸；客人走了，他又坐下来，从衣兜里掏出带小镜子的刷子，梳梳自己的头发。他自幼喜欢画画。他只要弄到一小片纸，便立即向女管家阿格菲娅要来剪刀，把纸细心地剪成正四方形，给四周画上边，就画起画来：画一只带大瞳孔的眼睛，或画一个又高又直的鼻子，或画一座有烟囱的、还冒出缕缕炊烟的房子，或画一只像长凳似的“en face”① 的狗，画一棵停着两只鸽子的小树，在下边题上字：“安德列·别洛夫佐罗夫画，某年某月某日，于小布雷基村。”在塔季雅娜·鲍里索夫娜的命名日到来之前，他特别用心地画了两三个星期的画。到了那一天，他第一个前去祝贺，并呈上一束扎着玫瑰色带子的小画卷。塔季雅娜·鲍里索夫娜吻了侄儿的前额，解开了带子，画卷展开了，呈现在姑母的好奇目光前的是一座圆形的、笔墨生动的殿堂，带有一排廊柱，中央是祭坛，祭坛上燃烧着一颗心，还有一个花冠；在上边，在弯弯曲曲的封带上，用工整的字体写着：“献给姑妈和恩人塔季雅娜·鲍里索夫娜·鲍格达诺娃，以表挚爱之情。尊敬和热爱您的侄儿赠。”塔季雅娜·鲍里索夫娜又吻了吻他，并赠他一个银卢布。然而她对这个侄儿并没有多么深厚的感情：她不很喜欢安德留沙的这种阿谀奉承的表现。这时候安德留沙渐渐长大了；塔季雅娜·鲍里索夫娜开始为他的前程操心了。一个意外的机会使她摆脱了困境……

情况是这样的：大约七八年前，她家有一天来了一位贵客，他就是六品文官和勋章获得者彼得·米海雷奇·别涅沃连斯基先生。别涅沃连斯基先生从前曾在附近的县城里任职，那时他常来拜访塔季雅娜·鲍里索夫娜；后来他调任彼得堡，并入了内阁，身居要职。他常常因公出差，有一回出差途中他想起了这位旧相识，就顺便前来拜访，想在“乡村幽静生活的怀抱”里休息两天，一扫公务中的烦心事。塔季雅娜·鲍里索夫娜以她惯有的好客热情招待了他，于是别涅沃连斯

① 法语：正面。

基先生……不过，在继续讲这故事之前，亲爱的读者，让我先向诸位介绍一下这位新的人物吧。

别涅沃连斯基先生是个胖胖的中等身材的人，面相温和，两腿短短的，两手肥肥的；他穿一件非常肥大而考究的燕尾服，高高地系着一条宽领带，衬衫雪白，绸坎肩上挂着一根金链，食指上戴着一个宝石戒指，头上罩着浅黄色假发；言谈恳切而温和，走路没有声响，开心地微笑，开心地转动眼睛，开心地把下巴垂到领带上，总之，是个很开心的人。上天也给了他一副慈悲心肠：他多愁善感，也易于狂喜；此外，他对艺术也燃烧着一腔无私的热情，确实是无私的热情，因为，如果照实说，别涅沃连斯基先生对于艺术恰恰是一窍不通的。令人惊奇的是，他的这种热情是从哪儿来的呢？是由于哪些神秘莫解的法则所使然的吗？看起来他也是个讲实际的，甚至很普通的人……话说回来，在我们俄国，这样的人多着呢。对美术和美术家的喜爱使这些人带有一种说不出的甜腻劲；同他们往来，同他们交谈，那可够人受的：他们简直是一种涂了蜜的木棍。比如说吧，他们从来不把拉斐尔叫拉斐尔，不把科累佐叫科累佐，他们总是说“神圣的桑齐奥，无与伦比的德·阿莱格里斯”，而且必定把所有的“奥”都发成“欧”音。那些不很高明、自命不凡、滑头滑脑、平平庸庸的画家往往被他们捧为天才，或者更确切说，被捧为“铁（天）才”；他们的嘴老离不开什么“意大利的蓝天”“南国的柠檬”“布伦塔河畔的芳香”等等。“唉，瓦尼亚，瓦尼亚”，或“唉，萨沙，萨沙”，他们常相互深情地说：“咱们应该到南国去，到南国去……咱们都有着希腊的灵魂，都是古希腊人！”可以看一看他们在展览会上，在某些俄国画家的某些作品前面的那副神情。（应该指出，这些先生大都是热烈的爱国者。）有时他们退后一两步，仰着头，有时又走近画面；他们的眼睛老显得油亮亮、湿乎乎的……“啊，我的天哪，”他们终于用激动得发颤的声音说，“有灵魂，有灵魂呀！啊，心灵呀，心灵呀！充满灵气！多么有灵气呀！……多好的构思！构思真巧呀！”而且他们自家的客厅里挂的又是些什么样的画呀！每天晚上去他们家里喝茶、听他们海聊的又是些什么样的美术家呀！而他们拿给这些美术家看的自己房间的透视图景又是什么呀：右边是一个刷子，锃亮的地板上有一堆垃圾，窗边桌子上摆着一个黄色的茶炊。还有主人自己，他穿着便服，头戴小帽，脸颊上还映出明亮的光点！那些来拜访他们的头发长长、面带轻狂笑容的缪斯后裔们又是些什么人呵！在他们的钢琴旁边尖声怪叫的脸色苍白铁青的小姐们又是些什么人呀！由于在我们俄国已经形成这样的风气：一个人不能只沉迷于一种艺术，什么都得享受。所以毫不奇怪这些痴迷艺术的先生们对于俄国文学，尤其对于戏剧都给予大力支持……《贾科贝·萨纳扎尔》一类的作品就是为这些先生们而写的：得不到认可的天才跟世人和整个世俗的那种被描写过千百次的斗争深深触动他们的灵魂……

别涅沃连斯基先生到来的翌日，在饮茶的时候，塔季雅娜·鲍里索夫娜叫侄儿给客人看他的画。“他在您这儿画画?”别涅沃连斯基先生不免惊讶地问道，并带着关切的神情朝安德留沙转过身。“可不是，他在画画，”塔季雅娜·鲍里索夫娜说，“他可喜欢画画啦！他自己画，没有老师教……”“啊，给我看看，给我看看。”别涅沃连斯基先生接着说。安德留沙脸红了，微笑着，把自己的小画册递给客人。别涅沃连斯基装作很内行的样子翻看着画册。“很好嘛，年轻人，”最后他说，“很好，非常之好。”他抚摸了一下安德留沙的头。安德留沙赶紧吻了吻他的手。“您瞧，多有才气呀！……恭喜您，塔季雅娜·鲍里索夫娜，恭喜您………”“可是，彼得·米海雷奇，这儿给他请不到老师。到城里去请，价格又太高。邻近的阿尔塔莫夫家倒是有一位画家，听说水平很高，可是那家女主人不准他给别人教课，说是会损害自己的品味。”“哦。”别涅沃连斯基先生应了一声，沉思起来，皱起眉头瞧了瞧安德留沙。“好，这事咱们等会儿商量商量。”他忽然冒出这么一句，并搓了搓手。就在当天，他请塔季雅娜·鲍里索夫娜跟他单独谈一谈。他们关起门来，大概半小时之后，他们把安德留沙叫来。安德留沙进来了。别涅沃连斯基先生站在窗前，脸上微微泛红，眼睛闪亮。塔季雅娜·鲍里索夫娜坐在角落里，抹着眼泪。“啊，安德留沙，”她终于开口说话，“你要谢谢彼得·米海雷奇：他要培养你，带你去彼得堡。”安德留沙站在原地发愣了。“您老实告诉我，”别涅沃连斯基先生用威严和长辈的口吻说，“你想不想当艺术家，年轻人，你有没有感到要肩负艺术神圣的使命?”“我很想成为艺术家，彼得·米海雷奇。”安德留沙胆怯地回答说。“你这样想我很高兴。当然，”别涅沃连斯基先生继续说，“你离开你敬爱的姑妈是一件难过的事情；你一定对她怀有深切的感激之情。”“我很爱我的姑妈。”安德留沙打断他的话说，并眨巴起眼睛。“那当然，那当然，这是很可理解的嘛，对你也应大加称赞；不过，将来你有了成就……那将会多么高兴……”“拥抱我吧，安德留沙。”这位慈善的女地主喃喃地说。安德留沙扑过去搂住她的脖子。“好啦，现在去谢谢你的恩人吧……”安德留沙搂住别涅沃连斯基先生的肚子，踮起脚尖，好不容易够着他的手，恩人却是把手缩回去，可没有过急地缩回……总该让孩子高兴点，满足一下他，也可以让自己开心。过了两三天，别涅沃连斯基先生便带着自己新收养的孩子离去了。

在走后的头三年里，安德留沙频频地写信回来，有时还在信里附一些画。别涅沃连斯基先生有时也在信上附上几句话，大都是赞扬的话；后来信写得少了，越来越少了，最后干脆就没有了。整整一年里侄儿的音信杳然；塔季雅娜·鲍里索夫娜已经放心不下，突然她收到一封短信，内容如下：

亲爱的姑妈！

三天前我的保护人彼得·米海洛维奇不幸病故。残酷的中风使我失去了这位最后的靠山。当然，我今年已快二十岁了；在过去的七年里我有了一些出色的成绩；我深信自己具有才华，并可以此维持生计；我没有灰心，不过，如果可能的话，请您尽快汇给我二百五十卢布。吻您的手，余不尽叙。

塔季雅娜·鲍里索夫娜就给侄儿汇去了二百五十卢布。过了两个月，他又来信要钱；她把手头仅有的钱凑足数，又给他汇去了。第二次汇出款之后，还不到六个星期，他又第三次来信要钱，说是要买颜料，替捷尔捷列舍涅娃公爵夫人画一幅预定的肖像画。塔季雅娜·鲍里索夫娜这次没有钱汇给他了。“既然如此，”他又给她来信说，“我想到您的村子里休养一下身体。”就在这一年的五月，安德留沙真的回到了小布雷基村。

塔季雅娜·鲍里索夫娜乍一看，认不出他来了。从他的来信看，她以为他是个瘦弱有病的人，但看到的却是一个膀大腰圆的小伙子，长着一张红润的宽脸庞，一头油亮亮的鬈发。瘦小苍白的安德留沙已变成了一个壮实的安德列·伊万诺夫·别洛夫佐罗夫。他不仅仅是外表有了变化。从前的安分守己、腼腆、谨慎、整洁都不见了。取而代之的是不拘小节、蛮横和令人受不了的邋遢；他走起路来大摇大摆，往安乐椅里一靠，往桌子上一趴，伸开四肢懒洋洋地躺着，大声地打呵欠；对姑妈、对仆人都很粗鲁。他说，我是艺术家，是自由的哥萨克！要知道我们是与众不同的！常常一连几天笔都不摸一下；一旦所谓灵感来了，便装腔作势，像是喝醉了酒似的，动作粗鲁笨拙，吵吵闹闹；两颊烧得红通通，两眼蒙蒙眬眬；大吹自己的才华、自己的成就，吹自己如何发展，如何前进……其实，论能力，他只配勉强画画一般的肖像画。他是个货真价实的无知之徒，从不读书，艺术家还读书有什么用？大自然、自由、诗歌——这才是他的天地。只要晃晃鬈发，学学夜莺叫，吸吸茹可夫烟就行了！俄罗斯人的豪放固然是好，但它只适合于少部分人；而不学无术的冒牌波列扎耶夫之流都庸俗不堪。这位安德列·伊万内奇就赖在姑妈家了，免费的面包显然很对他的胃口。他往往使客人感到无聊得要命。他常常坐在钢琴前（塔季雅娜·鲍里索夫娜家里也有钢琴），用一根指头摸索着弹起《勇敢的三套马车》；敲着琴键，配奏和音；一连几小时痛苦地哼唱瓦尔拉莫夫的情歌《孤独的松树》或《不，医生，你不要来》，他胖得眼睛下边流油，脸颊如鼓一般油光光的……或者，猛地一声狂喊：“平息吧，激情的浪涛”……塔季雅娜·鲍里索夫娜吓得直哆嗦。

“真是怪事，”她有一次对我抱怨，“当今流行的歌怎么都这么颓废，我们那个时候的歌就不一样，让人伤感的歌也有，可还是挺好听的……比如：

来呀，到草地上找我来，
我在这儿把你徒然期盼；
来呀，到草地上找我来，
我在这儿整天流泪满面……

唉，待你真到草地上找我来，
我的朋友，恐怕已经太晚！

塔季雅娜·鲍里索夫娜调皮地微笑了一下。

“我难过，我难过呀。”侄儿在隔壁房间哀号。

“你得啦，安德留沙。”

“别离之时心悲怆。”不肯安静的歌手继续唱道。

塔季雅娜·鲍里索夫娜摇摇头。

“唉，这种艺术家真够我受的！……”

打那时候起已过去一年了。别洛夫佐罗夫至今还住在姑妈家里，并总想着回彼得堡去。他在乡下更加发胖了。谁能想到呢，姑妈宠爱他，周围的姑娘们都为他着迷……

昔日的许多朋友都不再来拜访塔季雅娜·鲍里索夫娜了。

死

我有一个邻居，他是一个年轻的地主，一个年轻的猎人。一个晴朗的七月早晨，我骑着马去找他，约他一同去打松鸡。他欣然应允。“不过，”他说，“顺着我家那片小树林去祖沙；我顺路去看一下恰普雷吉诺；您知道我家的那片橡树林吧？那边正伐树呢。”“那就去吧。”他便吩咐给马系好鞍子，穿上一件带野猪头像铜纽扣的绿外衣，带上一个粗毛线猎袋和一个银水壶，扛上一支崭新的法国猎枪，满意地在镜子前照了一番，唤了一声自己的猎狗埃斯佩兰斯，这只狗是他的表姐送给他的，她是个心地善良而头发掉光了的老姑娘。我们出发了。我的邻居还带上两个人一同前往，一个是甲长阿尔希普，是个矮胖的庄稼汉，长着四方脸，颧骨特高；另一个是前不久从波罗的海沿岸省份雇来的管家戈特利勃·丰－德尔－科克先生，他大概十九岁，长得很瘦，头发浅色，眼睛高度近视，一副溜肩，脖子很长。我的邻居不久前才接管这块领地。这是他继承的一位伯母的遗产，那伯母是五品文官夫人卡尔东·卡塔耶娃，是个胖得出奇的女人，即使躺在床上，也一个劲儿哼哧叫唤。我们骑着马进入了小树林。“你们在林间空地上等我。”阿尔达利翁·米海雷奇（就是我的邻居）对自己的两个同伴说。那德国人鞠下躬，就下了马，从衣袋里掏出一本小书，似乎是约翰·叔本华的小说，在一丛灌木旁坐了下来；阿尔希普仍待在太阳光下，一动不动待了一个小时。我们在灌木丛里转来转去，一个鸟窝也没见到。阿尔达利翁·米海雷奇说想去大树林。那一天我自己一点都不相信会打到什么猎物：我也勉强跟着他去了。我们回到了那块空地上。德国人在书上做了个记号，站起身来，把书放回衣袋，费劲地骑上那匹淘汰下来的短尾巴母马。这匹马只要稍稍一碰就要乱叫乱踢的；阿尔希普振了振精神，猛得拽动两根缰绳，夹了夹两腿，终于使他那匹受惊的、被压得够呛的小马跑动起来。我们出发了。

我从小就熟悉阿尔达利翁·米海雷奇的这片林子。那时候我和我的法国家庭教师 m-r Désiré Fleury（德齐雷·弗勒利先生）（他是个非常善良的人，可他每天晚上老让我喝列鲁阿药水，差点儿把我这辈子的健康给毁了）经常去恰普雷吉诺树林。这整片林子有两三百棵粗大的橡树和卡岑树。它们挺拔而粗壮的树干在榛树和花楸树闪着透明金光的绿叶中黑乎乎地屹立着，非常壮观；树干高高地向上伸展，齐整地映衬在明朗的蓝空中，宽阔而多节的枝丫尽情伸展，犹如帐篷；鹞鹰、青鹰、红隼一边啼鸣，一边在静止不动的树梢下飞来飞去，五颜六色的啄木鸟使劲地啄着厚实的树皮；茂密的枝叶中响起了黄鹂婉转的歌声，随之突如其来的是黑鸫嘹亮的鸣声；在下面，在灌木丛里，红胸鸲、黄雀和柳莺在啁啾；燕雀在小径上敏捷地跑来跑去；雪兔悄悄顺着林边小心地“一瘸一拐地溜过去”；棕红色的松鼠淘气地从一棵树跳到另一棵上，突然坐了下来，把尾巴翘到头顶上。在草丛里，在高高的蚁蛭旁，在蕨类植物美丽如雕的叶子的淡影下，紫罗兰和铃兰竞相争艳，红菇、乳菇、卷边乳菇、橡菇和红色蛤蟆菇四处生长；在草地里，在宽阔的灌木丛里，长着鲜红的草莓……在林子里的荫凉里多么舒心！在最热的时候，在大中午，这儿就像深夜一般：寂静、芳香、清爽……我曾在恰普雷吉诺度过一段快乐的时光，所以，说真的，如今进到这片十分熟悉的树林，不免有些伤感。四十年代那个灾难的冬天没有下雪，也没有饶过我的老朋友——橡树和梣树；它们干枯了、光秃了，只有几处披着病弱的绿叶，它们悲哀地耸立在小树木的上空，那些小树木是来“接替它们的，可还接替不了”……①还有

① 1840 年的冬天尤为严寒，至十二月底还不曾下过雪，严寒无情地摧毁了秋天耕种的秧苗，许多枝繁叶茂的橡树也难逃厄运。土地的生产能力明显下降，新种下的树木无法恢复到原有的面貌。在曾经捧着圣像绕行过的伐林禁区的空地上，原来那些珍贵的树种已经看不到了，只有自由生长的白桦和白杨，因为我们还不懂得如何造林。——原注。

一些树木，下边长了叶子，似乎带着责备和绝望的神情向上挺起自己缺乏生气的、折断了的树枝；另有一些树的叶子虽然不及昔日那么繁茂，却还相当浓密，从这些树叶中伸出一根根粗大、干枯的死枝；还有一些树的树皮已经脱落了；还有一些树完全倒下了，在地上如死尸般腐烂。谁能想到，在恰普雷吉诺树林里竟找不到一处荫凉！我望着那些即将死去的树，心里想，你们也许感到羞愧和痛心吧？……我想起了柯尔卓夫的诗：

何处可觅，
高雅词句，
傲人气力，
王者品质？
何处有汝，
绿色劲力？……

“怎么回事，阿尔达利翁·米海雷奇，”我开口问，“为什么在去年不把这些树砍掉呢？如今和之前比起来它们已卖不了十分之一的价钱了。”

他只是耸了耸肩膀。

“这得去问我的伯母；曾有商人带着现钱来，缠着要买呢。”

“Mein Gott！Mein Gott！”① 丰－德尔－科克一步一叹。“真调皮！真调皮！”

“什么调皮？”我这位邻居笑着问。

“我是想梭（说），多么葛（可）惜。”（大家知道，德国人在学会我们的字母“л”的发音后，就把这字母读得特别重。）

尤其是倒在地上的橡树唤起了他的怜惜之情——确实如此，某个磨坊主会出高价买下来的。可是甲长阿尔希普却沉着冷静，一点也不心疼；相反，他甚至有些高兴，在这些倒地的树木上跳过来蹦过去的，还用鞭子抽打着玩。

---

① 德语：天啊！天啊！

我们向那伐树的地方艰难行进，冷不防轰地一声响，一棵树倒下了，随着响起了呼喊声和说话声，没多久，一个面无血色、头发蓬乱的年轻庄稼汉冲出树林，向我们跑来。

“怎么回事？你往哪儿跑？”阿尔达利翁·米海雷奇问他。

他立即停下脚步。

“啊，阿尔达利翁·米海雷奇老爷，不好了！”

“怎么回事？”

“老爷，马克西姆被树砸伤了。”

“怎么砸的？……是那个包工头马克西姆吗？”

“就是那个包工头，老爷。我们在砍一棵梣树，他站在一旁看……站着，站着，就到井边去打水，可能是口渴了。突然间梣树轧轧地响起来，直直倒在他身上。我们朝他大声喊：快跑、快跑、快跑……要是他跳到旁边就好了，可是他直着往前跑……准是吓慌了。梣树的树梢就把他压在底下。这棵树怎么倒得这么急——只有天晓得……兴许是树心朽了。”

“啊，马克西姆被压住了？”

“压住了，老爷。”

“死了吗？”

“没有，老爷，还活着呢——可是：他的腿和胳膊都被压断了。我就是跑去请谢利韦斯特奇医生的。”

阿尔达利翁·米海雷奇吩咐甲长骑马到村里请谢利韦斯特奇，自己则快马加鞭地奔向伐林地……我也跟着他去。

我们看见可怜的马克西姆倒在地上。十来个庄稼汉围在他身旁。我们下了马。他几乎没有呻吟，偶尔睁大双眼，好像很吃惊地瞧瞧周围，咬咬发青的嘴唇……他的下巴直抖，头发粘在前额上，胸部忽快忽慢地起伏着：他快要死了。一棵年轻椴树的淡影在他的脸上微微地晃动着。

我们朝他俯下身子。他认出了阿达尔利翁·米海雷奇。

“老爷，”他的声音几乎听不清，“您派人……去请……神父吧……上帝……惩罚我……腿、胳膊都砸断了……今天……是礼拜天……可是我……可是我……却没有让弟兄们歇着。”

他沉默了一会儿。他憋得喘不上气。

“把我的钱……给我老婆……交给我老婆……扣掉欠别人的……奥尼西姆清楚……我欠了……谁的钱……”

“我们已去请大夫了，马克西姆，”我那邻居说，“也许，你还不会死的。”

他想要睁开眼睛，于是使劲地扬了扬眉毛和眼睑。

“不，我就要死了。瞧……来了，她来了，死神……伙计们，请原谅我，要是有什么……”

“上帝会原谅你的，马克西姆·安德列伊奇，”在场的庄稼汉以低沉的声音异口同声地说，并摘下帽子，“你也原谅我们吧。”

他突然绝望地甩了甩头，胸部痛苦地挺起，又瘪了下去。

“总不能让他死在这儿吧，”阿尔达利翁·米海雷奇大声说，“弟兄们，把那边大车上的席子拿过来，咱们送他去医院。”

有两三个人向大车跑过去

“昨天……我在瑟乔夫村……叶菲姆那里……”这个将死之人口齿不清地说，“买下一匹马……定金已经给了……那马是我的了……也把它……交给我老婆……”

几个人把他抬起放到席子上……他全身一阵痉挛，像一只被打中的鸟儿，随之便僵直了……

“死了。”庄稼汉们低声含糊地说。我们默默地上了马，离开了。

可怜的马克西姆的死勾起我的沉思。俄罗斯的庄稼汉们都死得好奇怪呀！他们临死前的心境既不能说是坦然，也不能说是麻木；他们死得像是执行一种仪式：冷漠而简单。

几年前，我的另一个邻近村子里，有一个庄稼人在烘禾房里被大火烧成了重伤。（他本来要烧死在烘禾房了，幸亏一个过路的商贩把这个烧得半死不活的人拖了出来：那个人先浸入水桶打湿自己，然后跑去弄开了屋檐下燃烧的门。）我到他家里去看他。屋子里又闷又黑，烟气腾腾。我问，伤者在哪儿？“那边，老爷。在炕上。”一个闷闷不乐的婆娘拖着腔回答我。我走过去，看见那庄稼汉躺着，盖着一件皮袄，呼吸困难。“你感觉怎么样？”伤者在炕上挣扎着想起来，可遍体是伤，奄奄一息。“你躺着、躺着、躺着……怎么样？好些不？”“当然不好呀。”他说。“很疼吗?”他没有作声。“不需要什么吗?”还是不作声。“给你拿杯茶来，要不要?”“不要。”我走开一点，坐在凳子上。我坐了一刻钟，坐了半小时——屋子里死一般沉寂。在屋角里，在神像下边的桌子后面，躲着一个五岁左右的小丫头，她在吃面包。母亲有时吓唬她一下。过道里有人走动、发出响声、谈着话；妯娌在切白菜。“啊，阿克西尼娅!”伤者终于说话了。“要什么?”“给点克瓦斯。”阿克西尼娅给他端来克瓦斯。又是一阵沉默。我悄声问：“他领过圣餐了吗?”“领过了。”看来是，一切安排妥当：就只等他咽气了。我受不了，便出来了……

我又想起了一件事，有一次我路过红山村医院，顺便去探望一位熟人，他是那里的医士，名叫卡皮东，也热衷于打猎。

这所医院原先是地主家的厢房；它是女地主亲自创办的，或者说，是她叫人在门上方钉了块蓝色牌子，上面写了四个白字：红山医院，又亲手交给卡皮东一个漂亮的本子用于登记病人的名字。在这本子的第一页，一个爱拍这位慈善女地主马屁的仆人作诗一首：

Dans ces beaux lieux, où règne l’allégresse,
Ce temple fut ouvert par la Beauté;
De vos seigneurs admirez la tendresse,
Bons habitants de Krasnogorié! —①

另有一位士绅又在下面添上一句：

Et moi aussi j’aime la nature!
Jean Kobyliatnikoff②

医士自己花钱买了六张床铺，在祝福声中开业医治上帝的子民们。

---

① 在美丽的乐土，美妇人创建殿堂；赞美该主人的仁爱，善良的红山村居民们!（法语）——原注。

② 我也喜欢大自然!伊万·可贝利亚特尼科夫（法语）——原注。

除他之外，医院里还有两个人：患有疯病的雕刻匠帕韦尔和一只手麻痹的梅利基特里莎，她以前是个厨娘。他们两人配制药剂，烘晒或浸泡草药；他们还照顾热病患者，安抚他们的情绪。患疯病的雕刻匠神情忧郁，寡言少语；天天夜里都要唱《美丽的维纳斯》那首歌，一见到过路的人，便前去请求人家答应他跟一个早已死去的姑娘马拉尼娅结婚。一只手麻痹的婆娘常常揍他，还让他去照看火鸡。有一次我在卡皮东医士那儿闲坐。我们刚开始谈到我俩最近的一次打猎，突然有一辆大车驶进院子里，拉车的是一匹异常肥壮的浅紫灰色马，一般只有磨坊主才会有这样的马。车上坐着壮实的庄稼汉，他身穿新外套、胡子杂色。“啊，瓦西里·德米特里奇，”卡皮东朝窗外喊道，“欢迎光临……这是雷博夫希诺的磨坊主。”他朝我低声补上一句。那汉子气喘吁吁，下了车，走进医士的房间，用眼睛找一下神像，并画了十字。“怎么样呀，瓦西里·德米特里奇，有何新闻？……您也许不太舒服吧，看您脸色不太好。”“是呀，卡皮东·季莫费伊奇，有点不对劲。”“您怎么啦？”“是这样的，卡皮东·季莫费伊奇。前些日子我在城里买了几个磨盘，运回了家，准备把它们从车上卸下来的时候，也许用力过猛了，肚子里咯噔地响了一下，像是有什么东西断了似的……从那一会儿起就老是感到不舒服。今天特别不对劲。”“嗯，”卡皮东嘟哝一声，嗅了嗅鼻烟，“大概是疝气吧。您得这病多久啦？”“已经是第十天了。”“第十天了？（医士从牙缝里吸了气，摇了摇头。）我来摸一下……唉，瓦西里·德米特里奇，”他最后说道，“我深表遗憾，你的情况不容乐观；你的病可不是闹着玩的；留在我这儿吧；从我这方面说，我会尽心尽力的，可是我没法打保票。”“真的这样糟吗？”磨坊主吃惊了，喃喃地说。“是的，瓦西里·德米特里奇，很糟；若是您早两三天来我这儿，那就会没事，一下就可以治好；可是现在您体内有炎症，这就不好办，眼瞅着就要变成坏疽了。”“不可能，卡皮东·季莫费伊奇。”“我已对您说了嘛。……”“这怎么会呢！（医士耸了耸肩膀。）因为这一点小病，我就会死吗？”“我没说你会死……只不过请您留在这儿。”这位庄稼汉思来想去，瞧了瞧地板，然后又瞧了我们一眼，挠挠后脑勺，便拿起帽子。“您去哪儿呀，瓦西里·德米特里伊奇？”“去哪？还能去哪呀——回家。既然情况这么糟，既然这样，就得去安排妥当。”“您简直是在送死，瓦西里·德米特里奇，得了吧；我都奇怪，您还能驾着车来这里？请留下吧。”“不，卡皮东·季莫费伊奇兄弟，要死，就得死在家里；我死在这儿算什么呢——我家里天知道会出什么事呢。”“瓦西里·德米特里奇，还不清楚病情会怎么发展……当然，病是危险的，很危险，这毫无疑问……所以您应该留下来。”那汉子摇摇头：“不，卡皮东·季莫费伊奇，我不留下……您给开一点药倒行。”“光有药还不行呀。”“我说了，我不留下。”“那就听便吧……以后可别怨我！”

医士从本子上撕下一小页纸，开了药方，并告诉他该做些什么。庄稼汉拿了药方，给了卡皮东半个卢布，便走出房间，坐上车子。“再见了，卡皮东·季莫费伊奇，得罪您的地方请多包涵。别忘了关照我的孩子们，如果……”“唉，留下吧，瓦西里！”庄稼汉只是摇摇头，用缰绳抽了马，就驾车出了院子。我走出来，望着他的背影。道路泥泞，坑坑洼洼；磨坊主灵活地驾驭着马，小心翼翼，不慌不忙，跟相遇的人点头招呼……到第四天他就一命呜呼了。

总之俄罗斯人都死得很奇怪。此时此刻我回想起许许多多死去的人。我也想起了你，我的老朋友，没有读完大学的阿韦尼尔·索罗科乌莫夫，优秀的、极为高尚的人！我又看到你那患肺病的发青的脸，你那稀疏的淡褐色头发，你那和蔼可亲的微笑，你那热烈兴奋的目光，你那修长的四肢；又听到你那细弱而亲切的声音。那时候你住在一个大俄罗斯地主古尔·克鲁皮亚尼科夫家里，教他的两个孩子福法和焦济亚学俄文、地理和历史，耐着性子去忍受主人古尔那些令人难堪的玩笑、管家粗鲁的恭维、男孩子们淘气的恶作剧；你带着苦笑，毫无怨言地满足女主人的各种无聊而刁钻的要求；不过，每天晚饭过后，你才能够歇一歇，那个时间，你终于忙完了各种各样的职责和事情，坐到窗前，抽起烟斗沉思了起来，或者兴致勃勃地翻阅起那本残缺油污的厚杂志，它是如你一样无依无靠、命运不济的土地测量员从城里带来的！当时你多么喜欢形形色色的诗、形形色色的小说呵，你多么容易被感动得流下泪水，你又笑得多么开心，你的心灵如孩子般纯洁，对人们充满真挚的爱，对一切善和美充满高尚的同情！说实话，你并非天资聪颖；你既没有天生的好记性，又不生性勤勉，在大学里你是公认的差生；上课时你睡觉，考试时你目瞪口呆，可是，看到同学取得成绩和进步，是谁的眼睛会高兴得闪光，是谁会激动得喘不过气？——是阿韦尼尔……是谁对自己朋友们的崇高理想毫不怀疑？是谁为他们骄傲、吹捧，并极力加以袒护？是谁没有嫉妒，不讲虚荣？是谁无私牺牲自己？是谁乐意去服从那些不配替他解鞋带的人？……都是你，都是你，我们善良的阿韦尼尔！我记得：你为了“应聘”，怀着多么悲伤的心情和同学们告别；不祥的预感使你深受折磨……果然，你在乡下过得很不好；在乡下，没有你佩服崇敬的人，没有让你赞叹不已的人，没有能让你倾心爱慕的人……乡下人和一些受过教育的地主都把你当作教书匠来对待：有的对你出言不逊，有的对你不尊重。更何况，你的相貌平平，非常腼腆，动不动就脸红、冒汗，说话结巴……连乡间的空气也未能使你恢复健康：你却像一支蜡烛，正在渐渐熔化，可怜的人呀！不错，你的房间朝向花园；稠李树、苹果树、椴树常把自己轻盈的花瓣撒在你的书桌上、墨水瓶上、书本上；墙壁上挂着蓝绸的时钟垫子，它是那位善良多情的德国女郎——一个金发碧眼的家庭女教师——临别时赠给你的；有时有些老朋友从莫斯科来探望你，朗读别人的甚至自己的诗引得你欣喜若狂；然而孤独、难以忍受的奴仆般的教书匠身份、不能获得的自由、漫长的秋天和冬天、阴魂不散的病魔……多么不幸的阿韦尼尔呀！

阿韦尼尔去世前不久，我曾看望过他。他那时几乎已走不动路了。地主古尔·克鲁皮亚尼科夫没有把他撵走，但停发了他的薪水，给焦济亚另聘了一位教师……让福法进了武备中学。阿韦尼尔坐在窗边一张伏尔泰式的高背圈椅里。那天天气好极了。明朗的秋日天空呈现出愉快的蓝色，高悬在一排掉了叶子的深褐色椴树上方；树上还有最后一批金灿灿的叶子在微微颤动，簌簌作响。在阳光照耀下，冰冻的大地冒着水汽，慢慢地解冻；太阳西斜的红光照着发白的草地；空中仿佛有轻微的响声；花园里园丁们的谈话声听得一清二楚。阿韦尼尔穿着一件破旧的布哈拉长袍；绿色的围巾在他那瘦得可怕的脸上投下死沉沉的色调。他见到我高兴极了，伸出手来，聊起天来，因此咳嗽起来。我让他休息一下，并挨着他坐下来……阿韦尼尔的膝上放着一本抄得工工整整的柯尔卓夫诗集；他微笑着用手拍拍这本诗集。“这才叫诗人呢。”他使劲压下咳嗽，嘟哝着说，继而用几乎听不到的声音念起来：

雄鹰的翅膀
难道被缚住了？
它前进的道路
难道被堵住了？

我不让他往下念了，因为大夫不准他多说话。我知道他喜欢什么。可以说，索罗科乌莫夫从来没有去“追求”科学，但是，对当今伟大思想家们已取得些什么成就这样的问题则是很感兴趣的。他常在某个角落里抓住一位同学，打听详细情况。他带着惊讶的神情倾听着，对别人说的话深信不疑，然后便人云亦云地去说。他对德国哲学特别感兴趣。我给他讲起黑格尔（要知道，这是很多年前的事了）。阿韦尼尔便不断肯定地点着头，扬起眉毛，面带微笑，轻声地说：“我懂，我懂……啊，真好，真好……”这个行将就木、无依无靠、孤苦伶仃的穷苦青年那种孩子般的求知欲使我感动得掉泪。应当指出，跟其他肺病患者不同的是，阿韦尼尔对自己的病情心中很有数，他不去骗自己……但这又如何？——他不唉声叹气，不伤心难过，对自己的境况竟一次也不提……

他鼓起气力，开始谈莫斯科、谈同窗学友、谈普希金、谈戏剧、谈俄国文学；他还回忆起我们的聚餐、我们小组里的热烈辩论，悲痛地回忆两三位已经去世的朋友……

“你记得达莎吗？”最后他又说，“那是颗金子一般的灵魂呀！多真挚的心呀！她多么爱我……她现在怎么样啦？也许消瘦了？憔悴了？这可怜的姑娘呀！”

我不忍让病人失望——又何必让他知道，实际上他的达莎如今变得胖乎乎的，正跟商人孔达奇科夫兄弟交往甚密，她浓妆艳抹，说话嗲声嗲气，还会骂街。

然而，我瞅着他那张憔悴不堪的脸，心想，能不能让他搬出这儿呢？兴许还能治好他……可是阿韦尼尔没有让我把话说完。

“不，老同学，谢谢啦，”他说，“在哪儿死都是一样。反正我是活不到冬天了……干吗无谓地麻烦别人呢？我在这一家已经习惯了。说真的，这儿的主人们……”

“都很坏，是吗？”我插嘴问。

“不，不是坏！像是些木头人。可是我不能怨他们。这儿有些邻居：地主卡萨特金有一个闺女，是个知书达礼、非常心善的姑娘……也不自大……”

索罗科乌莫夫又咳嗽起来。

“一切都无所谓了，”他歇了歇，又接着说，“要是准许我抽烟就好了……我不能就这样死去，我要把烟抽够！”他狡猾地眨眨眼睛，添上一句：“感谢上帝，我活够了；结交了一些好人……”

“你至少该给亲戚们写封信嘛。”我打断他。

“给亲戚写信干什么呢？求助，——他们是不会帮助我的；我死了，——他们会知道的。唉，谈这个干什么呀……你最好给我说说，你在国外有哪些见闻？”

我谈了起来。他全神贯注地听着我说。傍晚时我离去了，过了十来天，我收到了克鲁皮亚尼科夫先生的来信：

> 阁下，谨向您汇报，贵友人阿韦尼尔·索罗科乌莫夫先生，即住在我家的大学生，已于三日前午后二时病故，今日我出资将他安葬于本区一教堂内。他嘱我转交您一些书本，今随函寄奉。他遗下二十二个半卢布及其他杂物，均已交其有关亲戚。贵友临终时神志清明，心绪可谓泰然，与我全家诀别时，亦无任何遗憾表示。内人克列奥帕特拉·亚历山大罗夫娜向您致意。您的友人之死，使她深为感伤；至于我，托上帝的福，身体尚佳。
>
> 您恭顺的仆人
>
> 古尔·克鲁皮亚尼科夫

我还想起了许多其他的例子，这里无法尽述。最后再说一件吧。

一位年老的女地主就要死了，当时我在场。神父开始为她念送终祈祷。他忽然发现病人真的要咽气了，赶紧把十字架给她。女地主不满地挪了挪身体。“你急什么呀，神父，”她用僵硬的舌头说，“你来得及的……”她吻了吻十字架，正要把手伸进枕头底下，气便断了。那枕头下放着一块银卢布：这是她打算付给为自己做送终祈祷的神父的酬劳……

唉，俄罗斯人死得好奇怪呀！

歌　手

科洛托夫卡村不大，曾属于一个女地主，她因为生性泼辣，这一带都叫她“疯婆子”（她的真名倒无人知晓了），而如今已归彼得堡的一个德国人所有了。村庄坐落在一个寸草不长的小山坡上，那小山被一条可怕的山沟从上至下劈成两半，这道山沟是急流猛冲猛刷而成的，它像深渊似的张着大口，蜿蜒在马路当中，它比河流更狠地——河流上至少可以架桥——把这个穷山村一劈为二。几棵羸弱的爆竹柳胆怯地顺着两侧的砂土坡往下排列；在干枯的黄铜色的沟底上躺着一些粘土质大石板。景色之凄惨悲凉，不在话下，可是附近的居民却都熟悉到科洛托夫卡的路：他们经常乐于奔这儿来。

在山沟的顶头，离它的像狭缝似的开端几步远的地方，有一座四方形的小木屋，它独处一方，孤零零的。屋顶是麦秸铺的，并有一个烟囱；一扇窗子宛如锐利的眼睛，盯着山沟，冬天夜晚，屋里亮着灯，老远就能从朦胧的雾色中看得见，它闪烁着，许多过路人把它当作指路明星。小房子的门上方钉着一块蓝色的牌匾；这个小木房是一家叫作“迎宾旅店”的小酒馆①。这家酒馆里的酒价不见得比规定的价格便宜，可是上门的顾客却比附近其他各个同类店铺的顾客多得多，其原因就在于酒馆的掌柜尼古拉·伊万内奇。

尼古拉·伊万内奇曾是一个身材挺拔、一头鬈发、脸色红润的帅

---

① 迎宾一词适用于任何别人乐意去的地方，任何舒适的地方。——原注。

小伙子，可是如今已变成一个大胖子，头发发白，一脸横肉，眼睛显得狡猾而和善，油光光的脑门上布满了一道道的皱纹——他在科洛托夫卡已待了二十余载了。正像大多数酒馆的掌柜一样，尼古拉·伊万内奇也是个挺有心计的机灵人。他并不特别奉迎人，也不那么能说会道，但自有本事吸引顾客、留住顾客。在这位恬淡的店主的虽然有点锐利但很安详亲切的目光下，顾客们在他的柜台前一坐便感到愉快舒心。他有很多明智的见解；他对地主、农民和市商的生活都了如指掌。在别人遇到难处的时候，他能给人出谋划策，不过，他为人谨慎，明哲保身，宁肯置身事外，至多是略微地，似乎不经意地做点暗示，以此帮助他的顾客——而且是他所喜欢的顾客——指条明路。凡是俄国人所看重的或感兴趣的各种事，比如牛马和牲畜、森林、砖瓦、器皿、毛布皮革、歌曲舞蹈等等，他都样样在行。在没有顾客的时候，他常常盘起两只细腿，像麻袋似的坐在自家门前的地上，跟一切过往行人打招呼，亲切寒暄。他一生见多识广，目睹过几十个常来他这儿买酒的小贵族的相继去世，他对方圆一百俄里内发生的事都一清二楚，可是他从来不乱说，不显摆自己，从来不让人瞧出，他知道最有洞察力的警察局长都未加怀疑的事。他总是寡言少语，爱笑笑，动动酒杯。乡亲们都很敬重他：县里身份最高的地主、高级文官谢列彼坚科每次路过他家门口，都要谦逊地向他点头致意。尼古拉·伊万内奇是个很有影响的人物：一个有名的盗马贼偷了他的一个朋友家的马，他能让那个贼把马还回来；领近一个村子的庄稼人不愿接纳新的主管人，他也能说服他们，还有不少诸如此类的事。不过，不要以为他做这些善事是出于正义感，出于对朋友邻里的古道热肠，非也！他只不过是尽力防止出什么乱子，免得破坏他的宁静。尼古拉·伊万内奇已经成家，有孩子。他的妻子鼻子尖尖，机敏麻利，是小市民出身，这些年也像她丈夫一样有些发福了。他把一切都托付给妻子，钱也交她保管。那些爱发酒疯的人都很怕她；她不喜欢这种人，因为从他们那里赚不到多少钱，却吵得要命；比较合她心意的倒是那些沉默寡言、郁郁不乐的人。尼古拉·伊万内奇的孩子们年龄都不大；起初生的几个都夭折了，而活下来的长得都很像父母：看着这几个健康的孩子的小脸，真叫人高兴。

那是一个炎热不堪的七月天，我慢慢地挪着脚步，带着我的狗，顺着科罗托夫卡山沟往上爬，朝着“迎宾旅馆”走去。赤日当空，像发了狂似的，不住地蒸着、烤着；空气中弥漫着令人窒息的尘土。羽毛亮泽的白嘴鸦和乌鸦张着嘴，无可奈何地瞅着过往行人，似乎在博取人们的同情。唯有麻雀们不觉得太难受，它们张开羽毛，叽叽喳喳地叫着，比先前更卖力，忽而在篱笆上打架，忽而从尘土飞扬的大路上一齐起飞，如阴云一般在碧绿的大地上空飞来飞去。我口干舌燥。近处无水可饮：在科洛托夫卡，就像在许多其他草原村庄一样，由于没有泉水和井水，庄稼人们喝的都是池塘里的浑水……可是这种令人恶心的池水怎么能称为饮水呢？我就想到尼古拉·伊万内奇那儿去要一杯啤酒或克瓦斯喝喝。

老实说，在任何季节科洛托夫卡都没有什么好景致，尤其让人郁闷的正是七月的烈日烘烤下的景象：褐色的破屋顶，深不见底的山谷，地面干燥、尘土飞扬的牧场，在牧场上失望地游荡着的长腿瘦母鸡；原先地主住宅的废墟变成灰色白杨木屋架，窗子变成窟窿一般；周围长满荨麻、苦艾和杂草，飘满鹅毛，焦黑滚烫的池塘；池塘边半干的污泥和坍向一边的堤坝；堤坝旁被踩成灰末状的土地上有一群绵羊，它们热得难以喘气、直打嚏喷，悲愁地挤在一起，尽量垂下脑袋，似乎不知道这场难堪的酷热何时才会最后过去，因而现出沮丧难耐的神情。我迈着疲惫的脚步走到尼古拉·伊万内奇的酒馆门前，孩子们照旧睁大眼睛、用惊讶的目光毫无意义地打量着我；狗也因为我的到来而狂叫，以此表示愤怒，它们叫得声嘶力竭、气势汹汹，仿佛内脏都要喊破了似的，导致它们自己不停地咳嗽，气都喘不上来——这时候，酒馆门口出现一个高个子男人，他没戴帽子，穿着一件厚呢大衣，低低地束着一条浅蓝色腰带。从外表看他像一个仆役；浓密的灰发竖在他那张又干又皱的脸孔上边。他在喊什么人，急忙挥动着双手，他那双手挥动的程度明显超过他自己所希望的样子。看来此人已经喝醉了。

“走，走啊！”他使劲扬起浓眉，含糊不清地说，“走啊，眨巴眼，走呀！瞧你这个磨蹭劲儿，伙计，老磨磨蹭蹭，真是的。这可不好，老弟。人家都在那儿等你呢，可你这么磨蹭……走吧。”

“哦，来了，来了。”响起一个发颤的声音，从房子的右边出来一个矮矮胖胖的瘸子。他穿着一件相当整洁的呢外衣，只套上一个衣袖；高高的尖顶帽直扣到眉毛上，使他那圆圆的胖脸平添了调皮和嘲笑的表情。他那双小小的黄眼睛滴溜溜地直转，嘴唇很薄，总是拘谨而不自然地笑着，鼻子又尖又长，像个船舵似的伸向前面。“来了，伙计，”他接着说，一瘸一拐地向酒馆走去，“你喊我干什么呀？……谁在等我？”

“我干吗叫你？”穿厚呢大衣的人责备他说，“你呀，眨巴眼，你这人真怪，伙计，喊你去酒馆，你还要问干什么！大伙都好心地等着你呢：土耳其人雅什卡，还有怪老爷，还有从兹德拉来的包工头。雅什卡跟包工头打赌：赌一大瓶啤酒——看看谁胜过谁，也就是说，看谁唱得更好……明白吗？”

“雅什卡要唱歌？”外号眨巴眼的人兴奋地说，“你没胡说吧，笨瓜？”

“我没胡说，”笨瓜郑重地回答，“你才胡说呢。既然打了赌，当然就要唱，你这笨牛，你这滑头，眨巴眼！”

“那好，咱们走吧，蠢货。”眨巴眼说。

“嘿，至少你亲一下我嘛，我的心肝。”笨瓜张开双臂，嘟哝说。

“瞧你这个娇滴滴的伊索。”眨巴眼轻蔑地说，一边用胳膊肘推开他，接着两人都弯下腰，走进那扇低矮的门里。

他们的这番对话勾起了我强烈的好奇心。我曾不止一次听说，土耳其人雅什卡是附近一带最出色的歌手，这一次我碰巧能听到他跟别的高手的赛歌。于是我便加快脚步走进酒馆。

在我的读者中，恐怕不会有很多人有机会光顾过乡村酒馆的；可是我们这些打猎的人哪儿不去呢！乡村酒馆的建筑都是非常简单的。一般都是由一间幽暗的前室和带烟囱的正屋组成。正屋由一道板壁隔成里外间，里间不允许顾客入内。在板壁上，有一张橡木做的大桌子，桌子上方开有一个长方形的大壁洞。这种桌子，或者说柜台，就是用来卖酒的。正对着这大壁洞有一排货架，货架上并排摆着大大小小封着口的酒瓶。正屋的前半部分是接待顾客用的，放着几条长板凳，两三个空酒桶，拐角处摆着一张桌子。大部分乡村酒馆里光线都很暗，在它们的圆木结构的墙壁上，几乎看不到那些为一般农舍所不可缺的花花绿绿的通俗版画。

当我踏进“迎宾旅店”的时候，里面已经聚集了很多人了。

柜台的后边照例站着尼古拉·伊万内奇，他那身躯几乎与壁洞一般宽。他穿着一件印花布衬衫，胖乎乎的脸上露出慵懒的笑容，正在用白白胖胖的手给刚刚进来的朋友眨巴眼和笨瓜倒酒。在他后边靠窗的屋角处，可看到他那位眼睛很尖的妻子。房中央站着土耳其人雅什卡，约二十三四岁，身材瘦削而挺拔，穿一件长襟土布蓝外衫。他看起来像是个豪爽的年轻工人，可那身体状况似乎不算太好。他的两颊凹下去，有一双局促不安的灰色大眼睛，鼻梁端正，那小鼻孔不停地一张一合，白皙的前额稍有点斜，淡黄色鬈发梳向后面，漂亮的厚嘴唇上富于表情——这脸上的一切都显示他是个感情细腻而热情洋溢的人。此刻他很激动，一双眼睛眨个不停，呼吸时粗时细，两手发颤，像患热病似的——他的确在发一种热病，一种突如其来的惶惶不安的热病，每个要在公众场合讲话或唱歌的人都会这样。他的身旁站着一个四十来岁的庄稼汉，宽肩膀、高颧骨、低额门，一双鞑靼人似的狭长眼睛，鼻子短平，下巴方方的，头发黑亮，硬如鬃毛。他的脸黝黑又带铅色。他那毫无血色的嘴唇，如果不是在这样平静沉思的话，透出几乎可以说是恶狠狠的表情。他几乎待着不动，慢慢地打量着四周，活像套在轭下的公牛。他穿一件带有光滑铜纽扣的旧外衣；粗大的脖子上套着一条黑色的旧绸围巾，人称野老爷。在他正对面，在圣像下边长凳上坐着的是雅什卡的比赛对手——从日兹德拉来的包工头。此人约三十岁，个头不高，身体结实，一脸雀斑、鬈发、扁扁的狮子鼻，褐色眼睛滴溜溜转，胡子稀稀拉拉。他神气地打量着周围，把双手掖在屁股下，双腿穿着滚边的漂亮靴子，悠然自得地摇晃着，发出啪啪的声音。他穿一件带棉绒领的崭新的灰呢薄上衣，在这个领子的映衬下，那件紧包住喉头的红衬衫尤为引人注目。在对面的角落里，大门的右边桌子旁，坐着一个庄稼人，身上的长袍又紧又破，肩部裂了个大口子。阳光滚着稀稀的黄色光波，透过两扇小窗的沾着灰尘的玻璃射了进来，无法与房间里常驻的阴暗相抗衡：房间里的所有东西都映着淡淡的光斑。然而屋子内相当凉爽，我刚一进入屋里，酷热顿消，真是如释重负。

看得出来，我的到来起初使尼古拉·伊万内奇的顾客们有些不安；但他们看到他像招呼熟人一样招呼我，便安下心来，不再注意我了。我要了啤酒，坐到房角里那个穿破长袍的庄稼汉旁边。

“嘿，怎么啦！”笨瓜把杯中酒一饮而尽，忽然大喊起来，同时双手奇怪地挥舞着，用以配合自己的叫喊，显然，不做这种动作，他就说不出话来。“还等什么呀？开始就开始嘛。对吗，雅沙？① ……”

“开始吧，开始吧。”尼古拉·伊万内奇表示赞成。

“那咱们就开始吧。”包工头自信而冷静地笑着说，“我准备好了。”

“我也准备好了。”雅科夫激动地说。

“喂，开始吧，伙计们，开始吧。”眨巴眼尖声尖气地喊道。

可是，尽管大家开口同声说要开始，却没有人真的开始；包工头甚至没有从凳上站起来——大家似乎在等待着什么。

“开始！”野老爷阴沉而果断地下令。

雅科夫哆嗦了一下。包工头站了出来，紧了紧腰带，清清嗓子。

“谁先来？”他问野老爷，声音有些变了。野老爷仍然一动不动地站在房中央，宽宽地叉开两条肥腿，两只粗大结实的手插在灯笼裤的裤兜里，几乎直插到胳膊肘。

“你，你先来，包工头。”笨瓜嘟哝说，“你先来，伙计。”

野老爷皱皱眉头看了他一眼。笨瓜轻轻地吱了一声，不好意思了，望望天花板，耸耸肩膀，不吭声了。

“抓阄吧，”野老爷一字一顿地说，“把酒拿出来，放在柜台上。”

尼古拉·伊万内奇弯下腰，气喘吁吁地从地板上拿起一瓶酒，放在柜台上。

野老爷瞧了瞧雅可夫，说了声：“开始吧！”

雅科夫把手伸进衣袋里摸了摸，掏出一个铜子，用牙咬出一个印记。包工头从怀里掏出一个新的皮钱包，不慌不忙地解开带子，把许多小硬币倒在手心里，选出一个崭新的铜子。笨瓜脱下他那顶破掉了帽檐的旧帽子拿上来，雅科夫把他那铜子扔进帽里，包工头也把铜子丢了进去。

---

① 雅沙、雅什卡，都是下面所称的雅科夫的小名或昵称。

“你抓一个吧。”野老爷朝眨巴眼说。

眨巴眼得意地笑了笑，两手捧着帽子，摇晃起来。

顿时鸦雀无声，只有两个铜币相互碰撞，发出轻轻的叮当声。我留意地观察四周：所有人脸上都是紧张等待的神情；野老爷本人也眯起眼睛；坐在我旁边的那个穿破长袍的庄稼汉也好奇地伸长脖子。眨巴眼把手伸进帽子，掏出的是包工头的铜子：大家都松了一口气。雅科夫的脸红了一下；包工头用手摸摸自己的头发。

“我说过的嘛，你先唱，”笨瓜叫起来，“我说过的嘛。”

“行了，行了，别‘唧唧’① 了，”野老爷轻蔑地说，“开始吧。”他向包工头点点头。

“那我唱什么歌呢？”包工头兴奋地问。

“随你，”眨巴眼回答说，“想唱什么就唱什么呗。”

“当然，唱什么都行，”尼古拉·伊万内奇把手缓缓地叉在胸前，附和着说，“这事不好给你指定。唱你想唱的吧；不过得好好地唱；然后我们会凭良心选的。”

“当然，会公正的。”笨瓜接过话说，并舔了舔空酒杯的边。“伙计们，让我稍稍清一下嗓子。”包工头说，用手指摸摸上衣领子。

“好啦，好啦，别磨蹭了，开始吧！”野老爷断然说，并低下头去。

包工头想了想，甩甩头，朝前迈了一步。雅科夫紧紧盯着他……

不过，在描述这场比赛之前，我把这故事中的每个出场人物做个简单介绍，我想，这是必要的。他们之中有几个人的生平，我在迎宾旅馆里遇到他们之前已有耳闻；另外几个人的情况是我后来才听说的。

先来说说笨瓜吧。此人的真名是叶夫格拉夫·伊万诺夫，可是周围一带的人都管他叫笨瓜，他本人也常这样称呼自己，所以这个外号就叫开了。事实上，他其貌不扬，总是焦急不安，这外号对他最恰当不过。他本来就是一个吊儿郎当的放荡惯了的独身家仆，原先的几个主人早就不要他了，眼下没有任何差使可干，也就没有任何收入，但他有办法每天揩别人的油去蹭吃蹭喝。他有不少愿意请他喝酒饮茶的相识，那些人自己也搞不清图的是什么，因为他不仅不会替大家逗闷

---

① 当鹰害怕的时候，它们就会唧唧叫。——原注。

助兴。相反，他那无聊的贫嘴、死皮赖脸的纠缠、夸张造作的举动、不断发出的假笑，都让大家憎恶。他既不会唱歌，又不会跳舞，平生从来没有说过一句聪明的话，没有说过一句有用的话，老是信口开河——是个十足的笨瓜。可是在方圆四十俄里之内，没有哪次酒会会少了他没有他那瘦长的身影在客人们中间晃来晃去，大家都对他习以为常，把他作为在所难免的坏现象而加以容忍。说实话，大家都瞧不起他，但唯一能使他老实下来，不敢胡作非为的人，就是那位野老爷。

眨巴眼跟这个笨瓜可一点都不像。眨巴眼这外号跟他很般配，虽然他那双眼睛眨得并不比别人的多；大家都知道，俄罗斯人都是起外号的能手。尽管我曾费了大力去打听此人的详细身世，可是对于我，或许对于别人来说也是这样，他的身世中还存在不少模糊不清之处，用文人的话说，被不可知的漆黑所掩盖了。我只听说，他早先曾在一个无儿无女的老太太家里当马车夫。然后他带着交他照管的三匹马溜之夭夭，失踪了整整一年，后来他应该发现这事对他根本没好处，流浪生活苦不堪言，于是便自己跑回来了，这时他的腿已经跛了，他跪在女主人脚下求饶，在后来的几年里他卖力地干活，将功补过，渐渐博得了女主人的喜欢，终于得到她的完全信任，当上了管家；女主人过世后，他不知怎么地获得了自由，变成了城里人，开头向乡亲们租些地种瓜，后来就发了，如今日子过得挺快活。这个人阅历深，有头脑，算不上坏人，也不能说是好人，比较会精打细算；他老于人情世故，善于拉关系。他小心谨慎，同时又如狐狸一般机灵；他像老太婆似的喜欢说话，却从来不会说漏嘴，倒是能让别人掏出心里话；不过，他不会像其他一些狡猾家伙那样装糊涂，他是很难装傻的：我从来没有见过比他那双狡黠的小眼睛更锐利更聪明的眼睛。这双眼睛从来不是简单地在看，总是在张望或窥视。眨巴眼有时会一连几个星期去思量一件似乎很简单的事，可有时会突然下决心去干一件特别大胆的事，看样子他这一下就要掉脑袋了……可你瞧，他全办成了，一切顺利。他是很走运的，他相信自己的运气，他认为凡事都会有征兆。总的说来他很迷信。大家都不喜欢他，因为他对人漠不关心，可是他很受大家尊敬。他的家里只有一根独苗，他对这儿子可疼爱极了。这孩子由这样的父亲来培养，想必会鹏程万里呢。“这小眨巴眼长得真像他老子。”现在有些老头子在夏日晚间聚坐在墙根土台上聊天的时候，已经悄悄地这样议论他了，大家对这话都心领神会，也就不多说什么了。

关于土耳其人雅科夫和包工头，不值一提。雅科夫的外号叫土耳其人，因为他确实是一个被俘的土耳其女人所生。就心灵而论，他是个真正的艺术家，可按身份他则是一个商人办的造纸厂里的汲水工。至于包工头，说实话，他的经历我仍不得而知。我只觉得他是一个很有心眼很机灵的城市小市民。但是关于野老爷，倒值得好好说一说。

这个人的外表给人的第一印象就是他有些粗鲁、沉闷，可又具有无法抵挡的魅力。他长得很粗笨，像我们所常说的，是个“硬汉”，他身上带着坚不可摧的壮健劲。而且说来也怪，他那熊一般的形体也不乏某种特有的风雅，它可能来自对自己力量的十分冷静的自信。第一次见到他的风采，很难断定这位赫剌克勒斯是属于哪一阶层的人；他不像家仆，不像小市民，不像退职的穷文书，也不像家道败落、地产不多的贵族——那都是些好养狗、爱打架的家伙，而他的确与众不同。没人知道他是从何处来，怎么流落到我们县里的。有人说，他出身于独院地主，从前似乎在某处当过差。但有关这方面的确切情况大家都不知道，也没有人可以打听——从他本人嘴里更是探听不出来的，没有比他更嘴严、更阴沉的人了。也没有人确切知道他是以何为生的。他不干任何手艺活，也不去谁家走走，几乎不跟任何人交往，然而他有钱花；的确，钱虽然不多，但是有得花的。他为人并不谦虚——他压根没什么可谦虚的——但他很低调；他活着，似乎根本不关注周围的人，也绝对用不着某个人的帮助。怪老爷（这是他的外号，他的真名是彼列夫列索夫）在附近一带是挺有威望的；虽然他不光无权对任何人发号施令，而且连他本人也丝毫没有让那些与之偶然打交道的人听从于他的意图，可是许多人都立刻乐意服从于他。他一开口，大家都听，他的影响力总是起作用的。他几乎滴酒不沾，也不跟女人纠缠不清，他热衷唱歌。这个人身上有许多不解之谜；似乎他那身上可怕地潜藏着某种巨大的力量，这种力量仿佛知道自己一旦升起，一旦爆发，就会毁掉自己和它所碰到的一切；如果这个人一生中不曾有过这一类的爆发，如果他不是因有了经验而幸免于毁灭，时刻严格地管束自己，那样想就大错特错了。特别令我惊讶的是，他身上有着某种天生的狂暴气质和同样天生的高雅气质的混合——这样的混合我在其他人身上从未见到过。

包工头站了起来，眼睛半闭着，以高亢的假嗓唱了起来。他那略显沙哑的嗓音相当甜润动听。他的声音像陀螺似的旋转着，变化着，不断地由高转低，又不断地回到他所保持的高音，唱到高音时，他会特别特别卖力地拉长一会儿，再慢慢停息下来，随后又猛一下以雄壮豪迈的气势接续前面的曲调。他的声调转换有时大胆得很，有时又很可笑，行家听到会觉得很高兴；而德国人听了也许会很愤怒。这是俄罗斯的 tenore di grazia，ténor léger①。他唱的是一首欢快的舞曲。我透过那没完没了的装饰音、附加的和音和扬声，只听清下面几句歌词：

我这年轻小伙儿，
要把地来耕作，
我这年轻小伙儿，
让它开红花朵。

他唱着，大家都聚精会神地听着。显然，他感到这是唱给行家们听的，所以如俗话说的，使出了浑身解数。的确，我们这一带的人很懂音乐，难怪这奥廖尔大道上的谢尔盖耶夫村以其动听悦耳的歌声而闻名于全俄国。包工头唱了很久，可是没有引起听众的强烈共鸣；他缺乏合唱的协助；末了，唱到一个特别成功的转折处，连野老爷也笑了，笨瓜憋不住了，高兴得大声喝彩。大家都精神一振。笨瓜和眨巴眼低声地和唱起来，并大声地喊：“棒极了……加油，好小子……加油，加把劲，鬼家伙！再加把劲！再鼓鼓气，你这狗东西，狗崽子……鬼勾你的魂！”等等。尼古拉·伊万内奇在柜台后边赞赏地来回晃着脑袋。笨瓜终于跺起脚，踏起小步，扭起肩膀，而雅科夫的眼睛如炭火似的燃烧起来，全身像树叶一般颤动着，胡乱地微笑着。唯有那野老爷神色不变，依然在原地不动；不过他那凝视包工头的目光有些柔和了，虽然嘴边仍留着轻蔑的表情。包工头看到大家都表现出满

---

① 抒情男高音（意大利语和法语）——原注。

意的样子，更来劲了。完全飘飘然起来，猛加装饰音，舌头如鸟儿般啼啭，如鼓似的敲响。猛烈地扯着嗓门，他终于累坏了，脸色发白，热汗淋淋，让全身朝后一仰，吐出最后的渐趋微弱的两音，这时候听众向他报以一片狂烈的喝彩声。笨瓜扑上去搂住他的脖子，他那骨瘦如柴的长胳膊搂得包工头喘不过气来；尼古拉·伊万内奇肥肥的脸上泛出一片红晕，他似乎变年轻了；雅科夫疯了似的喊道："真棒！真棒！"——连坐在我旁边的那个穿破长袍的庄稼人也按捺不住了，一拳捶在桌子上，喊了起来："啊哈！真好呀，真他妈的好呀！"并使劲往旁边啐了一口唾沫。

"哎呀，伙计，真让人过瘾呀！"笨瓜喊道，一边搂着疲惫不堪的包工头不放，"真让人过瘾呀！没说的！你赢了，伙计，你赢了！恭喜你——酒归你啦！雅什卡比你差远啦……我对你说，他差远啦……你相信我的话吧！"（他又把包工头往怀里搂。）

"放开他，放开，别老缠着……"眨巴眼生气地说，"让他坐在凳子上吧，瞧，他很累了……你这笨蛋，伙计，真是笨蛋！干吗死缠着不放？"

"好吧，就让他坐下，我来为他的健康干一杯，"笨瓜说着，就去到柜台前，"记你的账上，伙计。"他对包工头说。

包工头点点头，坐回板凳上，从帽子里掏出毛巾，擦起脸来；笨瓜急忙大口喝干了一杯酒，照酒鬼的习惯，喉咙里咯咯地响着，一面装出一副忧心忡忡的样子。

"唱得好呀，伙计，唱得好。"尼古拉·伊万内奇亲切地说，"现在轮到你了，雅沙，要小心，别怯场。我们瞧瞧，谁更胜一筹，我们瞧瞧……包工头唱得很好，真的很好。"

"非常好。"尼古拉·伊万内奇的妻子说，微笑着望了望雅科夫。

"好得很呀！"坐在我旁边的庄稼人低声重复了一次。

"啊，野蛮人波列哈！"笨瓜冷不防地喊了起来，走到衣服肩部有破洞的庄稼人跟前，用手指戳戳他，蹦跳起来，并笑得直打战。"波列哈！波列哈！哈，巴杰，滚出去，野蛮人！你来干什么呀，野蛮人？"他边笑边喊。

这可怜的庄稼人不好意思了，本已打算站起来，赶忙离开，蓦然响起怪老爷铜钟般的声音：

“这讨厌的畜生要闹腾什么呀？”他咬牙切齿地说。

“我没什么，”笨瓜嘟嘟哝哝说，“我没什么……我只是……”“那好，闭上你的嘴吧！”怪老爷说。“雅科夫，开始吧！”

雅科夫用手摸摸喉咙。

“怎么回事，伙计，那个……有点……不知道，真的，有点那个……”

“嘿，得啦，别怯场呀。多羞人呀！……干吗扭扭捏捏的？……唱吧，好好地唱。”

怪老爷低下头，等待着。

雅科夫没说话，朝周围瞧了瞧，一只手捂着脸。大家的眼睛都盯着他，尤其是那个包工头，在他的脸上，透过平常的自信和受到喝彩后的得意神情，露出了不由自主的些许不安。他靠在墙壁上，又把双手掖在屁股下，可两腿已不再晃悠了。雅科夫终于露出自己的脸——它像死人的脸一样苍白，眼睛透过垂下的睫毛微微闪亮。他深深地吐了一口气，就唱了起来……他最初的声音很轻，也不平稳，仿佛不是出自他的胸腔，而是从某个远处飘来，似乎是偶然飞进这房子里来。这颤悠的，如金属般的音响对我们每个人都产生了奇妙的作用。我们互相地你看我，我看你，尼古拉·伊万内奇的妻子把身子挺得笔直。继这第一声之后是一个较为坚定的悠长的声音，但它显然还是发颤的，好像一根弦被手指用劲一拨而猛地发响之后，仍会颤动几下，才最后迅速停下来。在第二声之后是第三声，之后那郁闷的歌声才渐渐激昂起来，向四处荡漾开来。他唱道：“田野上不止一条小路。”我们都感到甜美而可怕。说实话，我很少听到这样的声音：它稍稍带点碎裂声，也有点发颤；开头甚至还带点苦痛的韵味，但其中却蕴有真挚深沉的激情、青春的气息、力量、甘甜味，还有一种淡淡的迷人的哀愁。这歌声里鸣响着、喘息着一颗俄罗斯的正义的炽热灵魂，它紧紧抓住你的心，直接扣动俄罗斯人的心弦。歌声激荡着、飘扬着。显然，雅科夫也陶醉了：他已不显胆怯了，他全然沉浸于幸福之中；他的声音已不再战栗了——它在颤动，但这是激情的隐约的内在颤动，这样的激情正像箭似的刺穿着听众的灵魂。他的歌声越发坚强有力，越发嘹亮了。

记得有一天傍晚，那正是海水退潮的时候，大海在远处汹涌澎湃，我看到平坦的沙滩上停着一只大白鸥，它一动不动地歇着，那丝绸似的胸脯染着晚霞的红光，只是偶尔朝着熟悉的大海、朝着低沉的通红的夕阳慢慢地舒展着它那长长的翅膀。我听着雅科夫的歌声，就想起了那只大白鸥。他唱着，全然忘记了自己的竞赛对手，忘记了我们所有的人，但他显然受到我们无声的、热情的、关切的鼓舞，犹如游泳者受到水浪的激荡而大感兴奋一样。

他唱着，那一声声都给人以亲切的无比舒展的感觉，仿佛是熟悉的草原无边无际地展现在你的眼前。我感到，我的泪水在心中沸腾，涌上眼睛。蓦然间一阵低沉的、压抑的哭声使我吃了一惊……我向周围瞧了瞧——看见掌柜的妻子趴在窗台上哭泣。雅科夫向她迅速瞅了一眼，唱得比先前更嘹亮，更甜美了。尼古拉·伊万内奇垂下了头；眨巴眼转过身去；笨瓜也深深动情了，笨相地张着嘴巴，呆站着；那个穿灰长袍的庄稼人在角落里低声抽泣，一面摇着脑袋，嘴里嘟嘟哝哝；怪老爷的紧锁的眉毛下也涌出大颗的泪珠，沿着他那钢铁般的脸慢慢地滚动着；包工头把握起的拳头按在额头，木然不动……若不是雅科夫在一个很高的异常尖细的音上戛然而止，仿佛他的声音是断了一样，真不知大家的这种悲凄的感受将如何收场呀。没有人叫喊，甚至没有人动一动；大家似乎都在等待，看他是否还要再唱；可他睁大了眼睛，似乎对我们的沉默感到惊异，以疑问的目光环顾了一下大家，他才明白，他获胜了……

“雅沙。”怪老爷把一只手搭在他的肩上，说完这句就不说话了。

我们全都站着，呆了一样。包工头缓缓地站起来，走到雅科夫跟前。“你……是你……你赢了。”他好不容易终于说了这样一句，便从屋子里跑出去了……

他这一迅速而决然的动作似乎打破了眼前的着魔状态，大家猛地一下兴高采烈地谈论起来。笨瓜往上一蹦，叽里咕噜地说起来，两手如风车车翼一般挥动着；眨巴眼拐着腿走近雅科夫，跟他亲吻起来；尼古拉·伊万内奇欠起身来，郑重地宣布，他个人添赠一瓶啤酒；怪老爷笑得那样慈祥可亲，我怎样也想不到在他的脸上会看到这般的笑容；穿灰长袍的庄稼人两手抹着眼睛、脸颊、鼻子和胡子，在屋角里叨咕着："好呀，好极了，即使我是狗娘养的，我也说好呀！"尼古拉·伊万内奇的妻子满脸通红，赶紧站起来走了开去。雅科夫如孩子似的享受着自己胜利的喜悦；他的脸全变了样，尤其是他那眼睛闪耀着幸福的光彩。他被拥到柜台前；他把那个不住地哭泣的穿灰长袍的庄稼人也喊过来，又叫掌柜的儿子去找包工头，然而没有找到他，于是大家就喝起酒来。"你再给我们唱吧，你就给我们直唱到晚上吧。"笨瓜高举双手，反复地叨叨着。

我再次瞧了雅科夫一眼就出来了。我不愿留下来——我怕破坏了自己的印象。可是暑热依旧难耐。它仿佛形成浓重的一层罩在大地之上；透过极细微的几乎发黑的灰尘，似乎可看到一些又小又亮的火花在深蓝色的天空中旋转回荡。一切都静默无言：在疲惫乏力的大自然的深深沉默中藏着某种绝望的、备受压抑的东西。我慢慢地来到干草棚里，躺在刚刚割下但已几乎干透了的草上。我久久不能入睡；我耳边久久回响着雅科夫那迷人的歌声……然而，炎热和疲乏终于占了上风，我死死地睡了过去。当我醒来时，四处都已黑下来了；散堆在周围的草散发出强烈的香气，而且有点潮乎乎的了；透过破棚顶的细细木条，可看到苍白的星星在有气无力地闪烁着。我走出了棚子。晚霞早已消失了，它的余晖还在天边微微泛白；而在不久前还是炙热的空气里，透过夜晚的清新，仍能感到暖意，胸中仍渴望着凉风的吹拂。没有风，也没有乌云；整个天空是那么纯净、清澈而又昏暗，那里静悄悄地闪烁着无数的不很明亮的星星。村子里闪着点点灯火；从不远处亮光光的酒馆里传来乱哄哄的喧闹声，我似乎从中听出了雅科夫的声音。那里不时地爆发出哄堂大笑声。我走到窗前，把脸贴在玻璃上：我看到了一种虽很热闹活跃但令人很不愉快的场景：大家都喝得醉醺醺的——从雅科夫起，全喝醉。

雅科夫袒露着胸膛，坐在凳子上，用沙哑的嗓音唱着一首庸俗下流的舞曲，一边懒洋洋地弹拨着吉他的琴弦。一绺绺被汗水湿透的头发低垂在他那苍白得可怕的脸上。在酒馆的中央，变得肆无忌惮的笨瓜脱去了上衣，在那个穿灰长袍的庄稼人跟前跳跳蹦蹦，狂舞一气；庄稼人也用自己发软的双脚在那里费劲地跺着、蹭着，乱蓬蓬的胡子里露出毫无意义的微笑，偶尔挥一挥手，似乎想说："真带劲！"他那脸显得可笑极了；尽管他使劲地扬起眉毛，可是那发沉的眼皮却不肯抬起来，老是遮着那双几乎看不见的、无精打采可又甜滋滋的眼睛。他正处于酩酊大醉的人的那种有趣的状态，任何一个过路人看到他那张脸，必定会说："真逗，老兄，真逗！"眨巴眼整张脸红得像只虾，他张大鼻孔，在角落里带嘲弄地笑着；唯有尼古拉·伊万内奇真不愧是酒馆掌柜，仍然保持着一向的冷静。屋子里聚集了许多新来的顾客；可是我没有看见怪老爷在那里。

我转身离去，快步地走下科洛托夫卡所处的小山冈。这小山冈脚边伸展着广阔的平原；沉没在漫漫夜雾中的平原显得更加无边无际，似乎与暗下来的天空融为一体。我沿着山沟旁的路大步地往下走，蓦然从平原的远处传来一个男孩子的响亮声音。"安特罗普卡！安特罗普卡！……"他一个劲地用失望的哭声喊着，并把最后一个音拉得长长的。

他稍停了一会儿，又叫喊起来。他那声音在静止不动的、睡意蒙眬的空气中响亮地荡漾开来。他把安特罗普卡这名字至少喊了三十来遍，突然从平地的另一端，仿佛从另一世界传来隐约可闻的回音：

"什么事？"

那男孩子立即以又喜又怒的声音喊道："喂，你这鬼家伙！"

"干……什……么……呀？"过了好一会儿另一声音才回答。"因为阿爸要……揍……你……呢。"第一个声音急忙地喊道。第二个声音没有再回答了，那个男孩子又呼喊起安特罗普卡这名字来。当天色全黑了下来，我已经绕着离科洛托夫卡四俄里、围着我的村子的那片树林边走过来的时候，我还听得到他那越来越稀、越来越弱的喊声……

"安特罗普卡！"这声音似乎依然飘荡在夜色沉沉的空中。

彼得·彼得罗维奇·卡拉塔耶夫

大概五年前的秋天，从莫斯科到图拉的途中，因为弄不到马，我不得不几乎一整天都待在驿站的房子里。我当时打猎回来，因为欠考虑，打发自己的三匹马往前走了。驿站长是个已经上了年纪的人，不苟言笑，头发耷拉到鼻子上，一双小眼睛睡眼惺忪，对我的抱怨和请求只是用断断续续的气话来回答，还把门关得砰砰响，好像在咒骂自己的这份差使，出门到台阶上的时候，大声呵斥手下的车夫，因为他们有的手里端着沉甸甸的马轭在泥巴路上慢腾腾地挪着步子，有的坐在长凳上打哈欠、挠痒痒，对头儿怒喝毫不在意。我已经喝过三四遍茶了，好几次想睡觉都睡不着，把窗上和墙上的题字念了个遍：我无聊得要命。我怀着冷漠而绝望的心情望了一眼自己的四轮马车翘起来的车辕，这时忽地传来叮当的铃声，一辆由三匹精疲力竭的马拉的车停在了台阶前。来人跳下车大喊着："快来换马！"接着便走进了屋。他听驿站长回答说没有马时，露出常见的惊讶表情，这时我已经怀着一个百无聊赖的人所具的贪婪的好奇心把这个新同伴从头到脚打量了一番。从外表看，他年近三十。天花在他脸上留下来无法消除的痕迹，他的脸又干又黄，还有难看的铜色；长长的头发黑里泛青，一圈一圈地披在领子上，前面卷成俊俏的鬈发；一双浮肿的小眼睛就这么直勾勾地瞅着；上唇上支棱着几根胡须。他穿得像个去看马市的放荡不羁的地主：一件花花绿绿、沾满油污的阿尔哈卢克上衣，一条褪了色的淡紫色绸领带，一件镶铜扣子的马甲，一条带大喇叭裤腿的灰色灯笼裤，裤腿隐约露出没擦干净的皮靴尖。他身上有股强烈的烟味和酒味；

他那几乎被上衣抽口遮住的又红又粗的手指上，可见几枚银戒指和图拉戒指。这样的人在俄罗斯何止几十个，简直可以遇到上百个；跟他们结交，应该老实说，没有任何乐趣可言；虽然我带着成见去看这位来人，却不能不注意到他脸上不经意流露出来的善良和热忱的表情。

“这位先生在这里已经等了一个多钟头了。”驿站长指着我说。

“一个多钟头！”——这坏老头取笑我呢。

“也许他不是那么急需吧。”来者回答说。

“这我们就不清楚了。”驿站长沉着脸说。

“难道就没法子可想了？确实没有马吗？”

“没有办法。一匹马也没有。”

“好吧，那就叫人给我拿茶炊来。我就等吧，没办法的事。”

来人在凳子上坐下来，把帽子扔在桌子上，用手捋了捋头发。

“您用过茶了吧？”他问我。

“用过了。”

“愿意跟我一起再喝几杯吗？”

我同意了。那棕色的大茶炊第四次出现在桌子上。我拿出一瓶罗姆酒。我觉得这位交谈者就是一个稍有地产的贵族，果然如此。他的姓名是彼得·彼得罗维奇·卡拉塔耶夫。

我们聊了起来。他来了不到半个钟头，已经推心置腹地给我讲述了自己的生平。

“如今我是要去莫斯科，”他在喝第四杯的时候对我说，“目前我在乡下已经无事可做了。”

“怎么会无事可做呢？”

“的确无事可做。家业都搞垮了，说实话，我害得庄稼人也破产了；这些年年景不佳：庄稼歉收，再加上各种灾祸……”他垂头丧气地向一旁瞧了瞧，“再说，我算个什么当家的呀！”

“到底为什么呢？”

“不成器呀，”他打断我的话说，“哪有我这样的当家人呢！您瞧瞧——”他把头扭向一边，猛吸了几口烟斗，又接着说：“您看着我，也许以为我是个……可是我，对您说实话，只受过中等教育呀；又没有多少家产。请原谅，我这个人心直口快，而到头来……”

他没有把话说完，便甩了一下手。我对他说，他误会了，让他相信我很高兴与他相识，等等，后来我还说，管理田庄似乎不需要受太过高深的教育。

“我同意，”他回答说，“我同意您的观点。不过总得要有一种专门的方法！有的人把庄稼人掠夺一空，反倒没事！可是我……请问，您是从彼得堡来的还是从莫斯科来的？”

“我从彼得堡来。”

他从鼻孔里喷出一缕长长的烟气。

“我是去莫斯科当差。”

“您具体去哪里当差呢？”

“还不知道；看那边怎么安排。不瞒您说，我很怕当差：那是得负责任的。我一直住在乡下，您知道，我习惯了……可是没有法子……穷呀！唉，我可穷怕了！”

“可是今后您就要住在首都了。”

“在首都……唉，我不知道首都有什么好的。瞧瞧看吧，也许是不错……可要说会比乡下好，我觉得，那是不可能的。”

“难道您就不可能再继续待在乡下吗？”

他叹了一口气。

“不可能了。村子现在可以说不是我的了。”

“怎么回事？”

“那里有一个好心人——一个邻居在经管……一张票据……”

可怜的彼得·彼得罗维奇用手摸了摸脸，想了一下，摇摇头。

“唉，有什么法子！……说实话”他稍沉默了一会儿，接着说：“我不怪任何人，都是自己不好。我喜欢瞎胡闹……真见鬼，喜欢瞎胡闹！”

“住在乡下您快活吗？”我问他。

“先生，”他直盯着我的眼睛，一字一顿地说，“我曾养了十二对猎狗，对您说吧，那样的猎狗是不可多得的呀。（后面的词他是拉长声说的。）逮野兔本事大着呢，猎起珍奇野兽来像蛇一样灵活，简直就是眼镜蛇。它们的速度之快值得我好好夸一夸。这些都是过去的事情了，没必要撒谎。我常扛着枪去打猎。我有一头猎狗叫孔捷斯卡，它伏地伺窥的动作与众不同，嗅觉灵敏极了。有时我走近沼泽地，喊一声：快找！——要是它不去找，哪怕您带十几条狗前去——也是白搭，什么也不会找到！要是它去找——那就非找到不行……而且在家里它也非常有礼貌。用左手拿给它面包，并且说：犹太佬吃的，它就不要。若是用右手给它，说：小姐吃的，——它立刻就抓过去吃。我还有一条它下的狗崽，也棒着呢，我本来想带到莫斯科去，可是有位朋友把那狗崽连同猎枪一起要去了；他说：在莫斯科，老兄，你用不上它们；老兄，那边完全是另一种样子。我就把这狗崽，还有枪都给了他；这样，全都留在那里了。”

“您在莫斯科也可以打猎嘛。”

“不打了，打什么呀？以前不会克制的人，现在就该忍耐。正想请教您，在莫斯科生活——花销大吗？”

“不，不太高。”

“不太高？……请问，莫斯科有茨冈人吗？”

“什么样的茨冈人？”

“就是在集市上跑来跑去的那种人。”

“有的，在莫斯科……”

“啊，这就好。我喜欢茨冈人，他妈的，我就喜欢……”

彼得·彼得罗维奇眼中迅速闪过豪放快乐的神色。可突然他又在长凳上坐立不安起来，随后陷入沉思，垂下头，把一个空杯子递到我面前。

“给我一点儿您的罗姆酒。”他说。

“可茶都喝完了。”

“无所谓，就这样，不用茶……唉！”

卡拉塔耶夫双手托着头，并把胳膊支在桌子上。我默默地看着他，等着他发出那些感性的感叹语，甚至还会流下热泪，就像醉酒的人喜欢做的那样，可是当他抬起头，他脸上那深切的忧伤让我大吃一惊。

“您怎么啦？”

“没什么……想起了往事，一件趣事……想给您说说，不过我好意思打扰您……”

“别客气啦！”

“好吧，”他叹口气接着说，“常有一些巧事，……比如说，我就遇上过。如果您想听，我就给您讲讲。只不过，我不知道……”

“讲吧，亲爱的彼得·彼得罗维奇。”

“好吧，不过这事儿有点……您瞧，”他开始说了：“可是我真的不知道……”

“得啦，别绕圈子了，亲爱的彼得·彼得罗维奇。”

“嗯，好吧。这么说吧，这是一次巧遇。我是住在乡下的……突然有一次我看中了一个姑娘，啊，多好的一个姑娘啊……人长得漂亮，还很聪明，而且非常善良！她名叫马特廖娜。可她身份卑微，就是说，您知道的，她是一个农奴，就是一名女奴。而且不是我家的丫头，是别人家的——麻烦就在这里。瞧，我爱上了她，——这真是一件趣事——而她也爱上了我。于是马特廖娜便开始求我：要我把她从女主人那里赎出来；我自己也已经考虑过这事儿……她的女主人挺有钱，是个可怕的老太婆，住得离我家大概有十五俄里远。于是在一个所谓的艳阳天的日子里，我吩咐给我备好三套马车——由我的溜蹄马马驾辕，它是一匹特种的亚细亚马，取名叫拉姆普尔多斯——我穿戴一新，就驱车前去拜访马特廖娜的女主人。到了那边一看：房子很大，有厢房，有花园……马特廖娜在大路拐弯处等我，本想同我说几句话，可只是吻了吻我的手便走开了。我走进前厅问道：‘主人在家吗……’一个高个子听差说：‘请问如何通报您?’我说：‘伙计，你就通报：地主卡拉塔耶夫前来有事商谈。’听差去了；我等候着，心想：接下来会怎样呢？大概这老滑头会漫天要价，别看她很有钱。可能会要五六百卢布呢。那听差终于回来了，说：‘有请。’我跟着他走进客厅。圈椅上坐着一个小个子、脸色发黄的老婆子，一双眼睛眨啊眨的。‘您有何贵干?’您知道，我认为开场总要客气几句，于是说：‘与您相识，深感荣幸。’她说：‘您弄错了，我不是这儿的女主人，我是她的亲戚……您有何贵干?’我立即对她说，我需要同女主人谈件事。‘马丽娅·伊利尼奇娜今天不会客：她身体不舒服……您有何贵干?’我心想，没有办法，就对她说说我的事吧。老太婆听我说完，就问：‘马特廖娜？哪个马特廖娜?’‘马特廖娜·费多罗娃，库里克的女儿。’‘费奥多尔·库里克的女儿……您怎么认识她的?’‘偶然认识的。’‘她知道您的心意吗?'‘知道的。’老太婆沉默了一会儿，突然说：‘我会收拾她的，这小贱人……’说实话，我大吃一惊。‘为了什么啊，发发善心吧！……我愿意出钱替她赎身，您就说个数吧。’这老东西压低声音凶狠地说：‘您想拿钱来哄人呀，我们才不稀罕您的钱呢！……我会收拾她的，我要把她……我要打掉她的蠢念头。’老太婆气得大声咳嗽起来，‘她嫌我们这儿不好么，还是怎么的?……哼，这个死丫头，上帝原谅我的罪过！’说真的，我火冒三丈。‘您干吗要吓唬这个可怜的丫头呢?她到底有什么错?’老太婆画了一下十字。‘啊，你还有理了，我的上帝，耶稣基督！难道我自己的奴仆不是由着我怎样就怎样吗?’‘可她不是您的人呀！’‘哼，马丽娅·伊利尼奇娜会管这件事的；先生，这与您无关；我要让马特廖娜瞧瞧，她是谁家的奴仆。’说实话，我差点儿向这该死的老太婆扑过去，可想到马特廖娜，手放了下来。我畏手畏脚，真没法形容；我便一再央求老太婆说：‘您要多少钱都成。’‘您要她干什么呀?’‘我喜欢她，大娘；请站在我的立场想想吧……请让我吻您的手。’我真的吻了这恶婆娘的手！‘好吧，’这妖婆嘟嘟哝哝说：‘我会告诉玛丽亚·伊利尼奇娜的；看她怎么吩咐了；您过两三天再来。’我惴惴不安地回到家。我开始意识到，我把事情办得有些不妙，不该让她们知道我的心意，而我猛然想起这点时已经晚了。过了两三天，我又去找那家的女地主。我被领到书房。里面鲜花无数，陈设一流，女主人坐在一把造型古怪的圈椅里，头往后仰，靠在枕头上；上次见到的那个女亲戚也在座，还有一个浅色头发、穿绿色连衣裙、歪嘴的小姐也在场，大概雇佣的女陪伴女郎吧。老太婆带着鼻音说：‘请坐。’我坐了下来。她就问起我的年纪，在哪儿做事，来这里想干什么，从头到尾她一直都态度倨傲，显得高高在上。我详细地回答了她的问题。老太婆从桌子上拿起一块手绢，朝自己扇了又扇……她说：‘卡捷林娜·卡尔波夫娜向我报告了您的来意，可是我立有一条家规：不放奴仆出去侍候别人。这样的事不得体，在守规矩的人家这是不合适的：这不成体统。我已经处理过了，您用不着操心了。’‘操心什么，请问……也许，您需要马特廖娜·费多罗娃是吧?’‘不，’她说，‘不需要。’‘那么您为什么不愿意把她让给我呢?’‘因为这对我来说不合适；不合适，就是这样。我已经处理好了：把她打发到草原村庄去了。'我只觉得五雷轰顶一般。老太婆用法语对穿绿衣服的小姐说了两三句话，那小姐便出去了。老太婆又说：'我是个讲规矩的妇人，而且我身体也不太好，经不起打扰。您还年轻，而我已经上了年纪，所以我有资格给您提点忠告。您去谋份差事，找个门当户对的女子结婚不是更好吗；有钱的未婚女子很少，但贫寒而品性好的姑娘是可以找得到的。'您知道吗，我瞧着这个老太婆，完全不明白她在那里胡扯些什么，我听见她说到结婚，可我耳朵里老是回响着草原村庄这几个字。结婚！……见鬼去吧……"讲故事的人突然打住了话头，看了看我。

"您还没有结婚吧?"

"没有。"

"嗯，当然，这事儿大家都明白。""我忍不住说道：'得了，大娘，您扯到哪儿去了？什么结婚？我只是要您给个话儿，您肯不肯让出您的女仆马特廖娜?'老太婆哎唷哎唷地说道：'唉，他真让我不得安生！唉，让他走吧！唉！……'她的女亲戚一个箭步跑到她身边，朝着我大喊大叫起来。老太婆还在哼哼着：'我干吗受这份气？……难道我在自己家里还做不了主吗？唉，唉!'我抓起帽子，疯了似的跑了出来。"

"也许，"讲故事的人接下去说，"您会批评我不该这样苦苦迷恋一个出身底层的姑娘。我并不想为自己辩解……反正事情已经这样了……不管您信不信，我白天黑夜都不得安宁……受尽煎熬！我老在想，为什么我害了这个不幸的姑娘！一想到她穿着粗布衣服去放鹅，按老爷的命令受着百般虐待，还有那个穿柏油靴子的庄稼汉村长会对她大骂特骂——我便直冒冷汗。啊，我忍无可忍，打听到她被发落到哪个村子，骑上马就往那儿去。第二天傍晚才赶到那里。显然她们没有料到我会有如此举动，所以没有下令要防备我。我装作是邻村的人，直接去找村长。走进院子我就看到：马特廖娜坐在台阶上，用手托着头。她本要叫喊，我急忙作手势让她别声张，并指了指后院，指了指田野那里。我走进屋里，跟村长聊了一会儿，对他胡诌了一通，便找个机会出来找马特廖娜。这可怜的姑娘紧紧搂住我的脖子。我亲爱的人儿脸上没了血色，也消瘦了。您知道吧，我对她说：'没什么的，马特廖娜；没什么的，别哭。’可是我自己的眼泪也止不住地流……终于，我也感到不好意思了，对她说：‘马特廖娜，眼泪是解决不了困难的，所以：要行动，像别人说的，要坚决行动；你必须跟我逃跑；就是要这么做。’马特廖娜吓呆了……‘这怎么成！我会完蛋的，她们会把我整个吃掉的！’‘傻瓜，谁能找得到你？’‘能找到的，一定会被找到的。谢谢您了，彼得·彼得罗维奇，我永远都不会忘了您的情谊，可眼下您就别管我了；看来，我就是这样的命。’‘唉，马特廖娜，马特廖娜，我还以为你是个敢作敢为的姑娘呢。’的确，她是很有个性的……还有一颗金子般的心！‘你干吗留在这儿呢！反正是一样；再坏也坏不到哪里去了。你说说：你尝过村长的拳头吗，啊？’马特廖娜的脸刷一下红了，嘴唇哆嗦起来。‘可因为我，我的一家人都会没法活了。’‘难道会你的家人……也会被流放吗？’‘会被流放的；我那兄弟准会被流放。’‘那父亲呢？’‘父亲倒不会被流放；他是我们那里顶好的一个裁缝。’‘那还算好；你哥哥不会因为这个毁掉的。’您可知道，我好不容易才把她说服；她还想起问我将来会不会为这事负责……我说：‘这你就别管了……’我终于把她带走了……不是这一次，而是另一次：一天夜里我坐马车来把她带走了。”

“带走了？”

“带走了……于是她就在我家安顿下来。我家的房子不大，仆人也少。直接说吧，我的仆人都很尊敬我；他们不会为任何好处出卖我。我开始快活地过日子。马特廖努什卡休息了一阵，恢复了健康；我对她寸步不离……她是个多好的姑娘呀！她又会唱歌、又会跳舞、还会弹吉他，真不知道从哪里学来的……我不让她在外人眼前露面，怕有人说了出去！可我有一位朋友，是我的至交，叫戈尔诺斯塔叶夫·潘捷莱，——您不认识吧？他对她简直倾慕得不得了：像对一位太太似的去吻她的手，真的。对您说吧，戈尔诺斯塔叶夫跟我可不一样：他是一个有学识的人，普希金的书他全读过；有时他跟马特廖娜和我聊天，我们听得津津有味。他教会了她写字，真是个怪人！我是怎么让她穿衣打扮的——她简直比省长夫人穿戴得还好；我给她缝了件毛皮镶边的深红色丝绒外套……这件外套她穿起来真没的说！这件外套是莫斯科一家时装店女老板按新潮款式缝制的，是带卡腰的。而且这个马特廖娜也是很奇怪！有时候她想着心事，一连几个钟头坐在那里，瞅着地板，眉毛一动不动；于是我也坐着瞅着她，怎么也瞅不够，似乎从来没有见过她似的……她有时笑一笑，我的心就打颤，如同有人在挠我的痒痒。有时她会突然笑起来，开起玩笑，手舞足蹈；她那么火热地、紧紧地拥抱我，使我乐昏了头。我常常从早到晚只想着一件事：我怎样才能让她高兴？您信不信，我送给她东西就是为了要瞧瞧她，我的心肝，能高兴成啥样子，她会高兴得脸蛋通红，瞧瞧她怎样试穿我送她的新衣服，怎样换上新装前来亲吻我。不知道她父亲库利克是怎样打听到这事的；老爷子前来看望我们，并且一个劲地哭……这是出于高兴而哭的，您怎么想呢？我们给了他好多东西。她，我的小鸽子，最后亲自拿给他一张五卢布钞票——他竟扑通一声向她下跪——一个多么怪的老头呀！我们就这样过了五个来月，我真希望跟她这样过一辈子，可是我的命运太可悲了！”

彼得·彼得罗维奇停住不说了。

“出了什么事啦？”我关切地问他。

他摆一下手。

“全都完蛋了，我把她也给毁了。我的马特廖努什卡特别喜欢坐雪橇，而且常常自己驾雪橇；她穿上自己的毛大衣，戴上托尔若克式手套，一路只管叫呀喊呀。我们总是傍晚出去坐雪橇，为的是不碰上别人。有一回我们挑了一个好天儿；严寒、晴朗、一丝风都没有……我们乘雪橇出去。马特廖娜握着马缰绳。我看着，看她把雪橇驾到哪儿去？难道要驾到库库叶夫卡去，驾到她那女主人的村子里去？正是，奔着库库叶夫卡去的。我对她说：‘你疯了，你要上哪儿去呀？’她回头瞧了瞧我，笑了笑。她说：‘让我去玩一下。’‘啊，’我心想：‘豁出去了……’从主人的房前驶过去是好玩的吗？是好玩的吗——您自己说说看？我们就这样前去了。我的溜蹄马平平稳稳地奔跑着，两匹拉梢的马简直如旋风般地飞奔——不多一会儿就看见库库叶夫卡村的教堂；再一看，有一辆旧的绿色雪地轿车在大路上缓缓地行驶，一个仆人站在车后脚镫上……是女主人，是女主人乘车来了！我本来就胆小，可是马特廖娜用缰绳使劲地抽着马，迎着轿车冲上前去！那轿车的车夫看到：有辆雪橇迎面飞奔过来，便想避让，可是车子转得太急了，便翻倒在雪堆上。车窗的玻璃碰碎了，女主人喊了起来：‘唉，唉，唉！唉，唉，唉！’女伴当也尖声叫喊：“停下，停下！’而我们急忙从旁边溜过去了。我们的雪橇奔驰着，我在想：‘这下可糟了．我不该让她来库库叶夫卡的。’您猜怎么着？原来那女主人已认出了马特廖娜，也认出了我，过后这老太婆就去告我，说：‘我的逃走的女仆就住在贵族卡拉塔耶夫家。’她还花了大笔钱去贿赂有关当局。不出我所料，县警察局长找上门来了；这位局长原我认识，叫斯捷潘·谢尔盖伊奇·库佐夫金，他表面上是个好人，可实质上是个坏人。他来了，如此这般说了一番，然后说：‘彼得·彼得罗维奇，您怎么干出这种事呢？……责任可严重呢，这方面法律有明文规定。’我对他说：‘关于这事，咱们自然要谈一谈，不过远道而来，想不想先吃点什么？’他是同意吃点东西，不过他说：‘要秉公处理，彼得·彼得罗维奇，您自己想一想吧。’‘当然要秉公处理，’我说：‘事情当然要……哦，我听说您有一匹黑毛马驹，想不想和我的那匹拉姆普尔多斯换一换？……至于那个丫头马特廖娜·费多罗娃嘛，我这里可没有。’‘唉，’他说：‘彼得·彼得罗维奇，那丫头就在您这儿，要知道我们不是住在瑞士嘛……至于用我的马驹换您的拉姆普尔多斯倒是可以的；或者，就把这匹马带走也行。’这一次我好歹把他打发走了。可是那个老太婆比先头闹得更凶了；她说，花费万把块钱也不在乎。您知道不，当初她一见到我，就冒出个念头，想让我娶她的那个穿绿衣服的女伴——这是我后来才知道的：所以她才那样大发雷霆。这种太太们什么主意想不出来呀！……也许是出于无聊吧。我得倒霉了：花些钱我倒不可惜，我把马特廖娜藏了起来——还是不行呀！她们老揪住我不放，可把我折腾死了。我负了债，身体也垮下来了……有一天夜里，我躺在床上想：‘我的天哪，我为什么受这番折磨？既然我不能抛弃她，那我该如何是好？……唉，我不能，绝对不能呀！’马特廖娜突然走进我的房间。那段时间我已把她藏在离我家两三俄里的一个村子里。我吓了一跳。‘怎么？你在那边被发现了？’‘不，彼得·彼得罗维奇，’她说：‘在布勃诺沃没有人来惊扰我，可这是长久之计吗？我的心都碎了，彼得·彼得罗维奇；我可怜您，我亲爱的；我永远忘不了您的温情，彼得。彼得罗维奇，现在我是来向您告别的。’‘你怎么啦，你怎么啦，疯啦？……说什么告别？说什么告别？’‘是这样……我要去自首。’‘那我就把你这个疯丫头锁在阁楼里……你是想把我毁了？要让我送命，是吗？’她没有吭声，瞅着地板。‘喂，你说话呀，说话呀！’‘我不愿再给您添麻烦了，彼得·彼得罗维奇。’唉，你去试着同她说说……‘可你知道吗，傻瓜，你知道吗，疯……疯丫头……’”

彼得·彼得罗维奇痛哭起来。

“您猜怎么着？”他在桌子上击了一拳，又继续说，一边紧蹙起眉头，然而眼泪仍是从他那火辣辣的两颊往下直淌，“这丫头真的自首了，真的去自首了……”

“马匹备好了！”驿站长走进屋里，庄严地喊了一声。

我们两人都站了起来。

“后来马特廖娜怎么样了？”我问。

卡拉塔耶夫摆了摆手。

我跟卡拉塔耶夫那次萍水相逢之后，又过了一年，我因事到了莫斯科。有一回我在午饭前来到猎人商行后面的一家咖啡馆——那是莫斯科独具一格的咖啡馆。台球房里腾腾的烟雾中闪现着一些红通通的脸庞、小胡子、蓬松的头发、匈牙利外衣和最新潮的斯拉夫外衣。一伙穿着朴素常礼服的瘦老头在那里阅读俄罗斯报纸。那些跑堂的端着托盘，在绿色的地毯上迈着轻软的步子，敏捷地东跑西跑。商人们一脸苦恼而紧张的神色在饮茶。突然从台球房里走出一个人，他头发有点散乱，步履不大稳健。他的两手插在口袋里，低下头，茫然地瞅了瞅周围。

“哎呀，哎呀，哎呀！彼得·彼得罗维奇！……过得好吗？”

彼得·彼得罗维奇差点扑上来搂我的脖子，他微微晃着身子，拉着我走进一个小单间去。

“就在这儿坐，”他说，热情地拉我到一张安乐椅上坐下，“这儿坐得舒服些。伙计，上啤酒！不，拿香槟！哎呀，说实话，真没料到，真没料到……来好久了？要待很久吗？真可谓是有缘分哪……”

“是呀，记得吗……”

“怎么不记得呢，怎么不记得呢，”他急忙打断我的话说，“过去的事……过去的事呀……”

“那您现在在这儿干些什么呢，亲爱的彼得·彼得罗维奇？”

“您瞧，就这么活着。这里的生活挺好的，这儿的人们也热情。我在这儿挺安心的。”

他叹了口气，抬眼望着天。

“在任职吗？”

“没有，还没有任职，可我想很快就要入职了。职务有什么呢？……人——这才是是最重要的。我在这儿认识了一些很不错的人呢……”

小厮用黑托盘端着一瓶香槟酒走进来。

“瞧，这就是个好人……是不是，瓦夏，你是个好人？为你的健康干杯！”

这小厮站了一会儿，礼貌地摇了摇头，笑了笑，就出去了。

“是啊，这儿的人都不错，”彼得·彼得罗维奇继续说，“有感情，有灵魂……要不要我介绍给您认识？都是些很体面的朋友……他们认识您会很高兴的。我告诉您……博布罗夫死了，真不幸。”

“哪一个博布罗夫？”

“谢尔盖·博布罗夫。是个很体面的人；他照顾过我这个没知识的乡下人。戈尔诺斯塔叶夫·潘捷莱也死了。都死了，都死了！”

“您一直在莫斯科住？没有到乡下去？”

“到乡下去……我的村子被卖掉了。”

“被卖了？”

“是拍卖的……可惜您没有买！”

“那以后您靠什么过日子呢，彼得·彼得罗维奇？”

“我不会饿死的，老天爷会保佑的！钱没有，而朋友会有。钱算得了什么？——一堆尘土！黄金也是尘土！”

他眯起眼睛，把手伸进衣袋里摸了摸，掏出两个十五戈比和一个十戈比钱币放在手心上，伸到我面前。

“这是什么？就是尘土！（钱币飞落在地上。）您还是告诉我吧，您读过波列扎耶夫的诗没有？”

“读过。”

“看过莫恰洛夫扮演哈姆莱特吗？”

“没有，没有看过。”

“没有看过，没有看过……（卡拉塔耶夫脸色发白了，眼珠不安地转来转去；他扭过脸去，嘴唇微微地痉挛着。）唉，莫恰洛夫，莫恰洛夫！‘死了——睡去了’。”他用低沉的嗓音说。

什么都完了；
要是在这一种睡眠之中，
我们心头的创痛，
以及其他无数血肉之躯所不能避免的打击，
都可以从此消失，
那正是我们求之不得的结局。
死了，睡去了……

“睡去了，睡去了！”他喃喃地说了好几次。

“请问，”我正要开口；可他又满怀热情地接下念道：

谁愿意忍受人世的鞭挞和讥嘲，
压迫者的凌辱，傲慢者的冷眼。
被轻蔑的爱情的惨痛，
法律的迁延，官吏的横暴，
和费尽辛勤所换来的卑视。
要是他只要用一柄小小的刀子，
就可以清算他自己的一生？
……在你的祈祷之中，
不要忘记替我忏悔我的罪孽。

他把头埋在桌子上。他结结巴巴地随便胡诌起来。

“又过了一个月！”他重新鼓起劲来念道：

短短的一个月以前，
她哭得像个泪人儿似的，

送我那可怜的父亲下葬；
她在送葬时穿的那双鞋子还没有穿旧。
她就，她就……
上帝啊！一头没有理性的畜生
也要悲伤得长久一些……

他把一杯香槟酒端到唇边，但没有去喝，而是继续念道：

为了赫丘琶！
赫丘琶对他有什么相干，
他对赫丘琶又有什么相干，
他却要为她流泪？……
可是我，一个糊涂颟顸的家伙……
我是一个懦夫吗？谁骂我恶人？……
谁当面指斥我胡说？……
我应该忍受这样的侮辱，
因为我是一个没有心肝、逆来顺受的怯汉……

卡拉塔耶夫手上的酒杯掉地下了，他抓着自己的头。我似乎觉得我了解他了。

“唉，得了，”最后他说，“不要再去提旧事了……对吗？（他笑了起来。）为您的健康干杯！”

“您要在莫斯科待下去？”我问他。

“我要死在莫斯科！”

“卡拉塔耶夫！”隔壁房间里传来呼唤声。“卡拉塔耶夫，您在哪儿？到这儿来，亲爱的朋友！”

“叫我呢，”他说着，笨重地从座位上站了起来，“再见吧，如果有空，请来我家，我住在×××。”

可到了第二天，由于一些意外情况，我得离开莫斯科，就没有再跟彼得·彼得罗维奇·卡拉塔耶夫见过面了。

约 会

秋天，九月中旬，我坐在白桦林里。从一早便下起绵绵细雨，不时会交替出现温暖的日光；天气变化无常。天空有时蒙上一层散淡的白云，有时有几处云层豁然散开，露出明亮而亲切的蓝天，宛若明眸。我坐着，打量着四周，倾听着。树叶在我头上微微作响；从它们的声音里便可判断现在是什么季节。这不是春日的欢快而战栗的笑语，不是夏日轻柔而绵长的絮叨，也不是深秋怯懦而冷漠的私语，这是一种难以听清的、催人欲睡的闲聊。微风轻轻拂过树梢。被雨淋湿的林子深处变幻莫测，时而阳光灿烂，时而云遮雾罩；有时整个透亮，仿佛里面的一切都立刻展露笑颜：白桦树长得不很稠密，细细的树干顿时洒满白丝绸似的柔光，落在地上的细叶即刻变得五彩斑斓，如同赤金般熠熠生辉，高挑而卷曲的蕨类植物已染上秋色，像熟透的葡萄，它们优美的茎秆在你眼前无止尽地、杂乱地相互交错在一起；有时四周又忽地微微泛蓝：艳丽的色彩顿时消失，白桦树依然是白色的，但已没了光泽，白得像未经冬天寒冷阳光照射过的新雪；那细雨又开始悄悄地、调皮地洒向树林，淅淅沥沥。白桦树上的叶子几乎还是全绿，虽然已露出苍白；只有一处长着一棵小白桦，全身是红色的或金色的，它的细枝编成的密网刚刚被亮晶晶的雨水冲刷干净，可以看到，当阳光突然照射进来，透过这个网在它身上滑过，让一切变得色彩绚烂，此时的小白桦在阳光下又是何等的光彩夺目。听不见一只鸟儿的声音：全都躲起来不出声了；唯有偶尔响起山雀宛如铜铃般的嘲笑声。在这片小白桦林里歇息前，我曾带着我的狗穿过一片高高的白杨树林。说实话，我不大喜欢白杨这种树，也不喜欢它淡紫色的树干和灰绿色的金属般的叶子，这种叶子被树尽可能高地向上托起，在空中像颤动的扇子一般展开；我不喜欢它零乱的圆叶，它们笨拙地挂在长长的茎秆上不停地摇晃。只有在某些夏日夜晚，这种树才让人觉得可爱，那时候它在低矮的灌木丛独自崭露头角，被夕阳的红光浸润着，闪烁颤抖，从根部到梢头染遍同样的红黄色；或者有风的晴日，它整个儿在蓝色的天空中喧闹摇曳或窃窃私语，它的每片叶子都充满着渴望，似乎都要挣脱树枝，奔向远方。不过总的说来我不喜欢这种树，所以我没有停留在白杨林里休息，而是找到一片白桦林，藏身于一棵树枝低垂的树下，那里可以避雨，欣赏了一番周围的景色之后，便安稳、舒坦地睡了一觉，进入了只有猎人才能领略的梦境。

我说不清自己睡了多久，当我睁开眼睛时，树林里遍地阳光，欢腾喧闹的树叶背后，浅蓝色的天空似乎在闪闪发光；云被风儿吹散得无影无踪；天气清朗，空气中能嗅到特殊的干爽的新鲜气息，令人心旷神怡，精神焕发，它几乎总是在向人们预告，在这整天的阴雨之后，将是一个平静晴朗的夜晚。我打算起身，想再去碰碰运气，忽然我的目光被一个呆然不动的人体吸引住了。我定睛一看：那是一个年轻的农家少女。她坐在离我二十步开外的地方，低着头若有所思，两只手搁在膝上；在一只半伸开的手掌上放着一束密匝匝的野花，随着她的每一次呼吸，这束野花轻轻地滑落在方格裙上，她穿着洁白衬衫，领口和袖口都扣上了，形成轻柔的浅浅皱褶；脖子上挂着盘成两行的黄色大珠串，一直垂到胸前。她长得挺好看。带点漂亮浅灰色的浓密金发精心地梳成两个半圆形，鲜红的狭发带几乎移到白如象牙的额门上；她的脸庞的其他部分几乎被晒成古铜色，只有细嫩的肌肤才会有这样的颜色。我看不清她的眼睛，因为她没有抬起眼睛来；可是我清楚地看见她那弯弯的长眉和细长的睫毛，那睫毛是湿润的；她的一边脸颊上残留泪痕，一直延伸到略微苍白的嘴唇上，在阳光下闪着亮。她的整个头部显得挺可爱；鼻子稍嫌胖圆，却也无伤大雅。我最喜欢她的面部表情：它是那样的单纯而温柔，那样的忧伤，对于自己的忧伤又满是孩童般的迷惑。显然，她是在等一个人；林子有某种轻微的响动：她立即抬头四下张望；在明净的阴影里，她明亮的大眼睛在我面前迅速闪过，眼神如同扁角鹿一样畏怯。她倾听了片刻，睁大眼睛盯着发出轻微声响的地方，叹了口气，默默回过头来，她的身子弯得更低了，开始慢慢地采摘花朵。她的眼睑红红的，嘴唇痛苦地颤动着，浓密的睫毛里又滚出了泪珠，亮闪闪地停在脸颊上。就这样过了好一阵子；这可怜的姑娘呆怔在那里，只是偶尔忧郁地动一动手，她在倾听，一直在倾听……林子里又有响声，她哆嗦了一下。响声没有停下来，反而越来越清晰，越来越近，终于听出来是坚定而急促的脚步声。她挺直了身子，似乎怯懦起来；她专注的目光颤抖起来，因为期待而射出光来。一个男子的身影迅速出现在树林中。她定睛一看，顿时满脸绯红，欢喜而幸福地笑了，她本想站起身来，又立刻埋下头去，脸色发白，有些腼腆，直到那人在她身旁停下步来，她才抬起颤抖的、几近祈求的目光望着他。

我从自己的藏身处好奇地打量他。说实话，他给我的印象并不好。从各种迹象看，他是一个富有的年轻地主身边被宠坏了的侍仆。他的衣着显示出他很讲时尚，喜欢炫耀：他穿着一件古铜色短大衣，可能是主人穿旧了给他的，扣子直扣到领口，系着一条两端淡紫色的粉红领带，头戴镶金边的黑丝绒便帽，直压到眉毛。他那白衬衫的圆领毫不留情地撑着他的耳朵，顶着他的脸颊，浆得笔挺的袖口把整只手都遮住了，只露出红润而弯曲的手指，手指上戴着的银戒指上镶有勿忘我花形的绿宝石。他脸色红润、皮肤鲜嫩，又有点无赖相，据我所知，这类型的长相几乎总是让男人们气恼，遗憾的是，却总让女人们喜欢。显然，他竭力让自己有点粗鲁的相貌露出一副轻蔑而无聊的表情。那双本来就小的乳灰色眼睛总是眯起，眉头紧锁，嘴角耷拉，他做作地打着呵欠，装出一种满不在乎又故作洒脱的模样，时而用手整一整鬈得很帅气的红色鬓发，时而揪一揪在厚厚的上嘴唇上竖起的黄色小胡子——总之，他的装腔作势让人受不了。他一看见那位正在等候他的农家少女，就开始装模作样；他慢悠悠地、大摇大摆地走到她的跟前，站了一会儿，耸耸肩膀，把两手插在外套口袋里，勉强向这位可怜的姑娘投去匆匆而漠然的一瞥，便坐在地上。

“怎么，”他开始说，仍然瞧着旁边，晃动一只腿，打着呵欠，“你等很久了吗？”

姑娘没能立即回答他。

“等很久啦，维克托·亚力山德雷奇。”她终于以几乎不可闻的声音说。

“唉！（他摘下帽子，一本正经地用手捋捋那几乎从眉边长起的紧紧鬈曲着的浓发，派头十足地瞧瞧周围，又小心地把帽子盖在自己的宝贵脑袋上。）我差点把这件事全忘了。再说，瞧，还下着雨！（他又打了一下呵欠。）事情太多了：哪能件件都顾得上，老爷还要骂人呢。我们明天就出发了……”

“明天？”姑娘说着，向他投去惊讶的目光。

“明天……喂，喂，喂，行了。”他看到她全身哆嗦、慢慢垂下头去，他急忙气恼地说，“阿库丽娜，别哭啦。你知道我最受不了这个。（他皱起自己的扁鼻子。）不然我马上就走……哭哭啼啼的，多蠢哪！”

“好吧，我不哭，我不哭。”阿库丽娜慌忙说道，一边努力咽下泪水。“这么说您明天就走？”她沉默了一会后说，“老天什么时候能让我再和您见面呢，维克托·亚力山德雷奇？”

“会见面的，会见面的。不是明年，就是后年。看来，老爷想在彼得堡谋份差事，”他带着鼻音漫不经心地吐出每个字，“说不定还要到外国去。”

“您会忘了我的，维克托·亚力山德雷奇。”阿库丽娜悲伤地说。

“不，怎么会呢？我不会忘记你的，不过你要变得聪明些。别犯傻，听你爹的话……我不会忘记你的，不会的。”（他坦然地伸了一下腰，又打一下呵欠。）

“别忘了我，维克托·亚力山德雷奇，”她继续用哀求的声音说，“我真的非常爱您，真是一切都为了您……您说，要我听我爹的话，维克托·亚力山德雷奇……可我怎能听我爹的话呢？……”

“怎么呢？”他仰面躺着，两手枕在脑下，仿佛是从胃里掏出这句话。

“怎能听呢，维克托·亚力山德雷奇，您是知道的……”

她没有说下去。维克托玩弄着他的钢表链。

“你，阿库丽娜，不是个笨丫头，”他终于说起话来，“所以就别说傻话了。我希望你好，你懂我的意思吗？当然，你不笨，可以说，不像那些个乡下姑娘；你娘也不像是个乡下的婆娘。你毕竟没读过书，——所以人家对你说话，你就该听。”

“多可怕呀，维克托·亚力山德雷奇。”

“胡说什么呀，我亲爱的。有什么可怕的！你这是什么？”他向她挪近一些，继续说，“是花？”

“是花，”阿库丽娜满面愁容地回答，“这是我采的艾菊。”她稍微活跃了些，继续说，“牛犊吃挺好。这是鬼针草，能治瘰疬。您瞧瞧，多奇特的花呀；我从没见过这么奇特的花。这是勿忘我，这是香堇菜……这是我为您采的，”她继续说，一边从黄艾菊下拿出一小束用细草扎好的浅蓝色矢车菊，“您要吗？”

维克托懒洋洋地伸出手，接过花，不经意地嗅了嗅，把它放在手指里转来转去，带着沉思的庄严表情仰望天空。阿库丽娜瞧着他……她忧郁的目光里满是温柔的忠诚、敬仰的顺从和爱。她有些怕他，不敢哭泣，要和他告别，要最后一次好好看看他；而他像土耳其皇帝似的四仰八叉地躺在那里，带着宽宏大度的耐心和体谅忍受她的爱慕。说真的，我愤怒地望着他红红的脸蛋：这张脸蛋上，透过装出来的轻蔑的冷淡，流露出一种自鸣得意和令人作呕的自负。此时此刻的阿库丽娜多么漂亮：她的整个心灵信任而热烈地坦承在他眼前，她靠近他，向他示好，而他……他把矢车菊扔在草地上，从大衣一侧的口袋里掏出一个镶着铜镜框的圆镜片，把它按在一只眼睛上；可是不管他怎样使劲皱起眉头，抬起脸皮甚至鼻子来托住它，镜片仍然掉了下来，落在他的手上。

“这是什么？”惊讶的阿库丽娜终于问道。

“单眼镜。”他神气地回答。

“做什么用的？”

“戴上它可以看得更清楚。”

“给我看看吧。”

维克托皱了皱眉头，但还是把镜片递给了她。

“小心，别打碎了。”

“放心，不会打碎的。（她怯生生地把镜片按到一只眼睛上。）我什么也看不见呀。”她天真地说。

“你要把一只眼睛，一只眼睛眯起来。”他以不满的指导者口气说。(她眯起了那只戴着镜片的眼睛。)“不是这一只，不是这只，真蠢！是另一只！”维克托喊道，不等她纠正过来，便把单眼镜从她手里夺了回去。

阿库丽娜脸红了，微微地笑着，转过脸去。

“看来我们用不了。”她说。

“那还用说！”

可怜的姑娘沉默了一会儿，深深地叹了口气。

“唉，维克托·亚力山德雷奇，您走了，我可怎么办！”她突然说。

维克托用衣襟擦了擦镜片，把它放回口袋里。

“是啊，是啊，”他终于说话了，“你起初的确会感到难过的。(他体谅地拍了拍她的肩膀；她轻轻地从肩上拉过他的手，羞涩地吻了吻它。)唉，是啊，是啊，你真是个好心肠的姑娘，”他得意地微笑一下，继续说，“可是有什么法子呢？你自己说说看！我和老爷是不可能在这里留下来的；现在冬天快到了，乡下的冬天——你是知道的——简直糟透了。在彼得堡可就大不一样了！那里美妙极了，像你这样的笨丫头连做梦都梦不到。那房子、街道，还有社交、教育——真是让人咋舌……(阿库丽娜像小孩似的微张着嘴，贪婪地、专注地听着他讲。)不过，”他在地上打了个滚儿，补充说道，“我把这一切说给你听干什么呢？反正你也听不懂。”

“为什么呢，维克托·亚力山德雷奇？我懂，我都懂。”

“瞧你的样儿！”

阿库丽娜低下了头。

“早先您不是这样同我说话的，维克托·亚力山德雷奇。”她说，没有抬起眼睛。

“早先？……早先！瞧你！……早先！”他似乎生气了。

他俩都不吭声了。

“我该走了。”维克托说，已经用胳膊肘支起身子……

“再等一会儿吧。”阿库丽娜恳求他。

“等什么呢？……我反正同你告别过了。”

“等一会儿吧。”阿库丽娜又说了一遍。

维克托又躺下来，吹起口哨。阿库丽娜一直盯着他看。我看得出，她渐渐激动起来：她的双唇颤动着，苍白的脸颊微微地泛红……

“维克托·亚力山德雷奇，”她终于用断断续续的声音说起话来，“您好狠心哪……您好狠心哪，维克托·亚力山德雷奇，真的！”

“怎么狠心？”他皱起眉头问，稍稍抬起头，并转向她。

“好狠心呀，维克托·亚力山德雷奇。分别的时候哪怕对我说一句好话也行，哪怕就一句好话，对我这个孤苦伶仃的人……”

“让我对你说什么呢？”

“我不知道；您比我更知道，维克托·亚力山德雷奇。眼看您就要走了，哪怕说一句也好……干吗这么对我？”

“你真是个怪人！我能做什么呢？”

“哪怕说一句也好……”

“哼，说来说去就是这一句。”他生气地说，站起身来。

“别生气，维克托·亚力山德雷奇。”她赶紧接着说，勉强忍住眼泪。

“我没有生气，只是你那么蠢……你想要什么呢？我总不能跟你结婚吧？总不能吧？那你还想要什么呢？想要什么呢？”（他伸过脸，似乎在等答复，同时张大五指。）

“我什么……什么也不要，”她结结巴巴地回答，勉强壮着胆子向他伸出发颤的双手，“在分别的时候，哪怕说一句话……”

她泪如泉涌。

“哼，总是这样，又哭了。”维克托冷冰冰地说，把帽子从后面拉到眼睛上。

“我什么也不要。”她继续说，抽噎着，两手遮住脸，“可是我以后在家里怎么办呢？我怎么办呢？我以后的日子怎么过，以后怎么过，我这苦命的人儿啊？他们会把我这个孤苦无依的人嫁给我不喜欢的人的……我太可怜了！”

“又是这套，又是这套。”维克托在原地倒换着两只脚，嘴里嘟嘟囔囔的。

“哪怕一句，哪怕就一句……就说，阿库丽娜，我……”

突如其来的撕心裂肺的号啕大哭没有让她把话说完——她扑倒在

草地上，悲痛欲绝地大哭起来……她全身抽搐，后脑勺忽高忽低。长期压抑着的痛苦终于像洪流似的奔涌出来。维克托在她旁边站着，站着，然后耸耸肩膀，转过身，大步地扬长而去。

过了不多一会儿……她平静下来，抬起头，跳起身来，向四周瞧了瞧，惊异地拍了拍手；她本想前去追他，可是她两腿发软，跪倒在地上……我忍不住了，向她奔去；她刚一看见我，不知从哪儿来的力气——轻轻喊了一声，站起身来，消失在树林里，只留下一堆散乱的野花。

我站了一会儿，捡起那一束矢车菊，走出林子，来到田野。太阳低悬在亮白的天空，它的光线似乎也变淡了，变冷了：阳光并不强烈，只有一层均匀的浅浅的光泽向周围晕染开去。离黄昏不过半个来小时。晚霞刚刚燃起。阵阵清风穿过枯黄的麦茬向我扑面而来：在这些麦茬前，蜷曲的小树叶急速地扬起，穿过道路，沿着林边飞卷而去；朝向田野的树林都在颤动着，微微闪烁，清晰而不刺眼；草地微微发红，草茎上，麦秆上，到处闪耀着、晃动着无数秋蜘蛛的丝网。我站在那里……我难过起来：正在凋谢的大自然露出清新但不欢快的微笑，透过这微笑，对即将来临的冬天的恐惧涌上心头。一只谨慎的乌鸦急剧地扇着它沉重的翅膀，从我头顶高高地飞过，它回过头斜视我一眼，叫了几声，又向上飞，消失在林子后面；一大群鸽子从打谷场急速地飞来，突然盘旋成柱形，接着匆忙地散降在田野上——这是秋天的标志！在寸草不生的小山丘后面有人在驾车赶路，传来一阵轰隆隆的马车声……

我回到了家；而那个可怜的阿库丽娜的身影久久地在我的脑海里徘徊，她那束早已枯萎了的矢车菊，至今仍留在我的家中……

席格洛夫村的哈姆雷特

一次外出途中，我收到亚历山大·米哈伊雷奇·格×××的晚宴邀请，他是一位有钱的地主，爱好打猎。他的村子距我当时所在的小村庄约有五俄里地。我穿上燕尾服（凡是外出，即便是去打猎，都建议穿上它），便前往亚历山大·米哈伊雷奇家。宴会定于六点钟开始；我五点钟到达，见到已经来了好多穿礼服的、穿便服的以及穿其他不知道是什么服装的贵族们。主人亲切地和我打了招呼后，就立刻跑到餐厅仆役的休息室去了。他在等一位显贵，显得有几分激动，这完全与他独立的社会地位和财富太不相称了。亚历山大·米哈伊雷奇从未婚娶，他也不好女色；与他交往的也都是些单身汉。他的日子过得相当阔气，把祖传的大宅加以扩建，装修得金碧辉煌，每年从莫斯科定购价值约一万五千卢布的葡萄酒，总之，他极其受人尊重。亚历山大·米哈伊雷奇很久以前就退职了，未曾得过什么光荣称号……那么，是什么让他非要请那位显贵前来做客，并从宴会当天一早就开始坐立不安呢？原因嘛——这就像我所认识的一位司法检察官，当别人问他收不收自愿赠送的贿赂时，他所说的那样——无可奉告。

和主人分开后，我便到各个房间里随便转转。几乎所有的宾客都与我素昧平生；牌桌旁已经聚集了二十来人。在这些玩朴烈费兰斯牌的人中：有两位出身高贵而略显疲惫的军人；有几位文官，他们的领带打得又紧又高，蓄着下垂的染色的小胡子，像这样的小胡子只有那些果断而善心的人才会有（这些善心的人在郑重其事地理牌，也不转头，只是用眼角扫一下走近的人）；有五六位县里的官员，他们肚子圆滚滚的，一双肥手汗津津的，双腿守规矩地不乱动（这些先生声音柔和，朝四方亲切地微笑，把纸牌拿得靠近胸衣，出王牌的时候也不敲桌子，相反，他们以波浪形动作把牌扔在绿呢桌毯上，在吃牌的时候，也只弄出极为谦逊有礼的轻微声响）。其他的一些贵族有的坐在沙发上，有的簇拥在门边或窗旁；有一位年纪已经不小而外表像女人的地主站在屋角，打着哆嗦，红着脸，忸怩不安地玩弄着腰间表坠上的小印章，尽管没有人注意他；还有几位绅士，他们穿着圆形燕尾服和格子纹裤子，都是出自莫斯科高级缝纫师、外国人菲尔斯·克柳欣之手，他们随意转动着肥胖而光溜的后脑勺，无拘无束地高谈阔论；有一个二十岁左右的年轻人，他眼睛近视，留着浅色头发，从脚到头穿着一身黑色衣裤，样子很腼腆，脸上的笑容却很恶毒……

我开始觉得有些无聊，突然有一个叫沃伊尼岑的人坐到我旁边来。他是一个未完成学业的年轻人，寄居在亚历山大·米哈伊雷奇家里，以一个……到底以什么身份，很不好说。他的枪法异常高明，又善于驯狗。我早在莫斯科的时候就认识他了。他属于那样一类的青年人：他们只要一参加考试就“呆若木鸡”，就是说，教授的问题一个都答不上来。为了好听，称这些先生们为“长鬓角”①（诸位都明白，这是很久以前的事了。）常常有这样的事：比如，叫到沃伊尼岑了。在这之前沃伊尼岑一动不动地挺着身子坐在长凳上，从头到脚全身冒着热汗，缓缓地心不在焉地转动眼睛，一听到叫他的名字，站了起来，连忙地把制服扣子全扣好，侧着身子挤到考试桌前。“请抽考签。”教授和蔼可亲地对他说。沃伊尼岑伸过手去，哆哆嗦嗦地用手指摸着一大堆的考签。一个由外系来的参加监考的教授是个爱生气的小老头，他突然对这个可怜的长鬓角发火了，用气得发颤的嗓音说：“别挑三拣四的！”沃伊尼岑只好听天由命，抽了一张，给老师看了考签号后，便走到窗前坐下来，等前边的考生答完考题。沃伊尼岑坐在窗前，目不转睛地盯着考题，偶尔像刚才那样缓缓地转动一下眼睛，不过身体仍旧纹丝不动。前面的考生答完题后，老师们根据他的情况，对他说：

---

① 尼古拉一世于1837年4月2日颁布法令，禁止有官职的公民留胡子。这个禁令也在大学生中盛行，因此在这篇小说写作之前大学生们早就不留长鬓角了。

"好，你可以走了。"或者说："好，回答得很好。"叫到沃伊尼岑答题了；沃伊尼岑站起来，迈着坚定的步子走到考席前。"请念考题。"老师们对他说。沃伊尼岑双手把考题捧到鼻子边，慢慢地念着，手也慢慢地垂下去。"好，请答题吧。"那位教授懒洋洋地说，身子往后一仰，两手交叉抱在胸前。死一般的沉默。"您怎么啦？"沃伊尼岑默不作声。外系小老头有些恼火了。"总得答点什么啊！"我们的沃伊尼岑仍不吭声，好像呆了。他那剃得光溜溜的后脑勺迎着所有同学好奇的眼光突兀地、木然地矗立着。外系小老头的眼珠子差点蹦了出来：他彻底讨厌沃伊尼岑了。"这真是奇怪，"另一位考官说，"您怎么像个哑巴似的杵在这里？您是不会答，还是怎么了？不会答也要说嘛。""请允许我拿另一张考签。"这个倒霉蛋闷声说。教授们交换了一下眼色。"好，您拿吧。"主考官说罢，挥了挥手。沃伊尼岑重新拿了一张考签，重新走到窗前，重新回到考席前，重新像死人一般一声不吭。外系老头儿恨不能把他生吃活剥了。最后他被撵出考场，得了零分。您以为：这时候至少他会走了吧？才不呢！他又回到自己的座位上，仍然一动不动地坐着，直到考试结束；走的时候还喊道："真可气！都啥题啊！"然后一整天就在莫斯科闲逛，有时抱着头，痛心地咒骂自己时运不济。书本他是肯定不会去看的，到第二天早晨又是故伎重演。

就是这个沃伊尼岑坐到我旁边。我跟他聊了一会儿莫斯科，聊了一会儿打猎。

"您想不想，"他突然悄悄地对我说，"我来给您介绍一下这里的俏皮话大王？"

"有劳了。"

沃伊尼岑把我领到一位小个子跟前，此人额发高耸，蓄着小胡子，穿棕色燕尾服，系一条花领带。他那胆汁质的、表情丰富的外貌确实透出一股聪明劲和刻毒劲。他不断歪咧着他的嘴唇，露出飘忽的讥笑；那眯缝着的黑色小眼睛在长短不齐的睫毛下显出大胆的神色。他的身旁站着一个地主，此人身体肥胖，软言软语，表情甜腻，真可叫作蜜糖先生，而且还是个独眼。小个子的俏皮话还没说完，他就先笑了，好像高兴得要化了。沃伊尼岑把我介绍给俏皮话大王，他的名字是彼得·彼得罗维奇·卢皮欣。我们认识后，互相寒暄了几句初次见面该说的客套话。

“请允许我给您介绍一下我的好朋友，”卢皮欣抓起这个甜腻腻的地主的手，突然用刺耳的嗓音说，“别躲了，基里尔·谢利法内奇。”他又说：“又不会吃了您，来吧。”他继续说着话，这时候一副窘态的基里尔·谢利法内奇笨拙地鞠躬行礼，仿佛他的肚子要掉下来似的。“来，我来介绍，这是一位了不起的贵族。他在五十岁以前身体一直很棒，可突然心血来潮，要治好自己的眼睛，结果变成了独眼龙。从那以后他医治自己的佃农也获得同样的成功……想都不用想，那些佃农如此忠心耿耿……”

“瞧您这张嘴呀。”基里尔·谢利法内奇喃喃地说，笑了起来。

“往下说呀，我的朋友，嘿，往下说呀，”卢皮欣接过话说，“您哪，能被选做法官，一定会选上的，瞧着吧。当然啰，比如说，会有陪审官替您出谋划策的；可不管怎样，总得要说话嘛，哪怕说的是别人的意见。说不定省长来了，他会问：为什么法官说话结巴？比方说，别人就禀报：他得了麻痹症。省长会说：给他放放血吧。您自己也知道，遇到这样的事多丢脸啊。”

甜腻腻的地主笑得前仰后合。

“瞧他笑成那样，”卢皮欣刻毒地瞅着基里尔·谢利法内奇颤悠悠的肚子，继续说道，“他怎么能不笑呢？”他又转身对我说：“他吃得饱，身体好，又没孩子，也没有把佃户抵押出去——他还替他们治病呢——他那位夫人也傻呼呼的。（基里尔·谢利法内奇稍稍扭过身去，装作没有听见，继续哈哈大笑。）我也笑呢，我老婆跟一个土地测量员跑了。（他龇了龇牙。）您不知道这事？可不是嘛！她就这样一下子跟人私奔了，给我留下一封信，信上写道：亲爱的彼得·彼得罗维奇，请原谅；我被爱情迷住了，就跟我的心上人走了……这个土地测量员之所以得手，就是因为他不剪指甲，又穿紧身裤。您很吃惊吧？您会说，这个人真坦率……我的天哪！我们这些乡巴佬说的就是大实话。不过，咱们还是到一边去吧……咱们干吗站在未来的法官的身边呢？……”

他拉起我的手，我们走到窗前。

“我说俏皮话在这里是出了名的，”交谈时他对我这样说，“不过您别信。我这个人只不过愤世嫉俗，常出声骂人：所以我这么放肆。

说实在的，我干吗要斯斯文文呢？无论什么人的意见我都看不上，我也不求什么；我是恶人，——这有什么呢？恶人至少不需要费脑筋。做恶人挺逍遥的，您不会信的……喏，比如，您就瞧瞧咱们的东道主吧！他何必这般东跑西跑，时不时地看表、微笑、冒汗、装出正经八百的样子，而把我们晾在这里饿肚皮？达官贵人——有什么稀罕！瞧，瞧，他又在跑了，还一瘸一拐的，您看看。”

卢皮欣尖声大笑起来。

“唯一遗憾的是，没有太太们在场，”他深深叹口气，接下去说，“一群光棍的宴会——不然的话，我们这伙人就热闹了。您瞧，您瞧。”他突然喊了一声，“科泽利斯基公爵来了——就是那留大胡子的高个子、戴黄手套的。一眼能看出，在国外待过了……他总是姗姗来迟。我对您说吧，他是一个笨人，一个人能抵两匹商人的马。您会看到的，他对我们这些人说话可傲气了，但面对我们的太太小姐们的亲热殷勤，他会露出大度的微笑……他有时也说俏皮话，路过时就在这儿白吃白住，可说的都是什么俏皮话啊！简直像钝刀割纤绳。他最受不了我……我去向他打个招呼。”

于是卢皮欣就跑去迎接公爵了。

“我的一个仇家来了，”他突然回到我跟前说，“您看见那个褐色脸皮，头发硬如鬃毛的胖子了吗？就是那个手里抓着帽子、贴着墙走路、像狼一样探头探脑的家伙。我把一批价值一千卢布的马卖给他，只收他四百卢布，这个闷声不响的家伙如今倒理直气壮地瞧不起我了；其实，他非常缺乏想象力，尤其是在早晨，在喝茶之前，或者刚吃过饭之后，如果对他说：您好，他就反问：什么？瞧，有个文官来了，”卢皮欣继续说，“一个退职的大文官，破了产的大文官。他有一个甜菜糖一样的女儿，一座生瘰疬病的工厂……对不起，不是这么说的……不过您会明白的。啊！那建筑师也来了！他是个德国佬，留着小胡子，业务上一窍不通，——当真咄咄怪事！……当然了，他干吗非得懂行呢？只要有贿赂可拿，替我们的柱子贵族多竖些柱子不就得了！”①

---

① “柱子”一词在俄语中与“世袭”一词谐音，卢皮欣在这里说的是双关语的俏皮话。

卢皮欣又哈哈大笑起来……顷刻间整个房子里群情不安。那位显贵驾到了。主人急急忙忙奔到前厅。几个忠实的家人和热心的宾客紧随其后……喧闹的谈话声变成了愉快的柔声絮语，仿佛春天里的蜂房里蜜蜂的嗡鸣。唯有一只喧闹不休的黄蜂——卢皮欣和一只神气活现的雄蜂——科泽利斯基没有降低嗓门……终于蜂王进来了——显贵进来了。一颗颗心都飞过去欢迎他，坐着的人都站了起来；就连那个以廉价买下卢皮欣的马的地主也把下巴贴到了胸前。那位显贵恰到好处地保持着威严，频频向后晃着脑袋，仿佛在点头致意，他说了几句赞许的话，每句话前头都用长长的鼻音发出的“啊”字开头；他极为愤怒地瞥了一下科泽利斯基公爵的大胡子，并向那个有工厂和女儿的破了产的大文官伸出左手的食指。在接下来的几分钟里，他说了两遍因没有迟到而深感高兴，然后大家都朝着餐厅走去，要人们走在前头。

有些细节就不必向读者赘述了，比如，如何请这位显贵坐在大文官和省贵族长之间的那个首席上（这位省贵族长的表情自在而威严，跟他那浆得很挺括的胸衣、肥大的坎肩和装着法国烟丝的圆形烟盒极为相称）；主人如何忙前忙后、跑东跑西、奔忙劳碌、招呼客人，在经过显贵身边时如何朝他的脊背微笑，如何像小学生似的站在角落里，匆匆地喝点汤或吃块牛肉，仆役头如何端上一条嘴里插花的一俄尺半长的鱼，穿着号衣的仆役们如何神情严肃、板着脸把酒端给每个贵族，有时端上马拉加酒，有时端上马德拉酒；几乎所有的贵族，尤其那些上了岁数的贵族如何像尽义务似的一杯一杯地喝；如何砰砰地打开一瓶瓶香槟，如何举杯为健康祝酒——这一切读者大概都非常熟悉。不过我觉得尤为有意思的是：那位显贵在全场欢快肃静的气氛中讲的一段趣闻。有一个人，似乎是那个破产的大文官吧，他对新文学知道得不少，他谈起了妇女的影响，尤其是对青年人的影响。“是呀，是呀，”那显贵接过话说，“的确如此；对青年人应该严加管束，要不然他们一见女人的裙子就会发疯的。”（全体宾客的脸上掠过孩子般快乐的微笑；有一个地主的目光里甚至露出感激的神色。）“因为青年人很蠢。”（这位显贵可能为了凸显庄重吧，有时就改变一些词的重音。）“就拿我的儿子伊万来说吧，”他继续说，“这傻小子刚到二十岁，却突然对我说：‘爸，请允许我结婚吧。’我对他说：‘傻瓜，先去服役……’于是他就垂头丧气，眼泪汪汪的……可是我……那个……”（显贵说“那个”这词时，似乎不是用嘴说的，而是用肚子说的；他沉默了一会儿，神气地瞥一下邻座的大文官，而且把眉毛扬得老高，高得出人意料。那文官愉快地把脑袋稍稍向旁边侧了侧，把对着显贵的那只眼睛异常迅速地眨巴起来。）“结果呢，”显贵又说了起来，“如今他自个儿给我写信说：‘爸，谢谢你教育了我这傻瓜……’这种事就得这样处理。”不用说，全体宾客完全赞同他的高见，而且似乎由于获得快乐和教益，气氛变得活跃起来……宴席散后，大家站起身来，涌向客厅，喧闹声比之前更大，但仍然是不失礼仪的，仿佛是这种场合所允许的……接着大家坐下来玩牌。

我好不容易盼到夜幕降临，吩咐自己的马车夫在第二天早上五点钟给我备好马车，就去安歇了。可是就在这一天里我还要认识一个与众不同的人。

由于来的宾客甚多，谁都没法单独睡一个房间。亚历山大·米哈伊雷奇的仆役头把我领到一个充满潮气的绿色小房间里，这儿已经睡进一位客人，衣服都脱了。他一看见我，就赶紧钻进被窝里，把被子一直盖到鼻子，在松软的羽绒褥子上翻腾了一会儿就静下来，从他那布睡帽的圆边下以敏锐的目光打量着我。我走到另一张床铺（房间里共有两张床铺）前，脱了衣服，躺在发潮的床单上。我的室友在床上辗转反侧……我向他道了晚安。

过了半个小时。不管我怎样努力，我都睡不着：脑海里闪过一连串无用的模糊的念头，它们固执而单调地接踵而至，宛如水车上的一个个水斗。

“看样子，您还没有睡着吧？”我的室友说。

“可不是，”我回答说，“您也没有睡着？”

“我一向都不想睡。”

“怎么会这样？”

“就是这样的。我自己也不知道为什么，躺着，躺着，然后才睡着。”

“既然还不想睡，为什么就上床去了呢？”

“那您说我还能干什么呢？”

我没有回答他的问话。

“我觉得很奇怪，”他沉默了片刻之后继续说，“为什么这儿没有跳蚤。那么，跳蚤会在哪儿呢?”

“您似乎挺可怜跳蚤的。”我说。

“不，不可怜；不过我喜欢一切都合情合理。”

“瞧瞧，”我心想，“他怎么会用这个词。”

室友又沉默了。

“您想跟我打个赌吗?”他突然用很响的声音说了起来。

“为什么事打赌呢?”

这位室友开始让我觉得有意思。

“嗯……为什么事吗？就为这个：我相信，您肯定把我当作傻瓜。”

“哪能呢。”我吃惊地喃喃说道。

“把我当作乡巴佬，当作大老粗……你就承认吧……”

“我还不曾有幸认识您，”我反驳说，“您凭什么可以断定……”

“凭什么？单凭您说话的声音就可能判定；因为您漫不经心地回答我……可我完全不是您所想的那样……”

“请听我说……”

“不，请您听我说。首先，我的法语讲得不比您差，德语甚至讲得更好；其次，我在国外待了三年：在柏林就住了八个月。我研究过黑格尔的著作，阁下，我会背歌德的作品；除此之外，我曾长时间地爱慕着一位德国教授的女儿，回国后娶了一位生肺病的小姐，她的头发都掉光了，可人非常出色。所以说，我和您是同样的人；我不是您所以为的那种乡巴佬……我也常常反省自己，我身上毫无直率可言。”

我抬起头，倍加细心地端详着这位怪人。在幽暗的灯光下，我勉强能看清他的面容。

“您这会儿在打量我，”他整了整自己的睡帽，继续说，“大概您在扪心自问：今天我怎么就没有注意到他呢？我就告诉您，为什么您没有注意到我吧，因为我没有提高嗓门；因为我躲在别人身后，站在门外，没有跟任何人交谈；因为那个仆役头端着盘子经过我身边的时候，提前把胳膊肘抬得跟我的胸一般高了……这一切都是因为什么呢?原因有两个：一是我穷，二是我很低调……请说实话，您是不是没有注意到我?”

“我的确未曾有幸……”

“就是呀，就是呀，”他打断我的话说，“我就知道。”

他坐起身来，交叉起两只胳膊；他那睡帽长长的影子从墙上弯折到天花板上。

“您承认吧，”他忽然斜睨了我一眼，继续说，“您一定觉得我很奇怪，是一个所谓的异类，或者，也许是一个更差劲的词；也许，您以为，我是故意装作怪人吧?”

“我应该对您再说明一遍，我还不认识您呀……”

他低了一会儿头。

“为什么我同您、同一个素昧平生的人如此唐突地聊起来——天，只有天知道了！（他叹了一口气。）不是由于我们心灵相通吧！您和我，我们都是正派人，都是自我主义者：无论您跟我，还是我跟您，彼此之间都没有任何干系，不是吗?不过咱俩都睡不着……为什么不聊聊呢?我这会儿来了精神，这在我是很少有的。您看出了没有，我很胆小，我胆小并不因为我是外省人，是一个没有一官半职的穷光蛋，而是因为我是一个自尊心很强的人。可有的时候，在一些既无法确定也无法预见的好场合或好机会的影响下，我的胆小就会消失得无影无踪，就像现在这样。这一会儿哪怕让我跟达赖喇嘛面对面——我也敢向他要点鼻烟闻闻。不过，您也许想睡了吧?”

“正相反，”我急忙说，“我很高兴能跟您聊聊。”

“您是想说，我让您开心……那更好了……这样吧，我先对您说明一下，此地都把我当成异类，就是说，有些人在闲扯旁的无聊事中偶然提到我的名字时，就这样称呼我。‘我的命运太没有人关心。’他们无非是想刺痛我……我的天！如果他们知道……我之所以潦倒，就是因为我身上毫无怪异之处，除了有时有点冒失，像我现在跟您这样聊天，可是这种冒失根本不值一提。这是最廉价最低级的怪异。”

他转过脸对着我，摆了摆双手。

“先生！”他喊了一声，“我认为，总的说来只有与众不同的人才能活在世上；只有他们才有生活的权利。有人说：Mon verre n’est pas grand, mais je bois dans mon verre[①]。瞧见吗，”他低声补上一句，“我的法语讲得多纯正。我觉得，即便你的脑袋大，装的东西多，你知识渊博，无所不知，紧跟时代——然而没有一点你自己的、独特的、个人的东西，那你就一无所有！只不过是世上多了一个储藏普通物品的地方而已——谁又能从这里得到什么满足呢？这可不行，哪怕你蠢，也得有自己的蠢法！要有自己的味道，自己专属的味道，就是这样！您不要认为，我对这个味道的要求很高……绝不是的！这样的异类很多：目之所及——到处都有与众不同的人；任何一个活人都与众不同，而我却不在其中！”

“其实，”他稍稍沉默了一会儿后继续说，“我在年轻的时候曾有过多少期许啊！我在出国之前以及回国之初，多么自视甚高！在国外时我非常谨慎，总是独往独来，我们这种人应该如此，可是我们这种人总是在钻研、钻研，而到头来什么也没弄明白！”

“异类，异类！”他带着责备的神情摇摇头，又接下说……“都管我叫异类……可实际上这世上没有比您忠实的仆人更不与众不同了。我大概生来就在模仿别人……真是！我活着似乎就是在模仿我研读过的各位作家，我活得太累了；我上过学，谈过恋爱，后来结婚，似乎都不是出于自愿，似乎是在履行某种义务，或者完成功课——谁分得清呢！”

他摘下头上的睡帽，把它扔在床上。

“想不想听我给您讲讲我的一生？”他用断断续续的声音问我，“或者，最好讲讲我一生中几件有特色的事？”

“洗耳恭听。”

“要不，我还是对您讲讲我是怎样结婚的。毕竟结婚是人生大事，是一个人的试金石，婚姻就像一面镜子，可反映出……这个比喻都用滥了……对不起，我得闻一下鼻烟了。”

他从枕头下摸出鼻烟盒，打开来，又说起话来，一边摇晃着打开了的鼻烟盒。

“先生，您就设身处地想想我的情况……您判断判断，我能从黑格

---

① 法语：我的杯子并不大，可它是我自己的。

尔的百科全书中得到什么样的，嗯，什么样的，您说说，什么样的教益呢？您说说，这种百科全书与俄罗斯生活之间有什么共同点呢？让我怎样把它运用到我们的生活中呢？而且不光是这种百科全书，还有整个德国哲学……更进一步说，还有科学。”

他在床上弹了起来，恶狠狠地咬着牙，低声嘟哝说：

“唉，本来嘛，本来嘛……那么，你干吗要跑到外国去学呢？干吗不坐在家里就地研究你周围的生活呢？这样，你倒可能认清生活的需求，认清未来，也可能认清自己的所谓使命了……可是得了吧。”他又换了一种声音继续说，似乎在为自己找理由，而且有些胆怯。“还没有一位智者写进书里的东西，让我们这种人上哪儿研究去呀！我倒是很乐意向它——向俄罗斯生活——学习的，可是它，我的宝贝，却不吭声。你就这样来理解我吧；可我哪有这样的能力呀：你们就给我一个结论，给我提供一个论断吧……论断？——他们说，这就是提供的论断：你听听我们莫斯科人的话吧——像不像夜莺？而糟就糟在他们说得像库尔斯克夜莺一般动听，但说得不像人话……于是我想来想去——似乎觉得科学到处是一样的，真理也是一样的，于是我下决心前往异国，到异教徒那边去……有什么办法！——年轻气盛嘛。要知道我不愿过早地发起福来，虽然有人说肥胖即健康。不过天生不长肉的人，怎么也胖不起来！”

“可是，”他稍加思索，接着说，“我好像说过要给您讲讲我是怎么结婚的。请听我说。首先，我告诉您，我的妻子已经不在人世了，其次……其次嘛，我觉得有必要给您讲讲我的青年时代，不然您是听不懂的……您还不想睡吧？”

“不想，不想睡。”

“那好极了。您听我说……隔壁房间里的坎塔格留欣先生的呼噜真是震天响！我的双亲并不富裕——我说双亲，是因为，据说，除了母亲之外，我也曾有个父亲。我记不得他了；据说，他是个没太大出息的人，大鼻子，一脸的雀斑，红头发，用一个鼻孔吸鼻烟；在我母亲卧室里挂着他的肖像，穿一身红色制服，黑黑的衣领贴到耳朵，仪表很不雅观。我常常被拉到他的肖像旁去挨鞭子，在这种情况下母亲总是指着他的肖像对我说：‘要是你爹还在，你就更别想了。’您想想看，这对我是多大的鞭策呀。我没有兄弟姐妹，或者说确切点，我有过一个身体很差的弟弟，生有软骨病，不久就痛苦地夭折了……为什么英国的软骨病会传入库尔斯克省的席格洛夫县呢？但问题不在这里。我的母亲是一个乡村女地主，她满怀急切的热情操持我的教育：从我初临人世的头一天操持到我满十六岁……您是在听我讲吗？……”

“当然，请往下讲吧。”

“那好吧。当我年满十六岁时，我母亲便毫不犹豫地辞退了我的法语家庭教师，他是从涅仁的希腊人住区来的一个德国人，名叫菲利波维奇；母亲把我带到莫斯科，给我在大学里注了册，就把灵魂交给万能的上帝了，而把我留给我的亲叔叔照管。这位叔叔名叫科尔通·巴布拉，是一个司法检察官，不单是名闻席格洛夫县。我的亲叔叔，司法检察官科尔通·巴布拉照例把我的财产掠夺一空……但问题也不在这里。我进大学时——应该为我母亲说句公道话——已经具备良好的素养；但是那个时候在我身上已显得缺乏个性。我的童年跟其他青年人的童年无不同之处：我也像是在羽毛褥子下傻乎乎地、蔫不唧唧地长大的，从很小就开始死背诗书，同时也渐渐变得萎靡不振，说是耽于幻想……幻想些什么呢？——咳，幻想美……等等。我在大学里也没有不合群：我很快就加入了小组。那个时候跟现在很不一样……可是您也许不清楚小组是怎么回事？记得席勒在某首诗里说道：

Gefahrlich ist's den Leu zu wecken,
Und schreklich ist des Tigers Zahn,
Doch das schrecklichste der Schrecken —
Das ist der Mensch in seinem Wahn!①

我对您敢肯定说，席勒他要说的不是这个，他想说的是 Das ist ein “小组” in der Stadt Moskau!

“您认为小组有什么可怕之处呢？”我问道。

---

① 叫醒狮子很危险，老虎的牙也很可怕；可这二者不算凶，发疯的人儿最可怕。(德语）——原注

我的邻人抓过睡帽一戴，把它往鼻子上拉了拉。

“我认为有什么可怕之处吗?”他喊了起来，“我认为是这样：小组就是对各种独立发展的毁灭；小组就是对社交、女性、生活的无耻的替代；小组……哦，慢着，我来告诉您吧，小组是什么玩意儿！小组就是把懒惰和颓废合二为一，而这种生活却被赋予合理事业的意义和形式；小组用议论取代交谈，使人习惯于毫无意义的空谈，使人脱离独立的有益的工作，使人染上文学的疥疮；最终使人丧失朝气和纯真坚强的灵魂。小组就是借团结友爱之名，行庸俗无聊之实，以真诚和关心为由而搞倾轧和野心的结合；在小组里每个成员都有权在任何时刻把自己肮脏的手指直捅进同伴的心窝，没有一个人的灵魂保持有一处纯洁和没有创伤的地方；在小组里所崇拜的是夸夸其谈的空谈家、爱面子的机灵鬼、未老先衰的小老头，所吹捧的是平庸无才而徒具‘隐秘’思想的诗人；在小组里，十六七岁的年轻小伙就会风雅而玄奥地大谈女人和爱情，可是到了女人面前却说不出话，或者跟她们谈话如同跟书本谈话一样，再说谈的又是什么呀！在小组里吃香的是诡辩和花言巧语；小组里互相监视不亚于警官……哦，小组！你不是小组，你是个怪圈，在你那里毁掉了多少正派的人呀！”

“唉，请允许我说一句，您夸大其词了。”我打断他的话说。他默默地瞅了我一眼。

“也许是的，天知道，也许是的。可是要知道，我们这类人只剩下一种乐趣了，那就是夸张。我就是这样在莫斯科度过了四个春秋。先生，我没法向您描绘这段时光过得多么之快，真是太快了；甚至想起来就伤心、懊恼。早上一起来往往就像坐雪橇滑下山似的……睁眼一瞧，已经滑到山脚了；已经到黄昏了；一个昏昏欲睡的仆人来给你套上常礼服——你穿好了衣服，便慢慢地去到朋友那里，抽着烟，一杯杯地喝着淡茶，海聊德国哲学、爱情、永恒的精神之光，以及其他不着调的话题。不过我在那里也遇到过一些颇有特性和独立个性的人：有些人不管怎样糟蹋自己、扭曲自己，仍然不改其本性；唯独我这个倒霉蛋像捏一块软蜡似的把自己捏来捏去，我那可悲的本性却不做半点的反抗！这时候我已年满二十一。我接管了留给我的遗产，或更正确地说，接管了该我继承的家产中我的保护人认为有必要留给我的那一部分，随之就把全部领地交托给一个已经赎了身的家仆瓦西里·库德里亚舍夫去经管，以后便出国了，去到柏林。我在国外，正如我有幸对您说过的，待了三年。又怎么样呢？在那里，在国外，我依然是一个无独特可言的人。首先，不必说，我对欧洲本身、对欧洲的生活毫不理解，我不过是在德国本土听德国教授讲课，读德国的书而已……也就是有这个差异。我像修道士似的过着孤独的生活；我与几个退伍中尉倒很投缘，他们也像我一样渴望知识，并为此而苦恼，不过他们的脑子却迟钝极了，又缺乏口才；我还结交从平扎省以及其他产粮省份来的几户人家，他们也都是些笨脑瓜；有时我上咖啡馆坐坐，有时看看杂志，晚上去剧院看看戏。我和当地的人很少来往，跟他们交谈似乎有些紧张，他们也没有来看望我，除了两三个挺缠人的犹太裔的坏家伙，他们常跑来向我借钱，他们觉得俄国人容易骗。终于有一个奇异的机会把我带到了我的一位教授家里。事情是这样的：我上他那里报名听一门课，他忽然兴之所至邀请我去参加他家的晚会。这位教授有两个闺女，都二十七八岁了，天知道怎么都长得那样矮壮，鼻子可好看了，都有一头鬈发。浅蓝色的眼睛，红润的双手，白白的指甲，一个叫林亨，另一个叫明亨。我开始常到这位教授家里去。应该说，这位教授并不算笨，可似乎受过点精神创伤：讲起课来有条有理，但在家里说话发音不清，而且老把眼镜架在额门上；不过他是一个顶有学问的人……后来怎么样呢？我忽然觉得我爱上了林亨，整整六个月里我都有这样的感觉。我跟她说话的确很少，主要是凝神瞧着她；可是我常常给她朗读各种动人的作品，偷偷地握她的手，晚间与她在一起幻想、凝望着月亮，或者只是抬头仰望。她煮咖啡可拿手啦……还有什么不满足的呢？可有一点让我发窘：就在这种所谓难以形容的幸福时刻，我不知道为什么老是心口发疼，胃里掠过一阵阵又闷又冷的颤抖。我终于受不了这样的幸福而逃跑了。这以后我还在国外待了整整两年：我到过意大利，在罗马观赏过《基督变容》，又在佛罗伦萨欣赏过维纳斯雕像；我突然感到欣喜若狂，像中了邪似的；每天晚上我就写诗，记起日记；总之，我做得跟大家一样。可您瞧，就这么容易地成了独特的人了。比如，我对绘画和雕塑一窍不通……我对这一点是直言不讳的……不，怎么可以呢！得找个导游，去看看壁画……”

他又垂下头，又摘下睡帽。

“终于我回国了，”他以疲惫的声音继续说，“我来到了莫斯科。在莫斯科我发生了惊人的变化。在国外时我多半是沉默寡言的，可是在这里我突然变得伶牙俐齿，能说会道了，同时，不知为什么觉得飘飘然，自以为了不起。有一些谦卑的人几乎把我看成天才，女士们兴趣盎然地听我高谈阔论；可是我不善于高高地保持自己的声望。有一天早晨，传出了一种中伤我的流言蜚语（是哪个家伙瞎编的，我无从知道，也许是某个男性的老处女干的，这样的老处女在莫斯科可多了），流言一出，就像草莓似的分蘖抽须。我被缠进去了，我想跳出来，扯断这些缠在身上的线——可谈何容易呀……我只好一走了之。您看，我在这种事情上就显得糊涂；我本应该泰然地等待这种攻击过去，就像得了荨麻疹一样，忍一阵就会过去的，那些谦卑的人就会张开怀抱重新欢迎我的，那些女士们又会笑吟吟地倾听我的高论……可糟糕的是，我不是个独特古怪的人。要知道，我的良心忽然苏醒了：我不好意思再胡说八道，没完没了地胡说八道，昨天在阿尔巴特街，今天在特鲁巴街，明天在西夫采夫－弗拉日街，说来道去老是这一套……要是有人就要听这一套呢？那您就瞧瞧这一场面上的那些真正的斗士吧：他们对这个满不在乎；相反，他们需要的就是这个；有的人就靠那张嘴过了二十年，而且总是老调重弹……这就表明他们有自信心和自尊心！我也有过自尊心，直到现在还没有完全失掉……我又要说，坏就坏在我不是一个与众不同的人，我停在中间状态。大自然应该要么给予我更强的自尊心，要么压根不要给。在最初的时间里，我的确很不如意；再说旅居国外时把财产已耗个精光，要我跟一个年轻而身子骨已软得像果子冻的商人女子成亲我又不愿意，于是我便远远地躲到自己的村子里去了。”他又瞟了我一眼，补充说，“至于对乡村生活的初期感受、大自然的美、独处的魅力等，我可以略而不谈了吧……”

“可以，可以。”我回答说。

“况且，”他继续说，“这些全是一派胡言，至少我是这么觉得。我在乡下感到很无聊，像一只被关起来的小狗。虽然，说实话，春天里我在回家路上头一次经过那片熟悉的白桦树林的时候，我大脑眩晕，心里怀着模糊的甜蜜的希望而怦怦地跳。但是您知道，这种模糊的希望是永远实现不了的，相反，你所不希望出现的事却都来了，比如，兽疫啦、欠租啦、拍卖啦，等等。在总管雅科夫的帮助下，我一天天地艰难度日；雅科夫是接替原先的管家的，到后来他也大捞起油水，如果说他捞得不比前任的多，那至少也是一样，再说他那双涂柏油的长筒靴的气味还毒害我的健康呢。有一次我想起了邻村的一户相识的人家——一个退伍上校的夫人和她两个闺女，于是便吩咐备车，前去拜访。这一天应该是值得我永远纪念的日子，因为六个月过后，我就同上校夫人的第二个女儿结婚了……

讲述者低下了头，把两手往上一举。

“不过，”他很激动地往下说，“我不愿让您对这位已故世的女人有不好的看法。不愿这样！她是一个非常高尚、非常善良的人，一个懂得爱的、能做出任何牺牲的人；不过我您之间应当说实话，假如我不是不幸地失去了她，我今天大概就不能在这里跟您聊天了，因为我家库棚里的木梁至今还在，我好几次想在那里悬梁自尽呢！”“有些梨子，”他稍微沉默了一会儿又说起来，“要在地窖里放上一段时间，所谓真正的味道才出得来；我的亡妻看来也是属于这一类的造物吧。只有到现在我才为她说句完全公道的话。只有到现在，比如说，我回想起结婚之前与她一起度过的那些黄昏，不仅不会引起我丝毫的痛苦，相反，会使我感动得几乎掉泪。她们的家境不算富裕；她们的房子也旧得很，是木结构的，但很舒适，它建筑在一座山上，坐落在荒芜了的花园和杂草丛生的院子之间。山下有一条河，透过茂密的树叶，可隐约看见河水。一个大凉台从房子通向花园，凉台前有一椭圆形花坛，开满了蔷薇，艳丽夺目。花坛的两端各有两棵金合欢，已故的主人在它们还稚嫩的时候就将其盘成螺旋状。稍远处，在无人照管的野生马林果树丛里有一个亭子，亭子里边已精心装饰过了，可外部已经破旧不堪，瞧起来都感到可怕。凉台上有一扇玻璃门通往客厅；客厅里好奇的人可以看到的是：各个屋角都砌有瓷砖炉子，右面有一架寒酸的钢琴，上边堆放着手抄的乐谱；一张长沙发，罩着带白色花纹的褪了色的浅蓝色花缎；一张圆桌；两个摆着叶卡捷琳娜时代的瓷器玩具和琉璃球玩具的陈列架；墙上挂有一幅著名的肖像画，画着一个浅黄发少女，胸前抱着一只鸽子，举目仰望；桌上摆有一个插着鲜蔷薇花的花瓶……您看，我描述得多么细致。是在这个客厅里、在这个凉台上演了我的整个爱妻悲喜剧。这位上校夫人是个厉害的婆娘，说话时喉头老发出凶狠的嘶哑声，显得蛮横，喜欢吵架；两个女儿中有一个叫薇拉，跟普通的县城小姐没什么不一样，另一个叫索菲娅，我爱上的就是索菲娅。姐妹俩另有一个房间，那是她们的共同卧室，室内有两张单人木床，有淡黄色的纪念册，有木犀草，有用铅笔画得很差的男女朋友的肖像画（其中一位先生显得神采奕奕，很引人注目，其签名更显刚劲有力，他年轻时曾被寄以厚望，可到头来跟我们大家一样——一事无成），有歌德和席勒的胸像、德文书、干枯了的花冠以及其他一些纪念品。而这个房间我很少进去，也不喜欢进去，因为在那里我不知为什么感到闷气。而且，真是奇怪！当我背对索菲娅坐的时候，或者，当我在凉台上，特别是在黄昏时分，想着或者幻想着她的时候，就觉得她可爱极了。这时候我望着晚霞，望着树木，望着那些已经发暗，但在玫瑰色天空下仍显得截然分明的一片片小绿叶；在客厅里，在钢琴旁，坐着索菲娅，她在不停地弹着她所喜爱的贝多芬作品中一个充满热情沉思的乐句；那一副凶相的老太婆坐在沙发上泰然地打着呼噜；在洒满夕阳红光的餐室里，薇拉正忙着煮茶；茶炊奇妙地嗞嗞响着，好像有什么高兴事儿；掰脆饼时发出的欢快的断裂声，勺子碰着茶杯叮当作响；金丝雀拼死劲地啼叫了一整天，忽然静了下来，只是偶尔又啾啾地叫几声，仿佛要问什么；清澈而轻柔的云层里有时掉下稀稀的雨点……我坐着，听着，瞧着，我的心渐渐开朗了，似乎又觉得我是爱她的。就是在这样的黄昏气氛的影响下，我又一次向老太婆请求娶她的女儿，大约过了两个月，我就结婚了。我似乎觉得我是爱她的……而且现在总该知道了，但到现在我也不知道自己究竟爱不爱索菲娅。她是一个善良、聪明、寡言少语的人，她有颗暖人的心；然而天知道因为什么，是不是因为长期住在乡下，或者有别的什么原因，在她的心底（假如有心底的话）隐伏着创伤，或者不如说，有伤口在淌血，这种伤口是无药可治的，无论她或者我都不知道这种伤叫什么。当然，我是在婚后才猜想到这种创伤的存在。不管我怎样尽心尽力去医治它，全无济于事！小时候我养过一只黄雀，它有一次被猫抓住了；它被救了出来，给它治好了伤，可是我那可怜的黄雀再也没有以前的生气了；它郁郁不乐，提不起精神，也不唱歌了……后来，有一天夜里，一只大老鼠钻进那开着的笼子，咬掉了它的头，因此它终于彻底死去了。我不知道，是什么样的猫也抓住过我的妻子，所以她也是郁郁不乐，提不起精神，像我那只不幸的黄雀一般。有的时候她本人显然也想振作起来，在新鲜空气里，在阳光下，在自由天地里雀跃一番；她试了试，又蜷成一团了。要知道她是爱我的，她曾好几次对我说，她已知足了，无有它求——真见鬼！她那双眼睛依然是那么暗淡无光。我想，她在过去是不是出过什么事？我经过调查，什么也没有发现。

“唉，现在您来说说：如果是一个古怪独特的人，可能会耸耸肩膀，叹两口气，便照旧去过自己的日子；可是我不是一个古怪独特的人，所以就想要悬梁自尽。我妻子的骨髓里已经浸透老处女的种种习惯，比如喜欢贝多芬乐曲、夜间漫步、木犀草、和朋友们书信往来、纪念册等，因此她对于任何其他生活方式，尤其对于家庭主妇的生活怎么也习惯不了；可是对于一个已经出嫁的女子来说，整天沉在无名的烦恼里，天天晚上唱着‘你不要在黎明时唤醒她’，岂不可笑。

“就这样，我们共同幸福地生活了三年；到了第四年，索菲娅因头产就难产死了，而且说来奇怪，我似乎早有预感，她是不可能替我生个女儿或儿子的，不可能给大地添一个新居民的。现在我还记得她殡葬时的情景。那是在春天。我们那教区的教堂不大，又很旧，圣像壁发黑了，墙灰都脱光了，有几处地砖也缺损了；每个唱诗班席位上都有一个古老的大圣像。棺材抬进来了，放在圣幛正门前的正当中，蒙上褪了色的罩单，周围摆着三个蜡烛台。葬礼开始了。一个脑后扎着小辫、低低地系着一条绿腰带的衰老的教堂助祭，在读经台前悲痛地读着经文；神父也是个老头，面相慈善，视力不佳，穿着黄花纹紫色法衣，既做司祭又兼助祭。在敞开着的窗子外边，白桦垂枝上的新鲜嫩叶在摇曳着，簌簌发响；从院子里飘来阵阵草香；蜡烛的红红火焰在欢乐的春光里显得淡然失色；整个教堂里响彻着麻雀的啁啾声。一只飞进来的燕子不时地从圆屋顶上发出响亮的喊声。在阳光洒到教堂

的金色尘柱里，几个农人那淡褐色的脑袋灵活地一起一伏，热心地为死者祈祷；香炉的孔眼里冒出一缕缕青烟。我望着妻子那僵死的脸……我的天哪！死亡，就连死亡也没有使她获得解脱，也没有治愈她的创伤：依然是那副痛苦、胆怯、沉默的表情——仿佛她躺在棺材里也还不自在……我的心痛苦得淌血。她是一个多好的人呀，可是对于她自己来说，还是死了好！”

讲述者的两颊通红了，眼睛黯然无光。

“终于，”他又往下说，“我摆脱了因丧妻而陷入的深深悲痛的情绪，又想去干一番所谓事业了。我在省城里谋了份差事；可是在政府机关的大办公室里我头疼得厉害，眼睛也不好使；正好又有了其他一些原因……我就辞职不干了。本来想到莫斯科去，可是一来钱不够，二来……我已经对您说到过，我已经认命了。我这种认命的想法既来得突然，又不突然。心里面我已经认命，可是我的头还不肯低下。我认为我思想感情上的谦卑情绪是受乡村生活和不幸经历的影响……从另一方面说，我早就发现，几乎我的所有的乡亲，不论老少，起初都被我的学问、海外经历，以及我的教养方面的其他优越处吓住了，后来不仅对我完全看惯了，而且开始对我有些粗鲁，有些怠慢，没兴趣听我发议论，跟我说话时也不再用敬重的词语了。我还忘了告诉您，在我婚后头二年里，我由于无聊而尝试过写作，还给杂志社寄去过一篇作品，如果我没有记错的话，那是一个中篇小说；但过不多久，就收到一位编辑的很客气的信，而那信里说，无可否认我很聪明，但是缺乏才气，而搞文学需要的就是才气。此外，我还听说，有一个过路的莫斯科人，是个顶善良的青年，他在省长家的晚会上顺便提到我，说我是个腹内空空、没有出息的人。可是我仍然不很自愿地继续装糊涂：您知道，我不想自打耳光；终于在一天早晨我睁开了眼睛。事情是这样的：县警察局长来到我家，是要让我注意到我领地上的一座塌坏了的桥，而这座桥我是根本修不起的。这位宽宏大度的秩序维护者一边用鲟鱼干就酒，一边以长者口吻责备我的疏忽，同时也体谅我的境况，劝我吩咐农人填些粪土上去就行了；接着他抽起烟来，谈起即将举行的选举。那时候有个名叫奥尔巴萨诺夫的人正在谋求省贵族长的荣誉头衔，他是一个空谈家，还加上会贪污。再说，他也不是特别有钱，特别有名望。我说了说自己对他的看法，说得甚至很不客气。说实话，我很瞧不起这位奥尔巴萨诺夫先生。县警察局长瞧了瞧我，亲热地拍了拍我的肩膀，和善地说：'唉，瓦西里·瓦西里叶维奇这样的人可不是您我可以议论的——咱们算老几？……得知道自己的身份嘛。''得了吧，'我气恼地顶他一句，'我跟奥尔萨巴诺夫先生有什么差别呀？'警察局长从嘴里拔出烟斗，睁大眼睛，扑哧大笑。'哈，您真逗，'最后他带着笑出的眼泪说，'竟开这样的玩笑……啊，你怎么啦？'他在离去之前，一直在嘲讽我，有时还用胳膊捅捅我的腰侧，说话时也改用'你'来称呼我了。他终于离开了。就差这一下，我心里翻腾开了。我在房间里踱了好几个来回，站在镜子前，久久地望着自己发窘的脸，慢慢地伸出舌头，带着苦笑摇了摇头。幕布从我眼睛上掉落了：我清楚地看到，比看镜子中的脸更清楚地看到，我是个多么空虚、微不足道、百无一用的人，毫无独特可言的人！"

讲述者沉默了一会儿。

"在伏尔泰的一出悲剧里，"他沮丧地继续说，"有一位贵族为倒霉到极点而高兴。虽然我的命运中没什么悲剧性的东西，不过我老实说体验过这类心境。我领略过心灰意冷时出现的狠心和狂喜；我曾经从容不迫地躺在床上，整个早晨都在诅咒自己的生不逢时，心里感到非常痛快——我不可能一下子对什么都淡漠。其实，您想想看，我由于钱袋空空而被困在我痛恨的乡下；无论财产、官职、文学都跟我无缘；我讨厌那些地主老爷，也讨厌去啃书本：那些晃着鬈发、热狂地叨咕'人生'二字、身体臃肿而又多愁善感的太太小姐们，自从我不再胡诌乱扯、不再夸赞她们以来，她们对我就都不感兴趣了；我不善于也不可能完全冷冷清清地过日子……我就开始，您猜怎么着？我就开始常到邻居们那里去闲逛。我似乎很醉心于自轻自贱，故意招来各种无谓的侮辱。斟酒添菜时落下我，接待我时又冷淡又傲慢，到后来根本不理我了；大家谈话时甚至不让我插嘴，我就常常故意躲在角落里对随便一个愚蠢透顶的饶舌鬼唯唯称是，像这样的家伙当年在莫斯科能舔到我脚上的尘土或者我的大衣边都会欣喜若狂的……我甚至不让自己去想，我醉心于讽刺带来的苦涩的满足……算了吧，一个人还谈什么讽刺！我就这样过了好几年，而且至今还是这样过……""这太不像话了，”坎塔格留欣先生在隔壁房间里用刚睡醒的声音嘟囔说，“哪个傻瓜三更半夜还聊天?”

讲故事者一出溜就钻进了被窝，胆怯地朝外瞧着，用一个手指警告我。

“嘘……嘘……”他小声地说，而且像是朝着坎塔格留欣话音来的方向赔礼道歉似的，谦恭地说：“知道了，知道了，对不起……”接着又低声对我说：“该让他睡觉，他需要好好地睡，他需要养精蓄锐，至少为了明天有好胃口去大饱口福。我们没有权利打扰他。再说，我要讲的似乎对您都讲了；您大概也想睡了。祝您晚安。”

讲故事者迅速转过身，把头埋进枕头里

“至少请您告诉我您贵姓……”我说。他敏捷地抬起头来。

“不，看在上帝的分上，”他打断我的话说，“请别问我的姓名，也别去问别人。让我成为您永远不知根知底的人，受命运伤害的瓦西利·瓦西里叶维奇吧。何况我又是一个不足为奇的人，我不配有独特的名字……要是您一定要给我一个称呼，那您就管我叫……管我叫席格洛夫村的哈姆雷特吧。这样的哈姆雷特在每个县里都多得是，不过，您也许没有碰到过其他的哈姆雷特……请原谅。”他又钻进羽绒被子里去了，第二天早晨有人来唤醒我的时候，他已经不在房间里了。天没亮他就离开了。

切尔托普哈诺夫和聂多皮尤斯金

一个炎热的夏日，我坐着马车打猎回来；叶尔莫莱坐在我旁边打着瞌睡，头一会儿低下，一会儿又抬起。猎狗睡得死沉死沉的，在我们脚下随车颠簸。车夫不时挥起马鞭赶走马身上的牛虻。车后扬起一阵白色的灰尘，宛若浮云。我们驶进灌木丛，路变得坑洼不平，车轮开始被树枝挂着。叶尔莫莱一下子惊醒了，看看四周……“啊!”他说，“这里准有松鸡。去看看吧。”我们停下来，走近“草场”。我的狗发现了一窝飞禽。我打了一枪，准备上弹药，突然身后有很大的动静，双手拨开灌木，看到一个骑马的人向我走来。“请问，”他傲慢地说，“您有什么权利在这里打猎，先生?”陌生人语速飞快，说话磕巴，带着鼻音。我望了一眼他的脸：我从来没见过这样的脸。亲爱的读者，您想象一下，个子小小的一个人，淡黄色头发，红色的翘鼻子，长长的红胡须。深红色呢顶的尖尖波斯帽遮住他的额头直到眉毛。他穿着破旧的黄色短外套，胸前挂一个带着褪色银线镶边的黑色波利斯绒弹药袋，肩上斜背着一只号角，腰带上插着一把短剑。他骑着一匹瘦弱的、凸鼻子的枣红色马，那马儿在他身体底下不停地扭动。两只瘦巴巴、弯爪子的猎犬在马腿旁转来转去。这个陌生人的面相、目光、声音、一举一动，乃至整个人从里到外都流露着桀骜不驯的气息，那凶悍鲁莽、那出格的傲慢都非同小可。他就像一个醉汉一样，不停地转动着、斜视着他那双如同玻璃般的浅蓝色眼珠子。他头高高扬起，腮帮子鼓鼓的，全身上下不停地抖动，好像在抖满身的神气——整个儿就是一只火鸡。他又重复了一遍自己的问题。

“我不知道这里不准开枪。”我答道。

“阁下，您所在的此处，”他继续说，“是我的地盘。”

“抱歉，我离开。”

“请问，”他说，“我有幸在与一位贵族交谈吗？”

我自报了家门。

“如此，您可以打猎。我也是贵族，非常高兴为贵族效劳……我叫潘捷列·切尔托普哈诺。”

他弯下腰，吆喝一声，勒了勒马脖子；马儿摇摇脑袋，奋起马蹄，冲向一边，踩在一只狗的爪子上。狗尖叫一声。切尔托普哈诺夫气往上涌，凶狠地骂着，抡起拳头朝马的两耳之间捶去，然后迅速下马，仔细看了看狗的爪子，冲着伤口吐了口唾沫，抬腿往狗肚子踹了一脚，让它安静点，接着揪住马鬃，一只脚踏进马镫。马儿突然扬起头，竖起尾巴，侧身向灌木丛飞奔而去。他单脚跟着奔跑的马儿蹦了几下，总算坐上马鞍。他疯狂地舞动手中的马鞭，吹响号角，扬长而去。切尔托普哈诺夫的突然出现让我惊愕，我还没回过神来，突然，几乎毫无声息，一个胖子从灌木丛钻出来，他大概四十来岁，骑着一匹小黑马。他停下来，摘下头上绿色的皮帽，用细细软软的声音问我，是否看到骑红马的人？我回答说看到了。

“请问，他往哪边去了？”他继续用那种声音问话，没有戴上帽子。

“去那边了。”

“感谢之至。”

他吧嗒着嘴唇，两腿夹住马肚子，马拖着懒洋洋的步子嗒嗒地朝我指的方向小跑而去。我目送着他，直到他绿色的帽子被树枝遮住。这个新来的陌生人跟前面那位一点儿也不像。他的脸胖乎乎、圆滚滚，好似皮球，脸上露出羞涩、慷慨、温和、顺从的表情；小眼睛好像用蒲草切开的一条缝，亲切地闪着；红润丰满的嘴唇展现出甜美的笑容。他穿着镶铜纽扣的立领常礼服，衣服已经破烂不堪，但很干净；呢子裤子高高卷起；皮靴的黄滚边上露出肥胖的小腿。

“这是谁？”我问叶尔莫莱。

“这个人？姓聂多皮尤斯金，名叫季洪·伊万内奇。住在切尔托普哈诺夫家。”

"怎么，他是穷人?"

"不富裕；切尔托普哈诺夫也是身无分文。"

"那为什么他要住他家?"

"啊，瞧，他们是朋友。两个人好得形影不离……就是所谓的：秤不离砣，砣不离秤……"

我们走出灌木丛；突然我们身边的两只猎狗狂吠起来，一只大雪兔钻进了已经长得很高的燕麦田里。紧接着，几只不同种类的猎犬从灌木丛里跳出来。切尔托普哈诺夫跟在狗后面飞身出来。他没有叫，没有放狗追兔子，也不吆喝：因为他已经气喘吁吁，上气不接下气了；他大张的嘴里偶尔发出一些断断续续、无意识的声音；他瞪着眼睛骑着马飞奔而去，发疯似的抽打可怜的马。猎犬追上了……雪兔停下来，猛然向后转身，从叶尔莫莱身边溜走了，钻进了灌木丛……猎犬跟了过去。"追！追！"猎人回过神来，用力地含糊不清地喊道。"宝贝，追！"叶尔莫莱开了一枪……受伤的雪兔在平滑的干草上打了几个滚儿，往上一跳，扑上来的猎狗咬住它，雪兔惨叫一声。其他几只狗也追了过来。

切尔托普哈诺夫像翻筋斗似的跳下马，拔出匕首，跑到猎犬这里来，他叉开两腿气势汹汹地骂着，从狗的嘴里扯过撕烂的兔子，整张脸抽搐着，对着兔子的喉咙用匕首刺了进去，直到剑柄……然后哈哈大笑起来。季洪·伊万内奇在灌木丛边出现了。"哈哈哈哈哈哈哈哈！"切尔托普哈诺夫再次放声大笑……"哈哈哈哈……"——他的朋友平静地附和着。

"照理说，夏天不该打猎。"我指指踩坏的燕麦，对着切尔托普哈诺夫说道。

"我的地。"切尔托普哈诺夫喘着气回答。

他把兔腿割下来，用鞍后皮带把兔子系在马鞍后，把兔爪子分给猎狗。

"亲爱的朋友，谢谢你按照猎人的规矩打了一枪，"他对叶尔莫莱说，"还有您，阁下。"他用不连贯的尖利声音说，"感谢。"

他骑上马。

"请问……我忘了……您的尊姓大名?"

我又介绍了一遍自己。

“很高兴认识您。要是有事，可以找我……季洪·伊万内奇，福姆卡跑哪儿去了？”他生气地说，“追兔子的时候没有他。”

“他的马死了。”季洪·伊万内奇笑着回答。

“怎么死了？奥尔巴桑死了？呸，晦气！……他在哪儿，在哪儿？”

“在那儿，林子后边。”

切尔托普哈诺夫对着马脸抽了一鞭，马儿飞也似的跑走了。季洪·伊万内奇向我鞠了两次躬——为自己和朋友，然后骑着马缓步踏进了灌木丛。

这两位先生引起了我的强烈好奇……两个性格迥异的人怎么能联系在一起，结下密不可分的友谊？我开始四处打听。以下是我打听到的内容。

潘捷列·叶列梅奇·切尔托普哈诺夫是附近出名的危险人物，他行为乖戾，傲慢自大，是个头号爱闹事的人。他在军队服役的时间很短，就因为“不愉快事件”而退役了，领了个“母鸡不是鸟”① 的军衔。他来自旧式地主家庭，曾经非常富有；他的祖辈们过着奢华的生活。按乡下的习俗来说，就是待客大方，不管是客人受邀没受邀，全都让他们吃饱喝足，还发给每位客人的车夫一俄石②燕麦喂马；家里养着一批乐师、歌手、小丑和狗，在节庆日子里请大家喝葡萄酒和麦酒，每逢冬季便坐自家笨重的四轮轿式马车前往莫斯科，有时候也会一连几个月身无分文，靠吃家禽家畜度日。传到潘捷列·叶列梅奇的父亲手上的只有一份破败的家业；他当家时依然大肆“挥霍”、尽情吃喝玩乐，去世后，留给他唯一的继承人潘捷列的就只有被抵押出去的别索诺沃村子、三十五名男农奴和七十六名女农奴，还有科洛布罗多瓦荒地上的十四又八分之一俄亩无法耕种的土地，况且，在死者遗留的文书中也没有发现这块地的地契。应该说，这位死者的确是由于那些古怪的做法而破了产，即所谓的“经济核算”害了他。按照他的观点，贵族不应该依靠商人、市民以及诸如此类的他口中所谓的“强

---

① 当时俄国谚语：“母鸡不是鸟，准尉不是官”，指的是他是个准尉。

② 一俄石约合 209. 91 升。

盗”；他在自己的领地上兴办了各类的作坊和工场。“又体面，又合算，”他常常说，“这就是经济核算！”他至死都没有放弃这种致命的观点；正是这种观点导致他破产。不过他倒是因此高兴了一大阵子！不管什么怪想法，他都要付诸行动。有一次他按自己的设想造了一辆特大的家用马车，尽管把全村所有的农家马连同马的主人都召集来，一齐使劲地拉这辆车，可是车子上第一个斜坡时，就翻倒了，摔得七零八落的。叶列梅奇·卢基奇（潘捷列的父亲叫叶列梅奇·卢基奇）命人在这个斜坡上建一个纪念碑，他自己一点也不觉得没面子。他还想造一座教堂，当然得由自己来设计，不要建筑师。他砍去整片林子用来烧砖，地基打得特别大，足以建一个省城的大教堂。他砌好墙，开始架圆屋顶，可是圆屋顶掉了下来。再架——又掉下来；再架第三次——第三次圆顶轰的一声塌下来。我们的叶列梅奇·卢基奇心里就琢磨：事情这么不顺……准是有人在使妖术……于是立即下令把村子里的所有老太婆通通鞭打一遍。老太婆都被鞭打过了，可是圆屋顶照样盖不成。后来他又按新计划为农家改造住房，一切都根据经济核算；让每三户的房子组成三角形，中央竖一根杆子，杆上挂一个油漆的椋鸟笼和一面旗子。他几乎天天都要想出个新点子：或用牛蒡做汤，或剪下马尾给仆人做帽子，或用荨麻代替亚麻，或用蘑菇喂猪……一次他在《莫斯科导报》上读到哈尔科夫的地主赫里亚克·赫鲁皮奥尔斯基的一篇文章，论述道德在农民生活中的益处，第二天他就下令：所有的庄稼汉都必须背熟哈尔科夫地主的这篇文章。农民们背熟后，老爷问他们：是否懂得文章所写的意思？管家回答说：怎能不懂呢！那段时间，他为了维持秩序和进行经济核算，吩咐把手下所有的人都编上号，把自己的号码缝在衣领上。任何人遇到主人时，都要喊：某某号到！老爷便和蔼地回答：你去吧！

尽管他很关心秩序和经济核算，叶列梅奇·卢基奇还是渐渐陷入艰难的境地：起初把自己的几个村子抵押出去，后来都卖掉了；最后的祖传老窝，即那个有一座未完工教堂的村子，被官府没收拍卖了，所幸不是在叶列梅奇·卢基奇生前拍卖的——他肯定受不了这种打击——而是在他去世后两星期。他总算来得及死在自己的家里、自己的床上，自家人围在身边，自己的医生在照料；但可怜的潘捷列到手的就只有一个别索诺沃村了。

潘捷列得知父亲生病消息的时候，还在部队参军，正是前文所说的“不愉快事件”进行到如火如荼的时候。那时他刚满十九岁。他打小就没有离开过父母的家，他的母亲瓦西里萨·瓦西里耶夫娜极其善良，但又十分愚蠢，把他养成了一个娇生惯养的小少爷。她一人操持他的教育；叶列梅奇·卢基奇醉心于他的经济设想，顾不上儿子的教育。诚然，有一次他亲手教训了儿子一番，原因是儿子把字母“尔齐”念成了“啊尔齐”。不过这一天叶列梅奇·卢基奇心里深有隐痛，因为他最好的狗撞在树上一命呜呼了。然而，瓦西里萨·瓦西里耶夫娜对潘秋沙①的教育也只有过一次劳心劳力：她辛辛苦苦为儿子请到一位家庭教师，此人是法国阿尔萨斯的退伍士兵，名叫比尔科普夫，直到临终前，她在这位教师面前还像树叶似的发颤。她想：要是他不干了，我就完了！我可怎么办？上哪儿找别的老师呀？这一个我还是费了九牛二虎之力才从女邻居家挖过来的！比尔科普夫是个精明人，立刻利用了自己的特殊地位：整天喝得烂醉，从早睡到晚。潘捷列完成“学业”，就去参军了。瓦西里萨·瓦西里耶夫娜已经不在人世。她是在这件大事发生之前半年受惊而死的：她梦见一个穿白衣服的人骑着一头熊，胸前写着“反基督者”。叶列梅奇·卢基奇不久也随着老伴撒手人寰。

潘捷列得到父亲患病的消息后，便马不停蹄地赶回来，可还是没见上父亲最后一面。这个孝子全然没有料到，他竟然从一个富有的继承人沦为了穷光蛋，这简直让他震惊！没有几人能承受如此巨变。潘捷列变得蛮横无理、冷酷无情。他原先虽然有点任性、急躁，可是为人正直、慷慨、善良，眼下却变得专横跋扈、无理取闹，不再与乡邻们往来——他羞于与富人攀交，又不屑于与穷人为伍——不管对什么人他都态度粗暴，甚至对当权官员也是如此，他说：“我是世袭贵族。”有一次警察局长没有脱帽走进他的房间，差一点被他开枪打死。当然，当权官员也不由着他胡来，一有机会就让他明白，他们也是不好惹的；可是大家还是有点怕他，因为他的性格暴躁，一两句话不投

① 潘捷列的小名。

机，就要拔刀相向。别人稍微顶上两句，切尔托普哈诺夫便会眼珠子直转，话音也变得断断续续……“啊哇……哇……哇……哇，”他叽里咕噜地说，“我这脑袋不要了！”……真是要撞墙！虽然如此，他却为人清白，从不做任何亏心事。当然，也没有人去登他家的门……尽管如此，他仍然心地善良，甚至有其伟大之处：他打抱不平，绝不容忍仗势欺人；他常给自家的农民当靠山。“怎么？”他发疯似的敲着自己的脑袋说，“敢动我的人，我的人！动一下试试，否则我就不叫切尔托普哈诺夫……”

季洪·伊万内奇·聂多皮尤斯金的身世可不像潘捷列·叶列梅奇那样值得炫耀。他的父亲出生于独院地主家庭，当了四十年的兵，最终获得贵族身份。老聂多皮尤斯金先生也是一个命运多舛的人，灾难如宿世冤家般对他纠缠不清、紧追不舍。这个可怜的人从生到死的整整六十年里，一直同小人物所必遭的种种贫困、疾病和灾祸进行斗争；他就像鱼要撞破坚冰似的拼了老命，食不果腹，夜不能寐，卑躬屈膝，疲于奔命，郁郁寡欢，为每个铜板而战战兢兢，在军中任劳任怨地“无辜”受罪，可是既没有为自己也没有为孩子挣得温饱，最后就不知死在阁楼上或是死在地窖里。命运待他，就像猎犬追兔。他为人善良而正直，只按“军衔”收点贿赂——从十戈比到两卢布。老聂多皮尤斯金有过一位生肺病的瘦弱的妻子；有过几个孩子，好在不久大都夭折了，只剩下季洪和女儿米特罗多拉；这个女儿被人称作“商家西施”，经过一连串可悲又可笑的事件之后，嫁给了一个退职的司法检察官。老聂多皮尤斯金先生总算有生之前安排季洪当机关里的编外办事员；父亲刚一去世，季洪便辞职不干了。无休无止的担惊受怕、与饥寒做苦苦斗争，母亲的愁眉不展、父亲的忧心忡忡、房东和店主的粗暴欺压——季洪天天受到的所有这些痛苦让他变得莫名胆怯：一见到上司，他就浑身哆嗦，吓得要死，像一只被抓住的小鸟。他放弃了职位。漠不关心、也许爱开玩笑的老天爷赋予各人不同的能力和爱好，却从不考虑人的社会地位和拥有的财富；老天爷凭着自己特有的关怀和爱心，把穷官吏的儿子季洪塑造成一个敏感、懒惰、软弱的人——一个特别贪图享受，并有着敏锐的嗅觉和味觉的人……老天爷把这个作品塑造好了，又精心加工一番，就让这件作品靠酸白菜和臭鱼生长

了。这件作品长大了，开始了所谓“生活”。好戏就开场了。曾对老聂多皮尤斯金折磨不休的命运又来折磨这个儿子了：显然，它折磨出瘾来了。不过它换了种方式来折磨季洪：不是让他受苦，而是寻他开心。命运从来不把他逼到绝地，也未让他受到饥饿的屈辱辛酸，而是迫使他浪迹俄国，从大乌斯秋格到察列沃－科克沙依斯克，去干一件又一件卑贱可笑的差事：有时关照他，让他到一个脾气暴躁而又爱唠叨的贵族女善人家里去当“大管家”；有时安排在一个富有而吝啬的商人家当食客；有时派他在一个眼睛突出、梳着英国发式的地主家当秘书；有时打发他在一个喜欢狗的猎人家里充当半家仆半小丑的角色……总之，命运驱使可怜的季洪一点一滴喝干任人摆布的苦涩毒酒。他一生都是为那些庸俗无聊的贵族老爷效劳，满足他们刁钻古怪的要求，调节他们空虚无聊的生活……有多少回，客人们拿他寻开心，肆意玩弄够了才放他走，他独自回到房间里，满心羞愧，眼里涌上绝望的冷泪，他发誓第二天要偷偷跑掉，到城里去碰碰运气，哪怕当一个小文书也好，要不然，索性饿死算了。可是，首先，上帝没有赐予他意志力；其次，他胆小怕事；再次，到底该如何去谋职，该去求谁？“人家不会要我的”，这可怜人常常在床上灰心丧气地辗转反侧，自言自语地说，“人家不会要我的呀”，于是第二天，继续去干他的苦差事。可是那瞎操心的天老爷却没有赋予他一丁点儿干滑稽小丑这一行所不可或缺的才华与天赋，于是他的处境愈发尴尬。比如说，他不善于反穿着熊皮本衣翩翩起舞，跳到筋疲力尽、累倒在地；也不善于在乱舞鞭子的人旁边插科打诨献殷勤；在零下二十摄氏度时要他赤身裸体地表演，他有时就会伤风感冒；他的胃既耐不住掺进墨水和其他脏东西的酒，也耐不住泡了醋的蛤蟆菌和红菇。要不是他的最后的恩人——一个发了财的包税人，因一时高兴在遗嘱中添了几个字，谁知道季洪的人生会变成怎样。那人在遗嘱中写道：“将我自己购置的别谢连杰夫卡村连同所属土地分给焦贾（即季洪）·聂多皮尤斯金，作为他永久的世袭产业。”过了没几天，这位恩人在喝鲟鱼汤时突然中风身亡了。一时间吵翻了天；法院派人来了，暂时封存财产。亲戚们也都前来；打开遗嘱当场宣读了，派人去找聂多皮尤斯金。聂多皮尤斯金来了。大部分到场的人都知道季洪·伊万内奇在恩人这里是干什么的，因此都以震耳欲聋的叫喊声和嘲讽的恭贺话去迎接他。“地主啊，瞧，他是新地主啊！”另一些继承人嚷道。“可不是吗，”一个有名的会说俏皮话的家伙接过话说，“就是啊……确实是……那个……所谓的……继承人。”大家哄堂大笑。聂多皮尤斯金久久不肯相信自己有这份福气。人家把遗嘱给他看——他脸红了，眯起眼睛，挥动双手，号啕大哭。众人的大笑声汇成一片嘈杂的喧哗声。别谢连杰叶夫卡村，一共只有二十二个农奴；没有人会因为它而觉得可惜，为什么不趁机寻点开心呢？有一个来自彼得堡的继承人，他长着希腊式鼻子，脸上一副居高临下的神情，显得高傲自大，此人名叫罗斯季斯拉夫·阿达梅奇·什托佩利。他忍不住了，侧着身子走到聂多皮尤斯金跟前，扭过头傲慢地斜睨了他一眼。“阁下，据我所知，”他轻蔑又漫不经心地说，“您在尊敬的费奥多尔·费多罗维奇家里是一个所谓逗乐解闷的仆人吧？”这位从彼得堡来的先生说话干净利落、清晰正确。惶惶不安的聂多皮尤斯金没有听清这位陌生先生的话，而其他的人立刻都不作声了，那个爱说俏皮话的人宽厚地笑了笑。什托佩利先生搓了搓手，重复了一遍自己的问话。聂多皮尤斯金惊讶地抬起眼睛，张大嘴巴。罗斯季斯拉夫·阿达梅奇刻薄地眯起眼睛。

“恭喜您，阁下，恭喜，”他接着说，“真的，可以说，不是每个人都愿意用这种方式给自己挣——饭吃的；不过，de gustibus non est disputandum——也就是说，萝卜白菜，各有所好嘛……对不对？”

后边有一个人又惊又喜，连忙不失礼貌地尖叫了一声。

“请您说说，”什托佩利先生受到众人的笑声的巨大鼓舞，继续说，“您主要是靠什么才能得到这份福气的呢？别难为情，说说吧；我们这里的人都是自家人，就是 en famille。各位，我们这里都是 famille，对吗？”

罗斯季斯拉夫·阿达梅奇随便问了一个继承人，可惜那人不懂法语，所以只能轻轻支吾一声以示赞同。然而另外一个脑门上有几块黄斑的年轻继承人忙不迭地接过话说：“维①，维，当然是啊。”

“也许，”什托佩利又说道，“您会用两手走路、两脚朝天吧，就

① 法语谐音：是的。

是所谓的倒立，对不对？”

聂多皮尤斯金痛苦地打量了一下四周：所有的脸孔都恶意地笑着，所有的眼睛都笑出了快活的泪水。

“或许，您会学公鸡打鸣？”

爆发出一阵哄堂大笑，随即又静了下来，大家都等着看下面的热闹。

“或许，您能在鼻子上……”

“住嘴！”一个尖利而洪亮的声音猛然打断了罗斯季斯拉夫·阿达梅奇的话，“你们要不要脸，居然欺侮一个穷人！”

大家转身瞧去。门口站着切尔托普哈诺夫。他是已故的包税人的远房侄儿，他也受邀来参加亲属集会。在宣读遗嘱的时间里，他像平日一样矜持地远离人群。

“住嘴！”他高傲地昂着头，重复了一遍。

什托佩利先生一下转过身去，看见一个衣着寒酸、相貌平平的人，便低声问身旁的一个人（小心为好嘛）：

“他是谁？”

“切尔托普哈诺夫，不是什么了不起的人物。”那个人在他耳边回答说。

罗斯季斯拉夫·阿达梅奇摆出一副盛气凌人的派头。

“您有什么资格发号施令？”他眯起眼睛，用鼻音说，“请问，您有什么来头？”

切尔托普哈诺夫像火药碰到火星似的立即就发作了，他气得喘不过气来。

“哧……哧……哧……哧，”他好像被扼住脖子似的哧哧地喊了起来，突然又如雷鸣般喊道，“我是谁？我是谁？我是潘捷列·切尔托普哈诺夫，世袭贵族，我的祖先是替皇上效过力的，而你算老几？”

罗斯季斯拉夫·阿达梅奇当即面无血色，后退了一步。他没料到会受到这样的回击。

“我是……我是……哦，哦，哦……”

切尔托普哈诺夫一个箭步冲上前去；什托佩利惊惶万状，急忙后退，客人们向这个怒不可遏的地主拥上来。

“决斗，决斗，马上隔着手绢决斗！”气得发狂的潘捷列大喊大嚷，“否则要向我道歉，也要向他道歉……”

“道歉吧，道歉吧，”在什托佩利身边的那些惊慌失措的继承人们低声说，“他这人发起疯来，会动刀子的。”

“抱歉，抱歉，我不知道，”什托佩利喃喃地说，“我是有眼不识泰山……”

“也向他道歉！”潘捷列不依不饶地喊道。

“也请您原谅。”什托佩利又朝聂多皮尤斯金说，而聂多皮尤斯金此时却像患热病似的在打哆嗦。

切尔托普哈诺夫气消了，走到季洪·伊万内奇跟前，拉住他的手，神气地向周围扫了一眼，没有人敢报以目光相迎，在一片肃静中，与新晋的别谢连杰叶夫卡村主人，堂而皇之地走出房子。

打那一天起，他俩就形影不离了。(别谢连杰叶夫卡村和别索诺沃村仅隔八俄里地。)聂多皮尤斯金的无限感激之情立即变成俯首帖耳的敬仰。在大胆无畏而又公正无私的潘捷列面前，懦弱温顺而非十分单纯的季洪只有拜服。“那真是不容易呀！”他有时暗自地想，“他跟省长谈话，敢直盯着对方的眼睛呢……天啊，就这样直盯着看呀！”

他不可思议、无以复加地赞叹他，认为他非等闲之辈，既聪明又博学。也是，不管切尔托普哈诺夫所受的教育多么糟糕，比起季洪所受的教育来，简直可以说是出类拔萃。的确，切尔托普哈诺夫俄文书读得少，法语又学得差，差到这样的程度：有一次一位瑞士籍家庭教师问他：“Vous parlez francais，monsieur?”① 他回答说：“热不会，”又稍想了一下，补说了一个字：“帕。”② 不过他总算记得世界上有一个非常机智的作家伏尔泰，也记得普鲁士国王腓特烈一世，知道他在军事方面也赫赫有名。在俄罗斯作家中，他尊崇杰尔查文，又喜欢马尔林斯基，并把一只最出色的狗取名为阿马拉特·别克③……

同这两位朋友初次见面之后过了几天，我去别索诺沃村拜访潘捷

---

① 法语：您会说法语吗，先生?

② “热”是法语“我”的音译，“帕”是法语“不”的音译。

③ 马尔林斯基的作品《阿玛拉特·别克》的主人公。

列·叶列梅奇。老远就瞧见他那里的小房子；它矗立在荒地上，离村庄有半俄里远，真可谓“茕茕孑立”，宛若停在耕地上的一只老鹰。切尔托普哈诺夫的整个宅院共有四座大小不一的破旧房子，即厢房、马厩、棚屋和浴室。各座房子都是互相分开的，自成一体：没有篱笆，也不见大门。我的车夫迟疑地把车停在一个井栏烂了一半、井身已淤塞了的旧水井旁边。在棚屋旁边有几只瘦巴巴的、毛蓬蓬的小猎狗正在啃食一匹死马，大概就是那匹奥尔巴桑吧；一只小狗抬起沾满血的嘴，忙不迭地叫了几声，又啃起那露出来的肋骨。马的旁边站着一个十六七岁的小厮，长着一张浮肿的黄脸，穿着仆人服，光着脚丫；他认真地看着那些交他照管的狗，有时用鞭子抽几下最嘴馋的狗。

“老爷在家吗?”我问。

“谁知道呢!”那小厮回答说，“您去敲敲门看。”

我跳下马车，走到厢房的台阶前。

切尔托普哈诺夫先生住屋的外观极为寒碜：圆木都变黑了，向前突着“肚子”，烟囱倒塌了，屋角有些霉烂，还有点斜，灰蓝色的小窗在耷拉下来的乱糟糟的屋檐下显得毫不起眼，宛如一些老荡妇的眼睛。我敲了敲门，无人回应。然而我听到门里传来刺耳的声音：

“А，Б，В……嗯，笨蛋，”一个嘶哑的声音说，“А，Б，В……不对!Г，Д，Е，Е……嗯，笨蛋!”

我又敲了敲门。

刚才那声音喊道：

“进来，是谁呀?”

我走进空荡荡的小前厅，透过敞开的门看见了切尔托普哈诺夫。他穿着油迹斑斑的布哈拉长袍，一条肥大的灯笼裤，头戴红色小圆帽，坐在椅子上，一只手抓住一只小狮子狗的头，另一只手拿着一块面包，伸在狗的鼻子上边。

“啊!”他庄重地说，仍坐着不动，“光临寒舍，非常欢迎。请坐。我在训练这只文佐尔呢……季洪·伊万内奇，”他又提高嗓门喊道，“过来。有客人来了。”

“马上来，马上来。”季洪·伊万内奇在隔壁房间里回答说。“玛莎，把领带拿给我。”

切尔托普哈诺夫又转向文佐尔，把一小块面包搁到它鼻子上。我打量了一下周围。房间里有一张歪歪扭扭的桌面翘曲的活动桌子，它有十三条长短不齐的腿，还有四把坐瘪了的草垫椅子，此外没有其他家具；很久以前粉刷过的墙上布满星形的蓝斑，好几处地方都已剥落；两扇窗子之间挂着一面镶有巨大红木框的镜子，镜面已经裂了，显得模糊不清。角落里搁着几根长烟管和猎枪；天花板上垂下一条条又粗又黑的蜘蛛丝。

“А，Б，В，Г，Д，”切尔托普哈诺夫慢慢地念着，突然气恼地大喊，“е！е！е！……笨死了！这畜生！……е……”

可怜的狮子狗全身打抖，不肯张嘴；它仍然坐着，难过地夹着尾巴，歪着头，灰溜溜地眨巴着眼睛，又把眼睛眯起来，仿佛心里在说：随您便吧！

“吃吧，来！接住！”不肯罢休的地主叨咕着说。

“您把它吓着了。”我说。

“那就滚吧！”

他踹了狗一脚。这只小可怜默默地站起来，抖掉鼻子上的面包，仿佛踮着脚尖似的朝前室走去，一副深受委屈的样子。的确是的：生客头一次来，主人竟这样不留情面。

另一房间的门小心地开了，聂多皮尤斯金先生进来了，他满面笑容，愉快地和我打招呼。

我站起来，鞠一下躬。

“别客气，别客气。”他低声地说。

我们坐了下来。切尔托普哈诺夫到隔壁房间去了。

“您来我们这地方很久了吗？”聂多皮尤斯金柔声说道，用手遮住嘴咳了一下，为了表示礼貌，把手指在唇前遮了一会儿。

“有一个多月了。”

“哦，是这样。”

我们沉默了一会儿。

“最近天气不错，”聂多皮尤斯金又说，感激地望着我，似乎天气好坏取决于我，“可以说，庄稼长得好极了。”

我点点头表示同意。我们又沉默了一会儿。

“昨天，潘捷列·叶列梅奇抓到了两只灰兔，”聂多皮尤斯金费尽心思挑起话题，显然是想让谈话气氛变得活跃一些，“真的，可大的两只灰兔啦。”

“切尔托普哈诺夫先生的狗很出色，是吧?”

“都特别棒!”聂多皮尤斯金兴致勃勃地回答，“可以说，在省里是首屈一指的。（他向我挪近一点。）真没得说！潘捷列·叶列梅奇就是这样！他想的，他要的——你就瞧吧，准会办到，什么都搞得挺热火的。我对您说，潘捷列·叶列梅奇……”

切尔托普哈诺夫走了进来。聂多皮尤斯金笑了笑，把话打住了，使眼色让我好好看一看他，似乎想说：您自己看看就知道了。我们聊起了打猎的事情。

“想不想看看我的猎狗?”切尔托普哈诺夫问我，不等我回话，就大声喊来卡尔普。

进来一个很壮实的小伙子，他穿着绿色的南京土布外套，缝有浅蓝色衣领和仆役制服的纽扣。

“吩咐福姆卡，”切尔托普哈诺夫断断续续地说，“叫他把阿马拉特和萨伊加带过来，要弄得干净点，明白吗?”

卡尔普咧嘴笑了笑，回了一句含糊不清的话，便出去了。福姆卡来了，他的头梳得油光滑亮，衣服穿得笔挺；脚穿长筒靴，带着狗儿。我出于礼貌，只好对这些蠢畜生赞赏几句（这些博尔扎亚猎狗都蠢得要命）。切尔托普哈诺夫向阿马拉特的鼻孔里吐几口唾沫，可看来，这没让这狗高兴起来。聂多皮尤斯金又摸了摸阿玛拉特的后背。我们又聊了起来。切尔托普哈诺夫渐渐变得十分和气，不再气鼓鼓的了；他脸上的表情也在变化。他看看我，又看看聂多皮尤斯金……

“嘿!”他忽然喊道，“干吗让她一个人呆着？玛莎！喂，玛莎！上这儿来。”

隔壁房间里开始有人走动，但没有应答。

“玛——莎，”切尔托普哈诺夫又亲切地唤了一声，“上这儿来，没事儿，不用怕。”

门轻轻地开了，我看见一个二十来岁的女人，身材修长而匀称，一张茨冈人的脸，肤色黝黑，眼睛是黄褐色，拖着漆黑的长辫子，又大又白的牙齿在丰满红润的嘴唇里闪闪发亮。她穿一件白色连衣裙，披一条浅蓝色的披肩，在靠近喉咙处用金别针别住，她健美的细手臂被披肩遮住了一半。她脸上露出村野女子的羞涩神情，向前挪两步就站住了，低下了头。

“好，我来做一下介绍，”潘捷列·叶列梅奇说，“说妻子又不是，就算妻子吧。”

玛莎的脸微微一红，拘谨地微微一笑。我向她深深地鞠了个躬。我对她很有好感。细巧的鹰鼻和张开的半透明的鼻孔、大胆扬着的高高的眉毛、苍白而微微凹进的脸颊——她的整个面容展露出任性的激情和无所顾忌的胆量。在盘好的发髻下，两绺发亮的短发垂在宽宽的脖子上——这是血性和坚强的特征。

她走到窗前坐下来。我不愿加重她的窘迫感，便与切尔托普哈诺夫聊了起来。玛莎微微转过头，蹙着眉头，悄悄地、腼腆地、迅速地打量了我一下。她的双眸像蛇芯子一般闪耀着。聂多皮尤斯金坐到她身旁，附耳嘀咕了几句。她笑了笑。这时她的鼻子微微蹙起，翘起上唇，使她的脸平添了既像猫又像狮子的表情……

“哦，你真是棵含羞草呀。”我心里想，同时也偷偷地瞧了瞧她那柔软的腰身、平平的胸部和有点生硬的、敏捷的动作。

“啊，玛莎，”切尔托普哈诺夫说，“该拿点什么款待客人，是吧？”

“咱们有果酱。”她回答。

“好，就拿果酱来，顺便再拿点酒来。对了，听我说，玛莎，”他在她背后又喊了一句，“把吉他也拿来。”

“拿吉他干什么？我不唱歌。”

“为什么？”

“不想唱。”

“哎，净胡说，你会想唱的，只要……”

“只要什么？”玛莎立刻皱起眉头问。

“只要请你唱。”切尔托普哈诺夫有点难为情地说。

“啊！”

她出去了，一会儿就拿着果酱和酒回来，又坐到窗前。她的额头

还露出一道皱纹；两道眉毛一扬一落的，宛如黄蜂的触须……读者，您可曾观察过黄蜂的凶相吗？我暗想：暴风雨将至。谈话的气氛也不顺畅了。聂多皮尤斯金一声不吭，一个劲儿赔笑；切尔托普哈诺夫气喘吁吁，面红耳赤，瞪着眼睛；我准备起身告辞……玛莎忽然站起来，猛一下打开了窗子，探出头去，气冲冲地呼喊一个过路的村妇："阿克西尼娅！"那村妇吓得一抖，本想转身，不料脚底一滑，砰的一声跌坐在地。玛莎身子向后仰着，哈哈大笑起来；切尔托普哈诺夫也笑了，聂多皮尤斯金兴奋得尖喊起来。我们都为之精神一振。只打了一下闪电，暴风雨就过去了……天空又晴朗了。

半小时之后，没有人能认出我们了：我们聊天玩闹，像孩子一样。玛莎玩得最起劲——切尔托普哈诺夫用眼睛馋相地盯着她看。她的脸色泛白，鼻翼大张，一瞬间里眼睛亮一下又暗下去。这疯丫头玩得可来劲了。聂多皮尤斯金迈着他那粗短的腿跟在她后面一晃一摆，活像公鸭追母鸭。甚至文佐尔也从前室里的凳子下爬了出来，它在门口望着我们，突然跳起来，发出一阵狂吠。玛莎飞奔到另一房间，拿来吉他，扯下披肩，敏捷地坐下来，扬起头，唱起了茨冈歌曲。她的歌声高亢，带点颤音，像一个有裂纹的玻璃铃铛作响，时扬时抑……使人心里觉得既亲切又恐惧。"啊，烧吧，说吧……"切尔托普哈诺夫跳起舞来。聂多皮尤斯金跺起脚，用碎步跳了起来。玛莎整个人扭来扭去，好像烈火烧着桦树皮；纤细的手指灵活地拨动琴弦，黝黑的脖子挂着两串琥珀项链，喉头缓缓起伏。有时她的歌声戛然而止，疲惫地坐下来，仿佛不大情愿地拨着琴弦，切尔托普哈诺夫也停下舞步，耸动肩膀，在原地倒换着两脚；聂多皮尤斯金像中国的瓷娃娃一样晃着脑袋；有时玛莎又像疯了似的唱了起来，直起腰身，挺起胸脯，切尔托普哈诺夫又蹲下来跳，常常跳得老高，几乎碰到天花板，又像陀螺似的旋转着，高声喊着："快！"……

"快、快、快、快！"聂多皮尤斯金也急速地附和。

那天很晚很晚我才离开别索诺沃村……

切尔托普哈诺夫的结局

一

距我上次访问切尔托普哈诺夫后过了大概两年，他就又开始了命运多舛的人生——真是祸不单行。之前一直有不顺心、不如意甚至是不幸，但他毫不在意，好像以前一样“我行我素”。第一个让他大为伤心的灾难就是：玛莎与他分手了。

是什么让她非要离开这个她已习惯的家——很难说清楚。切尔托普哈诺夫至死都认为玛莎的背叛都要怪邻村一个年轻小伙子，他是一个退伍的枪骑兵大尉，外号叫亚夫，据潘捷列·叶列梅奇的说法，这小子之所以能得手，是因为他总是卷着小胡子，肯花大力气去梳妆打扮，煞费苦心地哼哼哈哈；可是，也许更主要的原因是玛莎血管里流淌的茨冈人血液中流浪的天性。不管什么原因，一个美妙的夏日夜晚，玛莎装了一些破衣服到一个小包袱里，就离开了切尔托普哈诺夫的家。

之前她在屋角坐了三天，缩着身子靠着墙，就像一只受伤的狐狸——一句话也不说——只是不停地转动眼睛，冥思苦想，有时扬扬眉毛，轻轻龇牙，摆弄双手，好像要把自己裹紧。这样的“情绪”以前她也有过，但持续时间都不长；切尔托普哈诺夫知道——因此也没在意，也没去打扰他。一次关猎狗的仆人说，所剩的两只猎狗都死了，他从狗舍看了回来，见到一个女仆，她用颤抖的声音报告，玛丽亚·

阿京菲耶夫娜让她向他鞠躬行礼，要她转告，祝老爷万事如意，她不会再回来了。切尔托普哈诺夫在原地打了两个转，发出嘶哑的哀号，立刻去追那个私奔的女人——顺便还带了把手枪。

他在离家两俄里外的一片白桦林旁追上了她，那是通往县城的大路。太阳在天边斜斜地照着——周围一切突然都变成了血红色：树木、野草和大地。

“去找亚夫！去找亚夫！”切尔托普哈诺夫一见到玛莎就呻吟着说，“去找亚夫！”他跑到她面前重复了一句，每跑一步都踉踉跄跄。

玛莎停住脚步，把脸转向他。她背对着光，看上去黑乎乎的一团，就像用乌木雕成的一样。只有白眼仁像银色扁桃仁一样看得清楚，而瞳孔则更黑了。

她把包袱扔到一边，叉起双手。

“去找亚夫，真不要脸！”切尔托普哈诺夫又说，本想抓她的肩膀，但是一碰到她的目光，就慌了神，在原地犹豫起来。

“我不是去找亚夫先生，潘捷列·叶列梅奇，”玛莎坦然地低声回答，“我只是不能再同您过下去了。”

“怎么不能过了？为什么？难道我什么地方得罪你了？”

玛莎摇摇头。

“您没得罪我，潘捷列·叶列梅奇，只是我在您家待腻味了……为了之前的一切我感谢您，但是没法再待下去了——不能待了！”

切尔托普哈诺夫大吃一惊；他甚至用两手在腿上拍了一下，蹦了起来。

“怎么会这样？住得好好的，什么都顺你的心，合你的意——突然就腻味了！不待了！包上头巾就走人。你得到的尊崇不比当夫人的差啊……”

“我宁可不要这些。”玛莎打断他的话。

“怎么不要？从一个茨冈流浪女人变成一个夫人——还说不要！不要，你这个天生的贱货！这种人难道可信吗？迟早要变心，变心！”

他又压低声音凶狠地说。

“我没想过什么变心，也没有变心。”玛莎用唱歌似的清晰的声音说，“我已经对您说了：我觉得无聊。”

“玛莎!”切尔托普哈诺夫用拳头捶着胸口喊道，“好了，别这样，够了，你折磨够了……嗯，你满意了吧！真的！想一想，季沙①会说什么；你也要可怜可怜他啊!”

“请替我向季洪·伊万内奇行礼，并转告他……”

切尔托普哈诺夫挥了挥手。

“不，你在撒谎——你不会走的！你的亚夫不会等你的!”

“亚夫先生……”玛莎刚要开口……

“他算什么先生,”切尔托普哈诺夫滑稽地模仿她的语调，“他就是个十足的骗子、大滑头——他就是一张猴子嘴脸!”

切尔托普哈诺夫同玛莎纠缠了足足半个小时。他要么走近她，要么跳开，有时想揍她，有时对她鞠躬，又哭又骂……

“不行,”玛莎坚定地说，“我觉得难受……无聊透顶。”她的脸渐渐显出漠然和昏沉的表情，切尔托普哈诺夫问她，是不是有人给她灌了麻醉药?

“是无聊。”她第十次说。

“要是我把你打死呢?”他突然大喊，从口袋里掏出猎枪。

玛莎笑了一下；她脸上的表情生动起来。

“有什么？打死我吧。只要我活着，我就不回去。我说到做到。”

切尔托普哈诺夫突然把枪塞到她手中，坐在地上。

“好吧，那你就打死我吧！没有你我也不想活了。我让你厌烦——世上一切也让我厌烦。”

玛莎弯下腰，捡起包袱，把枪放到草地上，让枪口背对着切尔托普哈诺夫，挨着他坐下来。

“唉，亲爱的，你为什么难过呢？难道你不了解我们茨冈女人吗？我们就是这种性格，这种风俗。只要无聊的影子一出现，我们的魂就会被召唤到老远的地方去——哪能停得下来？你记住玛莎——你再找不到这样的女友——我也不会忘记你，我的雄鹰；但我们的共同生活结束了。”

“玛莎，我爱你的啊。”切尔托普哈诺夫用手蒙着脸，透过手指

---

① 季洪的昵称。

缝说。

“我也爱着您，我的朋友潘捷列·叶列梅奇!”

“我爱着你，我发疯似的爱着你，爱得不知所以——现在只要我一想，你这样无缘无故的，过得好好的，就抛下我，去满世界流浪，我就觉得我要是个可怜的穷光蛋，你就不会扔下我。”

听到这些话，玛莎只是笑了一下。

“你还说我是不贪财的女人呢!”她说着，一下子拍在切尔托普哈诺夫的肩上。

他跳起来。

“从我这儿拿点钱吧——不然你没钱怎么办？最好你还是打死我吧！打死我算了!”

玛莎又摇摇头。

“打死你？亲爱的，为什么要人把我流放到西伯利亚去呢?”

切尔托普哈诺夫颤抖了一下。

“你只是因为，因为怕苦役……”

他又倒在草地上。

玛莎一声不吭地站在他旁边。

“潘捷列·叶列梅奇，我心疼你，”她叹了口气说，“你是个好人……但是没办法：永别了!”

她转过身，走了几步。夜色降临，四周黑影重重。切尔托普哈诺夫腾一下跳起来，抓住玛莎的两只胳膊。

“你就这么走了，蛇蝎女人？去找亚夫!”

“永别了!”玛莎动情又尖利地说，挣开他的手走了。

切尔托普哈诺夫目送着她的背影，跑到放手枪的地方，抓起枪，对准她开了一枪……但是在扣动扳机之前，他把手一扬，子弹从玛莎的头顶嗖一声飞过。她回头望了他一眼——继续往前走，步态摇摇摆摆的，似乎在逗弄他。

他蒙住脸，跑开了……

他没跑出五十步远，突然停下来，呆立不动。一个熟悉的，异常熟悉的声音飘了过来。玛莎在唱歌。“美好的青春年华……”她唱道，每一句都在夜空中飘荡，哀怨而热情。切尔托普哈诺夫侧耳倾听。声音渐渐远去；一会儿低下去，一会儿又隐约可闻，可是仍然像股热流……

“她这是故意刺激我，”切尔托普哈诺夫想，但是立刻又叹口气，“唉，不是的。她是在同我表示永别。”于是泪如雨下。

第二天他来到亚夫先生的住处。亚夫先生是个真正的社交界人物，他不甘心孤零零地待在乡下，就搬到县城居住，如他所说的，“更靠近小姐们”。切尔托普哈诺夫没有碰上亚夫，侍仆说他头天晚上去了莫斯科。

“原来是这么回事！”切尔托普哈诺夫暴怒地喊道，“他们串通好了；她和他私奔了……不过等着瞧吧！”

他不顾侍仆的阻拦，冲进了年轻枪骑兵大尉的办公室。办公室的沙发上挂着主人穿枪骑兵制服的肖像。“啊，你在这里，没长尾巴的猴子！”切尔托普哈诺夫吼叫着，跳上沙发，一拳打在紧绷的画布上，把它打出了一个大洞。

“告诉你的浑蛋主子，”他对侍仆说，“因为他的卑劣嘴脸不在这里，贵族切尔托普哈诺夫就砸了他的画像；如果他要找我索赔，他知道哪里能找到贵族切尔托普哈诺夫。不然我也能找到他！掘地三尺我也要找到这个卑鄙下流的猴子！”

说完这些话，切尔托普哈诺夫从沙发上跳下来，扬长而去。

枪骑兵大尉亚夫没有找他要任何索赔——他甚至没有在任何地方遇见他——切尔托普哈诺夫也没想找自己的仇家，所以两人之间也就没有下文了。之后玛莎就杳无音讯，切尔托普哈诺夫曾借酒消愁；但是又“幡然醒悟”。然后他的第二桩倒霉事来了。

二

就是——他的挚友季洪·伊万内奇·聂多皮尤斯金去世了。他去世前两年身体已渐渐不行：他开始气喘，整夜睡不着觉，醒来后不能立刻清醒；县城医生说他得的是“轻度中风”。在玛莎离开的前三天里，也就是她觉得“腻味”的三天里，聂多皮尤斯金躺在自己的别谢

连杰夫卡村：他得了重感冒。玛莎的出走更加刺激了他：他的惊讶程度不比切尔托普哈诺夫小。他因为天性柔弱和胆小，除了对自己的好朋友柔声表示同情和自己病态的困惑外，什么也没说……然而他的身体全垮了，都空了。“她掏空了我的灵魂。”他坐在自己喜爱的漆布沙发上喃喃自语。甚至当切尔托普哈诺夫情绪平定后，他也没有平复——继续感伤“他的内心被掏空了”，“就是这儿”，他指着胃部以上胸口中央的位置说。他就这样一直拖到冬天。第一次严寒的日子，他的气喘病减轻了一些，但是他已经不是轻度中风，而是真的中风了。他不是立刻丧失记忆；他还能认出切尔托普哈诺夫，听到这位朋友绝望的呼喊：“怎么，你怎么了，季沙，没我的允许就要扔下我，跟玛莎一样?”他甚至还能作答：“啊，我，潘……莱·叶……维奇，总……是听……您的……话。”但是，就在这一天，不等县城大夫赶到，他就撒手人寰了。县城大夫一看到他刚刚冷却的躯体，不免感慨，要一点“酒和鲟鱼干”消愁。如同大家所预料的，季洪·伊万内奇把自己的领地赠给了最尊敬的恩人和慷慨的庇护人“潘捷列·叶列梅奇·切尔托普哈诺夫”，但没有给继承人带来多大好处，因为领地很快就被拍卖了——一部分钱用来支付墓碑、雕像的费用。切尔托普哈诺夫想给亡友的墓上竖一座雕像（显然，他身上流着他父亲的血!），这座雕像本应是一个祈祷的天使，是从莫斯科定购的；可别人推荐的经纪人认为外省人没见过什么雕像，就用一座弗洛拉女神像替代天使送了过来，这雕像多年来装饰在莫斯科近郊一个荒芜了的叶卡捷琳娜时代的花园里，那经纪人没花钱就把它弄来了。这雕像非常优雅动人，是洛可可风格，有着丰腴的手臂，蓬松的鬈发，袒露的胸前有一束玫瑰花，弯下腰身。这座神话中的花神至今仍姿态优美地抬起一条腿，立在季洪·伊万诺维奇的墓上，带着真正的蓬帕杜式的姿态观赏着他周围玩耍的羊群，及常来参观我们乡村墓地的游客。

三

切尔托普哈诺夫失去了自己的挚友后，又开始借酒消愁，这次情况比以前严重得多。他的家境走向衰败。没有钱去打猎，所剩的钱都花光了，最后几个仆人也打发走了。潘捷列·叶列梅奇尝到了彻底孤独的滋味：没有可以交谈的人，没有可以交心的人。只是一副傲骨始终不减当年。正相反：他的境况越差，他越傲气，越摆架子，越难以接近。最后他变得十分粗野。唯一的安慰和乐趣就是：他那匹令人惊叹的顿河种坐骑，名叫马列克－阿杰尔，的确是匹出色的牲口。

他弄到这匹马的经历如下：

一天切尔托普哈诺夫骑着马经过邻村，听见酒馆旁一群庄稼汉在吵吵嚷嚷。人群中间，十几只手在同一个地方上下起落。

“那里在干吗？”他用自己惯有的官腔问一个站在自家门边的老妇人。

那老妇人靠在门边，好像打瞌睡似的望着酒馆方向。一个浅色头发的小孩穿着花衬衫，袒露的胸前挂着一个柏木十字架，叉开两条细腿，捏着小拳头，坐在她的两只树皮鞋中间；一只小鸡在近旁啄食一块硬如木头的黑麦面包。

“天晓得，老爷，”老太婆说着，往前弯下身子，把自己皱皱巴巴的黑手按在小孩脑瓜上，“听说，我们的人在打一个犹太人。”

“怎么打犹太人？什么样的犹太人？”

“天晓得，老爷。我们这儿来了个犹太人；至于打哪儿来的——谁知道？瓦夏，过来，宝贝，到妈妈这来；嘘嘘，嘘嘘，讨厌鬼！”

那婆娘轰开了一只小鸡，瓦夏抓住她的方格子裙。

“就是在打他呢，我的老爷。”

“怎么打？为什么打？”

“这就不知道了，老爷。总有原因吧。再说，干吗不打？就是他，老爷，把耶稣钉在十字架上。”

切尔托普哈诺夫吆喝一声，照着马脖子抽了一鞭子，直冲着人群而去——闯进人群后，不问青红皂白就用鞭子左右抽打那些庄稼汉们，一边断断续续地说着：

“无法……无天！无法……无天！该由法律来管，而不是私设……公堂！法律！法律!! 法……律！”

不到两分钟，人群都向四周散开了——酒馆门前的地上原来是一

个又瘦又小、黑不溜秋的人，他穿着土布衣服，蓬头散发，伤痕累累……苍白的脸，翻着白眼，大张着嘴……怎么回事？是吓晕了还是真死了？

“你们为什么打犹太人？”切尔托普哈诺夫威严地挥着鞭子大声问道，声如洪钟。

人群轻声嘀咕着作答。一个庄稼汉捂着肩膀，另一个捂着腰，还有一个捂着鼻子。

“揍得好凶啊！”后面有人说道。

“用鞭子抽的！瞧这样子！”另一个人说。

“为什么打犹太人？我问你们话呢，你们这帮疯狂的野蛮人！”切尔托普哈诺夫又问了一遍。

这时躺在地上的人忽地跳了起来，跑到切尔托普哈诺夫身后，哆哆嗦嗦地抓住他的马鞍边。

人群里爆发出一阵哄笑。

“活着呢！”后面有人说道，“真像一只猫！”

“大人，帮我说说话，救救我！”那可怜的犹太人整个胸口贴在切尔托普哈诺夫的脚上，嘟嘟囔囔地说。

“他们为什么打你？”切尔托普哈诺夫问。

“这真是说不清！他们有些牲口死了……他们就怀疑……可我……”

“哼，这事我们以后会弄清楚的！”切尔托普哈诺夫打断他，“现在抓着马鞍跟我走吧。喂，你们啊！”他又说了一句，转向人群：“你们认识我吗？我是地主潘捷列·切尔托普哈诺夫，住在别索诺沃村。——哼，就是说，如果要告我，那就去告吧，还有这个犹太人一起告！”

“为什么要去告啊？”一个留着花白胡子的老成持重的庄稼汉说道，他深深鞠了一躬，他的模样就像古代的族长。（打犹太人的时候他不比别人少使劲。）“我们，潘捷列·切尔托普哈诺夫老爷，深明您的大义；您教训了我们，我们心领您的好意！”

“为什么要去告啊？”另一个人说，“我们自有办法对付反基督的家伙。他跑不了。我们对付他，就像对付田里的兔子……”

切尔托普哈诺夫耸耸小胡子，哼了一声，就骑着马带着犹太人缓缓回到村子。他解救那个犹太人就像当初他解救季洪·聂多皮尤斯金一样。

四

过了几天，切尔托普哈诺夫家仅存的哥萨克人禀报说，有个骑马的人求见，想和他谈谈。切尔托普哈诺夫来到台阶上，看到认识的那个犹太人骑着一匹漂亮的顿河马，那马一动不动地傲然站在院子中央。犹太人没有戴帽子：他把帽子夹在腋下，脚没有伸在马镫里，而是伸进马镫的皮带里；他衣服的破衣襟耷拉在马鞍两边。见到切尔托普哈诺夫，他的嘴巴吧嗒起来，双肘抽搐，双脚晃荡。可切尔托普哈诺夫不仅没有搭理，甚至生气了；突然就发起火来：讨厌的犹太人竟然骑在这么漂亮的马上……真是不像话！

“喂，你这丑八怪！”他喊道，“现在下马，要是你不想把你摔在烂泥里的话！”

犹太人当即道歉，像个麻袋似的从马鞍上滚下来，一手牵着缰绳，边微笑边鞠躬地走到切尔托普哈诺夫面前。

“你有什么事？”潘捷列·叶列梅奇威严地问。

“大人，您瞧瞧，这马怎么样？”犹太人一边说着，一边不停地鞠躬。

“嗯……不错……是匹好马。你从哪里弄来的？该不会是偷的吧？”

“这怎么可能，大人！我是个诚实的犹太人，我不偷东西，但是是为您弄到的，真的！我花了好大力气，好不容易！但真是匹好马！走遍整个顿河也找不到第二匹这样的马。大人您看，这马多好啊！请到这边来！吁……吁……转下头，侧过身子！我们卸下马鞍吧！真不错！您觉得呢？”

“是匹好马！”切尔托普哈诺夫装作漠不关心地说，但内心已经激荡不已。他是个狂热的马迷，也很懂行。

“大人，您摸摸看！顺着它的脖子摸，嘻嘻，就是这样。”

切尔托普哈诺夫好像很不情愿，把手放到马脖子上，拍了一两下，然后用手从脖子上隆起的部位顺着脊背摸过去，直摸到肾脏上方的部位，像内行人一样在这里轻轻按一下。马立刻弓起身子，用一只傲慢的黑眼睛瞥了一下切尔托普哈诺夫，打了个响鼻，倒换了几下腿。

犹太人笑起来，轻轻拍手。

“认您这个主人了，大人，当您是主人了！”

“哼，别胡说，”切尔托普哈诺夫懊恼地打断他的话，“让我买这匹马我……我没钱，我不收犹太人的礼物，就连上天的礼物我也不收。”

“我怎么敢给您送礼，哪能呢？”犹太人喊道，“您买下吧，大人……至于钱，我以后来拿。”

切尔托普哈诺夫想了想。

“你要多少钱？”他终于透过牙缝说。

犹太人耸耸肩。

“就按我买来的价吧。两百卢布。”

这马值这个价格的两倍——甚至三倍。

切尔托普哈诺夫侧了侧身，兴奋地打了个哈欠。

“什么时候……要钱？”他问道，故意皱起眉毛，不看犹太人。

“等大人您方便的时候。”

切尔托普哈诺夫头往后仰，没有抬起眼睛。

“这算什么回答。你得说清楚，希律的后代！要我欠你的情，还是怎么的？”

“嗯，这么说，”犹太人连忙说，“六个月以后……好吗？”

“马鞍我不要。”切尔托普哈诺夫断断续续地说，“把马鞍拿走，听到没？”

“好的，好的，拿走，拿走。”犹太人高兴地嘟哝着，卸下马鞍。

“至于钱，”切尔托普哈诺夫继续说，“过六个月，不是两百，而是两百五十。住嘴！两百五十，我跟你说！到时候来找我。”

切尔托普哈诺夫一直都没好意思抬起眼睛。他从未如此觉得自尊心受损。“明显，是礼物，”他想，“为了感谢，见鬼！”他想抱这个犹太人，也想打他……

“大人，”犹太人鼓起勇气，咧嘴说，“要按照俄罗斯风俗，把缰绳从我怀里递到你怀里……”

“你在想什么呢？犹太人……还俄罗斯风俗呢！咦？是谁？把马牵到马厩去，给它喂些燕麦。我待会儿来看看。给它取个名字：就叫马列克－阿杰尔。”

切尔托普哈诺夫刚迈上台阶，突然猛一转身，跑到犹太人身边，紧紧握了握他的手。犹太人鞠躬，伸出嘴唇想吻他的手，但是切尔托普哈诺夫往后一闪，小声说：“别告诉别人。”就进门了。

五

从那一天起，切尔托普哈诺夫生活中的主要事情、主要精力和欢乐就是马列克－阿杰尔。他对马的爱胜过了当初对玛莎的爱，对马的依赖超过了对聂多皮尤斯金的依赖。这马确实好！像一团火，就是一团火，简直是火药——又有贵族的庄重派头！它不知疲倦、吃苦耐劳，把它往哪里牵，它都毫无怨言；也不用怎么喂它：如果没有吃的，它就啃地上的泥巴。慢步走的时候，就像用手捧着你；小跑的时候，好像坐在摇篮里，可一旦飞奔起来，连风也休想追上它！它从不气喘吁吁：因为它有的是通气孔。它的腿如钢铁；趺趺绊绊的事情——从未有过！跳沟、跳栏——对它都不在话下；而且还非常聪明！一听到你的声音就昂首跑过来；你让它站在那里，而自己走开，它就待在那里；只有当你回来，它才轻声嘶鸣，好像在说：“我在这里。”它什么也不怕：漆黑的暴风雪夜里，它能认出路；它绝不让生人靠近，否则会用牙齿咬人！狗也休想靠近它：它会用前蹄对着狗的脑门一踢——咔嚓一声响！这狗也别想活了。这匹马自尊心很强：你拿鞭子只能装模作样在它头上晃几下——不能真动它！干吗啰啰嗦嗦说这么久呢？总之是个宝贝，不是寻常的马儿！

切尔托普哈诺夫一看见自己的马列克－阿杰尔，就不知道哪儿来那么多话！他对这匹马关怀备至。这匹马的毛色泛着银光——那银色不显旧，而是显得很新，闪着深深的光泽；用手去摸摸——就像天鹅绒！马鞍、鞍垫、笼头——整套马具配得非常恰当、整齐、利索——真得找人把它画下来！切尔托普哈诺夫也没的说，亲手给这匹马编额鬃，拿啤酒给它洗鬃毛和尾巴，甚至多次给马蹄抹油……

他常常骑上马列克－阿杰尔出门，不是去拜访邻居（他和他们依旧不来往），而是走过他们的田地、走过宅院……让你们看看，从远处欣赏欣赏，傻瓜们！有时他听说某处有人在打猎——是有钱的老爷准备到远处狩猎——他立刻奔去那里，在远远的一边平线上纵横驰骋，让见者为之侧目，赞赏马儿的俊俏和神速，可是不让任何人靠近。一个猎人居然带着手下追上他；他看到切尔托普哈诺夫要避开他，就一边紧追，一边对着他用尽力气喊道："喂，你！听着！把你的马卖给我，要多少钱都行！一千卢布我也舍得！老婆孩子都可以给你！把我的家底都拿去！"

切尔托普哈诺夫突然勒住马列克－阿杰尔。猎人飞奔过来。

"先生！"他喊道，"你想要什么？我的亲爹！"

"即使你是皇帝，"切尔托普哈诺夫不慌不忙地说（他生平从未听说过莎士比亚），"把你的王国拿来换我的马——我也不稀罕！"说完哈哈大笑几声，让马列克－阿杰尔抬起前蹄，仅凭后腿像陀螺一样在空中打了一个转儿，然后就绝尘而去！只见它在割过的庄稼地里一闪一闪的。那猎人（据说是个相当有钱的公爵）把帽子往地上一摔——猛地把脸扑到帽子里！就这样躺了半小时。

所以切尔托普哈诺夫怎能不珍爱自己的马呢？不正是仗着这匹马的优势，他才能再次在他的乡邻面前显示绝对的高人一等、显示最后的优越感吗？

六

时光流逝，付款期限临近，切尔托普哈诺夫别说没有二百五十卢布，就连五十卢布都没有。怎么办？有什么办法？"这有什么？"他终于决定，"要是那犹太人不讲情面，不想延期——我就把房子和地给他，自己骑着马，走哪儿算哪儿！就算饿死，也不把马列克－阿杰尔给他！”他越想越激动，甚至忧心忡忡；可这时候命运——第一次也是最后一次——怜悯他，对他微笑；一个远方姑妈——切尔托普哈诺夫连她的名字都不知道——留给他一笔遗产，在他看来是笔巨款，整整两千卢布！他拿到这笔钱可谓正是时候：就在犹太人来的前一天。切尔托普哈诺夫差点没高兴得发疯——可他并不想喝酒：自从马列克－阿杰尔归他的那天起，他就滴酒不沾了。他跑到马厩，吻了吻自己的朋友鼻孔上方的两边脸，这里是马的皮肤最柔软的地方。“现在我们不会分开了！”他拍拍马列克－阿杰尔那梳得整整齐齐的鬃毛下的脖子，大声说道。回到家，他数出两百五十卢布，封在一个纸包里。然后躺着抽烟斗，想着他怎么处置剩下的钱——就是说，去买些什么样的狗：真正的科斯特洛姆种的，一定要是红斑毛色的！他甚至跟佩尔菲什卡聊了一会儿，答应给他买一件镶黄丝线的新上衣，然后就惬意地睡去了。

他做了一个不祥之梦。好像他去打猎，但是没有骑马列克－阿杰尔，而是骑着一头像骆驼一样的奇怪牲口；迎面跑来一只雪白雪白的狐狸……他想挥动鞭子，想唤狗去追它——可是他手里拿的不是鞭子，而是树皮，狐狸就在他前面跑着，一边伸着舌头挑逗他。他从骆驼上跳下来，绊了一跤，摔倒了……正好倒在一个宪兵的手中，那宪兵叫他去见总督，他发现总督就是亚夫……

切尔托普哈诺夫醒了。房间里很黑；刚刚响起二遍鸡叫……

很远的地方传来马的嘶鸣声。

切尔托普哈诺夫抬起头……再一次听到很弱很弱的马嘶声。

“这是马列克－阿杰尔在嘶喊！”他想，“这是它的声音！为什么这么远……天啊……不可能吧……”

切尔托普哈诺夫突然全身发冷，猛地翻身下床，摸到靴子和衣服，赶紧穿好，抓起枕头下马厩的钥匙，冲到院子里。

七

马厩在院子的尽头，它的一面墙对着田野。切尔托普哈诺夫没有一下子把钥匙插进锁里——他的手哆哆嗦嗦的——也没有立刻转动钥匙……他屏住呼吸一动不动地站着：门里该有点动静啊！“马列什卡！马列茨！”他低声呼唤马的昵称：死一般寂静！切尔托普哈诺夫不由得猛扭了一下钥匙：门嘎吱一声开了……原来没有锁。他跨过门槛，再次呼唤自己的马。这次喊的是马的全名：“马列克－阿杰尔！”可他忠实的伙伴没有回应他，只有老鼠在草堆里沙沙作响。这时切尔托普哈诺夫冲到马厩中三个马栏里马列克－阿杰尔所在的那一栏。虽然周围漆黑一片，伸手不见五指，他还是直接来到了这一栏……空空如也！切尔托普哈诺夫感到一阵眩晕，仿佛有一只钟在他脑袋里敲。他想说什么，但只能发出嘶嘶的声音，把手举高又放下，左右乱摆，喘着粗气，屈着双膝，从一个马栏摸到另一个马栏……到了第三栏，干草几乎堆到顶，他撞到一面墙上，又撞上另一面，摔了一跤，翻了一个筋斗，爬起来，突然从半开着的门慌张地奔向院子……

“偷跑了！佩尔菲什卡！佩尔菲什卡！有人偷马了！”他拼命大喊起来。

小厮佩尔菲什卡只穿一件小衬衫，从他睡觉的那间贮藏室跌跌撞撞地飞奔出来……

老爷和他唯一的仆人好像两个醉汉在院子中央撞到一起；他们像着魔似的互相转圈子。主人说不清楚是怎么回事，仆人也不明白他要干什么。“坏了！坏了！”切尔托普哈诺夫喃喃地说。“坏了！坏了！”小厮重复他的话。“点灯！快去，点灯！火！火！”切尔托普哈诺夫从发僵的胸口终于冒出这句话。佩尔菲什卡冲进屋子。

但是取火点灯谈何容易——当时在俄罗斯磷火火柴尚属稀罕之物；厨房里最后一点炭火早已熄灭——火刀和火石找了好一阵子才找到，而且不太好使。切尔托普哈诺夫咬着牙从惊慌失措的佩尔菲什卡手中夺过火刀火石，自己打火。火星蹦出不少，但蹦出更多的是骂声，甚至是哼哼声，然后火绒要么是没点着，要么是熄了，尽管四个鼓起的腮帮子和四片嘴唇费力地吹着！终于，大概过了五分钟，只多不少，才点着了那破灯底座上的蜡烛头。切尔托普哈诺夫在佩尔菲什卡的陪同下冲进马厩，把灯举到头顶，环顾四周……

空无一物！

他跳出院子，把院子各处找了个遍——哪儿都没有马！潘捷列·叶列梅奇院落周围的篱笆早就破破烂烂了，很多地方都歪歪斜斜，倒在地上……马厩旁一俄尺宽的篱笆已经完全垮了。佩尔菲什卡把这一处指给切尔托普哈诺夫看。

“老爷！瞧这里，白天不是这样的。桩头从地上冒出来，准是被人拔出来的。”

切尔托普哈诺夫提着灯奔过来，在地上来回照着……

“马蹄，马掌印，脚印，新踩出来的脚印！”他急忙嘟哝着说，“从这儿被牵走的，这儿，这儿！”

他突然跳过篱笆，大声呼喊：“马列克－阿杰尔！马列克－阿杰尔！”直接奔向田野。

佩尔菲什卡困惑地待在篱笆旁。被灯照亮的四周很快从他眼前消失了，沉没在无星无月的浓浓夜色中。

切尔托普哈诺夫绝望的喊声越来越弱了……

八

他回到家时，朝霞已经出现。他已经没有人形，衣服上都是泥泞，脸上一副粗野可怕的表情，眼神阴沉呆滞。他用嘶哑微弱的声音让佩尔菲什卡走开，把自己锁在办公室里。他几乎累得站不住——但他没有躺到床上去，而是坐在门边的椅子上，抱着脑袋。

“偷走了！……偷走了！”

但是这个贼是用什么办法在深夜从上锁的马厩把马列克－阿杰尔偷走的呢？马列克－阿杰尔白天都不让任何陌生人靠近它——又怎么能无声无息地被人偷走呢？连一只看家狗都没有叫，这怎么解释呢？的确，看家狗只有两只，两只小崽子，它们因为饥寒交迫而趴在地上——但总该叫上两声啊！

“现在没有了马列克－阿杰尔，我该怎么办？”切尔托普哈诺夫想，“我最后的欢乐也没有了——只有等死了。再买另一匹马吧，好在手头还有点钱。可上哪儿去找这样的一匹马呢？”

“潘捷列·叶列梅奇！潘捷列·叶列梅奇！”门后传来一个怯怯的声音。

切尔托普哈诺夫跳了起来。

“是谁？”他用变了样的声音喊道。

“是我，你的小厮，佩尔菲什卡。”

“有什么事？是找到了，还是跑回来了？”

“都不是，潘捷列·叶列梅奇；是那个卖马的犹太人……”

“怎么？”

“他来了。”

“哦哦哦哦哦！”切尔托普哈诺夫大喊起来，一下子打开了门。“把他拉到这里来，拉过来！拉过来！”

见到自己的“恩人”蓬头散发、表情粗野地突然出现，站在佩尔菲什卡的犹太人想抽身就溜；但切尔托普哈诺夫两个箭步就抓住了他，就像一只老虎，扼住他的喉咙。

“啊！来要钱来了！要钱！”他嘶哑地说着，好像不是他在掐别人喉咙，而是他被掐住了喉咙，“晚上偷马，白天就来要钱？啊？啊？”

“求求你，大……人。”犹太人哼哼起来。

“说，我的马呢？你把它拐哪儿去了？卖给谁了？说，说，快说！”

犹太人连哼都哼不出来了；他铁青的脸上连表情都没有了。两只手垂下来耷拉着；他的整个身体被盛怒的切尔托普哈诺夫摇晃着，就像芦苇在前后摆动。

“我付给你钱，我付钱，全数付给你，一个子儿也不少，”切尔托普哈诺夫喊道，“要是你现在不告诉我，我就掐死你，就像掐死一只小鸡……”

“老爷，您已经把他掐死了。”小厮佩尔菲什卡平和地说。

切尔托普哈诺夫这才清醒过来。他放开犹太人的脖子；犹太人咕咚一声倒在地上。切尔托普哈诺夫抓起他，让他坐在凳子上，往他喉咙里灌了一杯酒——让他恢复知觉。当他恢复知觉后，就跟他谈起来。

原来，犹太人对于马列克－阿杰尔被偷一事毫不知情。再说这马是他亲自为“最尊敬的潘捷列·叶列梅奇”弄到的，他为什么要偷走呢？

然后切尔托普哈诺夫领他去了马厩。

他们两人看了马栏、饲料槽、门锁，翻了翻干草、麦秸，然后来到院子里；切尔托普哈诺夫给犹太人看了看篱笆旁的马蹄脚印——突然拍了一下大腿。

“等等！”他喊道，“这马你在哪里买的？”

“在小阿尔汉格尔斯克县，在维尔霍先集市上。”犹太人回答。

“找谁买的？”

“找一个哥萨克人。”

“等等！那个哥萨克人是年轻的还是年老的？”

“中年岁数，算中年人。”

“那人怎么样？什么模样？没准是个狡猾的骗子吧？”

“没准是个骗子，大人。”

“那骗子怎么对你说的，他说马他早就有了？”

“记得他说早就有了。”

“那就是了，别人偷不了，只有他能偷。你说说，听着，过来……你叫什么？”

犹太人抖擞一下，抬起乌黑的小眼睛望着切尔托普哈诺夫。

“我叫什么？”

“是的，你叫什么？”

“莫舍尔·列巴。”

“嗯，你说说，列巴，我的朋友——你是聪明人：要不是旧主人，谁能把马列克－阿杰尔弄到手！只有他才能给它上鞍、套嚼环、脱下马衣——那马衣就扔在干草上呢！……简直就像在家干的那样！若不是主人，马列克－阿杰尔对其他任何人都会把他踩在脚下！它会拼命叫喊，把全村人都惊动的！你觉得我说得对吗？”

“说得对，说得对，大人……”

“就是说，首先要找到这个哥萨克人！”

“怎么找到他呢，大人？我只见过他一次——他现在会在哪里——他叫什么？唉，不成啊，不成啊！”犹太人痛苦地颤抖着身子说。

“列巴！”切尔托普哈诺夫突然喊道，“列巴，看着我！我已经失去理智，我已经不能自控！……你要不帮我，我就自杀！”

“我怎么帮……”

“跟我一起去找出那个贼！”

“我们去哪里？”

“去集市，去大路小路，去马贼出没的地方，去城里，去乡下，去村子里——哪怕找遍天涯海角！你不用担心钱的问题：老弟，我继承了一笔遗产！我散尽钱财也要找到我的朋友。那个哥萨克人，那个坏蛋，是跑不出我们手掌心的！他去哪——我们就追到哪！他入地，我们也入地！他下地狱，我们也下地狱！”

“为什么要下地狱？”犹太人说，“可以不下。”

“列巴！”切尔托普哈诺夫说，“列巴，你虽然是犹太人，你的信仰不好，但是你的灵魂比某些基督徒还好！你就可怜可怜我吧！我一个去不成，我一个人办不成这事儿。我是个急性子，而你有头脑，聪明的头脑！你们种族的人就是这样：不用学就什么都会！你也许怀疑：我从哪里来的钱？跟我去办公室，我给你看我所有的钱。你拿着，把我脖子上的十字架拿着——只要把马列克－阿杰尔还给我，还给我，还给我！”

切尔托普哈诺夫全身哆嗦，就像害了热病；汗水大颗大颗顺着脸颊流下来，与眼泪混在一起，消失在他的胡子里。他紧握列巴的手，他恳求他，他差点儿要去吻他……他真像疯了。犹太人本不想答应，说自己无论如何离不开，他有事情要做……那有什么用！切尔托普哈诺夫什么都不想听。没办法：可怜的列巴答应了。

第二天切尔托普哈诺夫和列巴一起从别索诺沃驾着一辆农用马车出发了。犹太人的样子有点发窘，他一只手扶着车栏，整个衰弱的身躯在摇摇晃晃的座位上颠簸着；另一只手揣在怀里，那儿放着用报纸包好的一沓钞票；切尔托普哈诺夫像木偶似的坐着，只有眼睛转上一轮，整个胸膛呼吸着；腰里别着一把短剑。

“哼，可恶的偷马贼，你们现在当心点！”车子驶上大路时，他说着。

他把自己的房子委托小厮佩尔菲什卡和厨娘照管，那厨娘又聋又老，他出于同情才收留她的。

“我会骑着马列克－阿杰尔回来找你们的，”他在同他们分别时喊道，“要么就不回来！”

“你干脆嫁给我好了，怎么样？”佩尔菲什卡用胳膊肘碰了碰厨娘，俏皮地说，“反正等不到我家老爷了，不那样你会寂寞死的！”

九

过了一年……整整一年：潘捷列·叶列梅奇杳无音信。厨娘死了；佩尔菲什卡打算离开房子去城里，他有个堂兄在理发师那里当学徒，叫他过去。——突然传来消息，老爷要回来了！教区的助祭收到了潘捷列·叶列梅奇的亲笔信，信中说他打算来别索诺沃村，请助祭预先通知仆人做好迎接他的准备。佩尔菲什卡理解这些话的意思是，要打扫一下灰尘——而且，他不是很相信这个消息是真的；然而，几天后潘捷列·叶列梅奇亲自骑着马列克－阿杰尔出现在院子里，他才不得不相信助祭说的是真的。

佩尔菲什卡扑向主人——抓住马镫，想扶主人下马；但主人自己跳下马，朝四周投去胜利者的目光，大声说：“我说过，会找到马列克－阿杰尔，结果就找到了，让仇人和命运干瞪眼去吧！”佩尔菲什卡走上前去吻他的手，可切尔托普哈诺夫没有理会仆人的心意。他用缰绳牵着马列克－阿杰尔大踏步往马厩去了。佩尔菲什卡直直地瞧着自己的主人，害怕起来：“唉，这一年他瘦多了，也老多了——他的脸色多么可怕啊！”似乎，潘捷列·叶列梅奇应该很高兴，他终于得偿所愿；他也的确很高兴……可佩尔菲什卡还是觉得害怕，甚至觉得恐怖。切尔托普哈诺夫把马安置在它以前待过的马栏里，轻轻拍了拍它的后部，说：“嗯，你又回家了！瞧！……”这天他从免除赋役的贫苦农民中雇来一名可靠的看守人，他在自己家里安顿下来，又过上了以前一样的生活……

但是，跟以前不完全一样……关于这点我们后面还要谈到。

潘捷列·叶列梅奇回来后第二天就把佩尔菲什卡叫来，因为没有其他人可交谈，他就对他说——当然，不失尊严和用低沉的嗓音说——他是怎么找回马列克－阿杰尔的。切尔托普哈诺夫说话时面朝窗户坐着，用长烟筒吸着烟；而佩尔菲什卡站在门槛处，背剪着双手，崇敬地望着自己主人的后脑勺，听他讲故事。经过多次的徒劳奔波和追寻之后，潘捷列·叶列梅奇终于到了罗姆内的集市，那时他已经是一个人了，列巴不在身旁。列巴生性软弱，吃不了苦，就丢下他跑了。第五天，他已经打算离开的时候，最后一次在一排排马车旁走过，突然看到另外三匹马中有一匹拴在车辕下饲料袋旁边的马正是马列克－阿杰尔！他立刻认出了它，马列克－阿杰尔也认出了他，开始嘶鸣、挣扎，用蹄子刨地。

“它不在哥萨克那里。”切尔托普哈诺夫用男低音的嗓音继续说，一直没有转过头来，“而是在一个茨冈的马贩子手里。我当然立刻抓住自己的马，想把它强夺回来。可是那个狡猾的茨冈人像被开水烫了似的，朝整个集市的人大喊大嚷，一再发誓，这马是从另一个茨冈人那里买来的，他要找人作证……我才不管呢——给了他钱：让他见鬼去吧！我最重要最宝贵的就是，找到了我的朋友，内心终于可以平静了。可有一次我在卡拉切夫县抓了一个哥萨克人，因为犹太人列巴说他是偷马贼，揍了他一顿嘴巴；结果哥萨克人是一个牧师的儿子，要我赔偿损失费，要了我一百二十卢布。不过，钱花了可以再挣，当前主要的是：让马列克－阿杰尔再回到我手中！我现在很幸福，要好好享受宁静。对你，佩尔菲什卡，要吩咐你一件事：万一你在附近看见那个哥萨克，一句话也不要说，立刻回来，把枪拿给我，我知道该怎么办！”

潘捷列·叶列梅奇就是这么讲给佩尔菲什卡的；他嘴上这么说的，但他心中并不像他说的那样平静。

唉！他内心深处并不完全相信，他带回来的这匹马就真的是马列克－阿杰尔。

十

潘捷列·叶列梅奇苦日子来了。就是说，他越来越感到不安宁。的确，也有一些好日子：他觉得自己起的疑心是瞎琢磨；他像赶缠人的苍蝇一样驱赶荒谬的想法，甚至嘲笑自己；但是也有非常难过的日子：纠缠不休的念头又偷偷地冒出来抓咬他的心，就像地底钻出来的老鼠——他感到钻心般的隐秘痛苦。在找到马列克－阿杰尔这个值得纪念的日子，切尔托普哈诺夫感到安心的快乐……他在自己找到的马的身边待了整整一夜，可第二天早上，他在低矮的旅店屋檐下准备给马装上马鞍的时候，有个东西第一次在他心上刺了一下……他只是摇摇头——可是种子已经种下了。返家途中（有一周的时间）他很少生疑：当他回到自己的别索诺沃村后，一来到确凿无疑的马列克－阿杰尔曾经待过的地方，他的疑心开始越来越重，越来越明显……他骑着马缓缓走在路上，摇来晃去，左看右看，抽着长烟斗，什么也不想；只是偶尔暗自想着："切尔托普哈诺夫想干什么，就能干成什么！可不是闹着玩的！"然后就得意地笑了；可回到家里就是另一副样子了。当然，这一切他都埋在心里；自尊心不允许他说出自己的隐忧。只要有人稍微暗示一下这匹新来的马列克－阿杰尔好像跟以前的不一样，他就要把这人"撕成两半"；路上遇到的人祝他"寻马成功"，他接受祝贺；但他也不寻求这种祝贺，他比以前更不愿与人接触——这是不好的兆头！他几乎经常地（如果可以这么说的话）考查马列克－阿杰尔；骑着它去远一些的田野，测试它；或者悄悄走进马厩，闩上门，站在马前面，望着它的眼睛，用耳语问道："是你吗？你是吗？你是吗？……"有时他静静地看着，就这么目不转睛地看上几个小时，有时高兴地嘟哝着说："是啊！是它！当然是它！"有时又觉得困惑甚至不安。

这匹马列克－阿杰尔和那匹外形上的差异倒没让切尔托普哈诺夫多么困惑……而且，这方面的差异不大：那匹尾巴和鬃毛似乎稀疏一些，耳朵更尖一些，蹄腕骨要短一些，眼睛要明亮一些——不过这些仅仅是感觉而已；让切尔托普哈诺夫感到困惑的是所谓的脾性方面的差异。那匹的习惯是另一个样子，整个的习性都不一样。比如：只要切尔托普哈诺夫一走近马厩，那匹马列克－阿杰尔每次都会回头看他，轻轻嘶鸣；而这匹则若无其事地嚼着草，或者低头打瞌睡。当主人从马鞍上跳下来的时候，两匹马都站在原地不动；可在主人呼唤的时候，那匹会立刻迎声前来，而这匹却像树桩似的站在那里。那匹跑得不是

这么快，但是跳得更高更远；这匹走起来更潇洒，但跑起来光颠颠晃晃，有时候马掌还会磕碰，就是说，后蹄碰到前蹄：那匹可从来没有这种丑相——从来没有！切尔托普哈诺夫觉得这匹总耷拉着耳朵，一副蠢相，那匹却不然：一只耳朵总往后贴，一直贴着，注视着主人！那匹一看到周围不干净了，就用后腿踢马栏的墙壁；这匹则无所谓，哪怕粪便堆得齐他的肚子。那匹，如果让它迎着风，它会用整个肺部去呼吸，全身打战，而这匹只是打个响鼻；雨天的潮湿会让那匹感到不安，这匹却没什么反应……这匹蠢一些，蠢一些！也没有那匹帅，驾驭起来就更别提了！那匹非常可爱，可这匹……

切尔托普哈诺夫有时一想到这些，就觉得苦闷不堪。有时他骑着这匹马在刚刚耕过的田野上奔驰，或者策马跃下山谷的谷底，再让它从最陡的山坡跳下来，这时他的心狂喜不已，嘴里不住地大喊大叫，他知道，的确感到，他骑的就是那匹真正的、确凿无疑的马列克－阿杰尔，还有哪匹其他的马能做到这样呢？

然而也不是没有过错和灾难。长时间寻找马列克－阿杰尔耗费了切尔托普哈诺夫大量金钱；他已经不再奢望去购买科斯特洛姆狗，只是像以前一样独自一人在周围骑马溜溜。一天早上，切尔托普哈诺夫在离别索诺沃大概五俄里的地方又遇到那个公爵打猎，就是一年半以前在他面前显示过矫健敏捷骑术的公爵。这一回又出现了相似的情况：就像那天一样，如今也有一只灰兔从斜坡上的田埂下跳到猎狗面前。“抓住它！追！”整个猎队向前飞奔，切尔托普哈诺夫也奔过去，只是不是与那猎队在一起，而是在离他们两百步左右的一边——情况与当初一模一样。有一条大水沟曲里拐弯地从山坡上流过，越往高处越窄，拦住了切尔托普哈诺夫的去路。离他要纵马一跃的地方——就是他一年半以前确实从这里越过去的地方——还有八步宽，两俄丈深。在胜利的预感中，在那奇特地重现当初胜利的预感中，切尔托普哈诺夫扬扬得意地哈哈大笑着，舞动着鞭子——那群猎人也在策马奔驰，一边紧盯着这位勇猛的骑手——他的马如离弦的箭——水沟已经就在鼻子下方了——快，快，一下子越过去，像上次一样！……

可马列克－阿杰尔突然刹住脚，向左一转，沿着沟渠跑着，无论切尔托普哈诺夫如何让它转身朝着水沟，它都不干。

显然，它害怕了，没有自信！

这时候切尔托普哈诺夫整个人又羞又怒，差点没哭出来，放松缰绳，让马直朝前跑跑到山里，避开那些猎人，不想听到他们如何取笑他，让他们恶毒的目光尽快消失。

马列克－阿杰尔两肋带着伤痕、大汗淋漓地跑回来，切尔托普哈诺夫立刻把自己反锁在办公室里。

“不，不是它，不是我的朋友。那一匹即使脖子扭断了，也不会让我出丑！”

十一

最终让切尔托普哈诺夫走到末日的是下面一件事。一次他骑着马列克－阿杰尔从教士住区后面经过，那个区位于别索诺沃村所属的教区的教堂附近。他把皮帽子拉到眼睛上，弯着腰，双手搁到鞍桥上，慢慢往前走；他心里不高兴，乱作一团。突然有人叫他。

他停住马，抬头看见与他有过书信往来的助祭。这位助祭把他栗色的头发编成辫子，外面罩着一顶有护耳的栗色棉帽，身穿黄色的土布长袍，在比腰低很多的地方系着一条浅蓝色腰带。这位助祭打算出来检查他的禾垛，然后一看见潘捷列・叶列梅奇，觉得应该向他表示尊敬，哪怕问他点什么也好。大家都知道，要是没有这种念头，神职人员是不会与世俗人士说话的。

可切尔托普哈诺夫没想同助祭说话；他勉为其难地鞠躬回礼，从牙缝里挤出几句话，就扬起了鞭子……

“您这马太出色了！”助祭赶紧说，“真值得称赞！您也的确是一位睿智的男子汉，就像一头雄狮！”这位助祭是出了名的能说会道，这让神父大为不快，因为他本人笨嘴笨舌：哪怕喝了酒也不管用。“虽然因为坏人的诡计让您失去了一头牲口，”助祭继续说，“但您没有气馁，反而更加坚信上帝的旨意，终于找到了另外一匹，它一点也不比原来的逊色，甚至可以说还更出色……因为……”

“你胡说什么？”切尔托普哈诺夫沉着脸打断他，“什么另一匹马？

这就是那匹；这就是马列克－阿杰尔……我寻回了它。别瞎说了……”

“哎！哎！哎！哎！”助祭摸了摸自己的胡子，睁着明亮而贪婪的眼睛，望着切尔托普哈诺夫，不慌不忙、慢条斯理地说，“怎么会呢，先生？您的马，要是我没记错的话，是去年圣母节后大约两个星期的时候被偷的，可现在已经十一月末了。”

“嗯，那又怎么样？”

助祭继续摸着他的胡子。

“就是说，从那时到现在已经过了一年多，可您的马，那个时候是灰色带圆斑的，现在也是；甚至好像颜色还变深了。怎么会这样呢？灰色的马过了一年应该毛色变浅啊。”

切尔托普哈诺夫打了个冷战……好像有人拿长毛刺到了他的心窝里。的确是：灰色应该变浅！他之前怎么没想到这么简单的道理？

“你这个讨厌的骗子！滚开！”他突然大喊一声，狂怒的眼睛闪了一下，瞬间从吃惊的助祭的眼前消失了。

“唉！一切都完了！”

真的一切都完了，一切都破灭了，最后一张牌打输了！顷刻间一切都垮了，就因为这个词：“变浅”！

灰色马的毛色要变浅！

跑吧，跑吧，该死的！怎么也跑不出这两句话！

切尔托普哈诺夫奔回家，又把自己反锁在屋里。

十二

这匹驽马根本就不是马列克－阿杰尔，稍微有点头脑的人一眼就能看出，它和马列克－阿杰尔没一点儿相像的地方，可他，潘捷列·切尔托普哈诺夫，却被人用最卑劣的方式骗了——不！这是他故意成心骗自己，糊弄自己——现在已经毫无疑问！切尔托普哈诺夫在房间里前后走来走去，走到墙角就以同一姿势转过脚后跟，如同笼中困兽。他的自尊心严重受挫，难以忍受；但不仅仅是自尊心受的伤痛让他寝食难安：他被绝望吞噬，被愤怒折磨，心中燃起复仇的欲望。可是该恨谁呢？报复谁呢？犹太人、亚夫、玛莎、助祭、哥萨克偷马贼、所有的邻居、全世界？最后还有自己？

他脑子里一片混乱。最后一张牌输了！（他喜欢这个比方。）他又变成了最一文不名、最被人瞧不起的人、众人的笑柄、滑稽的小丑、十足的傻瓜、嘲笑的对象——那个助祭肯定会笑话他！……他想象着，他清楚地设想着，这个讨厌鬼会和别人说起他灰色的马，说起它愚蠢的主人……啊，真该死！……切尔托普哈诺夫极力想要压制满腔怒火，但是做不到；他试图说服自己，这……马虽然不是马列克－阿杰尔，但是仍然……不失为一匹好马，也能为他效劳多年——他也做不到：他怒气冲冲地不让自己这么想，好像这么想是对那匹马列克－阿杰尔的新的侮辱，他本来就觉得很对不起它……还用说吗！这匹又老又瘦的马，这匹劣马，他真是瞎了眼，真是蠢到家了，居然把它当成是马列克－阿杰尔！至于这匹劣马还能为他效劳……难道他什么时候还愿意再去骑它吗？绝不会了！再不会了！……要把它送给鞑靼人，拿去喂狗——它也不配有别的用途……是啊！这是最好的！

切尔托普哈诺夫在自己的办公室里踱了两个多小时。

“佩尔菲什卡！”他突然下令，“现在马上去酒馆，打半桶酒来！听见了吗？半桶酒，要快！现在就要把酒放到我桌上。”

酒很快就出现在潘捷列·叶列梅奇的桌上，他喝了起来。

十三

谁要是那时候看一看切尔托普哈诺夫，就能见证他一杯接一杯喝酒时的阴郁凶狠的表情——那人准会不由自主地感到恐惧。夜幕降临，油脂蜡烛在桌上发着昏暗的光。切尔托普哈诺夫不再走来走去；他坐在那里，浑身通红，目光呆滞，时而瞧瞧地板，时而直勾勾地盯着黑洞洞的窗口；他有时站起来，给自己倒酒，一饮而尽，然后坐下，眼睛又盯着一点，身子一动不动——只有呼吸越来越急促，脸越来越红。看来，他心里正在酝酿某种决定，这决定让他不安，但是他又渐渐接受了这个决定；同样的念头不断逼近，越来越近，同样的场面越来越清晰地呈现在眼前，浓浓的醉意激起狂热的冲动，他心中的愤恨已渐渐变为野蛮的情感，他那嘴唇上露出凶狠的冷笑……

“嗯，是时候了！”他用公事公办、近乎厌烦的语气说道，“不然劲就过去了。”

他喝完最后一杯酒，从床上取过手枪——就是当初射过玛莎的手枪——装上弹药，为“以防万一”又把几个引火帽放在衣袋里，就去了马厩。

他准备开门的时候，看守跑过来，可他对他喊道：“是我！难道没看见吗？走开！”看守稍稍退到一边。“睡觉去！”切尔托普哈诺夫又对他喊道，“这儿没什么可看守的！这儿有什么稀罕的，有什么宝贝啊！”他走进马厩。马列克－阿杰尔——假的马列克－阿杰尔——躺在草垫上。切尔托普哈诺夫朝它踢了一脚，说道：“起来，坏蛋！”然后把拴在饲料槽上的马笼头解下来，脱去马衣，扔在地上，然后粗暴地拉着这匹马在马栏里转了个圈，把它拉出院子，又从院子到田野。看守极为惊讶，他完全不明白主人三更半夜牵着这匹不戴笼头的马要去哪里，他当然不敢问主人，只是目送着他，直到他消失在通向临近树林的路的拐角处。

十四

切尔托普哈诺夫迈着大步走着，一刻不停，也没有回头张望；马列克－阿杰尔——就让我们喊它这个名字到底吧——顺从地跟着他走。这天晚上夜色相当明亮；切尔托普哈诺夫可以看出前面像一片黑点似的树林的齿形轮廓。他感到夜的寒气，如果……如果不是另一种更强的醉意支配着他，他可能会被所喝的酒醉倒了。他的脑袋很沉，血液在脖子和耳朵那里突突作响，可他步伐坚定，他知道往哪里去。

他下决心处决马列克－阿杰尔；一整天他想到的只有这一件事……如今他下决心了！

他去做这件事不仅心中坦然，而且自信满满、义无反顾，就像受责任感驱使的人一样。他觉得这“把戏”非常“简单”：干掉这个冒牌货，他就一下子跟“一切”清账了——他惩罚了自己的愚蠢，对得起自己那位真正的朋友，也向全世界证明（切尔托普哈诺夫非常关心“全世界”）跟他是不能开半点玩笑的……但主要的是：他要把自己同这个冒牌货一起干掉，因为他还活下去干什么呢？这一切在他脑海里是怎么形成的，为什么他觉得这一切这么简单——很难解释清楚，但也不是完全没可能：他觉得委屈，又很孤独，没有交心的人，身无分文，又因喝酒全身热血沸腾，他处在一种几近疯狂的状态，毫无疑问，在疯子的眼中，他们最荒唐的行为都有其逻辑甚至理由。切尔托普哈诺夫坚信自己的理由；他毫不动摇，急忙去处决罪犯，但他不是完全清楚：他所指的罪犯究竟是谁呢？……说实话，他对自己要做的事情欠考虑。“必须，必须做个了结，”他呆板而严厉地坚定自己的信念，“必须做个了结！”

那个无辜的罪犯顺从地迈着小步跟在他身后……可切尔托普哈诺夫心中毫无怜悯之情。

十五

他把马牵到离林边不远的地方，这儿有条不大的山沟，沟里有一半面积长着小橡树林。切尔托普哈诺夫走到这里……马列克－阿杰尔绊了一下，几乎摔到他身上。

“居然想压死我，该死的！”切尔托普哈诺夫叫道，似乎是为了自卫，从口袋掏出枪。他已经不觉得残忍，而是有一种特殊的麻木感，即通常所说的人在犯罪前所有的那种感觉。他自己的声音吓到了自己——在黑压压的树枝的底下，在树林里山沟的腐臭而窒息的潮气中，他的声音听起来非常奇怪！何况，还有一只大鸟在他头顶的树冠上猛地拍拍翅膀，作为对他的回应……切尔托普哈诺夫打了个寒战。似乎他惊醒了这件事的目击者——这是哪儿啊？在这个荒僻的地方他应该一个活物都见不到……

“去吧，鬼东西，爱上哪儿上哪儿去吧！”他透过牙缝说道，松开马列克－阿杰尔的缰绳，用枪托在马肩上猛击了一下。马列克－阿杰尔连忙转身后退，爬出山沟……就跑掉了。黑暗中马蹄声不久就听不到了。刮起一阵风，把一切声音都混合了，淹没了。

切尔托普哈诺夫慢悠悠地爬出山沟，走到林边，沿着大路拖着沉重的步子往家走。他对自己很不满意；他脑袋和心口的沉重感传遍全身；他走着，一肚子气，黑着一张脸，心里不满，又觉得饿，好像有人欺负了他，夺走了他的猎物和食物……

被人阻拦而自杀不成的人会有类似的感觉。

突然有个东西在他背后、两肩之间碰了他一下。他一回头……马列克－阿杰尔站在路中央。它尾随着自己的主人来了，它用嘴碰碰主人……向他报告自己来了……

"啊！"切尔托普哈诺夫喊道，"你自己、你自己送死来了！那就来吧！"

一眨眼之间，他掏出手枪，扳动扳机，把枪口对准马列克－阿杰尔的额头，开了一枪……

可怜的马蹿向一边，用后脚站了起来，跳出十来步，突然重重地倒了下去，嘶叫着，在地上痉挛地打着滚……

切尔托普哈诺夫用双手堵住耳朵跑走了。他双膝发软。醉意、恶意，以及愚蠢的自信——一切都烟消云散了。剩下的只有羞愧和恶心——还有一种意识，确定无疑的意识，这一次——他也完蛋了！

十六

过了大概六周，小厮佩尔菲什卡认为有必要去拦住从别索诺沃田庄经过的区警察所长。

"你有什么事？"这位秩序的维护者问。

"大人，请来我们家一趟吧。"小厮深鞠一躬说，"潘捷列·叶列梅奇看起来要死了，我很害怕。"

"什么？要死了？"警察所长问道。

"确实是这样。起先他每天喝酒，现在就躺在床上，变得很瘦。我觉得现在什么也不明白了。完全不会说话了。"

警察所长下了马车。

“你怎么搞的，至少去请过神父了吧？你的主人忏悔过了吗？领过圣餐了吗？”

“还没有。”

警察所长皱起眉头。

“你怎么这样啊，老弟？难道可以这样吗，啊？难道你不知道，这个……责任很重大吗，啊？”

“我前天和昨天都问过他，”胆怯的小厮接着说，“我说：‘潘捷列·叶列梅奇，您要不要让我去请神父来？’他说：‘闭嘴，傻瓜。不是你的事就别插手。’今天，我跟他汇报了几句，他就只看着我，动了动胡子。”

“他喝酒喝得多吗？”警察所长问。

“可多了！劳您大驾，大人，去他房间看看吧。”

“好吧，你带路！”警察所长嘟哝着说，跟着佩尔菲什卡前去。

等待他的是一副令人惊讶的场景。

在潮湿又阴暗的后室里，在一张铺着马批的简陋床上，切尔托普哈诺夫枕着一个毛茸茸的毡斗篷躺着，他的脸色已经不是苍白，而是像死人一样蜡黄，眼睛深陷在发亮的眼皮底下，乱蓬蓬的小胡子上尖尖的鼻子还有些发红。他躺在那里，穿着从来不换的胸前缝有弹药袋的短上衣和吉尔吉斯式的蓝色灯笼裤。红顶的高皮帽遮住他的额头直到眉毛。切尔托普哈诺夫一手抓着猎鞭，另一只手里是玛莎送给他的最后一个礼物——绣花荷包。床边的桌子上立着一个空酒瓶；床头的墙壁上用大头针钉着两张水彩画：一张能够看出来画的是一个胖子手里拿着吉他——大概是聂多皮尤斯金；另一张画的是纵马奔驰的骑士……那马就像孩子们在墙壁上画的童话中的动物；可非常努力地画出了马毛上的圆斑、骑士胸前的弹药袋、他靴子的尖尖头和浓密的小胡子，这些无疑说明：这幅画画的应该是潘捷列·叶列梅奇骑在马列克－阿杰尔上。

震惊的警察所长不知所措。房间里是死一般的寂静。“他已经去世了。”他想着，于是提高嗓门喊道：“潘捷列·叶列梅奇！啊，潘捷列·叶列梅奇！”

这时突然出了一件怪事。切尔托普哈诺夫的眼睛缓缓睁开，无神的瞳孔先是从右边转到左边，然后从左边转到右边，然后停在来人的身上，看见了他……暗淡的眼白中某种东西闪了一下，好像透出了视线；发青的嘴唇渐渐张开，发出沙哑的、好似死人的声音：

“世袭贵族潘捷列·切尔托普哈诺夫要死了；谁能拦住他呢？他不欠任何人的债，一无所求……放过他吧，人们！走吧！”

拿着鞭子的手想要举起来……举不动了！嘴唇又合上了，眼睛也闭上了……切尔托普哈诺夫身子一挺，两腿一蹬，仍旧躺在自己的硬床上。

“等他死了，就来告诉我。”警察所长出门的时候低声吩咐佩尔菲什卡，“我想，现在可以去请神父了。要照规矩办，给他涂圣油。”

佩尔菲什卡当天就去请神父；第二天一早他就去报告警察所长：潘捷列·叶列梅奇在头晚就去世了。

他下葬的时候，护送棺材的有两个人：小厮佩尔菲什卡和莫舍尔·列巴。这个犹太人不知怎么得到了切尔托普哈诺夫去世的消息，他没有错过为自己的恩人尽最后一次义务。

活　尸

长久忍耐的故土——
你是俄罗斯人民的疆土！

丘特切夫

有句法语名谚：“干渔夫、湿猎人，都是可怜人。”我从来对钓鱼没有兴趣，我无法体会渔夫在晴朗好天气里的难受，和在阴雨天大获丰收的喜悦盖过了淋湿的不快。但是对于猎人而言，下雨——绝对是讨厌的事儿。我和叶尔莫莱在一次去别列夫县打松鸡的时候就遇上了这讨厌的事儿。从一大早雨就下个不停。我们把能避雨的事情都做全了！橡胶雨衣差点儿没蒙住整个头，为了少淋点雨在树下躲雨……且不说防水雨衣妨碍打枪，它还漏水；的确，树下一开始似乎能少淋点雨，可后来叶子上的积水会突然倾泻下来，每一根树枝都往我们身上浇水，好像从雨水管里排出来一样，冰冷的水流从领带钻进去，顺着脊柱往下淌……恰如叶尔莫莱说，没有比这更糟糕的事情了。

“不行，彼得·彼得罗维奇，”他终于喊道，“这不行！……今天不能打猎。狗的鼻子也淋湿了；枪也哑火了……呸！该死的！”

“那怎么办？”我问。

“这样。我们去阿列克谢耶夫卡。也许，您不知道这地儿，是座小村子，是您母亲的领地；离这儿大概八俄里。我们在那里过夜，然后早上……”

“回到这里？”

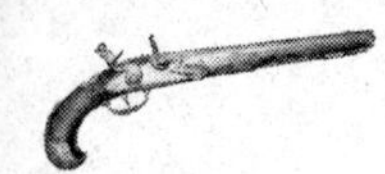

“不，不回这里……阿列克谢耶夫卡那一带我熟悉……打松鸡的话比这里好多了!”

我没问我忠实的伙伴，为什么他不直接把我带到那里去，那天我们好不容易到了母亲手下的小村子，说真的，之前我都不知道有这么个地方。这小村子里有一个小厢房，已经破烂不堪，但没人住，所以干净；我在里面过了相当安稳的一晚。

第二天我起得很早。太阳刚刚出来，万里无云；周围一切都闪着双重光泽：那是初晨之光和昨日雨后的润泽。仆人给我备马车的时候，我去院子里溜达了一下，那儿曾经是果园，现在已经荒废，那些芬芳的树枝从四周围绕着厢房。啊，在自由的空气中多么开心，晴朗的天空下云雀啼鸣，它们的声音婉转嘹亮！它们的翅膀上可能还有露水，它们的歌声似乎也被露水浸润。我甚至摘下帽子，愉快地呼吸——酣畅淋漓……浅浅的峡谷的斜坡上，在篱笆旁，可以看见一个养蜂场；通向养蜂场的小路在密密麻麻的杂草和荨麻之间蜿蜒，路的上方矗立着不知何处来的墨绿色大麻的尖茎。

我顺着这条小路往前走；走到养蜂场。养蜂场旁边有一个柳条棚子，叫作“冬季蜂房”，冬天蜂箱就放在这里。我望了一眼半开的门：漆黑、安静、干燥；散发着薄荷和蜂花的香味。角落里搭着一个床铺，铺上躺着一个瘦小身材的人，盖着被子……我正打算走开……

“老爷，啊，老爷！彼得·彼得罗维奇!”我听到一个微弱、慢悠悠的嘶哑声音，好像沼泽地的苔草在沙沙作响。

我停住脚步。

“彼得·彼得罗维奇！请过来!”那声音又说。是从我注意到的角落的床铺上传来的声音。

我走过去——立刻惊呆了。我面前躺着一个活人，但这算得上人吗？

头完全干瘪了，只有一种青铜色——活脱脱古代的圣像画；细细的鼻子好像刀刃；嘴唇几乎看不到，只能看到白色的牙齿和眼睛，还有从头巾下冒出来的额上几绺稀稀拉拉的黄色头发。下巴旁，被子的褶皱处，骨瘦如柴的手指缓慢地摸索着，两只柴火棒一样的手也是铜色。我仔细看了看：脸不仅不丑，甚至还算漂亮——只是很可怕，很奇怪。我觉得更可怕的是这张脸上，金属般的双颊上——我看到——正在使劲儿……使劲儿，但就是不能挤出一个笑容，这更让我觉得可怖。

“您认不出我了，老爷？”这声音轻轻地说；仿佛是从微微颤动的嘴唇中冒出的蒸汽。“是啊，怎么能认得出！我是卢克里娅……您记得吗？在斯帕斯卡您母亲那里，我是轮舞的领头……您记得吗？我还是领唱呢。”

“卢克里娅！”我喊起来，“是你吗？怎么可能？”

“是我，老爷。是我，就是我——卢克里娅。”

我不知道该说什么，吃惊地盯着这张发黑的、毫无生气的面孔，一双明亮而无神的眼睛努力望着我。这可能吗？这具木乃伊是卢克里娅，我们家仆中的头号美人，那个个子高挑、体态丰腴、皮肤白皙、笑脸盈盈、能歌善舞的女孩？卢克里娅，聪明的卢克里娅，我们那儿的年轻小伙子都追求她，我也曾暗自倾心于她，我那时还是个十六岁的男孩！

“卢克里娅，”我终于开口说话了，“你出了什么事？”

“倒大霉了！您不要瞧不起我，老爷，不要因为我的不幸就嫌弃我，请坐到那张凳子上，坐近一点，不然你听不到我说话了……您瞧，我声音就这么大了！……唉，我真高兴见到您！您怎么会来阿列克谢耶夫卡的？”

卢克里娅说话很小声，很微弱，但是没怎么停顿。

“猎人叶尔莫莱带我来这儿的。您给我讲讲……”

“讲我的倒霉事儿？好吧，老爷。这事儿已经过去很久了，六七年前吧。那时我刚刚嫁给了瓦西里·波利亚科夫——您记得吗？就是那个体格健壮、头发卷曲的年轻人，在您母亲手下的餐厅当差的。是啊，那时您已经不在村子里，去莫斯科上学了。我和瓦西里非常相爱，我永远都不会忘记他；那是春天的事儿。有一天晚上……快天亮的时候……我睡不着：夜莺在花园里唱得非常动听！……我忍不住起来，走到台阶上听它唱歌。它唱啊，唱啊……突然我觉得好像有人在叫我，是瓦西里的声音，很轻，就这么叫：‘鲁莎！……’我往旁边望，可能是我还没完全睡醒，就从台阶上直直地摔下去——摔在地上砰一声响！我觉得摔得并不重，因为我很快站起来，回到自己房间去了。只是我觉得身体里面——内脏那里——摔裂了……让我喘口气……歇一会儿……老爷。”

卢克里娅不说话了，我吃惊地望着她。我尤为震惊的是，她讲述自己的遭遇几乎是愉快的，没有叹息，完全没有抱怨，也没有一再渴求同情。

“从那时候起，”卢克里娅继续说，“我就一天比一天消瘦、虚弱；我皮肤发黑；我路都走不动了，后来两条腿完全不能动了；站着和坐着都不行；只能躺着。不饿，也不渴：身体越来越差。您母亲心善，给我请来大夫，把我送去医院。可是我一点不见好转。没有一个大夫说得出我得的是什么病。他们什么办法都试过了：拿烧红的铁烙我的后背，用敲碎的冰冻我——都没用。最后我的身体全部僵硬了……于是医生们决定，没什么能治好我了，主人家也不能收留残废人……于是把我送到这儿来……因为这里有我的亲戚。您看到了，我就这么活着。”

卢克里娅又沉默了，再次努力微笑。

“你的境况真是太悲惨了！”我喊出声……可是不知道该往下说什么，就问道：“那瓦西里·波利亚科夫呢？”这个问题真蠢。

卢克里娅把眼光略微转向一边。

“波利亚科夫吗？他难过，伤心——后来娶了别人，娶了格林诺耶村的一个姑娘。您知道格林诺耶吗？离我们这儿不远。那姑娘叫阿格拉菲娜。他很爱我，但毕竟还年轻——不能一辈子打光棍。而且我怎么能当他的伴侣呢？他妻子人很好，又善良，他们也有了孩子。他现在在附近的人家当管家：您母亲给了他自由，谢天谢地，他过得很好。”

“那你就一直这么躺着？”我又问。

“就这么躺着，老爷，第七年了。夏天我躺在这里，在这个柳条棚里，天冷的时候——就把我挪到澡堂的更衣室里，躺在那里。”

“谁来照顾你呢？有人看望你吗？”

“这里也有好心人。没把我丢下不管。虽然我也不怎么需要照顾。吃我也吃不下什么，水——就在这杯子里有一些：里面总存有干净的泉水。我自己能够得着杯子：我的一只手还能动。哦，这里有个小姑娘，是个孤儿，时不时来看看我。真是谢谢她，刚才她还在这儿……您见到她了吗？长得很漂亮，白白净净的。她给我带来鲜花；我非常喜欢花。我们没有花园——以前有，后来没了。但是野花也很漂亮，比花园种的花要香。比如铃兰花……再没比它更可爱的花儿了！"

"你不寂寞吗，不害怕吗，我可怜的卢克里娅？"

"有什么办法呢？不瞒您说——一开始非常难过；后来就习惯了，可以忍受了——没什么的；有的人比我还不如呢。"

"怎么说？"

"有的人连住的地方都没有！有的人是瞎子或是聋子！而我，感谢上帝，眼睛看得见，耳朵听得见，就可以了。老鼠在地下打洞——这我能听出来。我也能感觉到气味，哪怕是最淡的味道！是田野的荞麦开花，还是院子里的椴树——都不用对我说，我第一个就闻到了，只要有风儿从那边吹过来。不，有什么可埋怨的？——还有很多人不如我。比方说：某个四肢健全的人很容易犯下罪过；而罪过远离我。不久前阿列克谢神父给我送圣餐，他说：'你没什么可忏悔的：难道你这样子能作奸犯科吗？'我回答他说：'要是心里想的罪过呢，神父？''这，'他说着，自己也笑了，'这都不是大罪。'"

"可我，大概，这些心里想的罪过都不算什么罪孽。"卢克里娅继续说，"因为我习惯了：不去想，特别是过去的事儿，不去回忆。时间很快就过去了。说实话，我都觉得不可思议。"

"你总是一个人，卢克里娅；你怎么能不让自己想东西呢？难道你总是在睡觉？"

"哦，不，老爷！我不能总睡觉。虽然我没有特别难受，但我内脏疼，骨头也疼；没法好好睡觉。不……我就这么躺着，躺着——什么也不想；就想着我还活着，还能呼吸——我就这样了。我看，我听。养蜂场的蜜蜂嗡嗡地飞着；鸽子在屋顶咕咕叫着；小鸡跟着母鸡到处觅食；麻雀还是蝴蝶飞了进来——我觉得真好。前年甚至燕子在角落里筑窝，孵出了小燕子。多有意思啊！一只燕子飞进来，飞到窝里，给孩子喂食。再看看——另一只燕子接它的班。有时不飞进来，只是从开着的门前飞过，它们的孩子们就叽叽喳喳叫个不停，嘴巴张得老大……第二年我等它们飞回来，可是据说其中一只被当地的猎人打下来了。人怎么能做出这种事情？一只燕子能比甲虫大多少……你们这些猎人真是狠心！”

“我没打过燕子。”我连忙说。

“有一次，”卢克里娅又开始说，“想起来就好笑！兔子跑进来了，真的！可能是狗仔追它，它直闯了进来！……蹲在近处，蹲了很久，耸耸鼻子，翘翘胡子——就像个军官！又看看我，看来它不怕我。最后站起来，跳到门边，在门口还回望了一下——就是这样！真可笑！”

卢克里娅望着我……她说：啊，好玩吗？为了让她高兴，我也笑了起来。她咬了咬干枯的嘴唇。

“啊，当然，冬天我要难受些：因为天太暗了；不舍得点灯，何必点呢？虽然我识字，也很喜欢读书，但有什么读的？这里一本书也没有，就算有，我又怎么能读呢？阿列克谢神父带来一本日历给我解闷；他也发现没用，就又把它拿走了。尽管天暗，但可以听到声音：蛐蛐在叫个不停，或者老鼠在抓什么东西。这样很好：不会胡思乱想！”

“有时我也祷告，”卢克里娅休息了一会儿，继续说，“可我知道的祷文不多。而且，我何必打扰上帝呢？我能向他祈祷什么呢？他比我更知道我需要什么。他给我送来十字架——就是说，他关爱着我。这个我们都懂。我读过了《我们的主》《圣母颂》《受难者颂》——就这样躺着，什么都不想，也挺好的！”

过了两分钟。我没有打破沉默，坐在矮桶上一动不动。我面前不幸的活人那可怕的、石头般的僵硬状况让我也感同身受：我似乎也僵住了。

“听我说，卢克里娅，”我终于开口，“听我说，我有个建议。如果你愿意，我来安排：把你送到医院，送到市里的好医院去。谁知道，也许能把你治好呢？至少你不会是一个人……”

卢克里娅的眉毛微微动了一下。

“啊，不必了，老爷，”她用轻微的声音担忧地说，“别把我送到医院去，别碰我。那里只会让我更痛苦。哪能治好我啊！……有一次医生来了这里，想给我检查。我请求他：‘请别折腾我，看在上帝的分上。’不听！开始给我翻身，揉揉腿，动动脚；说：‘我这么做是为了科研；我是公职人员，是个学者！你不能反抗，我因为自己的劳动得过勋章，我尽力替你们这些傻瓜治病。’他来来回回折腾我，然后说了我的病名——一个很古怪的词——然后就走了。之后我整整一周全身骨头都疼。您说：我一个人，总是一个人。不，不总是。有人来看我。我很安静，不妨碍别人。村里的姑娘们来，说说话儿；女香客给我讲讲耶路撒冷，讲讲基辅，讲讲圣城。我也不怕一个人。可能还好些，真的！——老爷，别折腾我，别送我去医院……谢谢您，您真是善良，只是别折腾我，亲爱的老爷。”

“好，听你的，听你的，卢克里娅。我只是想为你好……”

“我知道，老爷，为我好。是啊，亲爱的老爷，谁能帮得了谁呢？谁能了解别人的心呢？人还是要靠自己！您也许不信——我有时一个人躺着，好像世上除了我没有别人。只有我一个人是活人！我就觉得我受到庇护……我陷入沉思——真是奇妙。”

“你沉思什么，卢克里娅？”

“老爷，这也没法说：说不清楚。后来也忘了。思绪来的时候，好像云彩掠过，清新美好，但到底是什么，没人知道！我只是想：要是我周围有人——就不会有这些想法，除了自己的不幸，我也不会有其他感觉了。”

卢克里娅艰难地叹了口气，她的胸膛不听使唤，就像她的其他身体器官一样。

“老爷，我瞧着您，”她又开始说，“您非常可怜我。您不用太可怜我，真的！我给您说：现在我有时候……您应该记得，我以前是多么快活啊，活泼的姑娘！……您知道吗？我现在也唱歌。”

“唱歌？……你？”

“是啊，唱歌，老歌儿，以前的歌，轮舞歌，圣诞节期歌，各种歌！我知道很多歌，也没忘记。只是不唱跳舞的歌儿。我现在这样子，不太适合唱。”

“你怎么唱……在心里唱？”

“在心里唱，也唱出声。不能大声唱，不过还能听懂。我给您说过，有个小姑娘来看我。那个孤女很聪明。我教会她；她已经从我这里学会四首歌了。您不信？等等，我现在给您唱……”

卢克里娅深吸一口气……这个半死不活的人要唱歌的念头，让我不由得产生一阵恐惧。在我开口说话前——我的耳朵里传来一个悠长、细不可闻但是清晰准确的音……之后是第二个、第三个音。卢克里娅唱的是《草地上》。她唱着歌，僵硬的面容没有变化，眼睛一动不动。这声音可怜、费劲、飘忽不定，如同一缕轻烟，但是如此动人，她想吐尽心曲……我已经不觉得恐怖：难以言状的怜悯揪紧了我的心。

“啊，唱不了了！”她突然说，“没力气了……我看到您太高兴了。”

她闭上了眼睛。

我把手放在她小小的、冰冷的手指上……她望了我一眼……她镶着金色睫毛的黑色眼睑，就像古代的雕像，再次闭上了。过了一会儿，它们在昏暗中闪着光……泪水打湿了双眼。

我仍然一动不动。

“瞧我啊！”卢克里娅突然说，声音出乎意料的有力，她睁大双眼，努力把眼泪挤出来。“不难为情吗？我怎么了？我很久没这样了……瓦夏①·波利亚科夫去年春天来我这儿以后就没这样了。他和我坐着，聊着——也没什么；可他一走，我就一个人哭了起来！哪来这么多眼泪！……本来我们女人的眼泪就不值钱。老爷，”卢克里娅又说，“我想，您有手帕吧……别嫌弃我，给我擦擦眼泪。”

我连忙照她说的做——把手帕留给了她。她开始不要……她说，我怎么能要礼物？手帕很普通，但洁白干净。然后她用瘦弱的手指抓住帕子，就不再松开了。我已经习惯了我们所在位置的昏暗，现在能清楚分辨她的面容，甚至可以看到她铜色的脸上泛出的微微红晕，可以在这张脸上——至少我觉得——发现曾经美貌的痕迹。

“老爷，您问我，”卢克里娅又说，“我睡不睡觉？真的，我睡得很少，但每次都做梦——都是好梦！我一次也没梦到我生病：梦里我总是健康又年轻……只有一件不好：醒来后，想好好地全身舒展舒展，可我整个就像钉住了一样。有一次我做了一个很奇妙的梦！您想听我讲吗？嗯，那请听我说。我梦见，我好像在田里，周围是高高的、已经成熟的黑麦，金灿灿的！……有一只棕红色的狗跟在我后面，它很凶——总想咬我。我手里好像有镰刀，可不是普通的镰刀，简直就是

---

① 瓦西里的昵称。

月亮，月亮很多时候像镰刀。我要用这个月亮割完这片黑麦。天太热了，月亮刺眼，我也发懒；周围全是矢车菊，好大的矢车菊！它们的花盘都朝向我。我想：我要采点矢车菊；瓦夏说过要来——我得先给自己编个花环；割麦来得及。我开始采矢车菊，可它们从我的指缝中不断滑掉，怎么也拿不住！我编不成花环了。同时我听到——有人走过来，很近了。他喊：鲁莎！鲁莎！……啊，我想，坏了——来不及了！不管怎样，我把这个月亮戴在头上当作矢车菊。我戴上月亮，好像戴上盾牌，现在我全身发光，把整个田野周围都照亮了。我一看——麦穗顶端有一个人向我飞奔过来——不过不是瓦夏，而是基督！为什么我知道他是基督，我也说不上来——他跟描绘的不一样——但就是他！没有胡子、高高的、很年轻、一身白衣，只有腰带是金色的，他把手伸给我。‘别害怕，我盛装的姑娘，跟我来；你将在天国领舞，唱着天国的歌。’我去亲吻他的手！我的狗马上来咬我的脚……可我们已经飞起来了！他在前面……他的翅膀在整个天空伸展，长长的翅膀如同海鸥一样，我跟在他后面！狗只能离开我。这时我才明白，这条狗就是我的病，天国里是没有它的位置的。”

卢克里娅沉默了一会儿。

“还有一次我梦见，”她又开始说，“也许是我通灵了——我也不知道——我觉得我好像就在这个棚子里躺着，我去世的双亲来看我——我的爸爸和妈妈——他们向我深深鞠躬，自己一句话也不说。我就问他们：‘爸爸妈妈，你们为什么向我鞠躬？’然后，他们说，因为你在这个世上受了很多苦，你不仅解救了自己的灵魂，也卸下了我们的负担。我们在那个世界会更好。你的罪孽已经赎完了，现在我们的罪孽也在减少。说完这些话，父母又对我鞠了一躬——他们就不见了：眼前只有墙。后来我总疑心，这是怎么回事，甚至告诉了神父。他这么解释，这不是通灵，因为通灵只有神职人员才有。”

“还有一个梦，”卢克里娅继续说，“我梦见，我好像坐在一条大路的爆竹柳下，手里拿着一根削得光溜溜的棍子，背着背囊，包着头巾——就像一个游方僧！我要去很远的地方朝圣。所有的游方僧从我面前经过；他们一声不响地走着，好像不太愿意，一直朝一个方向；所有人的脸都很阴郁，每一个人都很相像。于是我看见：有个女的在

他们中间蹿来蹿去，她比其他人高出一个头，她的裙子也很特别，好像不是我们俄罗斯人的裙子。她的脸也很特别，瘦削、严厉，好像其他人都在躲开她；她突然转身——直接朝我走来。她停下来看着我；她的眼睛就像老鹰一样，又黄又大，非常明亮。我问她：‘你是谁?’她回答我说：‘我是你的死神。’我本应害怕，但我正相反——我非常高兴，画了个十字！那女人——我的死神对我说：‘我可怜你，我不能带你走。再见吧！’天啊！我当时多么难过！……‘带我走吧，’我说，‘大娘，亲爱的，带我走吧！’我的死神朝我转过身来，对我说了些话……我知道，她在说我的死期，可我听不懂，听不清……好像是彼得节过了以后……然后我醒了……我总做这些奇怪的梦！”

卢克里娅抬起双眼……若有所思……

“我难受的是：有时整整一个星期，我一次都睡不着。去年一位太太经过，见到我，给我一瓶治疗失眠的药水；要我每次喝十滴。药很有效，我睡着了；可现在那药早就喝完了……您知不知道，这是什么药，怎么买得到?”

很明显，过路的太太给卢克里娅的是鸦片。我答应帮她弄到这种药，对于她的忍耐，我再次不能不大声表示惊讶。

“唉，老爷!”她对我说，“瞧您说的！这算什么忍耐啊?苦行僧西蒙才真是忍耐力惊人呢：他站在塔柱上三十年！另一个圣人让人把自己埋在地里，一直埋到胸口，蚂蚁咬他的脸……有个爱读书的人对我说：某个国家被阿加尔人占领了，阿加尔人折磨当地居民，打他们；不管人们怎么做，都不能获得解放。当地人中有一个圣贞女；她拿着一柄宝剑，穿上两普特重的铠甲，前去打阿加尔人，把他们赶到海的那一边。一赶走敌人，她就对人们说：‘现在你们烧死我吧，因为我曾许诺，我要为我的人民死于火刑。’阿加尔人就把她抓起来烧死了，人民从此获得解放！这才是大功！我算什么!”

我暗自奇怪，圣女贞德的传说怎么变成这个样子了。沉默了一会儿，我问卢克里娅：她多少岁?

“二十八……可能二十九……不超过三十。谁去算年纪呢！我还要跟您说……”

卢克里娅突然声音嘶哑地咳了起来，她叹了口气……

“你话说得太多了，”我对她说，“这对你不好。”

“真是的，”她的声音几不可闻，“我们的谈话该结束了；其实也不要紧！现在，你走以后，我尽量不说话。至少想说的都说了……”

我和她告别，再次承诺给她带药来，请她再次好好考虑并告诉我——她还需不需要什么东西？

“我什么也不需要；很知足，感谢上帝。”她费了很大劲儿说话，但声音很温情，“愿所有人健康！老爷，您能不能跟您母亲说一下，这里的农民太穷了，哪怕少收他们一点代役租也好！他们的土地不够，长的东西也不多……他们会为您向上帝祷告的……我别无所求——我很知足。”

我答应卢克里娅会满足她的要求，已经走向门边……她又叫住我。

“老爷，您记得吧，”她说，有什么异样的东西在她眼睛和唇边闪过，“我以前多好的辫子，您记得吗？——辫子一直留到膝盖！我一直犹豫……这么长的头发！……可我怎么梳头啊？我这个样子！……所以我把它剪了……是啊……唉，请原谅，老爷！不能再说了……”

那天，打猎之前，我和村里的甲长谈起了卢克里娅。我从他那里得知，村里人叫她“活尸”，可她身上看不出任何不安；没人听她抱怨过。“她自己什么也不求，相反——对一切都心存感激；安安静静的，应该说是个安静的姑娘。上帝责罚她，”甲长最后说，“也许是因为她有罪孽；但我们不知道。是不是要责怪她——不，我们不责怪她。随她去吧！”

几周后我听说卢克里娅去世了。死神终于来找她了……而且是“在彼得节之后”。据说，去世那天她一直听到钟声，虽然从阿列克谢耶夫卡到教堂有五俄里多路，而且那天不是礼拜日。可是，卢克里娅说，钟声不是来自教堂，而是“上面”。也许，她不敢说：来自天堂。

车轱辘响

“我要向您报告，”叶尔莫莱走近我的木屋说，那时我刚吃过饭，躺在行军床上，在顺利且疲惫地打完松鸡后想休息一下——那是七月中旬，正是酷暑——“我要向您报告的是：我们所有的铅弹都打完了。”

我从床上跳起来。

“铅弹打完了！怎么会这样！我和你从村里拿来的几乎有三十俄磅！整整一袋！”

“的确是；好大一袋呢：够用两周了。谁知道怎么回事！也许是袋子破了个洞——只是没有铅弹了……火药还有十发。”

“我们现在怎么办？前面可是好地方——别人说明天能打六窝鸟……”

“让我去趟图拉吧。不远：总共四十五俄里。很快去一趟，如果您吩咐，带整整一普特铅弹来。”

“那你什么时候动身？”

“现在就行。干吗还耽搁？只是要租几匹马。”

“怎么要租马？我们自己的马干吗去了？”

“自己的马跑不了。辕马瘸了……真可怜！”

“什么时候的事？”

“就前两天，马车夫牵着它去钉马掌。结果把马蹄钉伤了。大概是碰上个二把刀的铁匠。现在这只蹄子都不能着地。是一只前蹄。它一直缩着这只蹄子……就条狗一样。”

“怎么？至少，该把马掌卸了吧？”

“没，马掌还没卸；是要立刻给它卸马掌。我想，钉子钉到肉里了。”

我吩咐去把车夫叫来。看来叶尔莫莱没有撒谎：辕马真的蹄子不能着地。我立刻吩咐给它卸下马掌，让它站在湿地上。

“怎么？您要吩咐租马去图拉吗？”叶尔莫莱缠着我问。

“难道能在这个偏僻的地方找到马吗？”我不高兴地吼道……

我们所在的村子很偏僻荒凉；所有的居民都很穷；我们好不容易找到一户农屋——虽不是白色的木屋，还算略微有些宽敞。

“能的，”叶尔莫莱保持一贯沉着，答道，“您要是说当地的村子，的确是这样；可在此地还住着一户农民，是个脑瓜非常灵光的人！他有九匹马。他本人去世了，大儿子现在接管所有事务。这个人蠢透了，但父亲的家产好歹还没全败光。我们从他那儿弄到马。下令吧，我去办。听说，他几个弟弟都是麻利人……但他是他们的头儿。”

“怎么会这样？”

“因为他是老大！就是说，小的就要听话。”这时叶尔莫莱狠狠地骂起那些弟弟们。“我去叫他来。他是个大老粗。跟他有什么不好说的？”

叶尔莫莱去找“大老粗”的时候，我想到了，我自己去一趟图拉不是更好吗？首先，我有过教训，指望不上叶尔莫莱；有一次我让他去城里买东西，他答应在一天之内完成我的所有吩咐——结果消失了整整一周，所有的钱都喝没了，步行回来的——他可是坐马车去的。其次，我在图拉有个认识的牲口贩子；我可以在辕马瘸腿的地方找他买马。

“就这么决定了！”我想，“自己去一趟；可以在路上睡觉——好在马车挺平稳的。”

“带来了！”大概一刻钟后，叶尔莫莱大喊着闯进屋里。他后面跟着一位大个子庄稼汉，穿着白衬衫、蓝裤子和树皮鞋；他浅色头发，高度近视，蓄着棕红色的小楔形胡须，长着又长又大的鼻子，嘴巴咧开。的确，他看起来是个“大老粗”。

“您说吧，”叶尔莫莱说，“他有马，他也同意。”

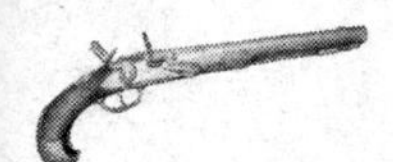

“是的，是这样，我……”庄稼汉声音嘶哑，说话磕磕巴巴，他抖了抖自己稀疏的头发，手指摆弄着手中的帽边，“我，就是说……”

“你叫什么?”我问。

庄稼汉垂下头，仿佛在思考。

“我叫什么啊?”

“是啊，你的名字是什么?”

“我的名字是——菲洛费。”

“嗯。这样，菲洛费老兄；我听说，你有马。牵三匹马来，我把它们套在我的马车上，我的马车很轻便。你驾车带我去图拉。现在是月夜，光线好，走起来也凉快。你们这里的路怎么样?”

“路?路——还行。到大路大概二十俄里——就这么远。只是有的地方——不太好走；其他没什么。”

“怎么个不好走?”

“要蹚过一条小河。”

“难道您亲自去图拉?”叶尔莫莱问。

“是啊，自己去。”

“好吧!”我忠实的仆人摇了摇头说，“好——吧!”他重复了一遍，啐了一口，就走了出去。

显然，图拉之行对他已经没什么吸引力了；这对他来说是件无益又乏味的事情。

“你熟悉路吧?”我问菲洛费。

“我们怎能不知道路呢！只是我，就是，随您吧，我不能……因为这么突然……”

原来，叶尔莫莱去雇菲洛费的时候，对他说，让他别顾虑，会付给他这个傻瓜钱的……就这么一句话！菲洛费——虽然照叶尔莫莱的说法——是个傻子，但这么一句话也没法让他放心。他问我要五十卢布——价格不菲；我还价到十卢布的低价。我们开始讨价还价；菲洛费一开始很坚持，后来开始让步了，但仍然咬得很紧。叶尔莫莱进来一小会儿，让我相信，“这个傻子”（菲洛费小声说：“瞧，总喜欢用这个词!”），“这个傻子完全不懂算钱”，顺便提醒我，大概二十年前，我母亲在两条大路交会的热闹地段开了一家旅店，后来彻底亏损，就是因为派去管理旅店的老仆人的确不知道算钱，只知道数量多就是贵——比如把二十五戈比的银币当作六个五戈比的铜币付给别人，还狠狠地骂人。

“你呀，菲洛费，一根筋的菲洛费！”最后叶尔莫莱喊道，出去时气呼呼地把门砰的一声带上。

菲洛费半句也没有顶他，好像意识到叫菲洛费的确不怎么得体，因为这个名字可以被人责骂，尽管这得怪那个牧师，就因为当初受洗的时候没有好好酬谢那个牧师。

最终我们讲定付二十卢布。他去牵马，过了一小时，牵来五匹马供选。马儿不错，虽然鬃毛和尾巴的毛杂乱，肚子也有些大，绷得像只鼓。菲洛费的两个弟弟和他一起来，长得和他有点儿像。都是个子小小的，黑眼睛，尖鼻子，的确给人“麻利”的印象，说话又多又快——就像叶尔莫莱形容的“叽里咕噜”——但是都很听长兄的话。

他们从棚子下把马车推出来，花了一个半钟头套车套马；一会儿把挽绳松开，一会儿又把它拉得紧紧的！两个弟弟都坚决要“灰花马”套辕，因为“它下坡走得稳”，但是菲洛费决定：用毛蓬松的那匹！于是就把蓬毛马套上驾辕了。

马车里铺上许多干草，把那匹瘸腿辕马的马轭取下来塞到座位下——以备不时之需，如果在图拉买到马，就要用上它……菲洛费还赶得及跑回家，返回时穿着父亲白色的肥大外衣，戴着高高的锥形毡帽，脚穿搽上焦油的皮靴，毕恭毕敬地蹬上驾车台。我上了车，看看表：十点一刻。叶尔莫莱甚至没来和我道别，他去揍他的名叫瓦列特卡的小狗了；菲洛费扯了扯缰绳，尖声尖气地喊道：“嘿，你们这些小家伙！”——他的弟弟们从两边跳将过来，朝拉梢马的肚子下抽了一鞭子——马车开动了，从大门口转到街上；蓬毛马本想跑回自家院子，但菲洛费抽了它几鞭子，以示教训——于是我们已经跑出村子，行走在十分平坦的路上，两边是密密的榛树林。

夜很静，很美，非常适合驾车。风儿有时在林间沙沙作响，晃动着枝条，有时完全没有风；天空中可见静止的银色云彩；月亮高高在上，照得四下一片明朗。我伸开四肢躺在干草上，本要睡一会儿……又想起说过的“不太好走的地方”，就振作起来。

“怎么样，菲洛费？离蹚水的地方远吗？”

“到蹚水的地方？还有大概八俄里。”

“八俄里，”我想，“没有一个小时到不了。现在可以打个盹儿。”

“菲洛费，你熟悉路吧？”我又问。

“当然，怎么不熟悉路呢？又不是第一次走……”

他又说了些别的，但我已经没有听了……我睡着了。

叫醒我的不是我有意在一小时后醒的念头，虽然这常有发生，而是某种奇怪的、虽然很微弱的扑哧声，就在我耳边。我抬起头……

真是咄咄怪事！我仍然躺在马车上，马车周围——离马车边不到半俄尺的地方——是洒满月光的平静水面，荡漾着细碎而清晰的涟漪。我往前面一瞧：菲洛费低着头，弓着腰，像个木偶似的一动不动坐在驾驶位上，再远一些——在潺潺流水上方——是弯弯的马轭、马头和马背。一切都静止不动，无声无息，仿佛在被魔法定住的王国，彷如梦中，在神奇的梦中……多奇怪啊！我从马车的篷布下往后瞧……我们正在水中央……岸离我们有三十步远！

“菲洛费！”我喊起来。

“什么？”他回应。

“什么什么？得了吧！我们现在在哪里？”

“在河里。”

“我看到在河里。这样子我们很快会淹死的。你就这样蹚水过去？啊？你是不是睡着了，菲洛费？说话啊！”

“我有点弄错了，”我的车夫说，“定是走偏了，弄错了，现在要等一等。”

“怎么个要等一等？我们该怎么办？”

“让蓬毛马看一看路。它往哪里转，我们就要往哪里走。”

我在干草上坐起来。辕马的头在水面上一动不动。只能看见皎洁的月光下，它的一只耳朵忽前忽后地微微动着。

“它也睡着了，你的蓬毛马！”

“不，”菲洛费回答，“它现在在嗅着水呢。”

一切又都归于沉寂，只有水依然发出轻微的扑哧声。我也呆住了。

月光，夜色，河水，还有水中的我们……

“是什么在嘶嘶作响?”我问菲洛费。

“这个?是芦苇里的小鸭子……要不就是蛇。”

突然辕马的头晃动起来，两只耳朵竖起来，它打了个响鼻，转动身子。

“驾——驾——驾——驾!”菲洛费猛地放声吆喝，直起身，挥动马鞭。马车立刻离开原来的位置，它拨开水面向前冲去——然后摇摇摆摆地行驶……开始我觉得我们往下沉，向深处走去，但是经过两三次碰撞和沉浮之后，水面似乎突然降低了……它越来越低，车子从水中升了起来——已经看得到车轮和马尾。此时几匹马儿又溅起了又猛又大的浪花，这些浪花在淡淡的月光下像金刚石一般，不，不像金刚石，像蓝宝石——马儿们快活而齐力地把我们拉到了沙地的岸上，奋力迈着又湿又亮的腿，沿着路向山里行进。

但我睡不着了——不是因为打猎之后不累，也不是因为受的惊吓驱散了我的睡意，而是我们走到了一处风景极美的地方。这是一片辽阔、宽广、湿润、茂盛的草地，有很多小操场、小湖泊、小河流、小河湾，河湾里长满了柳树和柳藤，就是俄罗斯人喜欢的俄罗斯地儿，就像我们古老传说中的勇士骑着马来射白天鹅和灰鸭子的地方。被马车轧平的道路像黄丝带蜿蜒，马儿轻快地跑着，我没法闭上眼睛——要好好欣赏!这一切在温情的月光下如此轻柔和谐地掠过。菲洛费也被打动了。

“这块草地叫圣叶戈尔草地。”他对我说，“后面是大公草地;在全俄罗斯再也找不到这样的草地了……多美啊!”辕马打了一个响鼻，颤抖了一下……“上帝保佑!……”菲洛费庄重地压低声音说，“多美啊!”他重复了一遍，叹了口气，然后拖长声音喊了一下。“很快就要开始割草了，这儿能割到多少草啊。——不得了!河湾里的鱼也很多。真是多得要命!”他像唱歌似的拉长声音说，“一句话:再好不过了!”

他突然抬起手。

“唉呀，瞧!湖上——是不是站着一只鹭鸶啊?难道它大半夜也抓鱼?唉呀妈呀!原来是树枝，不是鹭鸶啊。看错了!月光容易让人迷糊啊。”

我们就这样走啊，走啊……终于走到草地的尽头，看到一片片小树林、开垦的土地；旁边的小村庄里闪烁着两三处灯火——离大陆只有五俄里左右。我睡着了。

这一次我又不是自己醒来的。这次我是被菲洛费的声音叫醒的。

“老爷……老爷!”

我坐起来。车子停在大路正中央的平坦处；菲洛费从驾车位转过脸来对着我，睁大双眼（我甚是惊讶，我没想到他的眼睛有这么大），他严肃而神秘地咕哝：

“车轱辘声！……车轱辘声！”

“你说什么？”

“我说：车轱辘声！您弯下腰听。听到了吗？”

我从车内探出头，屏住呼吸——确实听到了我们身后很远的地方有微弱的断断续续的敲击声，好像是车轮滚动的声音。

“听见了吗？”菲洛费又问。

“嗯，是的，”我回答，“有辆马车在走。”

“您还没听见……嘘！是……车铃声……还有口哨声……听见了吗？您把帽子摘下来……能听得清楚些。”

我没摘帽子，但是侧耳倾听。

“嗯，是的……也许吧。这有什么呢？”

菲洛费转过脸，朝着马。

“一辆马车在跑……轻装上阵，轮子是包铁皮的，”他说着，抓起缰绳，“老爷，来者不善啊；图拉附近的这一带有劫匪……很多。”

“胡说什么呢！您凭什么认定来者不善呢？”

“我说的不会错。带着铃铛……又不带行李……还能是什么人？”

“怎么——离图拉还远吗？”

“还有大概十五俄里，这里一户人家都没有。”

“那就快走，别耽搁。”

菲洛费挥了一鞭子，马车又跑动了。

尽管我不信菲洛费的话，但也睡不着了。要真如他所说可怎么办呢？一种不快的感觉涌上心头。我坐在马车里——之前我都是躺着的——开始环顾四周。在我睡着的时候，升起了薄雾——不是笼罩在地上，而是弥漫在空中；雾气很高，月亮在其中悬挂着，如同一个烟气中的白点。一切都变得暗淡模糊，虽然低处还能看得清楚些。周围平坦又阴沉：田野，到处都是田野，某处有一些灌木丛，山谷——然后又是田野，更多的是长着稀稀的杂草的休闲地。空旷……死气沉沉！哪怕有鹌鹑叫一声也好。

我们走了约半个钟头。菲洛费不时挥挥马鞭，吧嗒嘴唇，无论他还是我，我们都没有说一句话。此时我们爬上了一座小山……菲洛费停住车，立刻又说：

“车轱辘声……车轱辘声，老爷！”

我又从车内探出头；就算我坐在车篷里面也能听见，即使很远，现在也听得很清楚：车轱辘声、人的口哨声、铃铛声，甚至马蹄的得得声；我甚至感到了歌声和笑声。的确，风从那边来，但是毫无疑问，陌生的过路人离我们近了整整一俄里，也许两俄里。

我和菲洛费交换了一个眼神——他只是把帽子从脑后往前额拉了拉，立刻又俯身拽住缰绳，挥鞭抽马。马儿快步跑了起来，但是没跑多久又变成小跑。菲洛费继续抽打它们。总得离开啊！

我自己也说不清，为什么这一次开始对菲洛费的顾虑不以为然，突然又坚信我们身后就是来者不善……我没听到什么新东西：那些铃声，那辆没载重的马车的响声，那口哨声，那嘈杂的喧闹声……我现在已经不怀疑了。菲洛费不会错的！

又过了大概二十分钟……这二十分钟的最后几分钟，透过马车的达达声和轰隆声，我们已经能听到另一种敲击声和另一些轰隆声……

“停下吧，菲洛费，”我说，“反正都是要完蛋！”

菲洛费胆怯地吆喝一声。马儿瞬间住了脚，好像很高兴可以停下来休息。

天哪！铃铛声简直就在我们身后响，大车轰隆声与叮当声混在一起，人们吹口哨，喊叫，唱歌，马儿打响鼻，马蹄踏在路上……

追上来了！

“糟——糕。”菲洛费拖长声音小声说，踌躇着咂吧下嘴，又抽起马来。说时迟那时快，仿佛突然冲出来一般，响起了狂叫声、轰隆声——一辆大型的摇摇晃晃的三套车由三匹矫健的马儿拉着，骤然如旋风般赶上我们，跑到我们前面，又立刻放慢步子，拦住去路。

“就是强盗作风。”菲洛费小声说。

说真的，我的心一阵紧缩……我开始紧张地打量洒着雾蒙蒙的月光的昏暗地方。在我们前面的大车上有五六个穿着衬衫、敞开上衣的人，他们或坐或躺；有两个人没戴帽子；穿着靴子的粗腿在车边的木杆上晃来晃去，双手高举，又胡乱地放下……身体颠簸……很明显：一群醉汉。有几个人在胡乱叫喊；一个人口哨吹得非常尖利清脆，另一个骂骂咧咧的；驾驶位上坐着一个穿短大衣的彪形大汉。他们走得很慢，似乎没有注意到我们。

怎么办？我们在他们后面也走得很慢，别无选择。

我们就这样慢腾腾地走了约四分之一俄里。真是令人心焦的等待……自卫、反抗……怎么行啊！他们有六个人，我手里连根木棍都没有！掉头逃跑呢？他们会马上追上来。我想起茹科夫斯基的诗歌（描写的是卡缅斯基元帅被害的事情）：

强盗那卑鄙的斧头……

要不然——让脖子上套一根脏兮兮的绳子……扔到水沟里……让你在水沟里呻吟、挣扎，如同一只中了圈套的兔子……

唉，真可怕！

可他们仍然慢慢走着，没有注意到我们。

“菲洛费，”我悄声说，“试一试，从右边绕过去。”

菲洛费试着走右边……可他们也立刻往右边走……走过去是行不通的。

菲洛费又试了一次：往左边……可他们的马车不让他过。甚至他们还笑了起来。看来，是不让我们过去了。

“就是强盗。”菲洛费转过头小声对我说。

“他们在等什么？”我也小声问他。

“在那前面有个洼地，河上有座小桥……他们准备在那里对我们动手！他们总是这么做……在桥附近。老爷，这事儿明摆着！”他叹了口气又说，“不一定会放我们一条生路；因为他们要的是杀人灭口。我只是可惜，老爷：我的三匹马保不住了——弟弟们也得不到了。”

我真是吃惊，这都什么时候了，菲洛费还在考虑他的几匹马，是啊，我承认，我都顾不上这些了……“真的要杀了我们?”我不停地想着，“为了什么？我把我有的都给他们。”

小桥越来越近，越来越清晰。

突然响起了尖叫声，我们前面的三套车好像腾空而起，飞奔向前，它跑到桥边，一下子停住了，停在路上略微靠边的地方，一动不动。我的心沉了下去。

“唉，菲洛费老兄，”我说，“你我的死期到了。是我害了你，请原谅我。”

“你有什么错呢，老爷！是祸躲不过！来，长毛马，我忠实的马儿，”菲洛费对辕马说，“走吧，老兄，往前走吧！最后当一次差了！反正都一样……上帝啊！帮帮我们吧!”

于是他又让三套车快跑起来。

我们快走近小桥，走近了那一动不动的可怕的大车……那辆车似乎故意安静下来，一点声儿也没有！就像狗鱼、鹞鹰等一切猛兽，在靠近猎物时就会安静下来。我们与大车并排了……突然穿着短外衣的彪形大汉跳下马车——直接朝我们过来！

他对菲洛费什么也没说，可菲洛费立刻勒住了缰绳……马车停了下来。

大汉伸出手按住门，把他那毛发蓬松的脑袋伸向前，龇牙咧嘴，用平静而缓慢的声音，带着工人的语气，说了下面一番话：

“尊敬的先生，我们从宴会上回来，刚参加完婚礼；我们的一个棒小伙子结婚了；我们给他安排婚礼；我们几个都是年轻人，年轻豪放——我们喝了不少酒，可没什么醒酒的东西；您能不能发发善心，给我们一点小钱儿，好让我们哥几个再喝上几口醒酒？我们要为您的健康祝酒；要是您不愿意，也请您别见怪!”

“这是怎么回事?”我心想……嘲笑？……捉弄？

大汉继续低头站着。这时月亮从云雾后露出来，照亮他的脸庞。他的脸神气地笑着——还有眼睛和牙齿也是。看不出有威胁……只是好像很警觉……牙齿又白又大……

“我很乐意……拿去吧……”我赶紧说，从口袋里取出钱袋，从里面掏出两个银卢布。”“非常感谢！”他甩甩头发，跑向大车。

“伙计们！”他喊道，“过路的先生给了我们两个银卢布！”所有的人突然爆发出一阵笑声……大汉又坐到了驾驶座上……

“祝您一路平安！”

我们就瞧着他们！马儿跑起来，大车轰隆隆地上了山，在天与地的交会处大车又闪现了一次，一转眼就消失了。

这个时候，车轱辘声、喊叫声、铃铛声都听不到了……

一片寂静。

我和菲洛费一下子还回不过神来。

“唉呀，这玩笑开的！”他终于说话了，摘下帽子，画起了十字。“真的，一个玩笑。”他又补了一句，很高兴地转向我，“好人有好报，真的！嘚儿——嘚儿——嘚儿，小家伙！转弯！你们平安了！我们也都平安了！是他不让我们过；他驾着马。这家伙真有意思！嘚儿——嘚儿——嘚儿！跑吧！”

我没说话——不过我心里也舒服很多。“平安了！”我心里说，又躺到干草上，“花了点儿小钱！”

我甚至有点儿不好意思，为什么我会想起茹科夫斯基的诗歌。

突然我脑中冒出一个想法。

“菲洛费！”

“什么事？”

“你结婚了吗？”

“结了。”

“有孩子吗？”

“有孩子。”

“你怎么没有想起他们？可惜那几匹马——怎么不可怜妻子、孩子？”

“他们有什么好可怜的？他们又没落入强盗的手中。但是我心里总挂念他们——现在也挂念……就是这样。”菲洛费沉默了，“也许……就是因为他们上帝才保佑了你我。”

“也许那些人不是强盗吧？”

“谁知道呢？难道能知道别人在想什么？都说，知人知面不知心。但念着上帝总是好的。不……我总想着家人……驾——驾——驾，小家伙，跑吧！”

当我们快到图拉时，天已破晓。我躺下，昏昏沉沉地睡着了……

“老爷！”菲洛费突然对我说，“看：他们在酒馆那儿站着呢……是他们的车。”

我抬起头……可不是嘛，就是他们：他们的车，还有马。突然那个穿短大衣的彪形大汉走到了酒馆门口。

“先生！”他挥挥帽子，喊道，“我们用您的钱喝酒呢！怎么，车夫，”他对着菲洛费摇摇头说，“刚才把你吓坏了吧？”

“这个人真有意思。”我们的马车离开酒馆大约二十来俄丈以后，菲洛费说。

我们终于抵达图拉；我买了铅弹，顺便买了茶、酒，甚至还在牲口贩子那里买了马。中午的时候我们返程。菲洛费在图拉喝了几杯酒，就滔滔不绝谈起来，他甚至讲起了童话故事。路过我们第一次听到身后车马声的地方，菲洛费突然笑了。

“你记得吗，老爷，我怎么对你说的：车轮声……车轮声，车轮声响！”

他挥了几下手……他认为这是一句很好玩的话。

那天傍晚我们回到他的村子。

我告诉叶尔莫莱我们遇到的事情。他没醉酒，可也没说一句同情的话，只是哼一声——不知道是称赞还是责备——我想他自己也不清楚。过了两三天后，他扬扬得意地告诉我，我和菲洛费去图拉的那晚，就在那条路上有一位商人被抢劫并被杀。我一开始不相信；可之后不得不信，一个调查此事的骑警确认了此事的真实性。我们那些好汉难道是从这场“婚礼”回来，那个有意思的大汉说的给“棒小伙儿”办婚礼难道就是指这个人？我在菲洛费的村里又待了五六天。一见到他，我总是对他说：“啊？车马声？”

“有意思的人。”他总是这样回答我，然后自己笑起来。

森林和草原

……他开始渐渐想要归去：
回归村庄，回归幽暗园地，
那儿椴树高大成荫，
那儿铃兰初绽芳馨，
水边爆竹柳圆又圆，
沿水坝排排把腰弯，
粗壮橡树根植沃土，
大麻荨麻芬芳尽吐……
不如归去，不如归去，
回归辽阔无边的田地。
那儿如缎土地黑又亮，
目之所及黑麦翻微浪。
明净白云后
洒下金光稠
那儿真是好……
（摘自待焚的诗篇）

读者啊，或许您已厌倦我的笔记；我要赶快让读者放心，保证就只发表这些篇幅；但是，和读者们分别之际，不可不说几句有关打猎的话。

携狗带枪去打猎，如古人所云 für sich①，真是美事一件；假设您并非天生就喜欢猎人：您还是会喜欢大自然；自然而然，您不可能不羡慕我们这帮打猎的人……且听我道来。

比方说，您是否知道，春日里天亮前外出是怎样一种享受？您走到台阶上……灰暗的天空群星闪耀；湿润的微风偶尔如微波拂面；夜之和婉模糊的絮语回荡耳边；林木微微作响，摇曳生影。在马车里铺上毯子，脚边放上装茶炊的小箱子。拉梢马打着响鼻，优雅地踏步；一对刚睡醒的白鹅无声无息地慢慢踱过小路。篱笆后的园子里，门卫鼾声悠然；每一声都仿佛立在凝滞的空中，待着却不走开。您坐上车；马突然开拔，马车轰然作响……您乘车前行，经过教堂；从山下往右，穿过水坝……水塘刚开始冒烟。您稍觉凉意，用大衣领子捂住脸庞；您昏昏欲睡。马蹄踏入水洼，啪啪直响；车夫不时呼啸。您已走出四俄里……天边泛红；白桦树中的寒鸦醒来，笨拙地飞来飞去；麻雀在草垛旁叽叽喳喳。天色渐亮，道路可辨，天空渐明，云团变白，田野显绿。木屋里柴火通红，门后有睡眼惺忪的声音。此时霞光万丈；金光纵横天际，峡谷中烟雾升腾；百灵鸟儿歌声嘹亮，黎明前的风儿吹过——殷红的太阳冉冉升起。阳光如潮水般涌来；您的心儿如鸟儿一般欢欣抖擞。清新、欢乐、愉悦！远处已经清晰可辨。瞧，树林后是村庄，再远些是盖有白色教堂的另一个村子，山上有白桦林；林后有您要去的沼泽……马儿越来越有精神！大步向前！……走了大概三俄里停下来了，不再走了。太阳迅速升起；天空明净……是个好天儿。一群群家禽家畜从村里迎面走来。您爬上了山……景色真美！河流蜿蜒十来俄里，透过晨雾泛着模糊的青光；河后面是绿油油的草原；草原后面是平缓的山冈；远处凤头麦鸡咕咕叫着在沼泽上转来转去；透过空中泻下来的湿润光柱，远处清晰呈现在眼前……是与夏天不同的另一番光景。胸膛自由地呼吸，身体振奋地舒展，充盈着春日新鲜气息，整个人多么强壮！……

那么夏天七月的早晨呢！除了猎人，有人感受过天亮时分在灌木丛中漫步的愉悦吗？您的脚踏在满是露水、发白的草叶上，留下绿色

---

① 德语：就本身而言。

的足迹。您拨开潮湿的灌木——夜晚积攒的温暖气息立刻扑面而来；整个空气满是艾草的清新苦味，荞麦和“三叶草”的甜味；远处橡树林像一堵墙，在阳光下红白相间；空气仍旧清新，但已觉热气逼近。香气太盛，头昏沉沉的。灌木丛一望无际……远处成熟的黑麦已经泛黄，荞麦如一条红色的细带子。马车嘎吱作响；庄稼汉一步步穿过树丛，提前把马牵到阴凉处……您和他打招呼，走到一旁——身后镰刀哗哗响。太阳越来越高，草很快晒干。已经热起来了。过了一个小时，又一个小时……天边已经黑下来；凝固的空气散发出灼热的暑气。

“老兄，哪里有水喝？”您问收割庄稼的人。

“就在那儿，峡谷里，有水井。”

穿过杂草丛生的浓密榛树林，您来到峡谷底。的确：峭壁正下方藏着一眼泉水；橡树林纵情地在水上伸展自己的枝叶；水底铺满细细软软的兽毛，一串串银色的大泡泡摇摇摆摆地从那儿冒起。您奔过去，您喝饱了，但您又有点儿发懒。您在阴凉处，您呼吸着强烈的潮味；您感觉很好，您面前的树林被晒得发烫，在太阳下似乎已经泛黄。可这是什么？清风突然扑面而来，又疾驰而去；周围的空气在打战：已经打雷了吗？您从峡谷走出来……天边那铅色的长条是什么？会越来越热吗？要乌云密布了吗？……这时闪电一闪而过……啊，这是雷雨！太阳还明晃晃地照着四周：还能打猎。可乌云越来越厚：它的前沿拉得长长的，像一只衣袖，如拱顶一般倒挂。草地、灌木，一切都突然变暗了……快跑！那里似乎有一个干草棚……快点！……您跑了过去，躲进去……多大的雨啊！多可怕的闪电啊！水透过草棚屋顶滴到芳香的干草上……太阳又出来了。雷雨过去了；您走出来。天啊，周围一切多么欢快地在闪耀，空气多么清新、湿润，草莓和蘑菇的味道多么宜人！……

现在夜幕降临。晚霞如火一般蔓延，席卷了半个天空。太阳落山。近处的空气尤为清澈，彷如玻璃；远处罩着一层柔软的蒸汽，看上去暖暖的；红色的落日余晖与露水一起落在林间空地上，不久前这空地还洒满金色的阳光；大树上、灌木上、高高的干草垛上，有长长的影子滑过……太阳已经隐没；星星亮起，在晚霞辉映的大海中颤动……大海发白，天空发暗；影子逐渐消失，空中蒙上薄雾。该回家了，回到村子里，回到您过夜的小木屋里。把枪背上肩，您不顾劳累快步走着……此时夜已深沉；二十步开外已不可见；狗在昏暗中影影绰绰。在黑暗的灌木丛上，天际隐约有些发亮……这是什么？起火了？……不，是月亮升起来了。在它下面，右边，村子里的灯火也闪烁起来……终于走到木屋。透过窗户您看到铺着白色桌布的桌子，上面点着蜡烛，摆着晚饭……

你让人备好轻便马车，要去林中打松鸡。窄窄的小路上两边是高墙一般的黑麦，穿行其中真是惬意。麦穗轻轻拂过您的脸，矢车菊挂腿，鹌鹑在四周咕咕叫，马儿迈着懒洋洋的小碎步跑着。到了林子。疏影横斜，万籁无声。笔挺的山杨树在您上空沙沙作响；下垂的桦树枝轻轻摇曳；强壮的橡树紧挨着美丽的椴树，如同战士一般立着。您沿着满是树荫的绿色小道前行；黄色的大苍蝇一动不动地停在金色的空中，突然又飞跑了；小蚊子像柱子一样飞旋，在阴影处显得光亮，在阳光下显得暗沉；鸟儿欢歌。红胸鸲的金嗓子一开，既稚嫩又欢快：很是适合铃兰花的气息。远处，稍远些，在树林深处……树林沉寂了……不可言喻的寂静笼罩心灵，而周围也是万籁无声。傍晚时分，树梢作响，仿佛潮水涌动。去年的褐色叶子后，某处生长着蒿草；蘑菇一个个戴着帽子站着。雪兔突然跳出来，猎狗大叫着紧随其后飞奔过去……

在深秋季节，当丘鹬飞来时，这片林子尤为美丽！丘鹬没有待在密林最深处，要沿着林边寻找它们。无风无日，无光无影，无动无静；软绵绵的空气中散发着秋日气息，似酒一般甘醇；薄雾笼罩在远处黄色的土地上。透过光秃秃的褐色干树枝，静止的天空缓缓发白；椴树上垂着最后的金叶。湿润的大地在脚下充满弹性；高高的干禾秆一动不动；长长的蛛丝在发白的草地上闪光。胸口平静地呼吸，心里却感到奇怪的不安。你沿着林边走，盯着猎狗，同时一些可爱的形象，可爱的脸庞，死去的和活着的，都涌上心头，久已沉睡的记忆突然复苏；想象力如鸟儿一般飞翔，总是清晰地划过脑海，呈现在眼前。心突然紧缩，突突跳起来，狂热地奔向前，有时又彻底地沉浸于回忆之中。整个生活轻而易举又快速地展开，就像画卷；脑海里想的都是自己的一切过往、一切情感和力量，一切曾有过的念头。周围没有任何东西打扰他——无论是太阳，还是风，或是声音……

秋日的晴天，有些凉意，清晨尤其寒冷，白桦树像童话中的树一样，全身金色，精致地映衬在淡蓝色的天空，低垂的太阳不再炙烤，但比夏日更明亮，一小片山杨林闪闪发光，似乎它觉得光秃秃地站着是很高兴、很轻松的事情，山谷底部的雾淞泛着白光，清新的风儿轻轻颤动，吹拂着卷曲的落叶；深蓝色的波浪在河面快乐地疾驰，有节奏地托起慵懒的鹅和鸭子；远处掩映于柳树间的水磨轧轧作响，鸽子飞速地飞到磨坊上空，在明亮的户外显得五颜六色……

夏天的雾日也很美，虽然猎人并不喜欢。这样的日子里无法打猎：鸟儿从你脚下轻轻掠过，瞬间便消失在静止不动的淡淡的雾霭中了。周围多么静啊，无法言喻的安静！一切都在安睡，一切都沉默。您从树前走过，它一动不动，显得怡然自得。薄薄的雾气仿佛溢出在空中，在您面前呈现出黑乎乎的长带。您以为它是近处的森林；您走近一看，森林变成了田埂上一畦高高的艾蒿。您的上空，您的周围，到处都雾气蒙蒙……这时风儿轻轻吹拂——透过消散如烟的雾气隐隐显出一片淡蓝色的天空来，金黄色的光线突然泻下来，像长长的水柱在流淌，照射在田野上，升腾在小树林里，可过了一会儿，一切又都被蒙上面纱。这场斗争长久持续；当光线最终取胜，最后被晒化的雾气要么卷成一团然后像桌布一样摊开，要么上升并消失在光线柔和的蓝色高空，这时的白日多么妙不可言，多么明媚……

现在您打算去为狩猎专门辟出的远方原野，去草原。您大概跋涉了十俄里村路——终于，走上了大路。经过浩浩荡荡的辎重队，经过棚下烧着茶炊、大门和水井大敞的客栈门口，经过一村又一村，经过一望无际的田野，沿着绿色的大麻田，您长时间、长时间地走着。喜鹊从一棵爆竹柳飞到另一棵上；农妇手里拿着长长的耙子，在田间徐行；穿着破旧的南京土布外衣的路人，肩上背着背囊，迈着疲惫的步子在赶路；六匹精疲力尽的高头大马拉着地主沉重的马车，迎着您的面驶过。车窗后露出车垫的一角，后踏板的小编织袋上，穿大衣的随行仆人抓着绳子侧坐着，泥水溅到眉毛上。瞧，到了县城，到处是歪歪扭扭的村舍、没完没了的篱笆、无人居住的石造商铺、深谷上的古桥……往前走，再往前走！……走过草原。你从山上望，风景真美！低矮的圆形山丘，从山脚到山顶都开垦种植；长满灌木的山谷蜿蜒其间；小丛的灌木像长条岛屿一样散落，树与树之间延伸着小路；教堂发白；小河在柳树丛间发亮，有四个地方建有水坝；野雁在远处的田里一个接一个冒出头来；地主家的老房子，包括其下人房、果园和谷仓紧挨着一个小池塘。您走得再远些，再远些。山丘越来越小，几乎看不到树木。终于到了——无边无际的、一望无垠的草原！

冬天去高高的雪堆上打野兔，呼吸着刺骨的寒气，松软的雪发出刺眼的闪光，让人不由得眯缝起眼睛，欣赏美丽森林上方绿色的天空！……春之初，周围一切都泛着光，冰雪消融，透过融雪厚厚的蒸汽，阳光大地散发芬芳，在雪融化了的地方，在倾斜的阳光下，百灵鸟满怀信心地歌唱，条条小溪大声欢腾，在峡谷之间滚滚奔流……

但是该结束了。正巧我说到春天：春日轻别离，春天里幸福的人儿都被远方吸引……别了，读者；祝福你们永远安康。